LINWOOD
BARCLAY

Les voisins d'à côté

Traduit de l'anglais (Canada)
par Marieke Merand-Surtel

J'AI LU

Titre original :
TOO CLOSE TO HOME

Publié par Orion Books,
une marque de The Orion Publishing Group Ltd, Londres.

Pour Neetha

Prologue

Derek pensait que le moment venu, le vide sanitaire sous le séjour constituerait la meilleure cachette. Il espérait seulement qu'une fois qu'il serait en place, les Langley ne mettraient pas des heures à sortir de chez eux et à démarrer. La dernière fois qu'Adam et lui avaient joué dans cet espace clos, ils devaient avoir huit ou neuf ans. Ils imaginaient qu'il s'agissait d'une grotte emplie de trésors, ou de la soute d'un vaisseau spatial, et qu'un monstre se cachait à l'intérieur.

Ça remontait à pas mal d'années. Il était bien plus vieux, à présent. Adam aussi. Frisant le mètre quatre-vingt-cinq, déjà plus grand, à dix-sept ans, que son père, Derek n'était pas emballé à l'idée de rester accroupi là-dedans pendant Dieu sait combien de temps.

Pourvu qu'il calcule bien son coup. Il dirait au revoir aux Langley au moment où il les verrait finir de mettre les sacs dans le coffre tout en s'occupant encore de trucs de dernière minute dans la maison, ferait semblant de sortir par la porte de derrière, la claquerait, puis descendrait l'escalier sur la pointe des pieds, tirerait sur le côté le panneau coulissant du vide sanitaire, situé pile sous le séjour, se glisserait à l'intérieur et refermerait derrière lui. L'espace en question ne contenait rien dont les Langley puissent avoir besoin pour leur semaine de vacances. Juste des tonnes de cartons bourrés de décorations de Noël, de souvenirs de famille qui ne méritaient pas d'être exhibés, trop importants néanmoins pour être balancés, de vieux livres de poche, et des années de paperasse juridique appartenant au père d'Adam, Albert Langley. Ainsi qu'une ancienne tente et un réchaud à gaz Coleman, mais les Langley ne partaient pas camper.

Putain, songea Derek, je bande rien que d'y penser.

— Si seulement je pouvais ne pas y aller, lui dit Adam.

Sa mère, Donna Langley, sortait des trucs du frigo – un paquet de saucisses de Francfort, de la bière – et les déposait dans une glacière. Elle se retourna. À force de parcourir la maison pour les préparatifs du départ, elle ne remarquait la présence du copain d'Adam que maintenant.

— Tiens, bonjour, Derek, le salua-t-elle d'un ton presque cérémonieux, comme s'ils se rencontraient pour la première fois.

— Bonjour, madame Langley.

— Comment vas-tu, aujourd'hui ?

— Très bien, merci. Et vous ?

Mince, pensa Derek, s'avisant qu'il parlait comme Eddie Haskell dans la série que ses parents regardaient quand ils étaient gosses.

Avant que sa mère puisse répondre, Adam lança d'une voix geignarde :

— Il n'y aura rien à faire, là-bas. Ça va être nul, je le sais d'avance.

— Adam, soupira sa mère avec lassitude, c'est un centre de vacances très coté.

— Arrête, sois pas débile, objecta Derek à son ami. Ça sera super. Ils ont des bateaux, pas vrai ? Et des chevaux, non ?

— Ça intéresse qui ? râla Adam. J'ai l'air de vouloir monter à cheval ? Des motos de cross, ce serait chouette, mais ils n'en ont pas. Tu as envie que j'y aille, à croire que t'es de son côté à *elle*.

— Moi, je dis juste que, puisque tes parents tiennent à t'emmener, autant t'amuser.

— Excellent conseil, remarqua Donna Langley, qui tournait le dos aux deux garçons.

Adam revint à la charge :

— Je ne ferais pas de bêtises, maman. Je ne donnerais pas de fiesta ici.

— On a déjà eu cette discussion, répliqua-t-elle tout en ajoutant un pack de glace tiré du freezer.

La mère d'Adam était jolie, surtout pour une mère. Cheveux bruns tombant sur les épaules, bien faite, avec des formes là où il fallait, pas comme la plupart des filles de l'école, maigres comme des clous. Derek était cependant mal à l'aise de la regarder et de penser à elle ainsi, surtout en présence d'Adam.

— Tu peux me faire confiance, insistait celui-ci d'un ton suppliant. Purée, tu ne me donnes jamais une chance.

— Tu sais ce qui est arrivé chez les Moffatt, rétorqua sa mère. Les parents sont partis, la nouvelle s'est répandue, et cent gosses ont déboulé aussitôt.

— Pas cent. À peu près soixante.

— D'accord. Soixante. Cent. Ils ont quand même saccagé la maison.

— Ça n'arriverait pas ici.

Donna Langley s'appuya au comptoir de la cuisine, l'air soudain épuisé. Derek pensa d'abord qu'elle était juste fatiguée de discuter, ensuite il eut l'impression qu'elle n'était pas en grande forme.

— Tout va bien, madame Langley ? demanda-t-il.

Elle hocha légèrement la tête.

— Je... Juste un petit étourdissement.

— Maman, ça va ? s'inquiéta à son tour Adam, l'amour-propre sans doute piqué au vif par l'attention de son ami.

Il s'approcha de sa mère d'un pas hésitant, mais elle le repoussa d'un geste, puis s'écarta du comptoir.

— Oui, oui, répondit-elle. Sûrement quelque chose que j'ai mangé au déjeuner. Je me suis sentie patraque tout l'après-midi.

Ou bien un de ses médicaments, songea Derek. Il savait qu'elle prenait des trucs pour tenir le coup pendant la journée. Elle avait des hauts et des bas. Un genre de machin bipolaire, lui avait expliqué Adam.

Elle se ressaisissait déjà.

— Adam, va voir si ton père a besoin d'aide.

Mais Albert Langley, la cinquantaine, grand et large d'épaules, chevelure grise clairsemée, s'encadrait déjà dans la porte de la cuisine.

— Qu'est-ce qu'il y a ? demanda-t-il à sa femme, apparemment plus contrarié qu'inquiet. Ne me dis pas que tu as attrapé quelque chose ?

— Non, pas du tout. J'ai sans doute avalé une cochonnerie.

— Pour l'amour du ciel ! soupira Albert. Ce séjour est organisé depuis des semaines. Si on annule maintenant, jamais on ne récupérera notre acompte, tu le sais, ça ?

Donna Langley lui tourna le dos en lançant :

— Eh bien, je te remercie de t'inquiéter.

Albert Langley secoua la tête d'un air écœuré et quitta la cuisine.

— Écoute, chuchota Derek à Adam, je vais devoir y aller, OK ?

Il se rendait soudain compte que l'entreprise allait demander une chorégraphie un peu soignée. Il avait besoin qu'Adam s'éloigne avec son père vers l'avant de la maison, pour que lui-même fasse semblant de s'esquiver par-derrière.

Il se sentait quand même franchement dégueulasse de ne pas mettre son meilleur ami au courant de ce qu'il manigançait, même si, en fait, ce n'était pas la première fois qu'il lui cachait quelque chose. Et ce n'était pas comme si cela ferait du tort à quelqu'un ou abîmerait quoi que ce soit. Personne n'en saurait jamais rien. Hormis Penny, bien sûr. Évidemment, les Langley se demanderaient à leur retour lequel d'entre eux avait oublié de verrouiller une des portes, de brancher l'alarme, mais quand ils feraient le tour de la maison et verraient que rien n'avait été volé, ils finiraient par laisser tomber. La prochaine fois qu'ils partiraient, ils vérifieraient plutôt deux fois qu'une, voilà tout.

— J'aimerais que tu viennes avec nous, reprit Adam. Je vais crever d'ennui, là-bas, sans personne avec qui traîner.

— Je ne peux pas, mes parents piqueraient une crise si je lâchais mon job d'été toute une semaine.

À vrai dire, même s'il n'avait pas déjà combiné de quelle façon il ferait de l'absence des Langley la meilleure semaine de sa vie, passer sept jours avec eux n'aurait pas été cool du tout.

Les deux garçons n'étaient plus dans la cuisine à présent, mais dans le couloir, à peu près au centre de la maison. Il suffirait à Derek de continuer vers l'arrière, de descendre le demi-escalier jusqu'à la porte. Ensuite, en tournant et en descendant le reste des marches, il serait au sous-sol.

— Je sais pas si je vais trouver des gens avec qui m'amuser là-bas, gémit encore Adam.

Putain..., soupira intérieurement Derek.

— T'en fais pas pour ça. C'est jamais qu'une semaine. Tu sais quoi ? À ton retour, on lira le reste des fichiers dans l'ordinateur.

Adam et lui adoraient récupérer de vieux ordinateurs bazardés. On trouvait de ces trucs dedans ! La vache, c'était à peine croyable. Ça allait de projets scolaires à du porno pédophile. Certaines personnes... le binz qui se passait dans leur tête. Fouiller des ordinateurs abandonnés était bien plus instructif qu'explorer une armoire à pharmacie.

Adam regarda ses pieds.

— Euh, à ce propos, c'est un peu le merdier.

Derek tomba des nues.

— Hein ?

— Avec mon père, poursuivit Adam. Il a plus ou moins découvert ce qu'il y avait dedans. Le machin qu'on lisait.

— Et alors ? Il croit que tu ne sais pas ce qu'est le porno ? Et c'est pas comme s'il s'agissait de photos. Il n'y a que du texte. Même pas vraiment porno. Pas du bon, en tout cas.

— Écoute, je ne peux pas en discuter maintenant, chuchota Adam. Je t'en parlerai en rentrant, ou je te passerai peut-être un coup de fil dans la semaine.

— Calmos. Si je veux le lire, j'ai la copie que j'ai faite.

— Merde, faut pas qu'il s'en aperçoive, répliqua Adam. Il semblait vraiment furax. Je comprends pas pourquoi ça lui fout autant les boules.

— Quoi, tu penses que je vais aller voir ton père en clamant : « Hé, monsieur Langley, j'ai gardé une copie » ?

— Non, c'est juste que…

— Adam !

M. Langley, manifestement en colère, l'appelait depuis le seuil de la maison.

— Écoute, mec, faut que j'y aille, reprit Adam. Il est déjà fou furieux que ma mère se sente mal.

— Ouais, d'accord, pas de problème. On se voit dans une semaine, OK ?

Adam partit d'un côté, Derek de l'autre. Il se força à lancer tout haut :

— Bon voyage, madame Langley !

Il fallait que tout le monde pense qu'il s'en allait.

De la cuisine lui parvint un « Au revoir, Derek » étouffé.

Il dégringola les marches pour qu'on le remarque bien, ouvrit la porte de derrière, la referma avec violence, produisant son boucan habituel quand il partait et coupa à travers le jardin en direction des bois qui bordaient toute l'allée.

Mais, cette fois, il ne quitta pas la maison. Après avoir claqué la porte suffisamment fort pour que Mme Langley l'entende de la cuisine, il ne mit qu'une seconde à se retrouver au sous-sol. Une fois au fond, il s'agenouilla à côté du canapé, devant le panneau coulissant qui fermait le vide sanitaire.

Il le fit glisser vers la gauche, entra à quatre pattes ; le béton était dur et froid. Puis il se retourna, refit coulisser le panneau aussi silencieusement que possible et retint un instant sa respiration tandis que l'obscurité l'enveloppait.

Il n'entendait que le battement de son cœur dans ses oreilles. Il expira lentement, essaya de se calmer. Il savait qu'il y avait une ampoule qu'on allumait en tirant sur une chaîne, quelque part là-dedans, mais il n'osait pas s'en servir pour l'instant. Et si M. Langley descendait chercher quelque chose au dernier moment et voyait de la lumière ? Il devait rester dans le noir aussi longtemps que nécessaire.

Il pouvait au moins regarder l'heure. Derek sortit son téléphone portable de sa poche, vérifia que la sonnerie était bien coupée et consulta le petit écran, unique source de lumière. Presque vingt heures. Les Langley allaient forcément bientôt partir.

À défaut d'être en mesure de parler, il pouvait envoyer un texto. Il tapa : ATEN DPART 2 LANGLEY. SUI KCHE M1TNAN, et appuya sur *Envoyer message*.

Avoir son propre petit baisodrome pour une semaine était certainement la meilleure idée qu'il ait jamais eue. Bon, sans doute pas un baisodrome. Penny serait peut-être prête, peut-être pas. Pour tout le reste, sûrement.

Il écoutait les bruits de la maison. Assis en tailleur sur le sol de ciment, coincé entre des cartons de boules de Noël et une luge qu'Adam n'avait probablement pas utilisée depuis cinq ans, Derek détectait les déplacements de Donna Langley dans la cuisine. Une maison, ça vit. À peine marchait-on dans une pièce qu'on avait l'impression que cela déclenchait une vibration sous ses pieds, qui continuait, latte après latte, comme dans cette chanson que sa maman lui chantait lorsqu'il était petit, avec l'os de la cuisse qui s'attache à l'os de la hanche, l'os de la hanche qui s'attache à...

— Bon, on y va, oui ou merde ?

Le père d'Adam. Quel connard, parfois, songea Derek. Son père à lui pouvait être chiant, pas de doute, mais pas autant que celui d'Adam.

Il perçut du mouvement là-haut. Quelqu'un marchait vers la porte de derrière, vérifiait qu'elle était verrouillée. Puis une autre porte s'ouvrit et se referma. Celle de l'entrée. Derek retint sa respiration, crut entendre une clef tourner dans la serrure.

Cinq secondes plus tard, les portières de la voiture claquaient. Le moteur du 4 × 4 Saab des Langley démarrait. Les pneus s'éloignaient sur le gravier, de moins en moins audibles.

Et puis plus rien.

Derek respira, et décida de rester caché quelques minutes de plus, par sécurité. Le temps que les Langley soient suffisamment loin pour que, s'ils se rendaient compte qu'ils avaient oublié quelque chose, ils trouvent plus simple de l'acheter en route. Son cœur ralentissait un peu à présent, les choses s'annonçaient bien, tout ce qu'il avait à faire était de...

Qu'est-ce qui pouvait bien ramper dans son cou, nom de Dieu ?

Une araignée ! Une saleté d'araignée s'était glissée sous son col. Il se mit à se donner des gifles frénétiques à l'aveuglette, dans le cou, par-dessus son épaule, à travers sa chemise. L'animal l'avait fait bondir, et il s'était cogné la tête dans une poutre.

— Merde ! hurla-t-il.

Il repoussa brutalement le panneau du vide sanitaire et faillit s'étaler sur la moquette du sous-sol. Il chercha sous son col, sentit quelque chose de petit et d'écrabouillé, enleva sa chemise et se flanqua des tapes dans le cou, cherchant désespérément à se débarrasser des restes de la bestiole.

Son cœur lui semblait sur le point d'exploser.

La crise araignée passée, il prit le temps de retrouver son calme. Le sous-sol était presque sombre. Il ne devait rester qu'une demi-heure de clarté, mais il n'osait pas allumer de lampe. Ce serait d'ailleurs impossible pendant toute la semaine. Peut-être qu'ici, dans le sous-sol, il mettrait la télé. Personne ne s'en apercevrait de l'extérieur, d'autant que la maison se trouvait en retrait de la route principale.

Franchement, pour ce qu'il avait l'intention de faire, qui aurait besoin de lumière ? Il pouvait très bien se déplacer à tâtons dans le noir.

Bizarre que Penny n'ait pas répondu à son texto. Cela dit, il était temps de la recontacter, de lui annoncer que la voie était libre. Mais d'abord, il avait intérêt à faire un petit tour d'inspection, histoire de vérifier que tout allait bien.

Il remit sa chemise, monta l'escalier du sous-sol, remarqua que le verrou avait été mis sur la porte de derrière. Il faisait encore assez clair pour y voir, tandis qu'il arpentait le rez-de-chaussée. La porte d'entrée était fermée à clef. Sur le mur du vestibule se trouvait le clavier du système d'alarme. À force d'avoir été si souvent avec Adam dans la maison et de l'avoir vu enclencher et éteindre le système, Derek connaissait le code. Il lui suffirait de l'entrer et de déverrouiller la porte de derrière pour aller et venir à sa guise. Cela signifiait laisser la maison ouverte, mais dans le coin, à la périphérie de la ville, presque personne ne se faisait cambrioler.

La maison qu'il parcourait pour la première fois seul, à l'insu de tous, lui paraissait très différente. Il éprouvait un certain sentiment de responsabilité, le devoir de tout vérifier. Son cœur battait trop vite, ses paumes étaient moites.

Il se rassura en se disant qu'il connaissait assez bien les lieux pour se retrouver dans le noir, même les pièces où il ne comptait pas aller, comme la chambre des parents d'Adam, où il se tenait justement. Lit king-size, épaisse couette blanche, salle de bains attenante avec douche et baignoire à jets. Il adorerait musarder là-dedans avec Penny. Peut-être qu'ils y prendraient un bain ensemble, avec des bulles et tout, comme les gens dans les films – mais non, ça paraissait un peu risqué. Le canapé-lit du sous-sol ferait largement l'affaire. La question n'était pas l'endroit où ils le feraient. L'essentiel était d'avoir de l'intimité, de ne pas être dérangés.

Toute une semaine !

Son téléphone vibra. Un message de Penny. Pas trop tôt. Un seul mot : ALORS ?

Zut, il pouvait l'appeler, maintenant. Il tapa son numéro et elle décrocha à la seconde sonnerie.

— J'y suis, dit-il.

— Oh, mon Dieu, répliqua-t-elle, la voix vibrante d'excitation.

— Il fait presque nuit. Viens me rejoindre. Je te ferai entrer par la porte de derrière.

— Ouais, mais là, ça risque de poser un problème.

— Pas ça, Penny. J'ai une trique aussi grosse qu'une bûche.

Elle lui fit « chut », bien qu'il n'y eût personne pour l'entendre, et reprit :

— T'inquiète, c'est juste que mes parents sont déchaînés contre moi parce que j'ai reculé la Kia dans le poteau téléphonique au bout de l'allée. Celui qui est si près, tu sais. Y a à peine une éraflure, mais mon père en chie toute une pendule, comme quoi ça vaut pas le coup de passer par l'assurance et il dit que je vais devoir…

La communication fut coupée. Derek regarda l'écran de son téléphone. Plus de signal. Comment c'était possible, merde ?

Il la rappela.

— Qu'est-ce qui s'est passé ? demanda Penny.

— J'en sais rien. Écoute, essaye de te pointer vers dix heures, OK ? Appelle-moi s'il y a un problème. Je vais traînasser ici un moment.

Penny acquiesça puis raccrocha.

Debout devant la commode de la chambre à coucher des Langley, Derek tendit la main, toucha le meuble, se demandant s'il contenait quelque chose d'intéressant. En réalité, une partie de lui-même culpabilisait, même si tout allait bien se passer et s'il n'y avait aucune raison pour que M. ou Mme Langley ou Adam le découvre. Peut-être qu'il le dirait à Adam, un jour. Pas tout de suite. Genre, dans quelques années. Quand ça n'aurait plus d'importance.

Peut-être jamais.

Il ne voulait pas croire que les parents de Penny puissent l'empêcher de sortir ce soir. Il mourait littéralement d'envie qu'elle vienne. Il se demanda s'il ne prendrait pas un truc dans le tiroir à lingerie de Mme Langley pour se branler, calmer un peu son excitation et être de nouveau dispo quand Penny arriverait.

Bon, songea Derek, il y avait peut-être des limites à ne pas dépasser. Il pouvait regarder la télé, penser à autre chose. Aussi retourna-t-il au sous-sol, désormais presque entièrement plongé dans l'obscurité, et alluma le poste. Zappa, ne se fixant sur rien plus de deux secondes. Il était incapable de se détendre, même s'il avait cette maison à disposition pour s'y glisser en douce pendant les sept jours à venir. Le rêve pour un garçon de dix-sept ans. Un endroit où amener sa petite amie aussi souvent qu'il le voudrait.

Bien mieux qu'une voiture : on n'avait pas à craindre qu'un flic tape sur la vitre recouverte de buée.

Mais l'idée commençait à sembler mauvaise. Les Langley avaient toujours été gentils avec lui. La mère d'Adam, en tout cas. Son père lui donnait toujours l'impression qu'il le dérangeait, comme s'il voulait la maison pour lui tout seul quand il n'était pas au bureau en train de défendre des gens, de les faire acquitter, ou quel que soit son fichu boulot. Derek connaissait Adam depuis quoi, presque dix ans maintenant ? Il avait passé des nuits ici, et même fait des petits voyages avec sa famille.

Qu'est-ce qu'ils penseraient de lui si jamais ils découvraient sa combine ? Bon sang, le père d'Adam était avocat, quand même. Il pourrait le poursuivre en justice ? Il poursuivrait un gamin qu'il connaissait ? Ou pire, il appellerait la police ?

Son téléphone vibra. Il regarda, reconnut le numéro de portable de Penny.

— Ouais ?

Avant qu'elle puisse prononcer un mot, il perdit le signal.

Parce qu'il se trouvait au sous-sol, sans doute. Trop d'interférences ou autres. Derek saisit le téléphone supplémentaire des Langley sur la table au bout du canapé et composa le numéro de Penny.

— Je peux pas venir, chuchota-t-elle. Je suis privée de sortie.

— Merde. Merde merde merde.

— Écoute, il faut que j'y aille. On peut se retrouver plus tard dans la semaine, peut-être demain, d'accord ? Faut que j'y aille.

Et elle coupa la communication.

Derek raccrocha. Bousillé, son plan parfait. La vache, les boules qu'il allait avoir ! En fait, il n'avait pas simplement envie de s'envoyer en l'air avec Penny. Il voulait être avec elle. Il voulait traîner dans cette maison vide et discuter avec elle, en prenant le temps, sans que personne les interrompe ou se pointe, de ce qu'il avait envie de faire de sa vie. Ses parents s'imaginaient qu'il n'était qu'un pauvre feignant sans rêves ni ambitions. C'était faux. Il pourrait le dire à Penny. Dire qu'il voulait devenir concepteur de logiciels, peut-être inventer de nouveaux jeux vidéo, ce genre de trucs. S'il en parlait à son père, celui-ci lui répondrait : « Eh, moi aussi je voulais faire de ma passion une carrière, mais il faut parfois être réaliste. »

Derek passa un moment sur le jeu Halo d'Adam, regarda un peu MTV, s'assoupit vaguement devant Justin Timberlake. C'était plutôt chouette, de juste glandouiller pépère comme ça ici, même seul. Sans personne pour lui casser les pieds.

Sauf qu'il était tard et grand temps de foutre le camp, supposait-il.

C'est alors qu'il entendit du bruit à l'extérieur. Le crissement du gravier sous des pneus.

Il bondit sur la télécommande, coupa la télé. Le sous-sol était percé de soupiraux qui arrivaient à une trentaine de centimètres du plafond. Derek sauta à pieds joints sur le canapé afin de regarder dehors.

C'était la Saab. Celle des Langley.

— Merde ! s'exclama-t-il tout bas. Merde !

Il fallait qu'il se tire. Et vite. Il remonta en courant l'escalier qui menait à la porte de derrière. Sur le point de l'ouvrir, il se rendit compte que, ce faisant, il risquait de déclencher l'alarme. Il devait d'abord entrer le code, mais le clavier se trouvait près de la porte d'entrée.

Il s'élança dans le couloir, avec l'espoir de parvenir à atteindre le boîtier et taper le code avant que quiconque franchisse le seuil, puis à retraverser la maison en vitesse et sortir par-derrière.

C'est alors qu'il vit des ombres de l'autre côté de la porte d'entrée. Adam, et sa mère juste à côté de lui.

Derek s'arrêta, fit demi-tour, repartit à toutes jambes vers le sous-sol. Il entendit la porte s'ouvrir, des voix et Donna Langley lancer : « J'ai dit que j'étais désolée. Tu crois que j'ai fait exprès de gâcher les vacances de tout le monde ? »

Il se laissa tomber par terre devant l'ouverture du vide sanitaire. Comme il s'apprêtait à faire glisser le panneau, les lumières du sous-sol s'allumèrent. Il savait qu'il y avait un interrupteur en haut des marches, ce qui signifiait que quelqu'un allait descendre. Derek se jeta rapidement dans l'étroit espace entre le canapé et le mur, supposant qu'il y était à peu près caché. Nom d'un chien, et si quelqu'un décidait de venir regarder la télévision ?

Précisément, on descendait l'escalier. Derek entendit ensuite s'ouvrir le frigo à bières, où on plaçait deux ou trois choses, puis Adam crier en direction du haut : « Je recongèle les packs de glace ? »

Derek se demanda s'il devait attirer son attention, tout lui avouer, s'assurer ainsi de son concours pour réussir à quitter la maison. Même si son ami risquait d'être furax, il n'y avait aucune chance qu'il parle : ses parents trouveraient un moyen de le tenir pour responsable. Mais avant que Derek puisse décider quoi faire, Adam remontait déjà l'escalier sans éteindre. Derek pensa qu'il reviendrait peut-être. Il parvint à distinguer une partie de la conversation au rez-de-chaussée.

M. Langley : « Chérie, va te coucher. On s'occupera des bagages. »

Mme Langley : « Je me sentirai peut-être mieux demain matin. »

M. Langley : « Ouais, c'est ça. Sinon, Adam et moi pouvons y aller, et tu nous rejoindras quand tu iras mieux. À toi de voir. »

Mme Langley : « Pour l'amour du ciel, tu crois que je voulais tomber malade ou quoi ? »

M. Langley : « Je te rejoins dans une minute. »

S'ils allaient se coucher, il ne resterait qu'Adam. Et si lui aussi allait au lit, Derek attendrait qu'ils soient tous endormis, grimperait l'escalier sur la pointe des pieds, taperait le code de l'alarme, sortirait par la porte de derrière. À condition que Penny ne change pas d'avis, qu'elle ne se taille pas en douce de chez elle et ne rapplique pas. Mince, pourvu que *ça* n'arrive pas.

M. Langley : « Voyons, qui ça peut bien être ? »

Derek songea : Merde, c'est de moi qu'il parle ? Comment pouvait-il savoir qu'il se trouvait en bas ?

Non, c'était dehors. Des pneus roulaient sur le gravier, puis ils s'arrêtèrent. Une portière de voiture claqua.

Pitié, non. Pas de visite impromptue à cette heure-ci.

Adam : « Je ne sais pas, papa. »

Derek crut entendre des bruits de pas, puis Albert Langley parler, sans doute la porte ouverte.

On aurait dit qu'une autre personne, peut-être deux, il n'en était pas sûr, entraient dans la maison.

Bruit de voix assourdies.

Langley demandait : « Vous êtes qui, vous dites ? »

Une voix inconnue. Des bribes de phrases. Puis un seul mot, vraiment très clair : « Honte. » Et après : « Salaud. »

C'est alors que Derek entendit le premier coup de feu.

Ensuite Adam cria : « Papa ! Papa ! »

Puis Mme Langley, apparemment du premier étage : « Albert ? Albert ! Qu'est-ce qu'il se passe ? »

Et enfin Adam : « Maman ! Ne descends... »

C'est à ce moment-là que Derek perçut le deuxième coup de feu. Le son de quelque chose – quelqu'un – tombant dans l'escalier.

Ensuite une course à travers la maison. Au moins deux cavalcades fébriles, de l'avant vers l'arrière du bâtiment. Cela ne dura qu'une seconde ou deux.

Derek entendit un troisième coup de feu, puis quelqu'un s'écrouler dans le demi-escalier menant à la porte de derrière.

Après quoi, silence total.

Derek se rendit compte qu'il tremblait de tout son corps, claquait des dents. Des pas traversèrent encore la maison, plus lents à présent, calmes, mesurés. Ils descendirent la moitié de l'escalier, s'arrêtèrent, tournèrent, poursuivirent jusqu'au sous-sol. La moquette qui recouvrait le sol de ciment empêcha Derek d'entendre la progression de la personne, mais il sentait une présence – celle du tueur, celui qui avait tiré. À un mètre de lui, de l'autre côté du canapé. Derek percevait une respiration précipitée.

Il serra les mâchoires, résolu à en faire cesser le claquement. Il se demandait si le tueur pouvait entendre le sang battre à ses tempes.

Puis l'individu remonta l'escalier, éteignit la lumière. La porte d'entrée s'ouvrit et se referma, ensuite une portière de voiture. Un instant plus tard, les pneus s'éloignaient sur le gravier.

Derek attendit environ cinq minutes, s'extirpa de derrière le canapé, traversa la salle de jeux, monta l'escalier jusqu'au palier. Le clair de lune entrant par la fenêtre lui permettait juste de distinguer Adam étendu là, les jambes encore en travers des marches, la tête au milieu d'une mare de sang noir.

Derek l'enjamba avec précaution, repoussa le verrou d'une main tremblante, et s'enfuit dans la nuit.

1

La nuit où nos voisins, les Langley, ont été assassinés, nous n'avons rien entendu.

Il faisait chaud et humide ce soir-là, aussi avions-nous fermé toutes les fenêtres et poussé l'air conditionné à fond. Malgré cela, il nous fut difficile de faire baisser la température au-dessous de 24 degrés. Nous étions fin juillet et subissions une vague de chaleur depuis la semaine précédente, avec un thermomètre atteignant pratiquement 35 degrés chaque jour, sauf le mercredi, où il était monté jusqu'à 38. Le peu de pluie tombée plus tôt dans la semaine n'était pas arrivée non plus à tempérer cette fournaise. Ça ne descendait pas beaucoup sous les 30 degrés, même après le coucher du soleil.

Normalement, comme c'était un vendredi soir, j'aurais dû me coucher un peu plus tard, voire être encore debout lorsque c'est arrivé, mais je devais travailler le lendemain matin. Cette pluie m'avait retardé dans mes travaux de jardinage auprès de tous mes clients. Alors Ellen et moi avions baissé le rideau assez tôt, vers neuf heures et demie. Même si nous avions veillé, nous aurions sans doute été devant la télévision, et il est fort probable que nous n'aurions rien entendu non plus.

En fait, les Langley n'habitaient pas juste à côté de chez nous. Leur maison est la première dans l'allée que nous partageons, en retrait de la route. Une fois qu'on l'a dépassée, il reste encore une bonne cinquantaine de mètres avant la nôtre, invisible depuis la route. Il y a pas mal d'espace entre les habitations par ici, autour de Promise Falls, dans le nord de l'État de New York. De chez nous, on aperçoit la maison des Langley plus loin sur le chemin, entre les arbres, mais nous n'avons jamais entendu leurs fêtes, et si le boucan que je fais en réglant les tondeuses à gazon a pu les déranger, ils n'en ont jamais rien dit.

Ce samedi matin, j'étais debout vers six heures et demie. Ellen, qui n'avait pas besoin de se rendre à son travail à la fac, bougea quand je m'assis au bord du matelas.

— Continue de dormir, lui dis-je. Inutile de te lever.

Je vis au pied du lit le livre qu'elle lisait la veille. Elle en avait toute une pile sur sa table de chevet. Organiser un festival littéraire universitaire demande beaucoup de lecture.

— C'est bon, marmonna-t-elle, résignée, en enfonçant le visage dans l'oreiller et en remontant les couvertures. Je vais lancer le café. De toute façon, tu me réveilleras en t'habillant.

— Eh bien, si tu te lèves déjà, ce serait chouette d'avoir quelques œufs pendant que tu y es.

Ellen prononça dans l'oreiller quelques mots qui m'échappèrent, mais ça ne semblait pas très amical.

— Si j'ai bien entendu, poursuivis-je, cela ne pose aucun problème, ce qui veut dire que tu pourrais aussi frire un peu de bacon ?

Elle tourna la tête vers moi.

— Est-ce qu'il existe un syndicat pour les esclaves ? Je veux m'inscrire.

M'approchant de la fenêtre, j'ouvris les stores pour laisser entrer le soleil du petit matin.

— Oh, mon Dieu, stop, pas ça, gémit Ellen. Pitié, Jim, referme-les.

— On dirait qu'il va encore faire chaud, constatai-je, laissant les stores ouverts. J'espérais vaguement qu'il pleuvrait, j'aurais eu une excuse pour ne pas travailler aujourd'hui.

— Ça va tuer ces gens si leur pelouse reste une semaine sans être tondue ? demanda Ellen.

— Ils payent pour un service hebdomadaire, mon chou. Je préfère travailler un samedi plutôt que d'avoir à les rembourser.

Ellen n'avait rien à répondre à cela. Si nous ne tirions pas vraiment le diable par la queue, aucun de nous deux n'avait envie de perdre de l'argent. L'entretien des pelouses, surtout dans cette région, était un métier indéniablement saisonnier. On gagnait sa vie du printemps à l'automne, à moins de se diversifier en installant une lame à l'avant de son pick-up et de dégager les allées en hiver. J'étais à la recherche d'une lame d'occasion. Les hivers peuvent être rudes dans le coin. Il y a quelques années, à Oswego, la neige a atteint le niveau du premier étage.

Cela ne faisait que deux étés que je m'occupais de pelouses, et j'avais besoin de trouver des moyens de gagner plus d'argent. Il ne s'agissait pas exactement du boulot de mes rêves, et ce n'était certainement pas ce à quoi j'aspirais quand j'étais un jeune type qui démarrait dans la vie, mais c'était toujours mieux que mon emploi précédent.

Ellen poussa un long soupir avant de rejeter les couvertures. Par réflexe, comme cela lui arrivait de temps à autre, elle tendit la main vers l'endroit sur sa table de chevet où se trouvait toujours son paquet de cigarettes, mais elle avait cessé de fumer depuis des années, et l'emplacement était vide.

— Le petit déjeuner est en route, Votre Majesté, dit-elle en se baissant pour ramasser le livre tombé par terre. Je n'arrive pas à croire que ce bouquin soit devenu un best-seller. Comment imaginer qu'un ouvrage sur le blé puisse être palpitant ? Ce n'est pas sans raison que beaucoup de romans se passent dans des villes, tu sais. Il y a des gens. Des *personnages*.

Je pris la direction de la salle de bains, fis une grimace et mis une main au creux de mes reins.

— Ça va ? s'inquiéta Ellen.

— Ouais, ça va. Je me suis esquinté un truc, hier, en maniant la débroussailleuse, j'ai dû faire un faux mouvement.

— Tu es un vieux qui fait un métier de jeune, Jim, lança Ellen en enfilant ses mules et un peignoir.

— Merci de me le rappeler.

— Ce n'est pas la peine, ton dos douloureux s'en charge très bien.

Et elle se traîna hors de la chambre, tandis que j'allais me raser.

J'examinai mon reflet dans le miroir. Mon visage moustachu présentait des coups de soleil. J'avais bien pensé à me tartiner de crème solaire, à porter une casquette à visière, mais la veille, il avait fait si chaud que j'avais fini par jeter la casquette dans le camion, et la transpiration avait dû éliminer la crème. N'empêche que je n'avais pas l'air si mal pour quarante-deux balais, et malgré la fatigue que je ressentais, j'étais sans doute en meilleure forme que deux ans plus tôt, quand je passais l'essentiel de mes journées assis dans une Mercury Grand Marquis climatisée, à conduire dans Promise Falls, ouvrir les portes pour un enfoiré, être un vulgaire coursier sans une once d'estime pour moi-même. Depuis, j'avais perdu quinze kilos, je retrouvais les pectoraux qui avaient disparu ces dix dernières années, et jamais je n'avais aussi bien dormi de ma vie. Rentrer claqué chaque soir à la maison y était pour beaucoup. Mais se lever tôt le matin, ça demandait parfois un gros effort. Comme ce jour-là.

Lorsque je descendis à la cuisine, l'odeur de bacon grillé flottait dans toute la maison, et Ellen remplissait deux tasses de café. L'édition du samedi du *Promise Falls Standard* était sur la table, déjà débarrassé de son élastique, laissant voir le gros titre sur la manchette.

— Ton vieux copain refait des siennes, annonça Ellen en cassant des œufs dans un bol.

Le gros titre disait : LE MAIRE SE DÉCHAÎNE AU FOYER DES MÈRES CÉLIBATAIRES, et un sous-titre ajoutait : *et jure la prochaine fois « d'apporter des fleurs, pas la gerbe »*.

— Bon Dieu, soupirai-je. Ce mec n'arrête jamais.

Je pris le journal et lus les premiers paragraphes. Le maire de Promise Falls, Randall Finley, avait fait irruption sans prévenir le jeudi soir dans un foyer financé par la ville où de jeunes filles-mères pouvaient trouver de l'aide le temps de s'adapter à leur nouvelle vie sans mari. Ce projet, pour lequel le maire précédent s'était battu comme un beau diable, Finley l'avait toujours considéré comme un gaspillage de l'argent du contribuable. À vrai dire, Finley considérait presque tout comme un gaspillage de l'argent du contribuable, exception faite de sa voiture et de son chauffeur – lesquels étaient plutôt indispensables, compte tenu de son talent à boire comme un trou, et d'une condamnation pour conduite en état d'ivresse remontant à quelques années.

D'après l'article, le maire avait fait la tournée des bars après une réunion du conseil municipal et, en passant devant le foyer, avait ordonné à son chauffeur – je supposais qu'il s'agissait de Lance Garrick, mais l'article ne le précisait pas – de s'arrêter. Finley avait tambouriné à la porte jusqu'à ce que Gillian Metcalfe, la directrice du foyer, ouvre. Elle avait essayé de l'empêcher d'entrer mais le maire avait forcé le passage et commencé à hurler : « Peut-être que si vous autres nanas aviez fait preuve d'un peu de retenue, vous vous retrouveriez pas dans le pétrin où vous êtes actuellement ! »

Ensuite, selon le témoignage des jeunes femmes qui vivaient là, il avait vomi sur le tapis de l'entrée.

— Même pour Finley, c'est assez grandiose, dis-je.

— Je te sens nostalgique, railla Ellen. Tu crois qu'il te reprendrait ?

J'étais trop fatigué pour lui balancer une repartie. Je bus une gorgée de café et poursuivis ma lecture. Lorsque les bruits concernant le comportement du maire s'étaient mis à courir vendredi matin, celui-ci avait commencé par nier. On ne savait pas bien s'il mentait, ou simplement s'il ne se souvenait plus. Mais dans l'après-midi, confronté aux preuves accumulées contre lui, parmi lesquelles le tapis maculé que Gillian Metcalfe avait apporté à l'hôtel de ville et laissé sur les marches du perron, Finley avait décidé de revoir sa déclaration.

Peu désireux de se colleter en personne avec les représentants des médias, il affirmait dans un communiqué écrit : « Je regrette de tout cœur mon comportement d'hier soir à Swanson House. » Le foyer portait ce nom en l'honneur d'Helen Swanson, ancienne conseillère municipale championne des causes féministes. « Je sortais d'une séance du conseil particulièrement éprouvante, et ensuite j'ai sans doute bu plus de rafraîchissements que ne le voudrait la prudence. Je reste un fervent sympathisant de Swanson House et présente mes sincères excuses. La prochaine fois, j'apporterai des fleurs plutôt que la gerbe. »

— Du Randy tout craché, commentai-je. Terminer sur une blague. Au moins, il ne s'est pas entêté à prétendre que ça n'était pas arrivé. Il devait y avoir trop de témoins.

Ellen avait sorti trois assiettes, et déposa sur deux d'entre elles trois tranches de bacon grillé, deux œufs au plat et des toasts, avant de les apporter sur la table de la cuisine. Je m'assis et enfournai un morceau de bacon. C'était salé, gras et absolument exquis.

— Mmm…

— C'est pour ça que tu me gardes, hein ? lança Ellen. Pour le petit déjeuner.

— Les dîners aussi sont bons, répliquai-je.

Elle attrapa le supplément « Art de vivre » du journal. Je bus une gorgée de café, pris une bouchée d'œufs, puis de bacon, mordis dans un toast. Mon système était parfaitement au point.

— Vous allez en avoir pour toute la journée ? demanda Ellen.

— Je pense qu'on pourrait terminer en début d'après-midi. La pluie a décalé tout le monde d'un jour, mais hier soir on a commencé à rattraper le retard.

D'ordinaire, nous faisions sept ou huit jardins entre huit heures du matin et cinq heures de l'après-midi, même si un petit boulot d'aménagement paysager se présentait par hasard. Cela signifiait simplement une plus longue journée, mais aussi davantage d'argent. Ellen avait beau gagner plus que moi avec son travail à la fac, nous ne nous en serions pas sortis sans mon affaire.

— Pourquoi ? repris-je. Tu avais quelque chose en tête ?

Ellen haussa les épaules.

— Je t'ai vu l'autre jour en train de regarder tes peintures.

De nombreuses toiles, à divers stades d'achèvement, prenaient la poussière contre le mur de la remise.

Comme je ne disais rien, elle ajouta :

— Je me demandais si tu avais l'intention de t'y remettre.

Je hochai la tête.

— C'est de l'histoire ancienne. J'hésitais juste à les jeter dans le camion pour les emporter à la décharge.

— Ça suffit, Jim, grommela Ellen, sourcils froncés.

Je me servis du restant de toast pour saucer mon jaune d'œuf, je l'engloutis, m'essuyai les coins de la bouche avec une serviette. En me levant, je donnai à Ellen un baiser sur les cheveux.

— Merci, chérie. Qu'est-ce que tu vas faire, aujourd'hui ?

— Lire, répondit-elle avec lassitude. Non que je doive connaître l'ensemble de l'œuvre de tous les auteurs qui viennent au festival, mais au moins en savoir un minimum. Si on tombe sur eux dans les cocktails, il faut être capable de donner le change. Sincèrement, les écrivains sont souvent sympas, mais tellement collants. Toujours en quête d'approbation.

— Pas de signe de vie de mon associé ? dis-je en emportant mon assiette dans l'évier.

— Je crois que tu vas devoir le réveiller. Je pensais que l'odeur de bacon suffirait. Dis-lui que je lui en ai gardé et que je peux lui préparer des œufs, vite fait.

Après être monté à l'étage, je m'arrêtai devant la chambre de mon fils. Je frappai doucement à la porte, puis l'entrouvris suffisamment pour voir qu'il était sous les couvertures, dos à la porte.

— Hé, Derek, réveille-toi, mon vieux.

— Je suis réveillé.

2

Il resta tourné vers le mur.

— Je pense pas que je vais pouvoir venir, aujourd'hui, annonça-t-il. Je crois que je suis malade.

J'ouvris plus largement la porte et pénétrai dans la chambre. Elle présentait son apparence habituelle : comme si une bombe y avait explosé. Vêtements entassés par terre, cinq ou six paires de baskets différentes, toutes dépareillées et jetées çà et là, innombrables boîtes de logiciels et de jeux vidéo vides, un bureau le long du mur, supportant non pas un, mais trois écrans d'ordinateurs, deux claviers, plus six ou sept serveurs informatiques en dessous, des fils – connectés ou non – partout. Un jour, il flanquerait le feu à la maison.

— Qu'est-ce qui ne va pas ?

Derek possédait la réputation légendaire de feindre la maladie afin d'éviter l'école, mais avait moins tendance à faire ce genre de coup quand il travaillait pour moi.

— Je me sens pas dans mon assiette, c'est tout, expliqua-t-il.

Ellen, qui passait dans le couloir, entendit une bribe de la discussion et entra à son tour.

— Qu'est-ce qui se passe ? demanda-t-elle.

— Il dit qu'il est malade, répondis-je.

Elle vint s'asseoir au bord du lit et voulut poser la main sur le front de Derek, mais il se détourna, de façon qu'elle ne puisse pas l'approcher.

— Allez, laisse-moi voir si tu as de la fièvre, insista-t-elle.

— Je n'en ai pas, répliqua-t-il, le visage toujours caché. Je peux pas être dans le coaltar, juste un jour ? En plus, on est samedi, merde !

— Et tu as eu congé lundi dernier et la moitié de mardi, à cause de la pluie, lui rappelai-je. Tu ne peux pas gagner à tous les coups. On devrait avoir fini vers midi. On n'a que les Simpson, les Westlake, et Mme Machin, tu sais ? Celle dont le chat ressemble à un cochon en peluche, qui t'a donné l'ordinateur.

Voilà le problème avec Derek. C'est un bon gosse, et je l'aime plus que tout, mais il peut être un sacré casse-couilles parfois. Il est très fort pour inventer des moyens de se défiler. Il déteste l'école et a quelques grosses bêtises à son actif. Par exemple, il y a environ deux ans, lui et son pote Adam faisaient exploser des pétards sur l'herbe sèche derrière la maison. Il n'avait pas plu depuis un mois, et une seule étincelle aurait pu déclencher un incendie qui aurait entièrement brûlé notre maison. J'ai failli lui tordre le cou. Une fois, il est parti en virée avec un copain de quinze ans qui avait piqué la MG de son père – sans autorisation ni permis de conduire – et s'est payé un arbre avec. Dieu merci, personne n'a été blessé, à part la MG, bien sûr. Ou encore, avec un autre copain, ils avaient décidé d'explorer le toit du lycée, escaladant les gouttières comme s'ils étaient de satanés ninjas ou je ne sais quoi. Peut-être que s'ils s'étaient contentés d'y traîner un petit moment, personne ne s'en serait aperçu, mais ils avaient préféré piquer des sprints sur le toit, puis ils avaient entrepris de sauter du bord, par-dessus un vide de deux mètres cinquante, sur une autre aile de l'établissement. C'est un miracle qu'ils ne se soient pas tués.

« On n'a même pas frisé l'accident », m'assura Derek plus tard, comme si ça justifiait quoi que ce soit.

Ils cavalaient si fort là-haut que le gardien de nuit avait appelé la police. Ils s'en sont tirés avec un avertissement, en grande partie parce qu'ils n'avaient rien saccagé. Quand les flics l'ont ramené à la maison, j'étais furieux.

« Encore un sale coup comme ça, et tu peux te chercher un autre endroit où vivre. »

Paroles que j'ai regrettées par la suite. Je n'étais pas sérieux en disant que sa prochaine connerie serait la dernière sous notre toit. Les ados ont beau faire parfois des trucs franchement idiots, on les soutient, quoi qu'il arrive. Ça fait partie du contrat.

Si Derek était vraiment malade, je nc voulais pas le forcer à pousser une tondeuse à gazon en peine chaleur. Mais il me vint à l'esprit qu'il ne souffrait peut-être pas d'une maladie réelle.

— Tu as la gueule de bois ? lui demandai-je.

La question n'avait rien d'insultant. À peine un mois plus tôt, j'étais tombé sur un pack de Coors planqué sous de vieilles fenêtres posées à l'arrière de la remise.

— Non, répondit-il.

Puis, brusquement, il repoussa les couvertures, roula sur le dos et se balança hors du lit en un seul mouvement rapide, bousculant sa mère au passage. Je crois qu'Ellen et moi fûmes tous deux surpris de voir qu'il était toujours en jean et T-shirt. Il tendit le bras vers ses godillots de travail, ignorant les baskets qui traînaient juste à côté.

— Bon, très bien. J'irai travailler. Je suis malade ? Et alors, qu'est-ce que ça peut faire ?

Ellen me lança un regard expectatif, comme si elle attendait que j'enchaîne, interroge notre fils sur ce qui se passait. Mais je me contentai de hausser les épaules et de déclarer :

— Parfait.

— Le bacon est déjà grillé, commença sa mère. Tu veux que je te fasse des œufs pour…

— Je n'ai pas faim, coupa-t-il.

Ellen se redressa et leva les paumes, geste universel signifiant qu'on fait machine arrière.

— D'accord, dit-elle.

Puis elle quitta la pièce.

— Le temps que tu te prépares, je serai dehors, près du camion, avertis-je Derek avant de sortir à mon tour en refermant la porte derrière moi.

Ellen attendait dans le couloir.

— Tu crois qu'il a la gueule de bois ?

— Je ne sais pas, répondis-je. Si c'est le cas, pousser une tondeuse bruyante au saut du lit est tout ce qu'il mérite.

Après m'être lavé les dents, je pris une aspirine pour bébé, parce que Ellen avait entendu un médecin assurer dans l'émission d'Oprah Winfrey que c'était une bonne idée, puis sortis. Il y avait à peine un souffle d'air, et on devinait qu'il allait faire une chaleur démentielle.

Derrière notre maison se trouve un bâtiment que j'appelle la remise, mais il s'agit plutôt d'un double garage, fermé par une seule grande et large porte, où j'ai un établi et où je range tout notre matériel. J'avais récupéré cinq ou six vieilles tondeuses pour trois fois rien, et les avais assez bien réparées pour que, si l'une ou l'autre des deux que nous emportions chaque jour tombait en panne, j'aie un jeu de rechange. Un seul motoculteur, toutefois, un John Deere à la peinture verte et aux rayures jaunes décolorées à force d'être constamment exposées au soleil. Il se trouvait sur la remorque déjà fixée à l'arrière de mon pick-up Ford, avec, sur la portière, l'inscription *Cutter. Entretien de pelouses* et un numéro de téléphone suivi de mon nom, Jim Cutter.

Je vérifiai rapidement si nous avions tout ce qu'il nous fallait : le taille-haie électrique et des rallonges, quatre petits réservoirs en plastique rouge remplis d'essence ordinaire pour les tondeuses et le motoculteur, ainsi qu'un cinquième contenant du mélange pour le coupe-bordure à bras et le souffleur à feuilles, dont je détestais le raffut, pareil à celui d'un gros avion sur le point d'atterrir, mais sacrément plus rapide qu'un balai pour débarrasser les allées et les trottoirs des résidus de gazon. Pour remballer et passer au boulot suivant, faire vite était essentiel. Et après avoir déjà poussé une tondeuse ou manié la débroussailleuse, la dernière chose dont j'avais envie était de pousser le balai.

Puis je m'assurai d'un coup d'œil dans la cabine du camion que nous avions tous deux nos gants de travail et nos casques antibruit. J'ouvris la boîte à gants pour vérifier que j'avais bien une bobine de fil nylon de rechange, au cas où le coupe-bordure lâcherait.

Il manquait néanmoins quelque chose. J'essayais de trouver quoi lorsque j'entendis s'ouvrir la porte de derrière et vis Ellen sur le seuil, la mini-glacière à la main. Ah oui. Les sandwiches que j'avais préparés la veille. Je souris et m'avançai vers elle pour les prendre.

— Comment ça se passe, là-dedans ? lui demandai-je.

— J'évite de me trouver sur son chemin. On devrait prévoir un truc cet après-midi, s'il te reste un peu d'énergie. Aller faire du shopping à Albany, par exemple.

— Du shopping. Riche idée.

Mon ton manquait de sincérité. Ellen me jeta un regard noir.

— Alors, dîner quelque part. Voir un film. Il y a le dernier Bruce Willis : *Die Really Really Really Hard*, ou quelque chose comme ça. J'ai besoin de m'évader un peu de toute cette littérature.

J'eus un haussement d'épaules réservé.

— Attendons de voir comment avance la journée. Sortir dîner me paraît sympa. Le shopping, nettement moins.

— Il faudra que tu t'accordes au moins un grand week-end, cet été, rétorqua Ellen. Tu n'as même pas pris celui du 4 Juillet. Laisse Derek se débrouiller seul pendant une journée. Il a son permis, il a le droit de conduire le pick-up. Il pourrait en faire un maximum, et le lendemain tu caserais deux ou trois travaux supplémentaires dans ton emploi du temps. Il a besoin de prendre plus de responsabilités. Ça lui ferait du bien. On pourrait pousser jusqu'à Montréal. Aller écouter du jazz, par exemple.

Ça n'était pas une mauvaise idée du tout, mais je me contentai de répondre :

— On verra.

— « On verra. On verra. » Voilà ce qu'on gravera sur ta pierre tombale, riposta Ellen.

Elle s'apprêtait à rentrer dans la maison quand Derek en sortit. Il passa devant elle sans un mot, les cheveux dans les yeux, et se dirigea vers le pick-up.

— Je suppose qu'on est partis, dis-je à Ellen, qui leva les yeux au ciel avec une moue signifiant « Bonne chance ».

Au moment de monter dans le camion, je proposai à Derek de conduire. Il refusa d'un signe de tête.

— J'imagine que tu n'as pas pris de petit déjeuner, poursuivis-je. Tu veux que je m'arrête en route ? Pour acheter un McMuffin ? Un beignet ? Ou un gobelet de café ?

Nouveau signe de dénégation.

— Bon, d'accord.

Je mis le contact. Pour le moment, les vitres étaient baissées, mais je comptais les remonter plus tard et mettre la clim. Je démarrai avec précaution. La remorque, alourdie par le Deere et d'autres outils, fit un bruit de ferraille tandis que nous prenions de la vitesse. Comme nous suivions l'allée, la maison des Langley apparut, à peu près à mi-chemin avant la route. Je remarquai la Saab garée devant, ainsi que l'Acura de Donna Langley.

— Tiens, je croyais qu'ils partaient en vacances.

— Hein ? grogna Derek.

— La Saab est là. Ils devaient aller dans un super-hôtel, non ? À Stowe ? Dans ce coin-là ?

Derek jeta un rapide coup d'œil.

— Eh bien, je suppose qu'ils ne sont pas partis.

— Mais Adam n'a pas dit qu'ils passeraient là-bas une semaine, quelque chose comme ça ? Tu n'es pas allé chez eux hier soir ?

— Ils ont dû changer d'avis après mon départ, répliqua Derek, détournant les yeux de la maison des Langley pour regarder par sa propre fenêtre.

— C'est bizarre... Louer pour une semaine et changer d'avis.

Derek est resté muet.

— Peut-être qu'Albert a eu un empêchement. Une nouvelle affaire, par exemple, je ne sais pas, qui les a obligés à annuler à la dernière minute. Je suppose que ça arrive, quand on est avocat criminel.

En me tournant vers Derek, j'ajoutai :

— Ça ne veut pas dire qu'il est criminel. Juste qu'il *représente* des criminels.

Une vieille blague. Que j'avais probablement déjà sortie une bonne centaine de fois.

Comme Derek ne disait toujours rien, j'élevai d'un cran le timbre de ma voix et repris :

— « Ouais, papa, t'as raison, c'est sûrement ce qui s'est passé » – puis, d'un ton plus grave : « Tu crois, mon garçon ? Tu crois que c'est ça ? » – et, d'une voix plus haut perchée : « Ouais, papa. Tu te trompes jamais pour ce genre de choses. »

— Laisse-moi tranquille, papa, murmura Derek.

Arrivé à la route, je pris à droite, en direction du nord, ce qui nous amènerait dans Promise Falls. C'est une ville de taille moyenne, mais qui compte toutes les principales enseignes de fast-foods, un supermarché Wal-Mart et un Home Depot pour la maison, ainsi qu'un multiplexe et la plupart des principaux concessionnaires de voitures, hormis les vraiment haut de gamme, comme BMW. Au nord de l'agglomération se trouve la fac de Thackeray, ce qui explique la présence de la concession Volvo.

Une fois dépassés les nouveaux lotissements qui cernent la ville, on atteint le vieux quartier, bourré de charme avec ses maisons centenaires entourées de grands terrains, comme beaucoup d'endroits dans cette partie de l'État et dans le Vermont tout proche. Des arbres immenses, une rue principale bordée de nombreux commerces qui ont réussi à résister à l'apparition du Wal-Mart, que nous devons au maire Randall Finley. Il a balayé d'un revers de main les protestations de l'association locale des commerçants vis-à-vis du monstre de la distribution, arguant qu'un peu de concurrence ne leur ferait pas de mal, qu'il ne suffisait pas d'être pittoresque et attrayant, il fallait en donner aux gens pour leur argent.

Finley avait réussi à offenser tellement de gens en ville que sa réélection m'avait sidéré. Mais il avait pour lui tout un électorat qui adorait le voir taper sur les syndicats, les lobbies et ceux qui ne vivaient pas selon le code moral auquel ces supporters pensaient que Finley lui-même adhérait. Il existait sans doute de nombreux habitants à Promise Falls qui avaient raffolé de son irruption chez les filles-mères et des quatre vérités qu'il leur avait balancées, avec un petit quelque chose de plus.

Je fis une nouvelle tentative pour dérider Derek :

— Alors, qu'est-ce que tu as fait hier soir, pour finir ? Je ne t'ai pas entendu rentrer. Il faut dire que je me suis pieuté tôt, et j'ai aussitôt sombré. Tu as vu Penny ?

Il fréquentait Penny Tucker depuis maintenant un peu plus d'un mois, et les quelques fois où elle était venue à la maison, elle m'avait donné l'impression d'une gentille gamine.

— Non, répondit Derek. Elle était privée de sortie.

— Pourquoi ? Qu'est-ce qu'elle a fait ?

— Cogné la voiture.

— Oh non. Grave ?

— Non.

— Elle a tapé quoi ?

— Le pare-chocs.

— Contre quoi ?

— Un poteau téléphonique.

— Elle va devoir payer la réparation ?

— Aucune idée.

Nom d'un chien, il fallait vraiment lui tirer les vers du nez. Et soudain, pour la première fois, je remarquai un changement chez mon fils.

— Quand as-tu arrêté de porter cette petite boucle d'oreille ? demandai-je. En forme de signe de la paix.

Derek toucha son lobe d'oreille, où subsistait la minuscule trace d'un piercing, mais pas de bijou. Il haussa les épaules.

— Je ne sais pas. Elle a dû tomber. Ça fait un moment que je l'ai perdue.

Notre premier arrêt fut la maison des Simpson. Une propriété de taille moyenne, toute plate, sans difficulté particulière. J'affectai Derek au motoculteur, vu qu'il aimait le conduire, pensant que si je le faisais commencer par quelque chose qui l'amusait, son humeur s'améliorerait. Je me chargeai de tailler les bordures, puis sortis une tondeuse pour les endroits que le Deere avait du mal à atteindre.

Mme Simpson vint nous apporter à chacun un verre d'eau fraîche, que nous acceptâmes avec reconnaissance. J'apercevais son mari, debout dans la cuisine, qui nous regardait d'un air légèrement désapprobateur. Je connaissais bien ce genre-là. Nous étions des larbins, et s'il nous fallait de l'eau, nous devions avoir le bons sens de l'apporter, ou tout au moins la prendre au tuyau d'arrosage, comme deux golden retrievers. Contrairement à lui, Mme Simpson n'était pas une sombre imbécile.

Ensuite, il ne nous resta plus qu'à nettoyer à la souffleuse les résidus de gazon dans l'allée, ce dont s'occupa Derek. Le tout ne nous prit qu'une heure, et au moment où nous remontions dans le camion, un gamin maigrichon s'approcha de nous. À peu près de l'âge de Derek, il avait d'épais cheveux bruns, la peau si blanche qu'on se demandait s'il avait bronzé dans un frigo, et portait un short pourvu d'une bonne dizaine de poches. Il s'avança jusqu'à ma vitre.

— Vous embauchez ? demanda-t-il.

Et il me tendit un exemplaire d'un tas de prospectus qu'il tenait à la main. J'y lus : « Stuart Yost. Tous travaux », suivi d'un numéro de téléphone.

— Désolé, dis-je en passant le prospectus à Derek, qui le fourra dans le vide-poches. Mais mon fils, qui est là, m'aide déjà.

— Je cherche juste un boulot pour le reste de l'été.

— On est presque fin juillet, Stuart. Un peu tard, pas vrai ? Dans un mois tu seras de retour à l'école.

— J'en avais un, que j'ai perdu, répliqua-t-il. Enfin, merci quand même, hein.

Comme il s'éloignait, j'interrogeai Derek.

— Tu le connais, du lycée ou d'ailleurs ?

Il secoua négativement la tête, sans un mot. Son humeur ne s'était pas arrangée durant la matinée, et je commençais à me demander ce qui le tracassait. Y avait-il eu un nouvel épisode de MG froissée ? Avait-il sauté avec un copain du haut d'un bâtiment à un autre – peut-être le commissariat, cette fois, au lieu du lycée ? À moins qu'ils n'aient roulé sur la route après minuit, et joué au baseball avec les boîtes à lettres, donnant un coup de batte sur chacune à mesure qu'ils passaient devant ?

Je me souvenais avoir fait ça. La fin de mon adolescence n'avait pas été très bien encadrée.

S'il s'était fichu dans un quelconque pétrin sérieux et fait attraper, Ellen et moi aurions été au courant à l'heure qu'il était, non ?

Notre cliente suivante était la dame au chat qui ressemblait à un cochon en peluche. Agnes Stockwell. Lors de notre dernière visite, elle avait eu la gentillesse de donner à Derek un vieil ordinateur qui traînait dans son garage depuis quasiment une dizaine d'années. Il avait appartenu à son fils Brett, un étudiant de dernière année à Thackeray, qui s'était suicidé. Elle ne s'en servait pas et ne l'avait jamais allumé depuis la mort de son garçon.

« Je sais à peine comment ça marche », avait-elle expliqué à Derek.

Le garage était ouvert et Derek, qui récupérait du vieux matériel informatique pour s'amuser avec son ami Adam à démonter et reconstruire des ordinateurs, l'avait repéré sur une étagère.

Son jardin demandait un peu plus de travail car il était difficile de manœuvrer le John Deere autour des nombreuses plates-bandes. Aussi Derek et moi avons pris chacun une tondeuse et nous nous sommes mis au boulot. Agnes Stockwell nous récompensa, et même au-delà de ce qu'avait fait Mme Simpson. Alors que je sortais la débroussailleuse pour nettoyer les bordures, elle arriva avec de la limonade, que nous avalâmes d'un trait. Derek réussit même à articuler un merci.

Le mercure devait friser les 35 degrés à présent.

Je m'apprêtais à mettre la dernière main à son jardin lorsque j'entendis sonner mon portable, que j'avais laissé sur le tableau de bord du pick-up. J'ouvris la portière et, appuyé sur le siège, je saisis l'appareil. L'appel venait de la maison.

— Oui ?

— Tu devrais peut-être rentrer, dit Ellen.

Elle avait une voix bizarre, comme si elle contenait ses émotions.

— Quoi ?

— Il se passe quelque chose chez les Langley. Il y a cinq ou six voitures de flics, ils établissent un périmètre de sécurité. Et un policier est en train de remonter l'allée vers chez nous en ce moment même.

— Putain de merde ! Qu'est-ce qui est arrivé ?

Derek, qui m'avait rejoint dans le camion, me regardait en coin.

— Je ne sais pas, répondit Ellen.

— Renseigne-toi et rappelle-moi.

— J'y suis déjà allée, mais personne n'a rien voulu me dire. Alors j'ai pensé que parmi les contacts que tu t'es faits quand tu travaillais à la mairie, tu en apprendrais plus que moi.

— D'accord. On rentre tout de suite.

Après avoir refermé le téléphone, j'annonçai à Derek :

— Il y a plein de voitures de flics autour de la maison des Langley.

Il se contenta de me fixer, sans un mot.

3

On voyait qu'il se passait quelque chose avant même d'arriver. À cinq cents mètres de nous, des voitures de la police de Promise Falls, officielles et banalisées, étaient garées de chaque côté de la route, devant l'entrée du chemin qui menait d'abord à la maison des Langley, puis à la nôtre. Je ralentis pour me frayer un passage à travers l'armée de véhicules, pensant bêtement, ainsi que j'allais le constater, qu'il me serait possible de tourner dans ma propre allée. Mais elle était également bloquée par d'autres voitures, et je distinguais des policiers en train de tendre des kilomètres de ruban jaune.

Je parcourus donc une centaine de mètres supplémentaires, puis rangeai le camion et la remorque en les avançant le plus possible sur le bas-côté gravillonné. Comme nous étions à la périphérie de la ville, la route ne comportait ni trottoir ni accotement, mais était bordée de fossés dans lesquels la remorque de *Cutter. Entretien de pelouses* risquait de glisser si je n'y prenais garde.

Derek ouvrit la portière avant que j'aie coupé le moteur et rebroussa chemin à pied. Je récupérai mes clefs et sortis à mon tour, courant pour rattraper mon fils, qui n'avait pas prononcé un seul mot durant tout le trajet de retour.

Je le rejoignis à l'extrémité du chemin. Un flic nous arrêta d'un geste.

— Je regrette, vous ne pouvez pas pénétrer dans cette propriété.

Du doigt, j'indiquai le bout de l'allée, où l'on discernait à peine une partie de notre maison.

— J'habite là-bas. Je viens d'avoir un coup de fil de ma femme, qui…

— Jim !

Par-dessus l'épaule du flic, je vis Ellen, en compagnie de deux policiers, s'élancer dans ma direction. Le flic s'écarta et nous laissa passer, Derek et moi. Ellen, en jean, baskets et T-shirt, un peu décoiffée, semblait avoir dû affronter le monde plus tôt que prévu, et si elle avait eu l'occasion de se maquiller, les larmes qui roulaient à présent sur ses joues auraient certainement tout abîmé.

Elle courut vers moi, jeta ses bras autour de ma taille, puis attrapa Derek par le coude et l'attira contre nous.

— Ellen, qu'est-ce qui se passe, bon sang ? demandai-je.

Elle renifla, me regarda d'abord, puis notre fils, s'attardant sur lui comme si la nouvelle qu'elle devait annoncer allait être plus dure pour lui que pour moi.

— Les Langley. Cette nuit, quelqu'un est entré, et…

Ses yeux s'emplirent de nouveau de larmes.

— Ellen, dis-je en gardant une voix calme. Ressaisis-toi.

Elle inspira une ou deux fois, renifla encore, chercha un kleenex dans ses poches. N'en trouvant pas, elle se passa un index sous le nez.

— Ils sont tous morts, lâcha-t-elle. Albert, Donna. (Puis elle ajouta en serrant le bras de

Derek :) Oh, mon chéri, je suis tellement désolée. Adam aussi.

Je crus qu'il dirait quelque chose. Peut-être « Quoi ? » ou « Tu déconnes ? » ou même simplement « Non ».

Moi, je savais que « Qu'est-ce qui est arrivé ? » me brûlait les lèvres.

Mais Derek ne dit rien de tout ça. À la place, sa bouche se mit à trembler, et presque aussitôt les larmes envahirent ses yeux. Il s'effondra dans les bras de sa mère et commença à sangloter. L'émotion le submergea si vite qu'on aurait cru qu'il l'avait refoulée toute la matinée.

— Hé, Cutter !

Je détournai le regard de ma femme et mon fils enlacés et j'aperçus Barry Duckworth, inspecteur des services de police de Promise Falls, âgé comme moi d'une petite quarantaine d'années, se dirigeant vers moi. Nous avions souvent eu l'occasion de nous croiser, à l'époque où je travaillais pour le maire. Cela me faisait plaisir de penser que j'étais, au moins ces deux dernières années, en meilleure forme que Barry, dont la bedaine se remarquait à l'endroit où sa chemise blanche s'écartait, juste au-dessus de la ceinture, laissant apparaître un petit triangle de peau poilue. En la matière, il avait le ventre plus fourni que son crâne, presque chauve, hormis une mèche cache-misère rabattue sur le sommet. Il avait dénoué sa cravate, ouvert son col, et sans doute laissé sa veste dans sa voiture. Il faisait trop chaud pour en porter, des marques de transpiration auréolaient ses aisselles.

Je l'avais toujours pris pour un type bien. Réglo. Et si je ne pouvais prétendre qu'il était un ami proche, nous avions passé pas mal de soirées assis côte à côte dans un bar, ce qui a tendance à ne pas compter pour des prunes par ici.

— Barry, le saluai-je d'un ton grave.

Nous échangeâmes une poignée de main. Nous avions tous deux les paumes moites.

— Qu'est-ce qui se passe, Barry ?

Il se caressa le crâne, comme pour en éponger la sueur.

— Tu permets que je te pose d'abord quelques questions, Jim, avant de te mettre au courant ?

Nous allions donc nous en tenir au professionnel, au moins dans un premier temps. J'acceptai volontiers.

— Pas de problème.

Ellen et Derek relâchèrent leur étreinte et se tournèrent vers nous, curieux d'en apprendre davantage.

— J'ai déjà interrogé Ellen, mais j'aimerais vérifier deux ou trois choses avec toi, commença Barry Duckworth. Tu étais chez toi, hier soir ?

— Ouais. Je suis rentré du boulot et je ne suis plus ressorti. J'étais claqué.

— Tu as vu les Langley durant la soirée, à un moment quelconque ?

— Non.

Je faillis ajouter que Derek, oui, mais je supposai que Barry l'interrogerait aussi.

— Alors, entendu quoi que ce soit hier soir ? poursuivit-il. Mettons, après dix heures ?

— Rien. On avait fermé toutes les fenêtres, et branché la clim.

— Vu quelque chose ? Des phares de voiture, par exemple ?

Je fis signe que non, puis désignai notre maison.

— Désolé. On est assez loin, tu sais.

— Et toi ? demanda Barry en pivotant vers Derek.

— Hein ?

Une petite traînée de morve coulait sur sa lèvre inférieure. Derek se détourna et s'essuya le nez dans la manche de son T-shirt, encore parsemé de brins d'herbe.

— Tu as remarqué ou entendu quelque chose hier soir ?

— Non, répondit-il.

— Mais tu as vu les Langley dans la soirée, pas vrai ? Avant leur départ ? Ta mère m'a dit que tu étais passé dire au revoir à Adam, avant que ses parents et lui s'en aillent une semaine dans une sorte de lodge, non ?

Derek acquiesça.

— C'était à quelle heure ? reprit Barry.

Derek haussa une épaule.

— Vers les huit heures, je pense. Peut-être un peu plus tard. Je suis parti juste avant qu'ils montent dans la voiture.

Huit heures ? Nous n'avions pas vu Derek de la soirée. Il avait dû faire autre chose après avoir quitté les Langley. Passer un moment avec Penny, sans doute.

Le temps me semblait venu de réclamer un peu d'informations.

— Allez, Barry, dis-nous ce qui s'est passé.

Il hésita, gonfla les joues en soufflant.

Je revins à la charge :

— Cet endroit va bientôt grouiller d'équipes de télé. Il faudra bien que tu leur racontes quelque chose. Autant t'entraîner sur nous.

Il resta encore un instant silencieux, puis lâcha le morceau.

— Il y a eu une sorte d'exécution là-dedans. Quelqu'un, ils étaient peut-être deux, on ne sait pas encore, est venu hier soir et leur a tiré dessus. Tous les trois.

— La vache, soufflai-je.

Ellen m'agrippa le bras.

— Mon Dieu…

Je levai les yeux vers la maison. Les flics entraient et sortaient, discutaient à voix basse, hochaient la tête.

Barry continua :

— M. Langley, on l'a trouvé près de la porte d'entrée, sa femme a vraisemblablement été tuée pendant qu'elle descendait l'escalier pour voir ce qui se passait, et le garçon… – Adam, c'est ça ? ajouta-t-il en demandant confirmation du regard à Derek, qui opina – … Adam, lui, a été abattu sur les marches qui mènent à la porte de derrière. Comme s'il essayait de s'enfuir par là. Il a pris une balle ici, précisa-t-il en montrant l'arrière de sa nuque, juste sous l'oreille gauche.

J'étais complètement hébété. Et malgré la chaleur de l'air, je mc sentais glacé.

— Je ne comprends pas. Je croyais qu'ils étaient partis. Qu'ils prenaient des sortes de vacances. Derek, ils ne partaient pas pour une semaine ?

— Si, répondit-il, le visage encore trempé de larmes.

— La femme est tombée malade, expliqua Barry. Ils étaient partis depuis un moment, mais elle avait des douleurs d'estomac ou autre chose, c'est un peu flou. En tout cas, sur le chemin du retour, Langley a appelé une des secrétaires de son cabinet, à son domicile. Il lui a appris que son épouse était malade, qu'ils reportaient leur voyage et rentraient chez eux, que si elle allait mieux le lendemain matin, ils essayeraient de reprendre la route mais entre-temps, il avait réfléchi à une affaire, et il voulait qu'elle lui apporte le dossier ce matin pour qu'il puisse y travailler, voire l'emporter s'ils réussissaient à repartir.

— OK, fis-je.

— Donc, la secrétaire se pointe ici vers neuf heures du matin pour déposer le dossier, frappe à la porte, personne ne répond. Elle insiste deux ou trois fois, pense qu'ils dorment peut-être encore, alors elle appelle avec son téléphone portable, entend la sonnerie dans la maison, mais personne ne décroche, ce qui lui paraît plutôt bizarre, d'accord ?

Nous écoutions de toutes nos oreilles.

— Ensuite, elle glisse par hasard un œil par une fenêtre à côté de la porte. (Barry pointa du doigt les fenêtres verticales qui flanquaient la porte d'entrée.) Et elle voit M. Langley étendu par terre, distingue tout juste sa femme dans l'escalier. C'est là qu'elle a appelé police secours.

— La pauvre, remarqua Ellen. C'est horrible. Tu imagines, découvrir une chose pareille.

Barry poursuivit :

— Quand Langley a téléphoné à sa secrétaire hier soir, il a dit qu'ils n'étaient qu'à une quinzaine de kilomètres de chez eux, donc ils ont dû arriver ici à dix heures et quelques. Alors, ça s'est forcément passé peu après, mais sans doute pas beaucoup plus tard. Ils étaient encore tous habillés. Aucun en pyjama, même pas la mère. Si elle se sentait mal, elle se serait préparée à aller au lit très rapidement dès leur retour. Ils n'avaient même pas encore sorti leurs affaires de la voiture.

— Ils ne comptaient peut-être pas défaire leurs bagages, dis-je. S'ils pensaient repartir ce matin.

— C'est vrai, admit Barry. L'enquête n'en est qu'à ses débuts. Il nous reste beaucoup à faire. Les types du service médico-légal viennent d'arriver.

Puis il s'adressa à Derek :

— Adam était un de tes bons copains, si je ne me trompe ?

Mon fils fit signe que oui.

— Il ne t'a jamais rien dit ? enchaîna Barry. Tu n'as rien entendu lors d'une visite chez lui, qui aurait laissé supposer que quelqu'un leur en voulait ? Que son père était préoccupé par quelque chose, une personne qui l'aurait menacé, par exemple ? ou un dossier sur lequel il travaillait ? Il s'occupait d'un paquet d'affaires criminelles, ajouta-t-il en me décochant un regard.

— Oui, je sais. Notamment celle évoquée dans le journal. Une histoire de guerre des gangs ? Un gamin qui en a tabassé un autre à mort, et que Langley a fait acquitter ?

— Exact, confirma Barry. L'affaire McKindrick.

Ellen intervint :

— Moi aussi, j'ai lu un article là-dessus. Tom McKindrick, c'était bien ce garçon ? Celui qui a été tué ? Un ado ?

Barry hocha la tête mais garda le silence, décidant de laisser Ellen faire le travail.

— Il a pris un coup de poing dans la tête, et Albert, enfin, M. Langley, a réussi à faire croire au jury qu'il l'avait plus ou moins provoqué, que l'autre garçon... – comment s'appelait-il ?

— Anthony Colapinto, répondit Barry avec hésitation, comme si on le forçait à avouer quelque chose qui n'était pas de notoriété publique.

— C'est ça, reprit Ellen. Albert a persuadé le jury qu'Anthony Colapinto agissait en état de légitime défense quand il s'est acharné sur le jeune McKindrick avec une batte de base-ball. En entendant le verdict, non coupable, le père du garçon,

Colin McKindrick, s'est écroulé en pleine salle d'audience.

— Ouais, attesta Barry. J'y étais.

— Il s'est relevé, non ? et a menacé Albert ?

Barry opina du chef.

— Il a prévenu Albert Langley qu'il payerait pour avoir blanchi ce fils de pute.

Mes sourcils durent se hausser sous l'effet de la surprise.

— Je n'étais pas au courant, reconnus-je.

— Et toi, Derek, poursuivit Barry, tu as entendu Albert Langley, ou même son fils Adam, en parler ? S'ils s'inquiétaient que Colin McKindrick puisse essayer de se venger, par exemple ?

— Non, répondit Derek, presque comme dans un rêve. Je n'ai jamais entendu quoi que ce soit de ce genre.

Sa voix était voilée, comme s'il tombait dans les vapes. Tondre du gazon toute la matinée dans une canicule pareille aurait suffi à coller un coup de chaleur à n'importe qui. Ajoutez à cela le choc de ce qui était arrivé aux Langley, il n'était guère étonnant que Derek semble sur le point de se trouver mal.

Je le saisis sous les bras et Ellen s'écria :

— Derek ? Derek ?

— De l'eau, dis-je à Barry. J'en ai dans une glacière, dans le camion.

Ayant de toute évidence une autre idée en tête, Barry aboya à l'intention d'une femme flic en uniforme :

— J'ai besoin d'eau ici. Vite !

La femme se précipita vers l'une des voitures de police qui se trouvaient à proximité, et où étaient apparemment planquées quelques bouteilles. Je soutins Derek jusqu'au véhicule le plus proche et l'appuyai contre la carrosserie. La policière revenait en courant avec une bouteille, la décapsulant au passage, puis me la tendit. L'eau était chaude, mais elle avait le mérite d'exister, et je l'approchai des lèvres de mon fils.

Il but quelques gorgées, respira par saccades.

— Il faut l'emmener à l'intérieur, où il fait plus frais, déclara Ellen.

Comme notre maison se trouvait encore à une centaine de mètres, la femme flic proposa de le conduire en voiture.

— Je rentre avec lui, annonça Ellen, s'imaginant, selon moi, que si je restais seul avec l'inspecteur Duckworth, j'en apprendrais davantage sur l'événement de la veille.

— Il semble en état de choc, remarqua Barry tandis que la voiture s'éloignait vers notre domicile.

— Tu ne le serais pas, à sa place ? Si ton meilleur ami se faisait tuer en même temps que toute sa famille ?

Barry acquiesça en hochant lentement la tête.

— Alors, quelle est ta théorie ? repris-je. Que tout ça est lié à l'affaire sur laquelle travaillait Albert ? Ils ont pris quelque chose ? La maison a été retournée ?

Barry semblait pensif.

— J'ignore la raison de ce foutu massacre, Jim. Tout ce que je sais, c'est qu'il y a eu trois morts. Et que ça va soulever une sacrée curiosité. Je doute qu'on ait vu un triple meurtre depuis longtemps par ici, si jamais il y en a eu. Quelques assassinats isolés ces derniers temps, mais trois d'un coup…

Il s'interrompit, puis reporta les yeux en arrière, vers la route. Il paraissait observer notre boîte aux lettres.

Il n'y avait que celle-là, avec le nom de Cutter dessus. L'hiver précédent, j'avais dû la réparer car un chasse-neige l'avait renversée. Les Langley louaient une boîte postale en ville. Albert n'aimait pas l'idée que sa correspondance traîne dans une boîte au bord de la route, à disposition du premier venu.

— Qu'est-ce que tu regardes ? demandai-je à Barry.

— Hein ? fit-il, comme s'il avait été en train de rêvasser. Rien.

4

Avant que je puisse demander autre chose à Barry, notre attention fut attirée par l'arrivée d'une voiture. Une longue automobile noire, qui ralentissait à l'extrémité du chemin. Barry leva les yeux au ciel et soupira.

— Ben mon vieux, on peut tous dormir sur nos deux oreilles, maintenant. Le big boss est là.

Il s'agissait d'une Mercury Grand Marquis aux vitres fumées. Je ne la voyais que de profil, mais je savais que ses plaques d'immatriculation indiquaient « PF1 ». Avec tous les véhicules de police déjà présents, la Mercury n'avait pas la place de se garer, alors le chauffeur décida de mettre les warnings et de bloquer une file de circulation.

Barry et moi étions à présent côte à côte, attendant l'apparition du grand homme. Barry me lança :

— Dis-moi pourquoi tu l'as fait ?

— Pardon ?

Je pensais toujours aux Langley et la question de Barry sonnait un peu désagréablement à mes oreilles.

— Pourquoi tu lui as flanqué ton poing dans le nez ? Combien de fois tu vas m'obliger à te le demander ?

— Ce n'est qu'une rumeur, Barry.

— Pas un fonctionnaire de Promise Falls, ni d'ailleurs personne d'autre en ville, n'ignore que tu as cogné le maire. C'est un peu comme notre légende urbaine à nous.

— Il ne faut pas croire tout ce qu'on raconte.

— Eh bien, rétorqua Barry, c'est une des histoires que j'ai choisi de croire. Celle-ci, et celle d'Elvis travaillant comme cuistot au snack à la sortie de la ville.

Il regardait le chauffeur sortir de la Grand Marquis : un grand type blond, mince, la trentaine bien tassée, coupe de cheveux ringarde – paillasson sur le dessus et longs dans la nuque.

— Enfin, Jim, reprit-il, le maire se pointe à une réunion du conseil municipal avec le nez comme une orange, et devine qui ne fait plus partie de son personnel, comme par hasard ? Quand on pense que tu pourrais toujours être en train de travailler avec Lance, là-bas, si tu n'avais pas tout fichu en l'air.

— Je suis ravi de la façon dont les choses ont tourné, répliquai-je.

Le chauffeur posait la main sur la portière arrière de la limousine.

— Ce que j'ai entendu dire, poursuivit Barry, c'est que, bien que tu aies fichu ton poing dans le nez du maire, tu lui as demandé une lettre de références après, et tu l'as obtenue. Je suppose que c'était avant de décider de te mettre à ton compte. En tout cas, moi, ça me fait penser que tu as quelque chose d'assez dingue sur lui. Il n'a jamais porté plainte contre toi, et pourtant s'il y a un salaud revanchard dans le coin, c'est bien Randall Finley.

Sur ce, la portière s'ouvrit, et le maire émergea de la voiture. C'était un homme de petite taille, l'exemple type du complexe de Napoléon. Il se tenait comme s'il mesurait un mètre quatre-vingt-quinze au lieu d'un mètre soixante-cinq. Lui aussi avait choisi de laisser sa veste dans la voiture, et il remonta son pantalon, debout sur la chaussée brûlante, contemplant la scène du crime à travers une paire d'Oakley fumées.

Il héla Barry :

— Inspecteur Duckworth !

— Montre-moi comment tu te précipites ventre à terre, lui chuchotai-je.

Mais Barry s'approcha du maire d'un pas mesuré, comme s'il se retenait à tout prix de courir, ne voulant pas que je le soupçonne de bondir chaque fois que le maire le lui ordonnait, même si c'était exactement le cas.

Tandis qu'il rejoignait le maire, le chauffeur, vêtu d'un pantalon décontracté et d'un T-shirt bleu qui avait l'air de coûter deux cents dollars, s'avança dans ma direction.

— Cutter, dit-il. Mon vieux pote Cutter.

— Lance.

S'il existait un type à qui ce prénom collait parfaitement, c'était bien Lance Garrick.

— Beaucoup d'animation par ici, aujourd'hui, observa-t-il, esquissant un sourire.

— Mes voisins ont été assassinés. Mon fils vient de perdre son meilleur ami.

Lance haussa les épaules.

— Ce genre de merdes, ça arrive. Surtout quand tu es dans les parages.

Je ne voyais pas l'intérêt de répondre. Discuter avec le type qui avait repris le boulot que j'avais quitté ne risquait pas d'améliorer une journée déjà pourrie.

— Le maire a reçu un coup de fil pour les Langley, expliqua Lance, retrouvant sa dignité. Il a voulu qu'on fasse un saut, pour voir ce qui se passe. Il connaissait plutôt bien Albert Langley, tu sais ?

Je fis signe que oui.

Lance montra du menton la route et mon pick-up, gloussant sous cape.

— Bon, alors, comment marche l'entretien de pelouses ?

— Bien, répondis-je.

— Tu m'épates, Cutter. Quitter un petit boulot peinard pour aller tondre des pelouses ! Moi, je faisais ça quand j'étais môme. Pour quelques baraques dans ma rue. Bien sûr, ajouta-t-il en secouant la tête d'un air faussement perplexe, je n'avais pas de motoculteur sur lequel me balader. Ça doit être marrant. Mais même si j'avais pu m'en payer un, pas sûr que ç'ait été le genre de métier que je rêvais de faire une fois adulte. Est-ce qu'il existe, comme qui dirait, des cours à suivre, une sorte de diplôme qu'on peut passer à Thackeray ? « Débroussaillage niveau 1 » ? Hé, t'as jamais pensé à élargir tes activités ? Monter une tournée de distribution de journaux, par exemple ?

— Tu as vraiment pris la bonne décision, Lance, ripostai-je. Tu as le droit de torcher le cul du maire de Promise Falls n'importe quand. Je t'envie.

Il fit semblant de trouver ça drôle.

— Ouais, bon, si j'étais viré d'un boulot, je serais tenté de cracher dessus aussi, tu sais.

Si Lance tenait à croire que j'avais été viré, ça ne me posait aucun problème.

Barry revenait de son petit échange avec le maire.

— Il veut te parler, m'annonça-t-il.

— Il n'a qu'à me le demander lui-même. Depuis quand tu transmets ses messages ?

Barry parut embarrassé, mais Randall Finley lui épargna de devoir se justifier en me criant :

— Hé, Cutter ! T'as une minute ?

Je franchis la distance qui nous séparait. En m'approchant, je me rendis compte que le moteur de la Marquis tournait toujours, crachant des gaz d'échappement dans l'air brûlant et humide. La chaleur s'échappait en volutes du capot. Peut-être que si je les regardais assez longtemps, un mirage apparaîtrait.

— Sale affaire, déclara Finley.

— Ouais.

— J'ai dit à Barry de se mettre à fond là-dessus.

— Je suis sûr qu'il le fera.

— Albert était un homme bien, poursuivit Finley. Il a souvent bossé pour moi. Chic type. C'est affreux.

— Mmm.

— Et habiter juste à côté de là où un truc pareil s'est passé, ça me filerait les chocottes, c'est sûr.

Comme je restais silencieux, il continua :

— Écoute, tu devrais passer au bureau, un de ces jours. Je t'ai quasiment plus vu depuis ton départ.

— J'ai été pas mal occupé.

— Comment va Ellen ? (Si je ne l'avais pas connu, j'aurais pu croire que Finley était réellement intéressé.) Elle travaille toujours à la fac, sous Conrad ? (Il se reprit.) Euh, c'était maladroit, non ?

— Randall, je peux faire quelque chose pour toi aujourd'hui, ou tu as juste envie de reparler du bon vieux temps ?

— Je voulais simplement te dire qu'on fera tout ce qui est en notre pouvoir pour découvrir ce qui est arrivé ici. C'est un crime horrible. Promise Falls n'a jamais rien connu de tel. Un triple meurtre. Un des citoyens les plus éminents de la ville, un avocat pénaliste réputé, assassiné.

Je souhaitais retourner voir comment allait Derek. Je m'apprêtais à faire demi-tour lorsque Randall Finley ajouta :

— Cutter, tu me dois plus de respect que ça. Je t'ai fait une fleur. Agresser un fonctionnaire, un maire, quand même, merde ! Tu aurais pu aller en taule. J'ai pris beaucoup de choses en considération pour enterrer l'affaire.

Je me retournai et m'approchai de lui jusqu'à ce que mon nez se trouve à cinq centimètres du sien, même si cela m'obligeait à me pencher un chouïa.

— Si tu veux porter plainte, il n'est sans doute pas trop tard. Ça ne fait jamais que deux ans. Je suis certain que Barry, là-bas, prendrait ta déposition.

Le maire sourit et me tapa sur l'épaule.

— Eh, Jim, doucement, je te taquine, c'est tout. Pour dire la vérité, je regrette que tu ne travailles plus pour moi. Lance a beau être gentil, il passe sa vie à regarder dans le rétro, à vérifier sa coiffure, ou qu'il n'a rien de coincé entre les dents. Je t'aimais bien. Tu surveillais toujours mes arrières.

— Il est vrai que plein de gens dans cette ville seraient ravis de te planter quelque chose dans le dos. À peu près tous ceux, parmi le personnel municipal, que tu as accusés de mal faire leur boulot, et plus récemment un foyer de mères célibataires.

— Oh, ça, riposta Finley avec un geste évasif. Un simple petit malentendu. Cela ne serait jamais arrivé si tu avais travaillé pour moi. Toi, tu ne m'aurais pas laissé entrer là-dedans et faire le con comme ça.

Je rebondis sur ses propos :

— Et qu'est-ce que Lance te laisse faire d'autre et qu'il ne devrait pas ?

Finley eut un sourire nerveux.

— Rien. Il n'est pas si mauvais que ça, en réalité. Je dois juste m'assurer qu'il ne m'arrange pas de rendez-vous foireux, tu me comprends, hein ? ajouta-t-il avec un clin d'œil.

— Je vais voir comment va ma famille, annonçai-je, avant de lui tourner le dos et de m'éloigner.

Il me cria, assez fort pour que les autres entendent :

— Entendu, Jim ! Si tu as besoin de quoi que ce soit, fais-le-moi savoir.

Alors que je passais devant Barry, celui-ci me glissa :

— Cette histoire de poing dans le nez, tu sais ? Jamais aucun jury ne t'aurait déclaré coupable.

Je trouvai Ellen et Derek assis à la table de la cuisine. Il se tenait la tête entre les mains et elle, tournée vers lui, tendait une main hésitante vers son bras.

— Je sais que c'est un choc, disait-elle doucement lorsque je franchis le seuil de la pièce.

Derek acquiesça, mais sans relever les yeux, ni ôter les mains de son visage.

— On est tous en état de choc, poursuivit Ellen. Ça n'a pas de sens. Et ça n'en aura pas tant qu'on ne saura pas pourquoi c'est arrivé. Même après, il se peut que ça n'en ait pas plus.

Elle pivota dans ma direction, me jeta un regard désespéré. Je vis un verre à pied de vin blanc sur le comptoir, à moitié vide. Elle surprit mon regard.

Je posai les mains sur les épaules de Derek, peu convaincu que des paroles puissent arranger quoi que ce soit à ce moment précis. Il écarta les siennes de son visage, et, sans me regarder, baissa une de mes mains dans son cou, m'attirant plus près de lui. Ellen se rapprocha aussi, et nous avons tous les deux étreint notre fils tandis qu'il continuait de pleurer.

5

La police passa une bonne partie de l'après-midi en allées et venues dans et hors de la maison. Ellen fit du café pour ceux qui en voulaient malgré la chaleur étouffante, et du thé glacé pour ceux qui préféraient quelque chose de frais. Je remarquai qu'elle n'offrit de vin blanc à personne, et qu'elle avait fini son verre puis l'avait mis dans le lave-vaisselle avant de jouer les hôtesses. Je ne savais pas bien si Barry Duckworth et les autres flics se pointaient sans cesse parce qu'ils pensaient qu'on avait oublié de mentionner un détail, ou juste pour l'air conditionné.

Derek finit par se calmer et se réfugia dans sa chambre où, tour à tour, il tripotait ses ordinateurs et s'allongeait à plat ventre sur son lit. Il paraissait très fatigué, comme s'il n'avait quasiment pas dormi la nuit précédente.

Lorsqu'il sembla qu'on allait enfin nous accorder un répit avec les questions, Ellen nous servit à tous deux du thé glacé, que nous emportâmes sur la terrasse derrière la maison. Elle était assez ombragée, et il y soufflait d'habitude une petite brise.

Une fois installés sur nos sièges Adirondack, aucun de nous ne parla durant quelques minutes. Puis Ellen but une gorgée de thé et demanda :

— Tu crois qu'il va s'en remettre ?

— Il lui faudra du temps. Peu d'ados perdent un copain de cette façon.

— Je me suis toujours sentie tellement en sécurité ici. Eh bien, ce ne sera plus jamais le cas.

Je laissai ces mots planer un moment avant de reprendre la parole.

— Ce qui est arrivé chez les Langley ne signifie pas nécessairement que nous sommes moins en sécurité qu'avant.

Ellen me jeta un regard en coin.

— Qu'est-ce que tu veux dire ?

— Il n'y a aucune raison que ce qui s'est passé là-bas ait le moindre rapport avec nous.

— Qu'est-ce que tu me chantes ? C'était quand même juste *là*, répliqua-t-elle en pointant le doigt vers la maison voisine.

— Ce que je suis en train de dire, c'est que des choses comme ça n'arrivent pas sans raison. Et quelle que soit cette raison, ça n'a rien à voir avec nous.

— Sauf s'il s'agissait d'un psychopathe cinglé qui choisit les gens au hasard, rétorqua Ellen.

— Même.

Elle rejeta mes arguments d'un hochement de tête.

— Je ne te suis pas. Est-ce que tu essayes de présenter la situation sous le meilleur angle possible ?

— Je te demande de m'écouter une seconde. Étudions les différents scénarios possibles. Un double meurtre suivi d'un suicide, par exemple.

— La police n'a rien dit dans ce sens, objecta-t-elle.

— Je sais. Je ne fais que le suggérer. Si c'était un assassinat suivi d'un suicide, ça reste une tragédie indépendante. Épouvantable, certes, mais sans aucun impact sur notre sécurité.

— OK, fit-elle sans conviction.

— Maintenant, vu que ça ne semble pas être un meurtre-suicide, passons au scénario suivant, à savoir que les Langley ont été tués pour une raison précise. Ou alors juste Langley lui-même, et Donna et Adam auraient été assassinés en tant que témoins, quelque chose dans ce goût-là. Ça pourrait être lié à une affaire suivie par Albert, peut-être celle où il a fait acquitter ce gosse qui a battu l'autre à mort. Je suis certain que Barry va passer tous ses dossiers au peigne fin, interroger les gens de son cabinet, vérifier sur quelles affaires il était, qui pouvait être en boule contre lui pour ne pas lui avoir épargné la prison, ou qui pourrait l'être parce qu'il a évité la prison à d'autres alors que la partie adverse pensait qu'ils auraient dû y aller.

— Essaye de répéter ça, pour voir, railla Ellen.

— Oui, bon, tu me suis, grosso modo. Quoi qu'il en soit, il a pu y avoir une raison particulière à ce qui s'est passé, ce qui signifie encore une fois que nous n'avons pas lieu d'être inquiets pour notre sécurité.

Je guettai la réaction d'Ellen. Elle n'en eut pas vraiment, mais je la sentais sceptique.

— C'est typique de toi, remarqua-t-elle. Tu cherches toujours à me rassurer. Sauf que là, c'est peine perdue. Ç'aurait pu être un cambriolage. Quelqu'un qui serait entré par effraction dans la maison des Langley et aurait fini par les tuer. Tu ne peux pas dire que ce genre de chose ne pourrait pas arriver ici, arriver n'importe où ailleurs.

— Très juste. Alors mettons que ce soit un cambriolage, ou l'acte d'un dément. Un tueur en série qui se déplace. Il débarque chez les Langley par hasard, comme ça, sorti de nulle part. Même si le filon « tueur en série » au cinéma rend tout le monde complètement parano, il y a une chance sur un million qu'un truc pareil arrive à une famille. Voire une chance sur cent millions. Quand tu penses à ce nombre de chances, à ton avis, il y en a combien pour que ce genre de chose arrive également à tes plus proches voisins ?

— C'est ça, ta théorie ? rétorqua Ellen. Qu'on est en quelque sorte à l'abri des balles – sa propre métaphore la fit grimacer – parce que la foudre ne tombe pas deux fois au même endroit ? Donc, qu'un tueur en série dément ne va pas frapper deux maisons côte à côte ?

Je bus une gorgée de thé glacé. Un nouvel argument venait de me traverser l'esprit.

— Bon. Mettons que ç'ait été l'inverse. Qu'un chouette événement soit arrivé aux Langley. Qu'ils aient gagné au loto, par exemple. Tu aurais eu le sentiment d'être la prochaine sur la liste à gagner aussi ?

— J'aurais sans doute au moins été acheter un billet, répliqua Ellen.

Elle m'étudia un moment en silence puis déclara :

— Je crois que tu dis n'importe quoi. On devrait mettre la maison en vente et ficher le camp d'ici.

Ensuite, elle se leva et rentra.

Pour être honnête, au moment même où je parlais, je savais moi aussi que je disais n'importe quoi.

Plusieurs journalistes nous passèrent des coups de fil. Une jeune femme du *Promise Falls Standard* tomba sur Ellen et essaya de lui arracher un commentaire. Quant à moi, je pris deux appels du *Times Union* et du *Democrat Herald* d'Albany, et déclarai n'avoir rien à dire. Une chose que j'avais apprise en travaillant pour le bureau du maire était qu'on voyait rarement sa vie s'améliorer après avoir été cité dans un journal. À diverses reprises dans la journée, je repérai également toutes sortes de fourgons de télévision garés sur la route, mais les flics ne laissaient personne emprunter le chemin. J'imaginais Barry ravi de répondre aux questions devant les caméras. Il adorait passer à la télé, adorait se voir aux infos du soir. J'espérais seulement qu'il penserait à rentrer sa chemise dans son pantalon auparavant. Je doutais que les téléspectateurs soient disposés à voir un gros plan sur son bide poilu luisant de transpiration.

Lorsque les flics n'étaient pas en train de nous interroger, ils se baladaient partout. Des types en combinaisons blanches avaient fouillé toute la maison des Langley. D'autres arpentaient le jardin, donnant l'impression d'examiner chaque brin d'herbe. Une fois, je les aperçus par la fenêtre de devant, qui marchaient à petits pas entre les arbres, cherchant quoi, je n'en avais pas la moindre idée. Plus tard dans la journée, une entreprise de dépannage envoyée par la police de Promise Falls vint remorquer la Saab d'Albert Langley et l'Acura de Donna Langley.

En fin d'après-midi, le téléphone sonna une fois de plus, et ce fut moi qui décrochai.

— Jim.

Peu de gens savent mettre autant de contenu dans un simple mot, sont capables, rien qu'en prononçant votre prénom, d'affirmer leur autorité et le sens de leur supériorité. Conrad Chase accumulait arrogance, prétention et condescendance dans une seule syllabe comme s'il bourrait un sac de voyage de bouse de vache. Peut-être en avait-il le droit. Ancien professeur devenu président de la fac de Thackeray, auteur d'un unique best-seller, et par-dessus le marché, patron d'Ellen, il était mêlé à nos vies, d'une façon ou d'une autre, depuis notre installation à Promise Falls, et j'aurais dû finir par trouver un moyen de le supporter. Mais il m'est difficile d'accepter certaines choses.

— Oui, Conrad.

— Jim, reprit Chase, je viens d'apprendre, pour Albert. Et Donna, ainsi que leur garçon, Adam, c'est ça ? Seigneur, c'est inimaginable.

— En effet, Conrad.

— Vous tenez le coup ? Comment va Derek ? Adam et lui étaient amis, n'est-ce pas ? Et Ellen ? Comment va-t-elle ?

— Je vais te la passer.

— Non, c'est bon, je ne veux pas la déranger.

Ben voyons.

— Je voulais juste savoir comment vous alliez. Illeana et moi sommes bouleversés par tout ça. Et bien que ce soit tragique, horrible pour les Langley, ça doit être un sacré choc pour vous, habitant la maison voisine. Vous avez entendu quelque chose ?

— Rien du tout.

— On leur a tiré dessus, si je ne me trompe ?

— C'est ce que j'ai compris.

— Trois personnes tuées par balles, nom de Dieu. Et vous, vous n'avez rien entendu ?

Comme si c'était notre faute. Ou peut-être seulement la mienne. Si j'avais entendu quelque chose, si j'avais entendu le premier coup de feu, j'aurais pu éviter que ça ne tourne au bain de sang complet, par exemple.

— Non, répétai-je. On n'a rien entendu.

— La police sait ce qui s'est passé ? Ce n'est quand même pas une histoire de meurtre suivi d'un suicide, dis-moi ?

— Il ne semblerait pas. Mais je n'en sais vraiment pas plus.

— Illeana et moi passerons voir comment vous allez.

— On se réjouit d'avance.

— Alors d'accord.

Pour un auteur encensé et ancien prof de lettres supposé connaître une ou deux choses sur l'ironie, Conrad donnait l'impression d'être étrangement imperméable au sarcasme.

— Je dirai à Ellen que tu as appelé, promis-je avant de raccrocher.

À la tombée de la nuit, les choses parurent se calmer, mais dire que tout était rentré dans l'ordre serait exagéré. Je me demandais si la vie par ici redeviendrait réellement normale un jour. Ellen et moi réussîmes néanmoins à préparer un dîner – rien de bien folichon : une salade et des hamburgers au barbecue – qui nous réunit tous les trois autour de la table.

N'empêche qu'il n'y eut pas beaucoup de conversation.

Après le dîner, Ellen me dit de rester tranquille, de regarder la télévision ou de lire le journal, qu'elle débarrasserait. La soupçonnant, en fait, de vouloir que je la laisse seule dans la cuisine, je m'éloignai quelques minutes, puis revins d'un pas nonchalant, sous le prétexte de faire du café. Je vis un verre de vin presque vide à côté de l'évier, devant lequel se tenait Ellen. Elle tendait la main pour le prendre quand je lançai :

— Hé !

Elle sursauta et, en se retournant, heurta le verre qui tomba au fond de l'évier empli d'eau chaude et savonneuse.

— Nom d'un chien, ne me fais pas des plans pareils, protesta-t-elle. Surtout en ce moment.

— Ça va ?

— Oui, très bien. Bien sûr que je vais bien. Enfin, je veux dire, merde, non, ça va pas. Comment est-ce que ça pourrait aller ?

Je sortis de l'eau le verre à pied, le mis sur le comptoir.

— Il aurait pu se casser, là-dedans, au milieu de la vaisselle ordinaire, fis-je remarquer.

Ellen me fixa.

— C'était juste pour me détendre.

— Bien sûr.

— La journée s'y prête, tout de même, plaida-t-elle. S'il y a bien un jour où j'ai le droit de boire un coup, c'est aujourd'hui. Au moins je ne fume plus.

J'opinai et repartis dans le séjour.

La police nous avait annoncé qu'une personne resterait sur place vingt-quatre heures sur vingt-quatre durant les jours suivants. Une voiture noir et blanc était garée au bout du chemin, près de la route, et du ruban signalétique cernait encore le domicile des Langley, comme si des farceurs avaient encerclé les lieux de papier-toilette, mais proprement, et avec du papier jaune.

La présence policière ne rendit pas le sommeil d'Ellen plus facile. Elle traversa plusieurs fois la maison, vérifia portes et fenêtres. Elle me demanda d'aller voir dans la remise, attendant sur le pas de la porte tandis que je faisais le tour du camion – les flics avaient fini par me laisser le ramener de la route – et que j'inspectais le bâtiment où je rangeais mes tondeuses, outils et autres bricoles, y compris mes anciens tableaux.

— Tout est impec, assurai-je en rentrant dans la maison, sans relever que notre propriété était entourée d'arbres, et que si quelqu'un nous observait, il n'avait nul besoin de la remise pour se cacher. Le nombre d'endroits où se planquer semblait illimité.

Une fois au lit, Ellen essaya de lire un moment mais finit par abandonner.

— Je reste sur le même paragraphe, encore et toujours, soupira-t-elle, et je n'ai pas la moindre idée de ce que je viens de lire.

J'avais envie de sortir quelque chose du style « Tu relis le bouquin de Conrad, c'est ça ? » mais je réussis à tenir ma langue et lui demandai :

— Pas facile de se concentrer vu les circonstances, hein ?

Elle hocha la tête, posa son bouquin au pied de la lampe de chevet, leva la main vers le bouton et éteignit. Je m'enfouis plus profondément sous la couette, et chacun de nous fixa le plafond un moment. J'ignore combien de temps pour ma part, mais je finis sans doute par m'endormir, car je faisais un rêve dans lequel j'étais juché sur le motoculteur, escaladant une pente de plus en plus raide, jusqu'à ce que l'avant de la tondeuse se soulève du sol et commence à basculer par-dessus ma tête et...

Ellen me planta un coude dans le côté aux environs de minuit, et je me réveillai en sursaut.

— Qu'est-ce qu'il y a ? Le détecteur de fumée ?

— Non, c'est pas ça, chuchota-t-elle d'un ton pressant.

— Alors quoi ?

Mon cœur s'emballa aussitôt.

— J'ai entendu quelque chose.

— Quoi ? Où ?

— Une porte. J'ai entendu une porte en bas.

— Tu as peut-être rêvé ?

— Non, rétorqua-t-elle. J'étais déjà réveillée. Je n'ai pas encore réussi à m'endormir.

Je repoussai les draps et, vêtu seulement d'un boxer-short bleu marine, me glissai hors de la chambre.

— Fais attention ! me recommanda Ellen à voix basse.

— Appelle la police, répliquai-je sur le même mode.

Si par hasard nous avions la visite des mêmes types qui étaient entrés chez les Langley la veille – mes théories de l'après-midi s'effondraient lamentablement, tout d'un coup –, c'était maintenant ou jamais qu'il fallait demander de l'aide. J'ignorais si le véhicule de police garé près de la route était toujours posté là-bas ou non, et il n'y avait aucun moyen de le savoir depuis le seuil de notre chambre, en pleine nuit noire.

En passant devant la porte de Derek, je vis qu'elle était fermée, ce qui me fit supposer qu'il se trouvait à l'intérieur, endormi, bien que mon fils ne nous tînt pas franchement au courant de ses allées et venues. Je descendis l'escalier, me sentant tout nu, non tant parce que je ne portais qu'un caleçon, mais parce que je n'avais rien dans les mains. Nous ne possédions pas d'armes dans la maison, là, j'aurais été heureux d'en avoir une. Je me serais contenté d'une batte de base-ball, mais nous n'en avions pas non plus, du moins pas à portée de main. Ou alors au sous-sol, rangée derrière la chaudière. Peut-être que si je parvenais à atteindre la cuisine sans tomber sur personne avant, je pourrais m'armer d'une poêle à frire en fonte, ou de l'extincteur accroché près de la cuisinière. Recevoir un coup de ce monstre sur la tête devait être très désagréable.

Arrivé en bas, j'entendis à l'étage Ellen chuchoter nerveusement au téléphone. Je repérai à l'extrémité du séjour, dans la cheminée, un tisonnier suspendu parmi d'autres ustensiles. Voilà qui ferait l'affaire.

Je m'en approchai à pas de loup, fis délicatement glisser la barre pointue hors de son support. Son poids dans ma main me plut, et je me sentis, sinon soulagé, du moins un peu mieux préparé.

Je me dirigeai dans le noir vers la cuisine, où mes yeux se posèrent sur le verrou de la porte de derrière. Le bouton était en position verticale, donc débloqué. Impossible qu'Ellen ait oublié de verrouiller cette porte. Si elle ne l'avait pas vérifiée dix fois, elle ne l'avait pas vérifiée du tout.

Y avait-il quelqu'un dans la maison ? Ou quelqu'un était-il déjà entré et reparti ?

Je stoppai net, retenant ma respiration, l'oreille aux aguets. Il me semblait distinguer un murmure, des voix, mais pas à l'intérieur. Dehors, sur la terrasse de l'autre côté de la porte de la cuisine.

Je m'avançai, puis, avec mille précautions, je mis la main sur la poignée, la tournai silencieusement, et quand je fus certain qu'elle était tournée à fond, j'ouvris la porte à toute volée. Je voulais que l'élément de surprise soit de mon côté.

Gagné.

Il y eut un cri, un cri féminin, aussitôt suivi d'une exclamation masculine : « Putain ! »

Au premier étage, Ellen hurla : « Jim ! Jim ! »

Le cœur toujours battant, j'appuyai sur l'interrupteur près de la porte, et la lumière éclaira Derek et sa petite amie Penny Tucker. Je l'avais rencontrée assez souvent pour la reconnaître, même sous cette lumière réduite.

Ils devaient être assis sur les marches de la terrasse menant à la remise, en train de bavarder, mais à mon apparition ils avaient tous deux sauté sur leurs pieds et Derek avait rattrapé Penny, qui avait failli se casser la figure.

— Nom de Dieu, papa, tu nous as foutu une de ces trouilles ! me cria-t-il. T'es malade ou quoi ?

Penny, qui avait suffisamment de bon sens pour ne pas blasphémer devant le père de son petit ami, reprit son souffle et ajouta :

— Monsieur Cutter. C'est simplement nous, d'accord ?

C'est alors qu'on entendit les sirènes approcher sur la route. Et que le véhicule garé à l'extrémité de l'allée fonça en direction de la maison, puis dérapa sur les graviers tandis que le chauffeur freinait à mort.

— Merde, dis-je.

6

Bon, la fameuse petite affaire du nez du maire.

Je pense que c'était le genre de geste qu'aux prud'hommes on qualifierait d'« entrave à la carrière ». « Terme » à la carrière serait plus exact, mais à vrai dire, si j'avais eu l'occasion de reprendre les choses de zéro, je ne vois pas lesquelles j'aurais faites autrement. Bien que c'eût été chouette de casser réellement le nez du maire, au lieu de juste le mettre en sang.

J'avais décroché cet emploi à son bureau un peu plus de six ans auparavant, et en avais passé quatre avec Randall Finley avant de m'installer à mon compte. Travailler pour lui avait quand même eu du bon. La paye était plutôt correcte. Il n'y avait pas trop de gros colis à porter, sauf si on tenait compte de la nécessité de fourrer le maire à l'arrière de sa voiture quand il était bourré. Et être garde du corps de Randall Finley ne constituait pas exactement une affectation présidentielle. On n'avait pas à se balader avec une oreillette en chuchotant à des collègues des trucs comme : « Le vantard se met en mouvement. » Tant mieux, d'ailleurs, parce que j'aurais dû me payer une paire de lunettes noires à deux cents dollars, alors que j'ai toujours été du genre à les acheter au drugstore.

D'accord, Finley s'était aliéné la plupart des syndicats de la ville, s'était moqué d'eux, avait accusé tous leurs membres de rester assis sur leur gros cul collectif. Promise Falls, avec une population de quarante mille habitants, avait beau ne pas être la plus grosse ville de l'État de New York, il n'en fallait pas moins un certain nombre de gens pour entretenir les canalisations d'eau, fournir le contingent nécessaire de sapeurs-pompiers, ramasser les ordures. Or Finley avait réussi à leur taper à tous sur les nerfs à un moment ou un autre. Peu de membres du conseil municipal auraient pissé sur la tête du maire si elle avait pris feu ; mais le bonhomme n'en constituait pas pour autant une cible pour un assassin. S'il fallait à l'occasion lui faire traverser un piquet de grève ou une rare manifestation devant l'hôtel de ville, personne ne l'aurait pris pour cible avec un fusil du haut de l'observatoire (pour peu qu'on en ait eu un). Avec tous les banquets où devait se rendre le patron, je bénéficiais de plein de repas gratuits, et il côtoyait aussi les célébrités quand leurs activités officielles les amenaient en ville. Une fois, Promise Falls avait été choisi pour un tournage, et je me suis retrouvé à un mètre cinquante de Nicole Kidman. Le maire lui a serré la main mais, malgré ma proximité, il n'a pas pris la peine de me présenter. Je n'étais que le larbin.

Cela dit, je savais bien avant ça que mon patron était une vraie tête de nœud. Je crois l'avoir intégré environ une heure après qu'il m'eut engagé comme chauffeur : alors que nous étions arrêtés à un feu rouge, un sans-abri s'est approché de la portière du maire pour lui réclamer un peu de monnaie. Finley a baissé sa vitre et, au lieu de jeter une pièce au type, lui a balancé : « Je te refile un tuyau gratuit, mon pote. Achète bas et vends haut. »

L'épisode de son irruption au foyer de mères célibataires avant de vomir sur le tapis du hall d'entrée était un peu plus spectaculaire que ses exploits habituels, mais restait tout à fait dans son style. Pourtant, sa popularité n'était pas si difficile à expliquer. Il avait un côté « individu lambda » qui plaisait. Il préférait chasser le canard plutôt qu'aller à l'opéra. On aurait pu croire, dans une ville dotée d'une fac et qui avait sa part d'intellos snobinards et de poseurs qui se la jouaient artistes, que Finley satisferait modérément, mais une majorité des habitants ordinaires de Promise Falls, qui n'avaient rien à voir avec l'université, le voyaient comme leur pote, et voter pour lui était une façon de taper sur tous ces bêcheurs du campus qui se croyaient supérieurs au reste de la terre.

Finley possédait toutefois assez de jugeote politique pour savoir comment flatter aussi la clique universitaire. La fac de Thackeray, bien que petite, était reconnue dans le pays. Au fil des années, le festival littéraire qu'organisait Ellen avait fait venir des gens comme Margaret Atwood, Richard Russo ou Dave Eggers, et attirait en ville des milliers de touristes ; Finley n'allait pas gâcher ça. Les commerçants locaux – ceux qui avaient réussi à tenir le coup face au Wal-Mart – comptaient trop là-dessus. Il était toujours présent lors de l'ouverture, et ça l'aurait tué à coup sûr de se laisser piquer la vedette par le président de Thackeray, Conrad Chase, dont l'ego rivalisait avec le sien. Chase se considérait au même niveau que les stars que le festival parvenait à faire venir, ayant lui-même sorti huit ans plus tôt un best-seller encensé par la critique – un coup miraculeux qu'il avait été incapable de reproduire. Non seulement l'ex-prof de littérature avait échoué à pondre un nouveau succès, mais il n'avait pas écrit d'autre livre, du moins, pas pour la consommation publique.

Cependant, jamais je n'avais flanqué mon poing dans le nez de Conrad, malgré l'envie qui me démangeait depuis des années d'en faire bien davantage.

Alors revenons-en au maire.

Il m'avait demandé de le déposer au Holiday Inn, dans la partie nord de la ville. Ça se trouvait assez loin du centre pour offrir un certain incognito, mais on était quand même loin de l'anonymat de Las Vegas. Ce qui se passait au Holiday Inn de Promise Falls ne restait pas nécessairement entre ses murs.

J'avais rapidement appris à ne jamais me montrer trop curieux sur les intentions du maire lors de ses déplacements. J'en savais le plus gros sans avoir à demander. J'étais au courant des réunions de Finley par sa secrétaire. J'avais une copie de son emploi du temps, et puis je l'entendais jacasser à tort et à travers au téléphone sur la banquette arrière.

De temps en temps, certains rendez-vous ne figuraient pas sur son agenda, et c'était le cas de celui-ci.

Il y avait toujours de fortes chances que ces réunions hors planning soient organisées par Lance Garrick, le chauffeur auxiliaire et coursier à tout faire du maire. Pour un tas de gens à Promise Falls, Lance était le mec ad hoc pour faire une partie de cartes clandestine, picoler quand les magasins étaient fermés, trouver un bon tuyau sur un cheval à Saratoga, ou même une fille.

Les paris, les beuveries ou les putes ne m'intéressaient guère, et je trouvais l'association du maire avec Lance imprudente, susceptible de lui causer un jour des ennuis. Mais bon, j'étais son chauffeur, pas son conseiller politique. Il pouvait bien faire ce qui lui chantait.

Lorsqu'un soir, à la fin d'une réunion du conseil municipal, Finley m'annonça qu'il voulait se rendre au Holiday Inn, je ne dis rien, même si je n'avais vu aucune réunion dans un hôtel mentionnée sur son programme de la journée. Je mis la Marquis sur Drive et pris la direction de l'hôtel.

Le maire était d'humeur particulièrement enjouée.

— Alors, Cutter, lança-t-il. C'est quoi, cette histoire, comme quoi tu ferais de la peinture ?

Je jetai un coup d'œil dans le rétroviseur.

— Où vous avez entendu ça ?

— Oh, le bruit court. C'est vrai ?

— Oui, je peins.

— Tu peins quoi ? demanda Finley.

— Des paysages, surtout. Parfois des animaux, des portraits.

— Ah merde, ce genre de peinture-là. Je pensais te faire faire ma cuisine. Laisse-moi te poser une question : est-ce que tu es bon dans les bordures ? Je déteste quand la couleur des murs bave sur le plafond – il éclata de rire. Non mais sérieusement, qu'est-ce que tu fous à me trimballer partout, si tu es peintre ?

— Tous les artistes ne parviennent pas à vivre de leur passion, répondis-je. Il arrive un moment où il faut accepter de n'avoir pas réussi.

Je n'avais jamais été enclin aux confidences avec lui, et c'était la première fois que je lâchais quelque chose qui s'en rapprochait autant. Finley dut s'en rendre compte car il s'abstint de me balancer une réplique.

— Ouais, bon, dit-il. En tout cas, sans rire, si tu veux gagner quelques dollars de plus en repeignant ma cuisine, la proposition tient.

Je le regardai une fois de plus dans le rétroviseur.

— D'accord.

Avant d'arriver au Holiday Inn, Randall Finley m'ordonna de me garer à l'arrière du bâtiment. Il ne tenait pas à ce qu'on voie la Mercury noire devant l'entrée. Cela me donna une idée du genre de réunion prévu.

Je dis que cela ne posait pas de problème.

— Tu as parlé à Lance aujourd'hui ? demanda-t-il.

— Non.

— Vous vous entendez pas très bien, tous les deux, observa le maire.

Comme ce n'était pas une question, je ne fis pas de commentaire.

— Tu sais qu'il pourrait t'apprendre deux ou trois bricoles, poursuivit-il. Il a un excellent réseau. Il connaît un tas de monde. Si tu veux quoi que ce soit, il peut te l'obtenir.

Je mis le clignotant.

— Je n'ai pas besoin de ce qu'il offre.

— Ça n'a rien à voir avec le besoin, c'est une question d'envie, objecta Finley.

Il était dix heures du soir, la journée avait été longue, et je voulais rentrer à la maison, voir Ellen avant qu'elle s'endorme. Je lui demandai s'il préférait que je l'attende ou que j'aille faire un tour et revienne, mettons dans une heure ?

Finley consulta sa montre.

— Quarante-cinq minutes, rectifia-t-il.

Puis il ajouta d'un ton hésitant :

— Si tu devais venir me chercher, au cas où par exemple tu verrais Mme Finley arriver, ma réunion a lieu chambre 143. Tu risques de devoir attendre un moment après avoir frappé. Le mieux, c'est de m'appeler sur le portable.

— OK.

Pas la peine d'être Hercule Poirot pour comprendre ce que Finley manigançait. Ce que j'ignorais en revanche, c'était si ce rendez-vous se situait dans le cadre d'une aventure, ou s'il payait la fille à l'heure. Ou aux trois quarts d'heure. Il ne s'agissait probablement pas d'une employée de l'hôtel de ville. Le maire se méfiait des procès pour harcèlement sexuel. C'était peut-être une personne qui essayait d'obtenir un contrat avec la municipalité. Ou, plus vraisemblablement, travaillant pour le compte de quelqu'un qui espérait un contrat. Il n'y avait pas de limites à ce que certaines sociétés de conseil étaient capables de faire pour décrocher une affaire de plusieurs millions, et peu de limites à ce que le maire aurait accepté en échange.

Je partis acheter un décaféiné au Dunkin Donuts, un kilomètre plus loin sur la route, puis retournai au Holiday Inn et m'installai à un emplacement de parking derrière l'hôtel, avec vue sur une benne à ordures.

Environ trente minutes plus tard, mon téléphone sonna. Je pensai que ça pouvait être Ellen, qui voulait savoir si je comptais rentrer un jour. J'avais envie de lui parler, mais en même temps j'espérais que ce ne serait pas elle. Je n'étais pas fier de faire le pied de grue pendant que mon patron prenait le sien, et j'aimais autant ne pas avoir à le lui dire.

En jetant un coup d'œil au numéro affiché, je vis que l'appel provenait de Son Honneur en personne.

— Oui ?

— Rapplique ! Je suis blessé ! glapit-il.

— Qu'est-ce qui s'est passé ?

— Grouille ! Je saigne.

Comme je n'étais pas auxiliaire médical, je demandai :

— Vous voulez que j'appelle une ambulance ?

— Non, putain, ramène-toi, c'est tout.

Je rejoignis l'avant de l'hôtel, me garai près de la porte principale et me ruai à l'intérieur. Finley avait dit se trouver chambre 143 ; j'en déduisis que cela signifiait au rez-de-chaussée[1]. Je découvris un couloir après le hall, et le suivis en courant jusqu'à la porte 143.

Il y avait une fille appuyée contre le mur quelques pas plus loin. Moins de dix-huit ans, selon moi. Cheveux blonds frisés, nez retroussé, et trop de fard à joues dissimulant mal ses fossettes. Elle portait un top sans bretelles, une mini-jupe et des talons, et me jeta un rapide coup d'œil alors que je frappais à la porte.

— Il y a quelqu'un là-dedans, prévint-elle.

— C'est pour ça que je frappe.

— Elle est occupée, reprit la fille. Mais moi, je suis libre. Je m'appelle Linda.

De l'autre côté de la porte me parvint une voix familière, bien qu'un peu étouffée. Celle du maire.

— Qui est-ce ?

— C'est moi, répondis-je.

Il ouvrit juste assez la porte pour me laisser entrer, tout en restant caché. Une fois dans la chambre, je vis qu'il n'était vêtu que d'un caleçon à pois, avec plein de sang sur le devant.

— Nom d'un chien, qu'est-ce qui... ?

1. Aux États-Unis, le niveau 1 correspond à notre rez-de-chaussée. *(Toutes les notes sont de la traductrice.)*

— C'est pas ma faute, lança une autre voix, jeune et féminine.

La fille gisait au pied du lit, près d'un guéridon et d'une télé renversés. Minijupe, pull décolleté, cheveux raides et bruns tombant sur les épaules. Jambes maigres, plutôt dégingandée. On ne pouvait pas dire qu'elle remplissait son pull. Elle remuait sa mâchoire, comme si elle ne la sentait plus.

— Je crois que j'ai paumé une dent, connard, dit-elle à Randall Finley.

— Bien fait, répliqua le maire. T'es pas censée me mordre le machin, figure-toi.

— T'as fait un bond, riposta-t-elle en reniflant. C'était un accident.

— J'ai aussi appelé Lance, m'apprit Finley. Il arrive.

— Formidable. Laissez-moi deviner. C'est lui qui a organisé cette petite sauterie, hein ?

Le maire ne répondit pas. Je portai mon attention vers la fille. Ce qui m'avait frappé dès l'instant où je l'avais vue était à quel point elle paraissait jeune.

— Tu as quel âge ? lui demandai-je.

Elle se frottait toujours la mâchoire, faisant de son mieux pour m'ignorer.

— Je t'ai posé une question, repris-je.

— Dix-neuf, répondit-elle d'un ton brusque.

Je faillis éclater de rire. Il y avait un sac sur la table de chevet, et je le saisis.

— Hé, protesta la fille. C'est à moi !

Je l'ouvris, commençai à fouiller dedans. Il contenait des rouges à lèvres, d'autres produits de maquillage, une demi-douzaine de préservatifs, un téléphone portable, un petit carnet à spirale et un portefeuille.

— Cutter, bon Dieu, intervint le maire, une main pressée contre son entrejambe. T'occupe pas d'elle. Tu dois m'emmener chez un médecin.

La fille essaya de m'arracher son sac, mais je le tins hors de sa portée. Puis j'ouvris le portefeuille, à la recherche d'un permis de conduire. Ne trouvant aucun autre papier d'identité qu'une carte de Sécurité sociale et une de lycéenne, je supposai qu'elle n'avait même pas l'âge de conduire. Le nom qui figurait sur les cartes était Sherry Underwood.

— D'après ça, Sherry, fis-je valoir en mettant l'accent sur son prénom, tu as quinze ans.

Le même âge que Derek à l'époque.

— Et alors ? rétorqua Sherry Underwood.

Le maire s'était rendu dans la salle de bains et se bourrait le caleçon de papier-toilette. Il n'était plus aussi paniqué que lorsqu'il m'avait téléphoné. Sa blessure devait être plutôt superficielle, très éloignée d'une amputation.

Je le regardai revenir dans la chambre.

— Vous saviez ? lui demandai-je.

— Quoi ?

— Qu'elle avait quinze ans ?

Il feignit la stupeur.

— Purée, non. Elle m'a dit qu'elle en avait vingt-deux.

Personne n'aurait donné vingt-deux ans à cette fille.

— Si elle vous avait dit qu'elle était Hillary Clinton, vous l'auriez crue aussi, Randy ?

— *Randy ?* répéta-t-il en me dévisageant. Depuis quand tu m'appelles comme ça ?

— Vous préférez « Votre Honneur » ?

— La vache, vous êtes juge ? s'exclama la fille, les yeux écarquillés.

Finley ne répondit pas. Mieux valait la laisser penser ça que lui révéler qu'il était le maire, s'il n'avait pas déjà commis cette bourde.

Sans lâcher le sac ni le portefeuille de Sherry, je me tournai de nouveau vers elle.

— Ça va ?

— Il m'a filé un coup de pied, répliqua-t-elle. En pleine figure.

— Comment c'est arrivé ?

— Ben, il était allongé sur le lit, voyez, et il a sursauté...

— Elle m'a chopé avec les dents, interrompit Finley.

— La ferme, lui ordonnai-je.

Le maire ouvrit la bouche pour riposter, mais rien ne sortit.

— Il a sursauté, repris-je pour la fille. Et ensuite ?

— Je l'ai sorti de ma bouche et j'ai reculé, alors il a levé la jambe et m'a flanqué son pied dans la figure. Voilà ce que tu as fait, espèce de connard, ajouta-t-elle à l'intention de Finley.

— Sherry, tu devrais aller à l'hôpital, voir un médecin, fis-je remarquer.

— Putain, protesta le maire en jetant du papier ensanglanté dans la poubelle. C'est moi qui ai besoin de soins médicaux. Qu'est-ce que tu fous à lui demander si elle a besoin d'aller à l'hosto ?

Je le fixai droit dans les yeux.

— Je me ferai une joie de vous conduire aux urgences si vous le souhaitez, mais je dois d'abord passer un coup de fil au *Standard*.

Finley battit des cils. C'était la dernière chose dont il avait besoin, que la presse rapplique et lui pose des questions sur sa quéquette. Il grommela quelque chose entre ses dents et retourna dans la salle de bains.

Je reportai mon attention sur Sherry Underwood.

— Alors ?

Elle était en train de se relever.

— Mes chaussures. Faut que je trouve mes chaussures.

J'aperçus une paire de sandales à talons aiguilles à moitié cachées sous le lit et les pointai du doigt.

— Là-bas.

Sherry les enfila, puis vacilla dessus, mal assurée : une vraie néophyte. Il lui manquait encore quelques années pour savoir les maîtriser.

— Je pense que ça ira, déclara-t-elle.

— Tu as des parents ?

— Pas vraiment.

— Ce qui veut dire ?

— Ils sont morts, répondit-elle. Plus ou moins.

— Qui s'occupe de toi ?

— Linda.

— Et qui est Linda ?

Puis je songeai qu'il devait s'agir de la fille dans le couloir.

— C'est ma copine. Chacune prend soin de l'autre.

— Sherry, tu n'es qu'une gosse, ce n'est pas une façon de vivre. Il existe des gens, des organismes qui peuvent t'aider.

— Je vais très bien, insista-t-elle.

— Non, tu ne vas pas bien.

Je regardai une fois de plus dans son sac, sortis le carnet de notes. Je le feuilletai rapidement. C'était à la fois un agenda, un carnet d'adresses, un livre de comptes. Sur une page, il pouvait y avoir une date suivie d'une colonne de chiffres, probablement combien elle avait gagné ce jour-là. Sur une autre, des numéros de téléphone à côté de noms ou d'initiales, comme J, Ed, P ou LR. À première vue, le nom de Randy n'y figurait pas. Je tournai encore quelques pages de listes de courses, de plaques d'immatriculation, un numéro de téléphone pour quelque chose désigné comme « Les Saules », jusqu'à atteindre une page blanche.

— C'est mes trucs perso, objecta Sherry.

Je pris un stylo dans ma veste et inscrivis « Jim Cutter », ainsi que mon numéro de téléphone.

— Au moindre problème tu m'appelles, d'accord ? Si tu décides de ne pas en rester là, tu auras besoin d'un témoin pour confirmer ta version des faits.

Je n'avais pas beaucoup d'espoir que Sherry porte plainte auprès de la police, mais on ne savait jamais.

Elle ne jeta même pas un coup d'œil dans le carnet lorsque je le lui rendis, avec son portefeuille et son sac.

— Si ça vous chante, marmonna-t-elle.

— Il faut que tu te prennes en main. Tu n'es qu'une gosse, merde, tu es bien trop jeune pour te débrouiller toute seule comme ça. Depuis quand tu fais ça ? Arrête tant qu'il te reste une chance d'y parvenir.

Elle fuyait mon regard.

— Tu m'écoutes ? poursuivis-je. Ce coup de pied dans la mâchoire est peut-être la meilleure chose qui te soit arrivée, si ça peut te mettre du plomb dans la tête.

Sherry haussa les épaules. Alors qu'elle se dirigeait vers la porte de la chambre, le maire sortit de la salle de bains et lui lança :

— Tu n'oublies pas quelque chose, mon chou ?

Elle le dévisagea, pencha la tête sur le côté.

— Hein ?

— Mon pognon, répondit-il. Je veux que tu me le rendes. Je risque d'avoir à me payer des piquouses contre la rage.

Sherry lui fit un doigt d'honneur. Le geste rendit Finley si furieux qu'il s'avança dans sa direction, d'un pas plutôt rapide pour un homme d'âge mûr au zob estropié. Il attrapa la fille par le coude, assez fort pour qu'elle pousse un cri. Son sac glissa de son épaule tandis qu'elle tentait de se dégager.

— Hé, fis-je.

— Je veux récupérer mon pognon, tout de suite, et intégralement, répéta le maire.

Sa main bloquait le coude de la fille, et il la secouait à présent comme un prunier.

— Randy, dis-je pour la seconde fois, pensant qu'un nouveau manque de respect détournerait sa colère sur moi, et qu'il lâcherait Sherry.

Raté. De sa main libre, il entreprit de lui serrer le cou. C'est à ce moment-là que je l'ai fait.

Je balançai mon poing en plein dans le nez du maire.

Finley relâcha la fille, hurla, leva les deux mains vers son visage et s'en couvrit le nez.

— Bon Dieu de merde, glapit-il, tandis que du sang dégoulinait entre ses doigts. Mon nez ! Tu m'as cassé le nez !

Loin de là, en réalité. Je l'avais seulement fait saigner. Mais à ce moment-là je compris que, nez cassé ou pas, j'allais devoir chercher un nouveau boulot le lendemain. Pendant que le maire repartait vers la salle de bains en quête de papier-toilette supplémentaire, je songeai au travail le plus rentable – et qui n'exigeait pas de poser une brosse sur une toile – que j'avais jamais eu.

Ça devait être quand j'avais dix-huit ans : tout un été à tondre des pelouses pour une boîte de jardinage à Albany. Je crois que le job me plaisait à ce point parce qu'on pouvait voir le résultat. À chaque passage de la tondeuse, aller et retour, dans un jardin, on constatait la progression. On savait ce qu'il restait à faire. En poussant la tondeuse, en observant le périmètre se rétrécir à chaque trajet, on sentait augmenter la satisfaction du travail accompli. De combien de boulots peut-on en dire autant ?

Cela remontait à plus de vingt ans, et je n'avais jamais éprouvé cette sensation d'accomplissement depuis. Certainement pas durant la période où j'essayais de percer en tant qu'enquêteur social, un boulot où je me sentais super-mal tous les jours. Et le temps que j'avais passé dans une entreprise de surveillance n'avait guère été plus plaisant.

J'avais déjà un pick-up. Il me suffisait d'acheter une remorque, un motoculteur d'occasion, quelques tondeuses, et de me mettre à mon compte. Dégotter un ou deux gamins qui travailleraient pour moi. Derek me donnerait peut-être un coup de main pendant l'été. Je pourrais avoir des horaires convenables, et même perdre un peu de poids.

Je n'étais pas certain de la réaction d'Ellen, mais j'avais le sentiment qu'elle serait d'accord. « Tu as beau ne pas toujours réaliser ton rêve, me diraitelle, ce n'est pas pire que ce que tu fais actuellement. »

Tout cela me traversa l'esprit en quelques secondes. Puis, de retour à la réalité, tandis que le maire pansait ses blessures dans la salle de bains, j'ordonnai à Sherry :

— Fiche le camp.

Elle s'éclipsa par la porte. « Putain, entendis-je Linda s'exclamer, sans doute en voyant le visage de Sherry, c'est quoi, ce merdier ? »

Lorsque Finley sortit de la salle de bains, je lui pris la main et plaquai les clefs de la Marquis au creux de sa paume.

— Faites gaffe dans les virages, dis-je. Elle braque large.

Je tombai sur Lance dans le couloir.

— Qu'est-ce qui s'est passé ? demanda-t-il, le souffle court.

— Il est là-dedans. S'il te demande de lui bander la queue, réclame d'abord une augmentation.

— Mais qu'est-ce qui s'est passé, nom d'un chien ?

Je n'avais pas la force de lui expliquer. À la place, je téléphonai à Ellen pour qu'elle vienne me chercher.

7

Un dimanche matin habituel, nous aurions fait la grasse matinée.

C'est le seul jour de la semaine où je ne culpabilise pas de traîner au lit. Sans la foutue éthique du travail que m'a inculquée mon père, je pense que presque tous les jours je serais ravi de rester sous les couvertures jusqu'à midi, mais généralement je me réveille avant six heures du matin, l'esprit occupé par tout ce qui m'attend. Pas seulement le boulot, des choses à faire dans la maison aussi. S'il n'y a pas de pelouses de clients à tondre, une porte-moustiquaire a besoin d'un nouveau grillage, une canalisation d'être débouchée, une tondeuse d'être réparée.

Le dimanche, tintin !

En tout cas, pas d'église pour laquelle se lever et s'habiller. Je ne suis pas très fan de religion en tant qu'institution. Les parents d'Ellen l'ont élevée dans le culte presbytérien, mais vers la fin de son adolescence, elle a tout simplement cessé d'y croire et refusé d'y aller. Je n'ai jamais été convaincu qu'être presbytérien renégat soit si grave que ça. Ce n'est pas comme catholique renégat. Quant à mes parents, ils m'avaient élevé en vue de n'être rien d'autre qu'un individu honnête (je l'espère) et responsable, capable de comprendre ce qu'il était juste et moral de faire dans une situation donnée, et de mettre cela en pratique.

Mes résultats en la matière, toutefois, n'ont pas toujours été exemplaires. Travailler aussi longtemps que je l'ai fait pour Randall Finley en est un exemple.

Par ailleurs, si pour Derek une grasse matinée standard signifie se lever à temps pour le dîner, pour Ellen et moi, ça se situe quelque part entre huit et neuf heures du matin. En l'occurrence, on ne pouvait parler d'un dimanche matin habituel, moins de vingt-quatre heures après avoir appris ce qui était arrivé aux Langley. Et bien que notre frayeur de la nuit se soit révélée infondée, il nous avait fallu un bon moment pour nous rendormir. Vers six heures, allongé sur le côté, les yeux fixés sur l'affichage digital du radio-réveil, je sentis qu'Ellen était également réveillée. Nous étions dos à dos, et aucun des deux ne bougeait, mais je n'entendais pas la respiration plus profonde qu'elle avait en dormant. Alors je tendis le bras en arrière et lui frôlai la hanche.

— Salut, fis-je.

Ellen se retourna sans un mot, plongea ses yeux dans les miens sans même un sourire, puis m'enlaça, m'attira tout près d'elle, se serrant contre mon corps. Je réagis comme elle s'y attendait, elle me fit rouler sur elle, et nous nous lançâmes dans un acte amoureux muet, non pas le fruit d'une frénésie sexuelle mais du besoin de nous rassurer, de nous prouver que nous étions toujours en vie, que nous étions là l'un pour l'autre, par cette connexion la plus intime qui soit, conscients qu'à n'importe quel moment, sans le moindre signe d'alerte, tout cela pouvait finir.

Ellen était en train de poser une assiette de pain perdu devant moi lorsqu'elle regarda par la fenêtre et annonça :

— Barry vient nous rendre une visite.

Un instant plus tard, Barry Duckworth atteignait la terrasse derrière la maison et toquait doucement à la porte. Il était à présent presque huit heures du matin, cela faisait deux heures qu'Ellen et moi étions réveillés, et nous attaquions le petit déjeuner.

Je restai assis à la table de la cuisine et Ellen ouvrit la porte-moustiquaire.

— Salut, Barry, dit-elle.

Barry fit mine de s'excuser.

— Désolé de vous déranger si tôt, vous autres.

— Entre donc.

— Du café ? proposa Ellen.

— Avec plaisir, répondit Barry. Noir, s'il te plaît.

Il franchit le seuil, s'approcha d'un pas hésitant de la table. Sa chemise blanche commençait déjà à coller à son gros ventre.

Ellen lui tendit un mug de café tandis qu'il jetait un coup d'œil vers mon petit déjeuner, nageant dans le sirop d'érable. Elle le remarqua et lui proposa une tranche de pain perdu.

— Je ne devrais vraiment pas, répliqua-t-il.

— C'est pas un problème.

— Bon, si tu insistes. Je n'ai avalé qu'un minuscule bol de son avec quelques fraises avant de quitter la maison.

— Ça paraît très sain, dis-je.

— Maureen essaye de me faire perdre un peu de poids, expliqua Barry. Alors je mange sain à la maison, et je reprends quelque chose plus tard.

Je souris et lui désignai la chaise en face de moi. Barry s'assit et se détendit. Je vis Ellen plonger deux tranches de pain dans des œufs battus, rallumer le gaz sous sa poêle.

— Comment ça se passe ? demandai-je.

Barry passa la main sur son crâne quasiment chauve.

— Eh bien, on suit un certain nombre de pistes. C'est bien comme ça que disent les Angliches ?

— Je crois.

— On ne peut pas avoir été avocat aussi longtemps qu'Albert sans s'être fait des ennemis au fil des années. Je suis sûr qu'il connaissait un tas de types capables de ce genre de chose.

— Je n'arrive pas à imaginer qu'on puisse faire ça, observa Ellen.

— Ouais, bon, je te comprends, répliqua Barry. J'allais dire que dans mon métier, on finit par accepter que des gens soient capables de toutes sortes d'horreurs, mais en vérité, je n'avais jamais rien vu de pareil. Pas une famille entière. Pas comme ça. Pas à Promise Falls.

— C'est l'Amérique, soupira Ellen en glissant le pain dans la poêle fumante. Cela peut arriver n'importe où.

— On a eu largement notre part ces derniers temps, rétorqua Barry.

Cela me fit dresser l'oreille.

— Ah bon ?

— Eh bien, deux autres cas, répondit-il. Le meurtre qui a eu lieu derrière le Trenton, il y a trois semaines.

Il s'agissait d'un bar dans le nord de la ville. Ce n'était pas un quartier d'où je recevais beaucoup d'appels pour tondre des pelouses.

— Un gars nommé Edgar Winsome, poursuivit Duckworth. Quarante-deux ans, marié, deux gosses, cimentier. Tué d'une balle en plein cœur.

— Nom de Dieu ! Une bagarre de bistrot ?

Il eut une moue d'ignorance.

— Peut-être. Mais ça n'est pas sorti du bar. Personne ne l'a vu s'expliquer avec qui que ce soit. Personne ne se souvient qu'il se soit disputé ni rien. Il est entré, a bu une demi-douzaine de bières, a papoté avec quelques potes, est parti, et on l'a trouvé plus tard, derrière l'établissement. Avec le boucan à l'intérieur, personne n'a entendu le coup de feu.

— Il a dû gonfler quelqu'un, suggérai-je.

Barry hocha la tête.

— Ça paraît une hypothèse raisonnable. On ne lui a rien volé. Il avait toujours son portefeuille, son liquide et ses cartes de crédit.

— Eh bien, fit Ellen en retournant le pain perdu.

— Et on n'a pas une seule piste, conclut Barry avant de prendre une lampée de café.

— Deux, rappelai-je.

— Hein ?

— Tu as dit « deux cas ».

— Ah oui. L'autre, c'était un type plus âgé, la cinquantaine, dénommé Knight, qui avait un atelier d'usinage à environ huit kilomètres à l'ouest de la ville, sur la 29. Un soir, il était en train de fermer, tous les autres étaient déjà partis, il faisait encore jour, quelqu'un s'est pointé et lui en a collé une dans la tête. À peu près une semaine avant que le gars du Trenton se fasse descendre, un vendredi soir.

Ellen déposa le pain perdu sur une assiette.

— Du sucre glace et du sirop d'érable ?

— Oh, oui, s'il te plaît, répondit Barry. Mon Dieu, ça m'a l'air magnifique, ajouta-t-il tandis qu'Ellen arrosait les deux tranches et plaçait l'assiette devant lui.

— Comment ça se fait que je sois pas au courant ? lui demandai-je.

Il s'apprêtait à enfourner un premier morceau de pain imbibé d'œuf et de sirop, et il me regarda.

— Pas de ma faute si tu es mal informé.

Il savoura sa bouchée, avala, reprit du café et poursuivit :

— Pour être franc, l'affaire du Trenton, les journaux ne lui ont accordé que deux lignes. Un type tué derrière un bar, qu'est-ce que ç'a d'original, franchement ? Knight, le gars de l'atelier d'usinage, a retenu un peu l'attention. Sans plus.

— On était partis, tu te souviens ? observa Ellen.

Je réfléchis un instant. Nous étions allés dans le Vermont en voiture, puis avions pris le ferry pour passer deux nuits à Burlington. Une escapade d'anniversaire, en laissant Derek seul à la maison, mais pas tout à fait. Nous nous étions arrangés avec la sœur d'Ellen, Carol, pour qu'elle passe régulièrement, lui fasse à dîner et se pointe sans prévenir le soir. On n'allait pas lui laisser l'opportunité d'organiser une fête à la maison, et à vrai dire, il nous en avait voulu à mort. « Rajoute ça à la liste », lui avais-je rétorqué sur le moment.

— À votre retour, les journaux n'en parlaient plus, confirma Barry. Ellen, parole d'honneur, c'est délicieux. Je ne devrais pas en manger. Du coup, je vais sauter le déjeuner. Ça devrait me caler pour la journée.

Ellen sourit, mais cela parut forcé. Elle devait se demander, comme moi, pourquoi Barry se trouvait là si tôt un dimanche matin. Il était évident qu'il travaillait sur les meurtres des Langley, mais je ne croyais pas qu'il était passé juste par amitié, ou pour nous extorquer un petit déjeuner.

J'avais le sentiment que Barry avait une idée derrière la tête.

— Alors, Barry, dis-je. Ces différentes pistes, qu'est-ce que ça donne ?

Il prit le temps d'avaler une nouvelle bouchée. Il faisait honneur au pain perdu d'Ellen. Un des plats qu'elle réussit le mieux. Il jeta un coup d'œil au fond de son mug, vit qu'il était vide et demanda à Ellen :

— Tu en aurais encore quelques gouttes ?

— Bien sûr.

Elle apporta la cafetière et remplit sa tasse.

— Ah, formidable, fit Barry.

Il essuya un peu de sirop au coin de sa bouche avec sa serviette de table et reprit :

— On a une idée de l'ordre dans lequel les choses se sont déroulées : Albert a ouvert la porte, il a sans doute été tué le premier, ensuite sa femme, et Adam a été abattu pendant qu'il essayait de s'enfuir.

Imaginer la scène me laissa muet.

— Juste au pied de la porte de derrière, précisa Barry. Il y était presque. D'une façon plutôt tordue, c'est peut-être une bonne chose qu'il n'y soit pas arrivé. Si ç'avait été le cas, il aurait probablement couru tout droit ici. Et alors il aurait conduit celui ou celle qui le poursuivait directement chez vous.

Ellen me décocha un regard. Ce n'était pas le genre de truc qu'elle avait besoin d'entendre.

— Barry, toi et moi, on est amis, déclarai-je, mais je suppose que tu n'es pas venu uniquement pour raconter des conneries. Qu'est-ce qui te tracasse ?

Il enfourna le dernier morceau de pain perdu, le fit descendre avec une gorgée de café et lâcha :

— C'est au sujet de votre garçon.

8

Je montai dans la chambre de Derek, tandis qu'Ellen restait avec Barry. J'ouvris doucement sa porte, mais contrairement au matin précédent, il dormait à poings fermés. J'ignorais s'il avait traîné encore longtemps avec Penny la veille au soir. Après avoir découvert qu'il s'agissait d'eux sur le seuil de la cuisine, et non d'un quelconque tueur en série cinglé, puis avoir expliqué à la police que tout allait bien et présenté nos excuses, Ellen et moi étions retournés nous coucher.

J'avais été tenté d'ordonner à Derek d'en faire autant, mais ce qui était arrivé aux Langley était aussi perturbant pour lui que pour nous, voire plus, et s'il avait besoin de passer du temps avec sa petite amie pour surmonter tout ça, je n'allais pas jouer les casse-bonbons.

Je m'assis au bord du lit et lui touchai légèrement l'épaule. Il se réveilla en sursaut.

— Quoi ? s'exclama-t-il en se retournant.

— Du calme. Désolé de te réveiller.

Il cligna plusieurs fois des yeux.

— Qu'est-ce qui se passe ? On travaille pas aujourd'hui, si ?

— Non, répondis-je. Mais Barry Duckworth est là.

Derek, qui ne reconnut pas le nom tout de suite, me dévisagea sans expression.

— La police. C'est l'inspecteur chargé de l'enquête. Celui qui nous a parlé hier. Il veut discuter avec toi.

Derek déglutit, cilla de nouveau.

— Qu'est-ce qu'il me veut ? J'ai rien fait.

— Personne ne dit ça. Il a juste une tonne de questions à poser à une tonne de gens. Il te l'expliquera quand tu descendras.

— Faut que je m'habille ?

— Ce serait une bonne idée. Mais laisse tomber la cravate.

— La cravate ?

— Je rigole. Enfile n'importe quoi et descends.

Je regagnai la cuisine où Derek nous rejoignit deux minutes plus tard. Il portait un T-shirt des New York Islanders, un short en jean froissé, et ses cheveux bruns étaient encore en pétard.

— Salut, Derek, dit Barry.

Derek répondit d'un signe de tête.

— Tu veux du pain perdu ? lui proposa sa mère.

— Je suis même pas réveillé, m'man.

— Assieds-toi, reprit Barry. Comment tu te sens, ce matin ?

Derek tira une chaise et prit place devant la table.

— Fatigué.

— Désolé de t'arracher si tôt du lit, mais j'aimerais que tu me donnes un coup de main.

Derek l'observait d'un air que je trouvais méfiant.

— Tu étais avec les Langley jusque peu de temps avant leur départ, c'est ça ? demanda Barry.

Mon fils acquiesça très lentement, comme s'il devait réfléchir à la réponse. La question me semblait pourtant assez simple.

— C'était vers les vingt heures ?

Derek hocha encore la tête.

— Alors ça veut dire que tu es sans doute la dernière personne à avoir vu les Langley vivants, sauf s'ils se sont arrêtés en cours de route pour prendre de l'essence ou autre chose, mais tu es aussi le dernier à avoir vu leur maison, l'intérieur de leur maison, avant qu'ils soient tués.

Derek déglutit.

— Je suppose, oui.

— Donc, ce que j'aimerais que tu fasses, c'est la raison de ma venue, c'est de m'accompagner chez les Langley pour regarder si quelque chose te semble anormal.

Ellen inspira une brève goulée d'air, puis explosa :

— Tu n'es pas sérieux. Tu ne penses quand même pas traîner notre fils à travers cette maison où de telles… horreurs se sont produites.

Je l'entendais presque ajouter en son for intérieur : « Espèce d'ordure, tu bouffes mon pain perdu et ensuite tu nous balances ça ? »

Même s'il s'excusa, Barry n'avait pas l'air désolé.

— J'ai besoin que Derek m'aide. Il constitue un élément très important de cette enquête, Ellen. Il pourrait voir quelque chose d'inhabituel. Un objet qui manque. Un tableau, ou…

— Un tableau ? coupa Ellen. Tu crois que les Langley ont été assassinés parce qu'on voulait leur voler un tableau ?

Elle se tourna vers moi, censé être l'expert en matière artistique.

— Les Langley possédaient des œuvres de valeur ?

— Pas que je sache, répondis-je.

— Ce n'était qu'un exemple, plaida Barry, s'efforçant de masquer son impatience. J'ignore s'ils avaient des tableaux de prix. Peut-être qu'on est venu chez eux, je ne sais pas, pour voler les bijoux de Mme Langley, ou…

— Et qu'est-ce que Derek pourrait bien savoir des bijoux de Donna ? l'interrompit encore Ellen. Comment tu peux seulement penser qu'il… ?

— Ellen, intervins-je.

— … qu'il sache quoi que ce soit à ce sujet ?

— Encore une fois, rétorqua Barry sans s'énerver, au prix d'un effort manifeste, ce n'était qu'un exemple. Il pouvait y avoir des objets très visibles dans cette maison, des objets que je ne connais pas, mais Derek pourrait remarquer s'ils ont disparu. Je ne dis rien d'autre.

— Eh bien, je l'interdis formellement, décréta Ellen. Pas question que…

— Je suis d'accord, déclara Derek.

— Formidable, approuva Barry.

— Non, il n'en est pas question, protesta Ellen. Tu n'iras pas là-bas.

— Je suis d'accord, répéta-t-il sans quitter Barry des yeux. Si vous avez besoin que je le fasse, je le ferai.

Ellen ouvrit la bouche. Elle s'apprêtait à objecter une fois de plus, puis s'interrompit.

— C'est bon, maman, lui assura Derek. Si je peux aider à choper l'assassin d'Adam, je veux le faire.

Barry lui tendit la main. Derek avança la sienne d'un air gêné, avant de la serrer.

— Brave garçon, dit Barry. Tu souhaites petit-déjeuner d'abord ? Aucun problème. Mets-toi quelque chose dans le ventre. Ça ne me dérange pas d'attendre. Le pain perdu de ta maman est d'enfer. Quoique, je me demande si ça serait pas mieux d'y aller l'estomac vide, tu vois ce que je veux dire ? Simple conseil d'un gars qui a déjà été sur place.

Ellen m'adressait un regard implorant, comme si elle voulait que j'intervienne. Pensant savoir quoi, je tentai le coup :

— Barry, ça ne t'embête pas si j'accompagne Derek ?

Le soulagement se lut sur le visage d'Ellen. J'avais deviné juste.

— Bien sûr, bonne idée, Jim. Très bonne idée.

Puis plus personne ne parla, jusqu'à ce que Derek lance :

— Bon, on y va ?

Alors que nous quittions tous les trois la cuisine à la queue leu leu, moi derrière Barry et Derek, Ellen me retint par la manche.

— Excuse-moi, chuchota-t-elle. Je ne peux pas aller là-bas. J'en suis tout simplement incapable.

— Je comprends.

— Sois là pour lui.

Je lui tapotai l'épaule et franchis la porte à mon tour, faisant quelques grandes enjambées pour rattraper les autres.

— Alors comme ça, tu travailles pour ton papa pendant l'été ? disait Barry.

— Ouais, répondit Derek.

Et malgré les circonstances, je songeai, il ne pourrait pas dire « oui », plutôt ? On reste toujours un parent.

— La semaine a été rudement chaude pour jardiner, hein ? reprit Barry.

— Ouais, ç'a été duraille. La pluie en début de semaine nous a donné un peu de répit, mais du coup, on a pris du retard, voyez ?

— Je pige, assura Barry, comme si mon fils et lui étaient soudain les meilleurs amis du monde.

Sans que je puisse déterminer précisément pourquoi, cela me mit mal à l'aise.

La conversation mourut comme nous approchions de la maison des Langley. J'avais la sensation de la voir pour la première fois. Elle n'avait rien de foncièrement différent par rapport à la semaine ou au mois précédents, à part le ruban jaune de la police qui l'entourait, si ce n'est qu'il s'en dégageait quelque chose de sinistre. L'espace d'un instant, je me demandai ce qu'il allait advenir de cette maison, maintenant que les Langley étaient tous morts. Des parents allaient devoir venir la vendre. J'aurais détesté être l'agent immobilier chargé de trouver un acheteur pour une baraque dans laquelle trois personnes avaient été assassinées.

Nous arrivions à l'arrière du bâtiment lorsque Barry déclara :

— On va faire le tour et entrer par-devant. C'est encore un peu le souk, autour de la porte de derrière.

Mon fils, qui était resté silencieux, demanda :

— Ils... Comment dire..., ils ne sont plus là, si ?

Barry sourit.

— Non. Les corps ont été enlevés, Derek.

Derek fit un bref signe de la tête, comme pour suggérer qu'il le savait, qu'il blaguait. Mais aucun de nous n'était d'humeur à plaisanter.

Nous rejoignîmes donc l'avant de la maison, où, en plus de la voiture banalisée de Barry, se trouvait un véhicule de patrouille, avec un policier au volant. Barry s'approcha, expliqua au flic que nous allions tous entrer pour faire un tour d'inspection. Vu son grade, il n'avait pas vraiment besoin de demander la permission au gars, mais il se montrait extrêmement poli aujourd'hui.

— OK. Allons-y, déclara-t-il ensuite en nous précédant vers la porte d'entrée.

Au moment de pénétrer dans la maison, il nous ordonna :

— Ne touchez à rien. En fait, ajouta-t-il en nous tenant la porte, je vous conseille de mettre les mains dans vos poches, pour être sûrs.

Nous obéîmes. Une fois à l'intérieur, tout le monde s'arrêta, comme si nous étions dans l'entrée d'une quelconque demeure historique et que Barry fût notre guide.

Il nous fallut peu de temps pour nous rendre compte qu'il ne s'agissait pas de ce genre de visite.

La moquette juste devant nous, ainsi qu'au pied de l'escalier, était presque noire de sang. Et, bien que les corps des Langley aient été enlevés, l'odeur qui flottait dans l'air nous coupa le souffle. Instinctivement, une main sortit de ma poche et se plaqua contre ma bouche.

— Ouais, désolé pour ça, compatit Barry alors que je remettais ma main dans la poche.

Du coin de l'œil, je vérifiai comment s'en tirait Derek. Il essayait de respirer par la bouche et jetait partout des regards furtifs. Je devinais ses poings serrés au fond des poches de son short en jean.

Barry désigna la flaque de sang la plus proche :

— C'est ici qu'Albert est mort, qu'on a trouvé son corps. On pense qu'une ou deux personnes l'ont frappé, il est allé à la porte et a été tué très peu de temps après avoir ouvert. Et par là, poursuivit-il en nous faisant contourner la flaque en direction de l'escalier, on a découvert le corps de Donna Langley. Elle a dû descendre en entendant le raffut.

Il y avait là autant de sang que devant la porte d'entrée.

— Seigneur, fis-je, avec un nouveau coup d'œil à mon fils, qui était livide. Et Adam ? ajoutai-je d'un ton hésitant.

— Au bout du couloir, au pied du demi-escalier, près de la porte de derrière.

Avant de nous laisser avancer plus loin, Barry nous demanda de mettre des sortes de chaussons pour éviter de souiller davantage la scène du crime. Il en sortit trois paires de sa poche, et chacun prit un instant pour les enfiler. Ce qui, bien entendu, nécessita d'ôter nos mains de nos poches. Derek et moi nous appuyâmes à tour de rôle l'un contre l'autre pour les glisser par-dessus nos chaussures. Ils étaient en une sorte de papier plissé, beaucoup plus solide cependant.

Cela fait, Barry nous indiqua d'un geste de le suivre dans le couloir, que mon fils et moi longeâmes comme des funambules sur une corde raide, les mains de nouveau dans les poches, prenant garde que nos épaules ne frôlent pas les murs. J'aperçus de la poudre claire sur de nombreuses surfaces de la maison. Poignées de porte, rampes d'escalier, angles de mur.

— Pour les empreintes digitales, expliqua Barry, qui m'observait.

— Bien sûr.

Il annonça à Derek :

— D'ailleurs, on va te demander un exemplaire des tiennes.

— Hein ?

— Ne t'inquiète pas. On sait déjà que tu étais là. Mais si le ou les tueurs ont laissé des empreintes, il faut qu'on puisse éliminer celles qui n'ont pas d'intérêt.

— D'accord.

Nous avions atteint l'extrémité du couloir, d'où partaient les marches menant à la porte arrière.

Nos yeux tombèrent sur une troisième mare de sang séché. Je me sentis près de m'évanouir.

— Derek, tu as remarqué quelque chose ? demanda Barry. Quelque chose qui ne paraît pas à sa place ? qui manque ? Quelque chose qui est là mais qui ne s'y trouvait pas avant ?

J'étais venu plusieurs fois à l'intérieur de cette maison au fil des années, et tout me semblait en ordre, à part les traces évidentes de ce qui s'y était passé. L'endroit n'avait pas été mis à sac. Ni les coussins renversés. On n'aurait pas dit, par exemple, qu'on avait fouillé à la recherche de drogue après avoir assassiné les occupants.

À moins, bien sûr, que les assassins n'aient su exactement où trouver ce qu'ils étaient venus chercher.

— Je... je ne vois rien, répondit Derek.

— On va faire lentement le tour, déclara Barry comme nous rebroussions chemin dans le couloir. Commençons par la cuisine.

Ce fut un soulagement d'y entrer. Tant qu'on ne respirait pas vraiment, rien n'indiquait ce qui était arrivé de l'autre côté du mur. Donna, qui avait son lot d'excentricités, était aussi une toquée de ménage, et ça se voyait dans la cuisine. Aucun désordre, pas de vaisselle dans l'évier, un réfrigérateur parfaitement rangé, que Barry ouvrit en tirant sur la tranche de la porte elle-même et non par la poignée, laquelle avait également été enduite de poudre à empreintes.

— Mme Langley était ici, en train d'emballer des trucs pour le voyage, dit Derek. Elle se sentait un peu bizarre.

— Exact, confirma Barry. D'après la secrétaire de Langley, c'est la raison pour laquelle ils sont revenus. La glacière pleine de nourriture, d'autres provisions, tout ça se trouvait encore dans la voiture, ils n'ont pas eu le temps de le rapporter dans la maison avant de se faire assassiner. Alors ici, rien ne te paraît inhabituel ?

— Non.

— Bien, montons à l'étage.

Enjamber le sang de Donna au pied de l'escalier était comme essayer de franchir une flaque au bord d'un trottoir après une pluie torrentielle. Heureusement, une fois sur les marches recouvertes de moquette, il n'y en avait plus.

— Encore une fois, tâchez de ne toucher à rien, ordonna Barry.

Nous avions gardé les mains dans les poches, sauf en passant par-dessus l'étendue de sang ; là, nos bras étaient nécessaires pour garder l'équilibre.

Barry se glissa par la première porte sur la gauche.

— Bon, voici la chambre d'Adam, mais tu le sais sans doute déjà, hein, Derek ?

Derek opina.

— Jette un coup d'œil, juste pour voir si tu remarques quoi que ce soit d'anormal, ou pas à sa place.

Je supposais que Barry Duckworth, lui-même père de famille, était conscient que le chaos de cette chambre ne prouvait pas forcément qu'un ou plusieurs voyous soient venus y chercher quelque chose. Il s'agissait d'une chambre d'adolescent, et à première vue, ç'aurait pu être celle de Derek. Des tas de vêtements traînaient çà et là, le lit n'était pas fait, des revues d'informatique, de skateboard et de nanas jonchaient le bureau. Des posters tapissaient les murs, dont l'un, dans le style d'une affiche de recrutement pour la Seconde Guerre mondiale, montrait un soldat souriant qui levait une timbale de café en disant : « Bois ça et ferme-la[1]. »

Comme dans la chambre de Derek, il y avait des éléments d'ordinateurs partout. Trois écrans, une demi-douzaine de claviers, d'innombrables fils et câbles électriques, des emballages de jeux informatiques, une installation Nintendo première génération poussée sous un bureau, trois unités centrales.

Barry soupira.

— Je vois mal comment tu pourrais affirmer qu'il manque quelque chose là-dedans, mais à ton avis ?

Derek examina la pièce de l'endroit où il se trouvait, ne dit rien durant environ trente secondes, puis :

— Ça semble coller.

— Sûr ?

— Ouais.

Barry nous repoussa dans le couloir. La pièce suivante était une chambre d'amis, à l'apparence aussi impeccable qu'une suite d'hôtel ; pas grand-chose à y repérer. Chacun passa la tête dans la salle de bains, laquelle donnait l'impression que Donna l'avait préparée au cas où des visiteurs débarqueraient.

Quelqu'un avait bien débarqué.

Il ne restait à cet étage que la chambre parentale.

— J'ignore si tu as déjà vu cette pièce ou pas, lança Barry à Derek, mais va y jeter un œil.

Soulagé qu'il ne m'ait pas dit la même chose, je regardai par-dessus l'épaule de Derek. La chambre

1. En fait, une affiche de rationnement détournée en pamphlet politique, et dont le texte, qui cite la tasse représentée, est une expression grossière difficilement traduisible signifiant : « Et si tu fermais ta gueule ? »

paraissait à peu près pareille que la seule fois où je l'avais vue, exception faite de la poudre à empreintes éparpillée sur la commode.

— Rien, déclara Derek.

— Parfait, répliqua Barry. Si tu ne vois rien, ça signifie probablement qu'il n'y a rien à voir. Donc, il ne nous reste qu'un endroit à vérifier.

— Lequel ? demanda Derek, surpris.

— Le sous-sol.

— Ah. Vous croyez qu'il y avait quelqu'un au sous-sol ?

— Ma foi, il faut tout vérifier.

Nous redescendîmes donc, enjambâmes à nouveau le sang de Donna Langley, reprîmes le couloir et les premières marches d'escalier menant au palier de la porte de derrière, où était mort Adam. Barry louvoya autour des taches de sang et continua vers le sous-sol, mais Derek, qui le suivait, resta planté sur la dernière marche avant le palier, le souffle court.

— Ça va ? fis-je.

Ellen avait peut-être eu raison. C'était trop demander à notre fils. Barry n'aurait pas dû lui imposer ça. Et jusqu'à présent, entraîner notre garçon là-dedans n'avait apporté aucun éclaircissement à l'affaire.

— Je... je l'imagine là, c'est tout, balbutia Derek.

— Je comprends.

— S'il avait pu arriver à la porte. Si seulement il avait couru un peu plus vite...

Barry passa la tête à l'angle du mur.

— Qu'est-ce que tu veux dire, Derek ?

— Juste ça, s'il avait été plus rapide, il aurait pu s'enfuir.

— La balle l'a atteint derrière la tête, expliqua Barry, il était sans doute déjà en train de courir pour essayer de sortir, mais c'est difficile de distancer une balle.

Derek respirait vite et difficilement.

— S'il avait réussi à passer la porte, il aurait pu se cacher dans les bois.

— Je pense que Derek en a assez, dis-je à Barry.

— On a presque fini, objecta-t-il. Essayez juste d'éviter de marcher là-dedans et descendez.

— Tu veux un verre d'eau ? proposai-je à mon fils.

— On sera sortis d'ici en un rien de temps, insista Barry. Et je ne veux pas qu'on utilise de verres provenant du placard des Langley, tu comprends ?

Après avoir contourné la flaque de sang, nous poursuivîmes jusqu'à la salle de jeux. Les lumières étaient déjà allumées. Cela ressemblait à des millions d'autres sous-sols. Murs recouverts de panneaux de bois. Un canapé qui avait connu des jours meilleurs et avait probablement eu sa place au rez-de-chaussée à une époque. Une télé grand modèle, mais pas de ces écrans plats qu'on suspend au mur.

À mes yeux, la pièce semblait plutôt en ordre.

— Qu'est-ce que tu en penses ? demanda Barry. Adam et toi avez sans doute passé beaucoup de temps ici.

— Oui, murmura-t-il.

— Quelque chose cloche ?

Derek secoua lentement la tête.

— Tu es sûr ?

Derek opina.

— Et là-bas ? reprit Barry en montrant le fond de la pièce.

— Quoi ? fis-je, ne voyant pas où il voulait en venir.

Barry traversa la pièce et désigna un panneau d'environ quatre-vingt-dix centimètres de large, qui allait du sol à une moulure faisant tout le périmètre de la salle. Le panneau était entrouvert d'environ deux centimètres.

— Qu'est-ce que tu penses de ça ? poursuivit-il à l'intention de Derek.

— C'est-à-dire ?

— Ce panneau qui donne sur le vide sanitaire. Il est ouvert de quelques centimètres. Tu le vois ?

— Bien sûr, répondit Derek.

— Tu penses que ça signifie quelque chose ? Je veux dire, on fait le tour de la maison, et tout est en ordre, sauf peut-être la chambre d'Adam. Donna Langley gardait cet endroit aussi impec qu'une maison dans *House Beautiful*. Une place pour tout et tout à sa place. Alors moi, ce panneau partiellement ouvert comme ça me paraît un peu bizarre.

— Je n'en sais rien, répliqua Derek.

— Vu qu'ils partaient pour plusieurs jours, peut-être qu'Albert a sorti des trucs de là, une glacière, par exemple, suggérai-je. Le genre de choses qu'on prend uniquement quand on s'en va en voyage.

— C'est possible, admit Barry. Je pense que ça n'a sans doute aucune importance. Simplement, en le regardant, j'ai trouvé que ça faisait un endroit idéal pour se cacher.

— Quand on était petits, raconta Derek, Adam et moi on jouait tout le temps là-dedans. Comme si c'était une grotte. On faisait semblant d'être des explorateurs, genre Indiana Jones, vous voyez ? À mon avis, je ne dois même plus tenir à l'intérieur, maintenant.

— Tu serais trop grand ? Tu sais quoi ? Si tu essayais, pour vérifier ?

— Hein ?

Barry fit glisser le panneau. L'espace était empli de cartons, la plupart avec des étiquettes du type « Boules de Noël » ou « Albums de promo ».

— On dirait bien que quelqu'un est entré ici, fit-il remarquer. La couche de poussière sur le ciment est plutôt épaisse, sauf après l'ouverture, où elle semble avoir été un peu remuée. Viens voir.

— J'ai pas très envie, objecta Derek. Je voudrais sortir d'ici.

— Alors je vais le faire moi-même, annonça Barry.

Il sortit les mains de ses poches, se mit à quatre pattes et pénétra à reculons à l'intérieur.

— Bon, reprit-il, je suis un gros lard, comparé à vous deux, mais j'arrive à m'y glisser, je suppose donc que n'importe qui le pourrait aussi.

— Voyons, Barry, intervins-je, tu as déjà supposé que le tueur, ou les tueurs, sont entrés par la porte de devant. Alors ça prouve quoi, que quelqu'un puisse tenir dans le vide sanitaire ?

Il ressortit en crapahutant, se remit debout en soufflant comme un bœuf. J'espérais qu'il n'allait pas faire une crise cardiaque.

— Du diable si j'en ai la moindre idée, répondit-il. Il faut simplement essayer de garder l'esprit ouvert à toute éventualité.

— On a fini ? lui demandai-je.

— J'imagine que oui.

Il expira à fond, récupérant encore de son expédition à quatre pattes.

— Alors, Derek, continua-t-il.

— Ouais ?

— Tu dis être parti d'ici vers huit heures, c'est ça ?

— Exact.

— Et qu'est-ce que tu as fait ensuite ?

— Hein ? Je ne sais pas, je pensais donner rencard à Penny.

Sans réfléchir, je suis intervenu :

— Tu ne m'avais pas dit qu'elle était privée de sortie ? Qu'elle avait cogné la voiture de son père, ou quelque chose comme ça ?

— Eh bien, oui, c'était le cas. En fait, ce que je voulais dire, c'est que je devais la voir, mais comme on n'a pas pu se retrouver, j'ai traînassé un peu dans le coin, c'est tout, et ensuite je suis rentré.

— Traînassé où ? insista Barry.

Derek renifla, sortit une main de sa poche et se frotta le nez, puis la remit. On aurait presque dit qu'il cherchait à gagner du temps.

— Oh, j'ai marché un peu, fait un petit tour en ville, je suis passé au club de jeux vidéo. Rien de spécial.

Barry garda un instant le silence. Puis :

— Tu es rentré à la maison à quelle heure ?

— Je sais pas. Vers neuf heures ou neuf heures et demie, je suppose.

J'essayai de me souvenir si j'avais entendu Derek revenir ce soir-là. Ellen et moi nous étions couchés assez tôt. Aux alentours de neuf heures et demie, me semblait-il. Je ne me rappelais pas l'avoir entendu rentrer. En tout cas, nous ne lui avions pas parlé.

— Ça te paraît correct ? me demanda Barry.

J'ouvris la bouche, réfléchis une fraction de seconde et répondis :

— Ouais, ça paraît coller.

— Tu l'as entendu rentrer ? répéta Barry, voulant en être certain.

— Ouais, mentis-je.

9

Après que Barry m'eut remis une de ses cartes et fut remonté dans sa voiture pour retourner à Promise Falls, Derek et moi remontions lentement le chemin en direction de notre maison lorsqu'il me demanda :

— Pourquoi tu as fait ça ?

— Fait quoi ?

— Dit au flic que tu m'avais entendu rentrer ?

— Je me trompais ? Je ne t'ai pas entendu rentrer à cette heure-là ?

Comme Derek hésitait, je repris :

— Tu insinues que si je pensais t'avoir entendu rentrer à ce moment-là ce serait une erreur ?

— Je ne crois pas que tu m'aies entendu rentrer, c'est tout, répliqua-t-il, ne sachant toujours pas comment répondre.

— Parce que tu n'es pas rentré, ou tu es rentré si silencieusement qu'à ton avis on n'a pas pu t'entendre ?

Derek hocha la tête d'un air contrarié.

— Peu importe, je ne comprends pas pourquoi tu lui as menti, voilà tout, répéta-t-il.

À mon tour de chercher quoi répondre.

— J'essayais simplement de t'aider. Par exemple, je ne sais pas si tu étais réellement avec Penny, si elle avait filé en douce de chez elle alors qu'elle était censée être privée de sortie et que tu ne veux pas la mêler à ça. C'était plus facile pour moi de dire que je t'avais entendu rentrer.

Derek médita un instant là-dessus.

— D'accord.

Cessant de marcher, je posai une main sur le bras de mon fils et plongeai mon regard dans le sien.

— Est-ce qu'il y a quelque chose dont tu veux me parler ?

Il baissa les yeux vers le sol.

— Non.

— Regarde-moi. J'imagine quel choc ç'a été pour toi de perdre ton meilleur ami, l'effet que ça doit produire sur toi. Alors je comprends que tu te comportes d'une drôle de manière. Le contraire serait bizarre. Pourtant, j'ai parfois l'impression qu'il se passe autre chose. Qu'il y a quelque chose que tu caches, quelque chose que tu devrais nous dire. Si ce n'est à Barry, en tout cas à ta mère et moi. On ne peut pas t'aider si tu n'es pas franc avec nous. C'est grave, Derek.

— Je sais. Inutile de me le préciser. Je ne suis pas idiot.

— Alors, tu veux me parler de quelque chose ? Concernant le moment de ton retour ?

Derek marqua une pause avant de répliquer :

— C'était à peu près comme je l'ai dit. Je ne sais pas l'heure exacte. Il me semble que vous dormiez, c'est tout. Je sais que le vendredi soir, tu es claqué, alors je suis entré sans faire de bruit parce que je pensais que maman et toi étiez allés vous coucher tôt. Peut-être pas neuf heures et demie pile, peut-être un peu plus tard.

J'attendis la suite en silence.

— Voilà, conclut-il.

— Et pour l'autre question de Barry ? Qu'est-ce que tu as fabriqué entre huit heures et ton retour à la maison ?

— Rien, répondit-il, sur la défensive. Vraiment rien.

— Où étais-tu ?

— Putain, qu'est-ce qui se passe, là ? Tu crois que j'ai tué nos voisins, ou quoi ?

Sans broncher ni reculer, je poursuivis d'un ton égal :

— Non, bien sûr que non. Mais je commence vraiment à me demander si tu ne saurais pas quelque chose sur ce qui est arrivé là-bas. Réponds-moi, Derek. Où étais-tu entre le moment où tu as quitté les Langley et celui où tu es rentré ? Je suppose que tu ne te trouvais pas avec Penny, puisqu'elle n'avait pas le droit de quitter sa maison.

— Je suis allé me balader.

— Jusque chez Penny ? Elle habite en ville. Ça t'aurait pris trente ou quarante minutes.

— Non, juste dans le coin. C'est un crime, de se balader ?

— Où ça ?

— Hein ?

— Où t'es-tu baladé ?

— Par là. Le long de la route, vers le ruisseau. Je me suis assis au bord, j'ai appelé Penny sur mon portable, on a discuté un bout de temps, à peu près une heure, ensuite j'ai repris le chemin de la maison. Je devais me sentir un peu déprimé. On traverse une passe difficile en ce moment.

C'était soit la vérité, soit des bobards destinés à recueillir ma sympathie, à m'obliger à faire machine arrière. Je penchais pour cette dernière option.

— Ç'avait pourtant l'air de coller entre vous, cette nuit.

— Ouais. C'est surtout ses parents, tu vois, rétorqua Derek. Ils ne m'aiment pas.

— Qu'est-ce que tu veux dire ? Pourquoi ?

— J'en sais rien.

— Tu dois bien avoir une idée.

— Eh bien, ça pourrait avoir un rapport avec le fait que son père est tombé sur nous dans sa chambre. En train de… enfin, tu vois.

— Ah, tu crois ?

— Il est franchement coincé, tu sais, affirma Derek.

— Même sans être coincé, on a le droit d'être contrarié de découvrir qu'un gars pelote sa fille sous son propre toit.

— Oui, eh bien c'est un peu pour ça qu'elle a dû s'échapper en douce pour venir me voir hier soir.

— Au nom du ciel, Derek, tu risques de compliquer encore les choses avec son père si tu la laisses faire ce genre de trucs.

— Purée, s'exclama-t-il sur un ton qui ne me plut pas beaucoup. Tu ne vas pas te mettre à jouer les coincés toi aussi ?

Je l'empoignai par le bras et le secouai.

— Ne t'avise plus de me parler sur ce ton. Je me fiche que tu aies des emmerdes ou pas, si tu recommences, je te casse la figure.

Il n'aurait pas eu l'air plus sonné si je l'avais effectivement frappé. Je mis un instant avant de le lâcher.

— Pardon, bredouilla-t-il.

— On s'est bien compris ?

— Oui.

— Donc, tu disais ?

Derek avait perdu le fil.

— Euh… Ah oui, s'il te plaît, pas un mot sur sa venue ici, parce qu'elle a fait le mur après que son père s'est endormi. Un de ses copains l'a déposée en voiture sur la route. Elle est passée juste à côté du flic garé au bout de l'allée.

Voilà qui était rassurant, mais guère surprenant. Les bois étaient si denses par ici qu'il aurait fallu un bataillon complet de policiers pour pouvoir surveiller dans toutes les directions à la fois.

— Quoi qu'il se passe entre nous, cela n'a plus eu d'importance quand elle a appris ce qui est arrivé à Adam, expliqua-t-il. Elle voulait voir comment j'allais.

Je songeai qu'un fils de dix-sept ans posait déjà pas mal de problèmes. Je n'osais m'imaginer à la place des parents de Penny, découvrant qu'elle était sortie en pleine nuit pour rendre visite à son petit ami dans un endroit où trois personnes avaient été assassinées à peine quelques heures plus tôt.

— Tu n'aurais jamais dû la laisser venir, rétorquai-je. Ce n'est pas prudent, une fille dehors au milieu de la nuit. Nulle part. Encore moins ici, après ce qui s'est produit chez les Langley.

— Alors maintenant on m'engueule aussi pour ce qu'elle fait ?

Voilà ce qui arrive invariablement lors de discussions parent-ado. On commence à se fâcher pour un truc, et sans s'en apercevoir, on se fâche pour un autre. Je m'enjoignis de rester concentré.

— Tu es franc avec moi ? demandai-je.

Derek acquiesça.

— Sûr ?

Après avoir de nouveau hoché la tête, il parut sur le point d'ajouter quelque chose.

— Qu'est-ce qu'il y a ?

— Juste un…, hésita-t-il. Si ça se trouve, c'est rien. Adam a dit un truc avant de partir, je crois, avant de monter en voiture avec ses parents, bon, c'est sans doute pas important.

Je sentis mon pouls s'accélérer.

— De quoi tu parles ?

— Il me semble avoir remarqué qu'il manquait quelque chose dans la maison. Quelque chose qui y était l'autre jour, mais plus tout à l'heure.

— Bon sang ! Qu'est-ce que tu… ?

— Coucou !

C'était Ellen, debout sur le pas de la porte.

— Vous venez ou quoi ?

De retour dans la cuisine, Derek finit par se laisser convaincre de prendre un petit déjeuner. Pour un garçon qui prétendait une demi-heure plus tôt ne pas avoir faim, il engloutit quatre tranches de pain perdu arrosées de beurre et de sirop d'érable, à croire qu'il venait de sortir de prison.

— Tu veux un peu de café avec ça ? lui demanda Ellen.

La bouche de Derek était si pleine qu'il ne put répondre que par une mimique.

Lorsque Ellen nous avait appelés du seuil de la maison, Derek m'avait vite chuchoté : « Je te le dirai plus tard. »

Et j'avais répondu : « D'accord. »

Non que je veuille avoir des secrets pour Ellen. S'il y avait une chance pour que Derek soit disposé à me révéler quelque chose que je devais savoir, alors j'étais disposé à ne pas chipoter sur le fait qu'il ne se confie qu'à moi, avant de savoir de quoi il s'agissait.

Ellen l'avait pris dans ses bras quand il était entré, craignant que sa visite chez les Langley avec Barry Duckworth ne l'ait traumatisé.

— C'est bon, lui avait-il assuré. C'était pas si terrible.

Ellen avait essayé de lire sur mon visage si Derek allait vraiment bien, ou le feignait. J'avais hoché la tête, incapable de lui offrir une réponse définitive. Puis elle l'avait persuadé d'avaler un énorme petit déjeuner.

Je devinais qu'Ellen voulait l'interroger sur son expédition dans la maison des Langley, non pour découvrir ce qu'il avait vu – elle pourrait l'apprendre de ma bouche plus tard –, plutôt pour mesurer à quel point cela l'avait affecté. À mon avis, elle conclut que s'il était capable de manger ainsi, son équilibre psychologique n'avait peut-être pas subi de dommages irrémédiables. J'en étais moins sûr. Si je savais une chose à propos des adolescents, c'est qu'ils étaient capables d'effacer le monde extérieur suffisamment longtemps pour bâfrer.

La bouche toujours pleine, Derek se tourna vers moi.

— J'étais en train de penser qu'on devrait essayer de réparer cette tondeuse aujourd'hui. Vu qu'on a le temps.

— D'accord. D'après moi, c'est qu'une simple bougie grillée.

— Moi, j'ai une autre théorie, répliqua Derek. Le filtre à carburant. Il est peut-être bourré de cochonneries.

En écoutant cela, Ellen avait le choix : elle s'imaginait soit que Derek essayait de se rapprocher de son père, cherchant le réconfort de sa compagnie après cette tragédie, soit qu'il avait quelque chose en tête.

Étant moins cynique que moi, elle approuva :

— Ça me semble une bonne idée. Profitez-en pour bricoler un peu, tous les deux.

Et elle me sourit. Elle avait marché.

Son pain perdu terminé, Derek se leva pour porter son assiette dans l'évier, mais sa mère l'arrêta.

— Je m'en occupe. Va aider ton père.

— OK.

Puis il sortit par la porte de derrière.

— J'arrive tout de suite, lui criai-je.

Ellen me regardait, et je compris qu'elle attendait de ma part quelques mots sur notre visite chez les Langley.

— Il allait bien, dis-je. C'était affreux, mais il allait bien.

— Barry n'aurait jamais…

— Laisse tomber. Il ne fait que son boulot. Tu aurais été fière de Derek, à le voir tenir le coup là-bas.

— Comment était-ce ? commença-t-elle. Non, ne me dis rien. Je ne veux pas le savoir.

Je trouvai Derek dans la remise, furetant à droite à gauche, brandissant un taille-haie électrique surdimensionné. Je ne fus guère surpris de constater qu'il n'accordait pas la moindre attention à notre tondeuse à gazon en panne.

— Bon, alors qu'est-ce que tu voulais que je sache ? Qu'est-ce qui manquait dans la maison des Langley ?

— Comme je te disais, ça risque d'être rien du tout. Mais tu te souviens quand on est allés chez Mme Stockwell ?

— Agnes ? Celle dont le chat ressemble à un cochon ?

— Ouais.

— Comment ça, quand on y est allés ? On y va quasiment toutes les semaines.

— Pas la dernière fois, mais celle d'avant, répondit Derek. Quand elle m'a donné l'ordinateur.

— Je vois. Une vieille bécane. Dans son garage.

Je n'avais pas besoin de préciser « vieille bécane ». C'était précisément ce que Derek et Adam aimaient récupérer. Ils adoraient – bon, avaient adoré – les démonter, trifouiller dans les disques durs, comparer les entrailles des anciens modèles à celles des nouveaux. Derek n'avait emporté que l'unité centrale. Le clavier et l'écran présentaient peu d'intérêt pour lui, même si nous en avions débarrassé Agnes avant de les balancer à la décharge à l'occasion d'un de nos voyages. J'avais un petit faible pour Agnes Stockwell, qui vivait seule dans son pavillon sur Ridgeway Drive. Elle avait perdu son mari, puis, un an après, son fils Brett, étudiant à la fac de Thackeray, s'était tué en sautant du haut de Promise Falls. Ce ne sont pas les chutes d'eau les plus élevées du monde, loin de là, mais quand il n'y a que des rochers déchiquetés en bas, quelle importance a la hauteur ?

— Donc, Adam et moi on a traficoté dedans, poursuivit Derek. Pour voir le type de processeur, ce genre de truc. On a aussi regardé ce qu'il y avait dessus.

Cela, avais-je appris, représentait la moitié du plaisir de leur passe-temps. Il ne serait sans doute jamais venu à l'esprit d'Agnes que l'ordinateur de son fils puisse receler des informations sur lui. Vieux e-mails, articles, voire images pornos sauvegardées. Agnes, pas vraiment spécialiste en informatique, devait imaginer que tout ce bazar avait fini par s'évaporer avec le temps. Comment ces choses pouvaient-elles survivre toutes ces années à l'intérieur d'une boîte en plastique et métal ? Un tel disque dur constituait pourtant une sorte d'ultime carton à souvenirs.

— D'accord, fis-je. Et ?

— Bref, quand on est allés dans la maison avec Barry, le flic ? Eh bien, l'ordi n'était plus dans la chambre d'Adam.

— Comment tu peux en être certain ?

L'image de la pièce d'Adam ne s'était pas gravée aussi fort dans ma mémoire que celle des trois énormes mares de sang, je me souvenais malgré tout de son désordre.

— J'en suis sûr, papa. Avant, il était posé sur son bureau. Je sais à quoi il ressemblait. Il était beigeasse, alors que la plupart des autres que stockait Adam étaient noirs. Et je ne l'ai pas vu.

Je réfléchis un moment avant de demander :

— Est-ce qu'il s'y trouvait encore la dernière fois que tu as vu Adam ? Avant qu'il parte avec ses parents ?

— Je ne suis pas monté dans sa chambre. On est surtout restés dans la cuisine. La dernière fois que je suis allé dans sa chambre, ça devait être la veille. Jeudi ? Et il y était à ce moment-là.

— Est-ce qu'autre chose semblait avoir été déplacé dans la chambre ? Ou avoir été pris ?

— Je pourrais pas en jurer, mais bon, j'ai jeté qu'un coup d'œil rapide. N'empêche que cet ordi, j'ai tout de suite vu qu'il avait disparu.

— Pourquoi tu n'en as pas parlé à Barry ? C'est ce genre de chose qu'il voulait savoir.

— Parce que, encore une fois, ça n'a sans doute aucune importance. Adam m'a dit… une des dernières choses qu'il m'a dites, c'était que ç'avait rendu son père furax.

— Comment ça ? M. Langley était furax pour un vieil ordi venant de chez Agnes Stockwell ? Pourquoi ça l'aurait énervé ? Vous avez toujours ramassé des vieilles bécanes et farfouillé dedans, tous les deux.

— Je pense qu'Adam avait dû lui toucher deux mots de ce qu'on avait trouvé.

— Et qu'est-ce que vous aviez trouvé, bon sang ?

Derek poussa un long soupir.

— Eh bien, il y avait toutes sortes de conneries sur ce disque dur. Un tas de dissertations scolaires, un jeu vraiment nul basé sur la première série de *Star Trek*. Tu sais, celle avec Kirk et Spock, ces gars-là. Des graphismes franchement ringards, en même temps assez chouettes, tu vois ?

— Oui, répondis-je avec un brin d'impatience, essayant de le pousser à accélérer.

— Il y avait aussi un CV, des demandes d'inscription à Thackeray et d'autres facs, et quelques lettres à un prof qu'il avait eu au lycée. Mais surtout, il y avait un texte.

— Un texte ? Quel genre ? Une nouvelle ? Quelque chose que le fils d'Agnes a écrit ?

— Pas une nouvelle. Plutôt une sorte de roman. Un paquet de chapitres. Au moins une vingtaine.

Je secouai la tête, tâchant de comprendre.

— D'accord, il y a un livre, ou un genre de livre, sur cet ordinateur. Pourquoi tu ne l'as pas signalé à Barry ?

— J'en sais rien. Parce que c'était un peu gênant, je suppose.

— Pourquoi ?

Derek m'adressa ce qui se rapprochait le plus d'un sourire – je n'en avais pas vu de sa part depuis deux jours.

— C'est assez cochon.

Je m'appuyai à l'établi.

— Bon sang, Derek. Pourquoi le père d'Adam serait furax que vous ayez trouvé un ordinateur avec un texte porno ? Je veux dire, vous n'êtes pas responsables de ce que contient l'ordinateur de quelqu'un d'autre, et en plus Albert ne me donnait pas l'impression d'être du style à piquer une crise pour un truc comme ça.

Derek haussa les épaules.

— Aucune idée. Adam ne m'a pas dit. Parce que, bon, il n'y avait même pas d'images, ni rien. Peut-être que si ç'avait été du vrai gros porno, il aurait pu mal le prendre, mais uniquement du texte, ça paraît pas si grave que ça. En fait, le bouquin était assez cool. Même si c'était cochon, c'était plutôt bien écrit.

— Le fils d'Agnes écrivait du porno haut de gamme, conclus-je d'un ton songeur. Peut-être qu'il voulait simplement écrire ses propres trucs pour se branler.

Derek devint écarlate. Ce n'était pas d'apprendre que son père connaisse ces choses-là qui avait dû le choquer, mais ma franchise qui le prenait au dépourvu. Cela l'aida sans doute pour répliquer :

— Comment savoir ? Ça ne traitait que de sexe et tout, mais c'était écrit comme un vrai roman, on ne peut donc pas vraiment parler de branlette haut de gamme, si tu vois ce que je veux dire.

Je lui souris.

— Je vois ce que tu veux dire. Franchement, j'ai du mal à imaginer qu'on s'introduise chez les Langley et qu'on les supprime tous à cause d'une histoire porno écrite par un gamin il y a plus de dix ans. Ça ne tient tout simplement pas la route.

— C'est un peu pour ça que je n'en ai pas parlé, expliqua Derek. J'ai pensé que j'aurais l'air d'un débile.

— Sans compter qu'il a pu arriver autre chose à cet ordinateur entre le moment où tu l'as remarqué la dernière fois et le moment où les Langley ont été tués.

— Peut-être bien.

Je m'écartai de l'établi.

— Bon. Sans ordinateur, il n'y a plus moyen de lire ce roman, ou de chercher s'il contenait quelque chose qui aurait pu inciter quelqu'un à assassiner trois personnes.

Derek fixa le sol.

— Ce n'est pas tout à fait exact.

— Quoi ?

— J'ai fait une copie.

10

Derek gardait une copie du livre entier sur une disquette, au lieu d'un CD, dans sa chambre. L'ordinateur était si vieux, m'expliqua-t-il, qu'il n'avait pas de lecteur de CD-Rom. Manifestement, ces détails étaient censés avoir un sens pour moi. On était bien loin de l'époque où j'étais gosse, quand on devait attendre qu'une autre personne ait terminé un livre avant de pouvoir l'attaquer à son tour. Adam et lui lisaient ce truc en même temps, et comparaient leurs remarques le lendemain.

Je suggérai que nous montions dans sa chambre pour que j'en lise un bout sur son écran, mais l'idée n'emballait pas Derek.

— Après, maman va le savoir, argua-t-il.

— Ça pose un problème ?

Il parut mal à l'aise.

— Le bouquin ne parle que de… chattes. Tu sais ? De vagins.

Je le regardai droit dans les yeux.

— Je connais, oui.

Je réfléchis quelques instants, puis :

— Monte dans ta chambre, imprime-moi les dix premières pages et apporte-les-moi. Si ta mère te demande ce que tu fabriques, dis-lui que tu es sur le site tondeurdegazon, par exemple, en train d'imprimer des tuyaux pour réparer la tondeuse. Et redescends la disquette aussi.

Derek quitta la remise en courant, ses baskets faisant voler les graviers.

Son départ me donna un moment pour gamberger. Il semblait absolument impossible que les Langley aient été tués à cause de quelque chose qui se trouvait dans l'ordinateur vieux de dix ans d'un étudiant. J'étais presque content que Derek n'ait pas pris la peine d'en parler à Barry. Ç'avait l'air bien trop bizarre.

Et même en partant du principe que l'ordinateur avait un rapport avec les meurtres, ce qui me paraissait plutôt improbable, qui était au courant de sa présence chez les Langley ? Bon, il semblait qu'à un moment donné, juste avant qu'on les assassine, le père d'Adam l'ait découvert ainsi que ce qu'il contenait, par la même occasion. Pourquoi cela l'aurait-il autant contrarié ? Albert ne m'avait jamais donné l'impression d'être un type prude ; je me souvenais qu'un jour, lors d'un barbecue, il m'avait raconté des blagues salaces.

À supposer qu'Albert ait appris que son fils avait découvert l'œuvre cochonne d'un auteur en herbe – et désormais décédé – dans un vieil ordinateur, avait-il la moindre raison de s'en soucier ? Et même si ç'avait été le cas, en quoi apprendre l'existence de ce roman avait-il pu déclencher une série d'événements se terminant par son meurtre et celui de sa famille ?

Tout cela ne tenait pas debout.

Je poursuivis ma réflexion. Si on partait toujours du principe que l'ordinateur disparu était lié aux assassinats mais qu'on écartait le rôle d'Albert, où cela nous menait-il ?

Une fois de plus, qui aurait pu savoir qu'Adam possédait cet ordinateur ? Après tout, ce n'était même pas à lui qu'il avait été donné en premier lieu. Agnes Stockwell l'avait offert à *mon* fils, qui à son tour avait partagé sa découverte avec Adam. Donc, si quelqu'un avait appris par Agnes où était passé l'ordinateur, il n'aurait pas commencé par le chercher chez les Langley, et pourtant…

— Je l'ai ! clama Derek, à bout de souffle.

Il revenait au galop dans la remise, brandissant des feuilles de papier fraîchement imprimées, qu'il me tendit.

— Je pense qu'il y a tout le premier chapitre, annonça-t-il. Sept pages. Tu verras, en le lisant, pourquoi il ne s'agit pas vraiment d'une histoire porno basique. C'est comme si le fils d'Agnes… comment il s'appelait, déjà ?

— Brett.

— Ouais, Brett. On dirait qu'il s'inspirait d'un roman porno pour s'en moquer. Une espèce de… machin, là. Une satire. Une parodie. Ou peut-être même comme ce film idiot que tu m'as montré une fois, quand j'étais petit, où Arnold Schwarzenegger, le mec de *Terminator*, tombe enceint, tu te souviens ? *Junior*, c'était ça le titre.

Imposant silence à Derek d'un geste, je parcourus rapidement les feuilles. Sept, ainsi qu'il l'avait dit. Double interlignage, paragraphes de taille moyenne. Pas de page de garde, pas de titre ou de nom d'auteur dans les en-têtes. Juste un numéro de page collé dans l'angle supérieur droit.

Je m'assis sur le tabouret devant l'établi et me mis à lire.

Nicholas Sansbite : Chapitre un

En se réveillant ce mardi matin, Nicholas ne se rendit d'abord pas compte que quelque chose clochait. Il balança ses jambes hors du lit, se frotta les yeux, et entra à pas feutrés dans la salle de bains, comme tous les matins. Se planter devant les toilettes pour vider sa vessie pleine était la première partie de son rituel hygiénique matinal, et ce mardi matin ne différait en rien de n'importe lequel des milliers de matins qui l'avaient précédé, à l'exception probable que lorsque Nicholas farfouilla dans la braguette de son pyjama pour sortir son pénis, il fut incapable de le trouver.

Mes sourcils se haussèrent.

— Tu vois ? fit Derek, capable de deviner où j'en étais du récit. C'est plutôt différent, continue.

Je poursuivis ma lecture.

« C'est quoi, ce bordel ? » lança Nicholas, à personne en particulier vu qu'il était tout seul, fourrageant un peu plus frénétiquement dans sa braguette, sans parvenir à dénicher son membre ni, pire encore, ses testicules. Ses organes génitaux avaient disparu. Il sentait ses poils pubiens – encore présents –, mais où diable était passé le reste ?

Il se dit qu'il devait sûrement rêver. Il faisait un cauchemar. Il allait se réveiller dans un instant. Il s'écarta des toilettes, regarda vers son lit par la porte de la salle de bains, s'attendant à se voir là, encore sous les couvertures, se débattant peut-être, sur le point de se réveiller.

Or Nicholas ne se trouvait pas dans le lit. Les couvertures étaient retournées, exactement comme il les avait laissées un moment plus tôt. S'en approchant d'un pas hésitant, craintif, il tira les couvertures un peu plus bas, espérant trouver ses couilles et sa queue dans une flaque de sang, mais les draps étaient blancs et propres.

Il avait peur de s'examiner, terrifié à l'idée de voir quel type de dommages il avait subi. Lentement, il baissa son pantalon de pyjama. Il ne semblait pas le moins du monde avoir été blessé. Il n'y avait pas de sang, pas de coupures, aucun signe évident d'amputation. Il semblait intact et indemne, hormis le fait que ces éléments qui constituaient sa virilité manquaient.

Délicatement, il baissa la main pour se toucher, vérifier si ses yeux avaient pu le trahir d'une façon ou d'une autre, si ce qui semblait ne pas être là y était quand même. Et Nicholas découvrit quelque chose d'encore plus inimaginable que la première fois.

Il y avait une ouverture.

Je relevai la tête de la liasse de papier.

— Plutôt tordu, hein ? dit Derek. Alors il découvre que, d'une manière ou une autre, en plein milieu de la nuit, comme par magie, il a perdu son... tu sais, sa bite..., et qu'à la place il a un vagin.

Je jetai un coup d'œil aux pages restantes, puis les posai sur l'établi.

— Tu ne vas pas le lire en entier ? demanda Derek.

— J'ai saisi l'idée générale.

— Parce que ça devient franchement mieux. Même si ça reste bizarre, en un sens, il rend crédible tout le merdier qui arrive.

— J'en ai assez lu.

— En fait, c'est plus marrant que porno, tu vois ? Ça raconte comment l'existence de ce type change complètement quand, euh, il n'a plus de queue. Comment il commence à voir la vie du point de vue d'une femme, comment sa seule façon d'être satisfait sexuellement est de coucher avec des hommes, alors qu'il n'est pas pédé ni rien, enfin bon, tu comprends pourquoi je voulais pas en parler devant maman.

— Pour sûr, fis-je, sans accorder vraiment d'attention à ce que disait Derek.

— Je peux aller t'imprimer les pages suivantes, si tu veux, ou alors t'en envoyer une copie par mail, comme ça tu pourras le lire sur ton propre ordinateur, bien que ce soit pas forcément une bonne idée, vu que maman risque de le voir et de piquer une crise, non ?

— Inutile de faire quoi que ce soit. J'ai déjà lu ce livre.

11

Il n'avait en fait pas été publié sous le titre *Nicholas Sansbite*. Il était sorti en tant que *La Part manquante*. Il avait fait un carton environ huit ans plus tôt. Figuré en tête de liste des meilleures ventes du *New York Times*. Le fait que certaines des principales chaînes de distribution non spécialisées en livres, comme Costco ou Wal-Mart, aient refusé de le mettre en rayon, de crainte de heurter leurs clients les plus conservateurs, n'avait en rien desservi son succès. C'était la meilleure chose qui pouvait arriver à *La Part manquante*. Une fois qu'il fut étiqueté comme tabou, Borders et Barnes & Noble, ainsi que des librairies indépendantes, eurent du mal à le garder en stock.

J'ignore à combien d'exemplaires il s'était vendu. Cent mille, cinq cent mille, un million ? Passé un certain point, qu'est-ce que ça change ? À un moment donné, on avait parlé d'en tirer un film, mais ça ne s'était jamais fait. Si cela avait été le cas, je pense que j'aurais attendu le DVD. En réalité, lire le livre m'avait amplement suffi, d'autant que je n'en avais pas eu spécialement envie, mais n'avais pu m'en empêcher. Je m'étais dit que sa lecture m'éclairerait peut-être sur l'auteur, m'aiderait à comprendre pourquoi ma femme avait choisi de coucher avec lui. Je dois avouer qu'après l'avoir terminé je n'étais pas plus avancé.

Ce que je sais, c'est que le bouquin fit de Conrad Chase une star littéraire. Il propulsa ce professeur de lettres de la fac de Thackeray au niveau de célébrité nationale et lui pava le chemin pour devenir président de cette institution. S'il est peu probable qu'un type ayant écrit un livre comme *La Part manquante* soit ensuite nommé directeur d'une école primaire, c'était tout à fait différent pour une université plutôt de centre gauche. Évidemment, s'agissant de l'auteur d'un livre sur un homme qui perd son pénis et ses testicules et se retrouve avec un vagin à la place, on aurait pu au moins s'attendre à ce qu'il devienne président d'une fac en Californie, et non dans le nord de l'État de New York.

Cela dit, Conrad Chase avait attiré la renommée, non seulement sur lui-même, mais aussi sur Thackeray. Et si, au début, les membres du conseil d'administration et les autres enseignants avaient réagi avec embarras au scandaleux roman de Chase et eu tendance à prendre leurs distances, lorsque le livre grimpa dans la liste des best-sellers et fut qualifié par les critiques d'œuvre satirique géniale et de brillante critique sociale, le sentiment général sur le campus fut de penser qu'il fallait à tout prix trouver moyen d'en tirer parti.

Chase, qui donnait un cours sur les débuts de la littérature américaine ainsi que sur le théâtre d'Eugene O'Neill, devint le chouchou de la fac. Thackeray n'avait encore jamais compté d'auteur à succès, bien que Chase ne fût pas le premier de ses professeurs à être publié – tous ceux qui enseignaient là-bas se sentaient contraints, à un moment ou un autre de leur carrière, de publier quelque chose, même si personne ne le lirait jamais : le destin habituel de la plupart des ouvrages universitaires. Il n'était pas non plus le premier à publier une œuvre de fiction, il fut toutefois le seul à bénéficier d'une reconnaissance internationale.

Les dirigeants de l'université décidèrent de profiter de la notoriété de Chase pour accroître la réputation de Thackeray. Ils organisaient depuis déjà deux ans un festival littéraire qu'ils souhaitaient pérenniser en événement annuel. C'était la raison pour laquelle ils avaient embauché Ellen. Désormais, ils possédaient leur vedette maison en la personne de Conrad Chase. C'était plus facile pour attirer des écrivains célèbres à Promise Falls. Et depuis quelques années, la fac avait établi un programme de quatre jours, réparti entre plusieurs espaces différents, permettant aux auteurs de lire et de parler de leurs œuvres, avec la participation du public. Le maire s'embarqua dans l'aventure, y voyant non seulement un moyen d'accroître la renommée de sa ville, mais aussi de donner un coup de pouce à sa propre image.

Conrad était cependant un professeur encore assez anonyme lorsque Ellen fut embauchée afin d'aider à monter ce festival.

Nous vivions alors à Albany. Ellen travaillait pour une société qui organisait de gros événements : concerts, réunions d'entreprises, conférences. Quand l'université publia son annonce, cherchant une personne à plein temps pour s'occuper d'un événement littéraire annuel, Ellen postula et, à sa grande surprise, décrocha le poste. Je travaillais à l'époque dans une entreprise de surveillance d'Albany et traversais une petite phase de dépression en constatant que je n'arrivais à rien avec mon art.

J'avais du mal à l'accepter. Jeune adulte sans parents, j'avais péniblement réussi à rassembler assez d'argent pour m'offrir une unique année de cours dans une école d'art, me disant que je serais le seul à défier les lois de la probabilité, le seul sur cent qui parviendrait à vivre de son talent. J'avais un pote dans cette école, Teddy, un sculpteur doué, capable de voir un léopard caché dans un bloc de bois, et je pensais que si un diplômé réussirait, ce serait lui. Quelques années plus tard, j'étais tombé sur lui au volant d'un camion plein de goudron brûlant.

Nous avions avalé une bière en vitesse, l'odeur de goudron lui collait à la peau, mais j'avais trouvé le temps de l'interroger sur les rêves qu'il nourrissait à l'école.

« La vie les a bouffés, mon vieux », m'avait-il répondu.

Je savais ce qu'il ressentait. Comment expliquer autrement le sentiment que mon boulot me pompait un peu plus de vie chaque jour ? Aussi, lorsque Ellen se vit proposer son poste à Promise Falls, je n'eus aucun scrupule à quitter le mien et à chercher autre chose. Cela constituerait au moins un changement.

Pour couronner le tout, Derek avait sept ans et ça se passait plutôt mal pour lui à l'école primaire. « Pas assez attentif, disait l'institutrice. Refuse de se concentrer sur ses études, disait-elle aussi. Refuse de s'adapter au rythme scolaire », disait-elle encore.

Nous avons réagi comme beaucoup de parents. En mettant tout sur le dos de la maîtresse. C'était peut-être sa faute à elle, qui sait. Alors nous nous sommes dit qu'un déménagement à Promise Falls serait un nouveau départ pour tous les trois. Ellen commencerait son formidable nouveau boulot, je trouverais quelque chose de mieux et Derek redémarrerait dans une nouvelle école.

Nous avons donc acheté une maison à un étage à quelques kilomètres au sud de Promise Falls, modeste mais charmante, cachée au bout d'une allée, juste après celle des Langley. Ellen se lança dans son nouveau travail. Derek repartit sur de bonnes bases dans une nouvelle école, où son institutrice nous convoqua environ un mois plus tard pour discuter des problèmes d'attention et de concentration de notre fils et de ses difficultés à s'adapter au rythme scolaire.

Je trouvai du travail dans une autre entreprise de sécurité privée, passai mes soirées et mes week-ends à peindre et persuadai même une galerie du centre-ville d'organiser une exposition de mon œuvre. Je fis la totale, vernissage avec petits-fours, invitations tous azimuts, et je vendis une petite toile à un ami pour moins de cent dollars. Ellen tenta de me remonter le moral, insista sur mon talent, me parla d'auteurs géniaux qui avaient mis longtemps à être reconnus. En vain. Je sombrai dans un cafard monstre qui dura plusieurs mois. Découragement, ras-le-bol ou un peu des deux, Ellen baissa les bras. Je pense qu'elle avait avant tout été attirée par ma qualité d'artiste, et comme je semblais renoncer à mon art, je me demandais si une part en elle n'était pas en train de renoncer à moi.

Je pris rapidement mon nouveau boulot en grippe – rien d'étonnant à cela. Alors, quand je vis dans le *Standard* que le bureau du maire cherchait un chauffeur, je me dis que rien ne s'opposait à ce que je postule. Ellen finit par travailler en étroite collaboration avec Conrad sur l'organisation du premier festival. Il s'était proposé comme conseiller pour l'événement, faisant valoir sa connaissance des auteurs anglophones, en particulier ceux encore de ce monde, et donc en mesure d'accepter des invitations. C'était pour Ellen une expérience grisante de bosser avec une personne aussi charismatique et brillante que Conrad, même un ou deux ans avant qu'il ne fasse la couverture de *Newsweek*, à l'occasion d'un article sur la nouvelle bande d'écrivains censés repousser les champs du possible. Il apparut que Conrad souhaitait surtout les parcourir avec Ellen ; peut-être que si j'avais été plus attentif à cette époque, moins absorbé par mes propres problèmes, moins déprimé de ne pas être capable de faire déboucher mes propres talents créatifs sur une carrière, il n'aurait pas réussi.

Cela ne dura pas longtemps. Je ne sais même pas si on peut vraiment parler d'une liaison. Peut-être d'un faux pas du côté d'Ellen, embarquée dans le tourbillon du moment. Cela ne signifie nullement que ça n'ait pas été douloureux, ni que je n'aie pas songé à riposter, sur des modes qui n'auraient fait qu'aggraver la situation.

Mais cela remontait presque à dix ans, et dans l'ensemble, toute cette histoire était désormais derrière nous. Je ne vais pas mentir, ce fut une sale période. Durant quelque temps, Ellen essaya de noyer sa culpabilité dans la boisson. Je ne pense pas qu'elle ait jamais été une authentique alcoolique, elle resta malgré tout plusieurs mois dans les vapes. Comment elle arrivait à faire son boulot en même temps, je n'en ai pas la moindre idée. C'était comme si un petit ouragan s'était installé au-dessus de notre foyer, tournant au ralenti.

La turbulence était là en permanence, mais un jour, d'elle-même, Ellen finit par se rendre compte qu'elle ne pouvait continuer de cette façon, et elle cessa de boire. Du jour au lendemain. Voilà une chose que je lui reconnais. Quand elle décide que le moment est venu de se ressaisir, elle le fait. Je me souviens qu'à la mort de sa mère elle a été dans tous ses états pendant deux semaines, puis un matin, elle s'est levée et a proféré à voix haute : « Il est temps de passer à autre chose. »

Il n'empêche que, avant que ce moment arrive, c'est parfois très pénible.

Une fois la tempête apaisée, lorsque Ellen et moi eûmes réussi à nous pardonner mutuellement, la vie s'améliora. Tous deux avions assez de jugeote pour savoir que ce que nous possédions ensemble avait trop de valeur pour être jeté aux orties. Nous avions un fils. Il n'était pas question de gâcher la vie de Derek en nous séparant.

Ellen continua d'entretenir des relations professionnelles régulières avec Conrad Chase après leur aventure, ce qui devint moins problématique quand son livre fut acheté par un gros éditeur new-yorkais et qu'il commença à évoluer dans des cercles très éloignés des nôtres. Et puis, lors d'un séjour à Hollywood pour des réunions préliminaires à l'adaptation de *La Part manquante* au cinéma, il rencontra Illeana Tiff, une actrice de série B. Malgré sa coiffure volumineuse et ses nichons assortis, la réduire à une simple cruche était une erreur. Elle n'était pas très bonne actrice et possédait assez de bon sens pour savoir qu'elle avait un avenir limité à Hollywood. C'était cependant presque aussi satisfaisant de mettre le grappin sur un écrivain célèbre, aussi revint-elle à Promise Falls avec Chase, et environ un an plus tard ils étaient mariés.

Chase s'était si bien immiscé dans le conseil d'administration de l'université que lorsque son président, Kane Mortimer, eut une crise cardiaque au cours d'une plongée aux îles Fidji, il donna un grand coup de collier pour obtenir le poste et le décrocha. Illeana avait alors appris à atténuer la teinte de ses cheveux et diminué le volume de sa poitrine, et elle endossa avec aisance le rôle d'épouse du président de la fac.

Beaucoup trouvèrent bizarre que Chase prenne cette voie. Être président d'université était incontestablement honorable, pas autant toutefois qu'être un écrivain célèbre. Les présidents des universités du nord de l'État de New York ne participaient pas à des débats télévisés, n'étaient pas invités à des réceptions bourrées de vedettes, ne faisaient pas l'objet d'articles dans le *New Yorker*.

Conrad Chase ne donna pas de suite à *La Part manquante*. Les premières années, lorsqu'on lui posait la question, il prétendait être en train de travailler à un nouveau roman – son contrat initial devait sans doute inclure un livre complémentaire –, mais si jamais il l'avait écrit, il lui restait encore à être publié. La plupart des gens finirent par arrêter de l'interroger, et les rares fois où cela arrivait, Conrad répondait : « J'ai une université à diriger. »

La vérité, pour autant que je pouvais en juger, était tout simplement qu'il en avait terminé avec l'écriture. Sauf que, contrairement à moi, il avait réussi à se faire un nom avant de laisser tomber.

Je pris la disquette et les pages que Derek m'avait imprimées et repartis vers la maison. Je n'avais pas répondu quand il m'avait demandé ce que j'entendais en affirmant avoir déjà lu le livre, et ne dis rien non plus lorsqu'il protesta contre le fait que je montre les feuilles à Ellen, ce qui était manifestement mon intention, vu la direction que je prenais.

Elle se trouvait à l'étage, changeant les draps de notre lit. Bien qu'on fût dimanche, ce n'était pas le genre de dimanche où on pouvait s'asseoir pour lire tranquillement le journal. Nous étions tous très agités, et Ellen combattait cet état en s'occupant sans cesse.

Je lui tendis les pages imprimées par-dessus le matelas. Elle lâcha les draps et s'en empara. Elle jeta un coup d'œil dessus sans même lire un mot et demanda :

— Qu'est-ce que c'est ?

— Lis-en un bout et vois si ça te rappelle quelque chose.

— Tu peux juste me dire ce que…

— Lis, c'est tout.

Alors elle s'exécuta. Elle alla jusqu'au bas de la première page et s'arrêta, relevant les yeux vers moi.

— À quoi ça rime ?

— Tu reconnais ?

— Bien sûr.

Sa voix restait égale. Je me rendis compte que je m'y prenais mal. Ellen allait penser qu'il s'agissait de quelque chose de personnel en rapport avec Conrad Chase, à ce qui s'était passé tant d'années auparavant. Elle allait penser que j'avais décidé, après tout ce temps, de rouvrir de vieilles blessures. Ce n'était pas l'idée, bien que parfois les choses prennent une tournure imprévue au départ.

— C'est le livre de Chase, précisai-je, même si c'était inutile. Pas mot pour mot, à mon avis. Plutôt une version brute, tu vois ? Mais la même histoire, sous un titre différent.

— Je t'ai déjà dit que je le reconnais. Combien d'autres personnes ont écrit l'histoire d'un type qui perd sa queue et se retrouve avec une chatte ?

Va droit au but, m'ordonnai-je.

— Ça sort tout juste de l'imprimante. C'était sur le disque dur d'un ordinateur qu'Agnes Stockwell a donné à Derek, qu'il a confié à Adam pour qu'il le garde chez lui et qui a aujourd'hui disparu.

Ellen me regarda fixement.

— Je ne comprends rien à ce que tu me racontes. Agnes Stockwell a donné un ordinateur à Derek ? C'est de là que vient celui qu'il a rapporté il y a une quinzaine de jours ? Si l'un de vous m'en a parlé, je ne m'en souviens plus.

— On ne l'a sans doute pas fait. Ce n'était pas grave, à ce moment-là.

— Parce que ça l'est devenu ?

Je pris une inspiration

— Tu te souviens de Brett Stockwell ?

Ellen acquiesça.

— Agnes a conservé toutes ses affaires après son suicide, poursuivis-je. Puis, cela remontait à si loin qu'elle a fini par s'en débarrasser, au moins les trucs sans valeur sentimentale. Elle gardait son vieil ordinateur dans son garage, et quand elle a découvert que Derek est fana d'informatique, elle le lui a donné. Le roman, le roman de Conrad – ce qui ressemble au roman de Conrad – se trouvait dans l'ordinateur en question. Et à présent celui-ci a disparu de chez les Langley.

Je fis une pause avant d'ajouter :

— Tu trouves pas ça bizarre ?

Elle eut le même regard fixe avant de me demander :

— Quoi donc ? Que ç'ait été dans l'ordinateur du gamin, ou que l'ordinateur ait disparu ?

— Tout ça.

— Quelle sorte d'ordinateur ? De bureau, ou portable ?

— Non, pas un portable, répondis-je. Uniquement l'unité centrale.

— Et alors, explique-moi comment tu t'es procuré une sortie papier si l'ordinateur a disparu ?

— Derek avait fait une copie.

Ellen s'assit au bord du lit.

— Qu'est-ce que tu insinues ? Je n'arrive pas à comprendre, déclara-t-elle. Tu insinues forcément quelque chose.

— Je ne sais pas. Moi aussi j'essaye de piger. Mais je ne peux pas m'empêcher de me demander si Conrad est vraiment le grand génie littéraire que tout le monde croit. Peut-être que *La Part manquante* n'est pas de lui.

Ellen resta quelques instants sans voix. C'était, je devais l'avouer, une hypothèse plutôt stupéfiante.

— Bon sang, qu'est-ce que tu racontes ? s'exclama-t-elle ensuite. Qu'un gamin l'aurait écrit ? C'est ridicule. Ce bouquin s'est retrouvé sur la liste des best-sellers du *New York Times*.

— Je suis simplement en train d'émettre une idée. Je dis juste que sa présence dans cet ordinateur est assez étrange.

— Peut-être, suggéra Ellen, que Conrad avait un étudiant tellement fan du livre qu'il l'a recopié mot pour mot. Ou qu'il en avait une copie, un dossier Word, ou je ne sais quoi. Est-ce qu'à l'époque on proposait déjà des livres en ligne ? Brett Stockwell l'a peut-être téléchargé. Tu as pensé à ça ?

— Quand est sorti le bouquin de Conrad ? Quand est-ce qu'il a été publié ?

Ellen réfléchit.

— Il y a neuf, dix ans ? Attends une seconde.

Elle se leva et descendit au rez-de-chaussée. Je la suivis dans le séjour, où elle parcourait des yeux le mur recouvert de rayonnages de livres. Ça débordait un peu dans tous les sens, avec des bouquins rangés de travers par-dessus d'autres, aussi fallut-il un moment pour qu'Ellen, la tête penchée afin de pouvoir lire les tranches, mette la main sur notre exemplaire de *La Part manquante*.

Elle l'ouvrit à la page du copyright.

— C'était en 2000, annonça-t-elle. L'édition reliée. Un an plus tard pour l'édition de poche.

— Brett Stockwell s'est tué il y a dix ans, soulignai-je. Deux ans avant la parution du roman.

— Il doit exister une explication toute simple.

— Sans doute. C'est curieux, voilà tout. Sans parler de la disparition de l'ordinateur.

— Quelqu'un l'a volé ? avança Ellen.

Je haussai les épaules et répliquai :

— D'après Derek, il était encore chez les Langley pas plus tard que jeudi, et maintenant il s'est volatilisé.

— Est-ce que Barry pense qu'il a été volé au moment de l'assassinat des Langley ?

— Non. Derek a remarqué sa disparition quand Barry nous a fait traverser la maison.

Elle détourna les yeux et secoua la tête.

— C'est aberrant. Comment a réagi Barry à ce moment-là ?

— Derek n'en a pas parlé à Barry. Il me l'a dit après. Il voulait d'abord en discuter avec moi, parce que mentionner devant toi un livre de ce style le gênait trop. Il ne savait pas que c'était un roman publié. Enfin, il avait quoi, neuf ans, quand c'est sorti ? Je pense qu'il lisait *Les Frères Hardy* à l'époque, et ce n'est pas Frank et Joe qui se réveilleraient le matin sans leurs bites ! Derek a simplement cru à un brouillon de bouquin porno écrit par un étudiant, bien que, question porno, Derek trouve que c'est assez raté.

Ellen sourit presque, puis redevint sérieuse.

— Qu'est-ce que tu vas faire de cette histoire ?

— Je suppose que je devrais prévenir Barry, tu ne crois pas ? Ça ne veut sans doute rien dire du tout. Et la disparition de l'ordinateur n'a pas obligatoirement de rapport avec ce qui s'est passé chez les Langley. Il a pu disparaître entre la dernière fois que Derek est allé dans la chambre d'Adam – c'est-à-dire jeudi, quand il l'y a vu – et les meurtres, donc vendredi soir. Peut-être que l'ordinateur se trouve dans un autre endroit de la maison où Barry ne nous a pas emmenés.

Ellen arpenta un moment le séjour, puis lança :

— Tu devrais en informer Conrad.

— Quoi ?

— Avant d'aller voir Barry. Conrad mérite d'être mis au courant, parce qu'il doit vraiment exister une explication toute bête. Si c'est le cas, on sera bien contents d'être allés directement le contacter au lieu d'y mêler la police.

— « On » ?

Ellen me dévisagea.

— N'en tire aucune conclusion.

— Ce n'est pas le cas. Je dis juste que *toi*, tu pourrais avoir envie d'éviter des ennuis ou des difficultés à Conrad, ce qui n'est absolument pas une priorité pour moi.

Même en le formulant, je savais ne pas être tout à fait sincère. Ce type signait les chèques du salaire de ma femme, après tout.

— Ce n'est pas le sujet, rétorqua Ellen. C'est une question d'honnêteté. D'autant qu'on se prend probablement la tête pour rien. (Elle secoua la tête d'un air contrarié.) Il vaut peut-être mieux que je lui parle moi-même. Si tu t'en charges, il va penser que tu as autre chose à l'esprit. Tu sais bien que c'est vrai, ajouta-t-elle en croisant mon regard.

J'acquiesçai très lentement, puis repris :

— J'ai une autre idée. Pourquoi je n'irais pas voir Agnes ? Sans tout lui déballer, je pourrais essayer de comprendre pourquoi son fils avait ce livre dans son ordinateur. Et s'il y a une explication simple, je peux juste informer Barry que Derek a remarqué l'absence de l'ordinateur, et en rester là.

J'avais aussi autre chose à demander à Agnes.

— D'accord, déclara Ellen. Parles-en avec elle.

Ni l'un ni l'autre ne prononça une parole durant un moment. Je pris une grande inspiration et la relâchai doucement. Quelque chose m'avait traversé l'esprit, dans la remise, juste avant que Derek ne revienne avec les pages imprimées.

Ellen s'était détournée et regardait par la fenêtre, en direction de la maison des Langley.

— Cela faisait des jours que je n'avais parlé à aucun d'entre eux, murmura-t-elle. Je les avais même à peine aperçus.

— Moi aussi.

— La dernière fois que j'ai vu Donna, c'était je crois le jour où elle est venue à la maison, poursuivit Ellen.

— Quand ça ?

Je n'en avais pas souvenir.

— Lorsque cet éditeur de New York m'avait envoyé quelques épreuves de livres écrits par des auteurs que je comptais faire venir au festival.

— Et pourquoi est-ce que c'est Donna qui te les a apportées ?

— Le coursier les avait livrés chez eux au lieu de chez nous.

Ma femme resta encore un moment à regarder silencieusement par la fenêtre, puis se retourna, et on aurait dit que son visage avait perdu un peu de couleur.

— Donna a dit qu'il s'était trompé de maison. Il a vu la boîte aux lettres avec notre nom dessus, et du coup a pris leur maison pour la nôtre.

12

Derek et moi n'avions pas tout à fait terminé notre travail dans le jardin d'Agnes Stockwell, la veille, quand Ellen avait appelé sur mon portable pour m'annoncer qu'il se passait quelque chose chez les Langley.

J'avais donc une excuse pour y retourner. La pelouse d'Agnes étant déjà tondue, ce n'était pas la peine d'accrocher au pick-up la remorque avec le motoculteur. Mais je pris le coupe-bordure. Il ne me restait qu'un peu de nettoyage.

— Où vas-tu ? demanda Derek.

Il n'était pas rentré pendant que je parlais à Ellen et avait tué le temps en essayant de sauter d'un bord à l'autre de l'allée sans toucher le gravier.

— Veille sur ta mère. Je reviens dans pas longtemps.

Je remontai le chemin à petite allure, fis un signe de tête au flic toujours en faction devant la maison des Langley, puis pris la route en direction de Promise Falls. Après m'être garé en face de chez Agnes Stockwell, je franchis sa vaste véranda vieillotte et toquai doucement à la porte. Nous étions quand même dimanche matin, bien qu'il fût presque midi.

Lorsqu'elle poussa la porte-moustiquaire, elle me sourit.

— Que faites-vous ici aujourd'hui ?

Son chat ondulait autour de sa jambe pour voir qui leur rendait visite. C'était sans aucun doute l'un des félins les plus hideux que j'aie jamais rencontrés ; il aurait eu l'air davantage à sa place dans une porcherie, à se vautrer dans la boue, que lové sur un canapé.

Agnes avait certainement été une femme séduisante autrefois, mais le chagrin persistant dû à la perte de son mari, puis de son fils, l'avait usée au fil des années. Je me demandais comment on pouvait se remettre d'une chose pareille. Peut-être ne s'en remettait-on jamais. Elle avait continué à habiter cette maison, devenue, autant que je sache, l'unique but de sa vie. Elle travaillait dans le jardin dès que le temps le permettait et ne fréquentait presque personne.

— Nous avons dû partir plus tôt hier, répondis-je. Je n'avais pas fini les bordures.

— Oh, je n'avais même pas remarqué, assura Agnes, bien qu'elle fût probablement trop polie pour le signaler. Votre garçon n'est pas venu avec vous ?

— Non. Il reste très peu à faire, alors j'ai décidé de m'en occuper moi-même. Et de lui donner une journée de congé.

Je faillis ajouter : « Vous savez comment sont les ados, ils aiment faire la grasse matinée. » Mais je me retins à temps.

— Quand vous aurez terminé, je vous offrirai un peu de limonade, déclara Agnes.

C'était justement ce que j'avais espéré l'entendre dire.

Il me fallut à peine un quart d'heure pour m'acquitter de ma tâche. Je sortis la débroussailleuse du camion et, après avoir chaussé des lunettes de protection, fis passer le fil de nylon le long des bords du trottoir et de l'allée, ainsi que des massifs de fleurs, m'assurant qu'aucun brin d'herbe ne dépassait nulle part. J'aimais ce genre de travail ; j'en tirais un sentiment de satisfaction que peu d'autres choses me procuraient, sauf peut-être à l'époque où je peignais.

Alors que je rangeais l'outil dans le pick-up, j'entendis la porte d'entrée s'ouvrir, et Agnes Stockwell apparut avec un grand verre de limonade aux parois tapissées de buée. Je remontai vers la maison et lui pris le verre des mains.

— Ça vous ennuie si je m'assois ? demandai-je.

Deux fauteuils de jardin flanquaient la porte.

— Bien sûr que non, monsieur Cutter.

J'allais l'inviter à prendre l'autre siège, mais elle me devança. Je supposai que quand on vivait seule, c'était agréable d'avoir quelqu'un avec qui bavarder un moment, même s'il ne s'agissait que du gars qui tondait la pelouse.

— Appelez-moi Jim.

— Jim, répéta-t-elle à voix basse.

— Ah, cette limonade tombe à pic ! fis-je, et c'était vrai.

Son chat vint se frotter contre ma jambe.

— Il – ou elle – se nomme comment ?

— Boots[1], répondit Agnes.

— Je crois n'avoir encore jamais vu de chatte pareille.

— Elle est assez monstrueuse, mais je l'adore.

Je bus encore de la limonade, vidant presque mon verre d'un trait. Puis je m'essuyai la bouche du revers de la main. Si Agnes me trouvait sale et poisseux, elle ne semblait pas s'en formaliser.

1. *Boots*, en argot, signifie « cageot », « mocheté ».

— Vous êtes au courant pour l'avocat ? demanda-t-elle. Celui qui a été assassiné ? Avec sa femme et son fils ?

— Oui.

— C'est plus ou moins là où vous habitez, non ?

— Au bout de notre chemin. C'est terrible.

Agnes secoua tristement la tête.

— Oh oui, tout simplement affreux. Ça donne à réfléchir. Vous savez, ce genre de chose n'arrive jamais par ici.

— C'est plutôt rare, en effet. Comme vous dites, ça donne à réfléchir.

Chacun de nous prit justement un instant pour le faire. Puis je rompis le silence :

— Mon fils m'a chargé de vous remercier encore pour l'ordinateur.

— Oh, il n'y a pas de quoi. Ça me fait plaisir de voir quelqu'un l'utiliser. Je n'étais pas certaine qu'il puisse encore servir, vieux comme il est. J'étais même étonnée que votre fils en veuille.

— Plus c'est vieux, mieux c'est. Il adore bricoler ces trucs-là. Il a eu de la chance que vous ne l'ayez pas déjà donné à quelqu'un d'autre. Tous les garçons du coin vont rappliquer pour voir si vous n'avez pas d'autres ordinateurs à jeter.

— Je n'en connais pas tant que ça. Je suis simplement contente d'avoir trouvé quelqu'un qui puisse le prendre.

— Vous n'avez raconté à personne que vous avez donné cet ordinateur à Derek, par hasard ?

La question laissa Agnes perplexe.

— Non, je ne crois pas. Pourquoi ?

Il me fallait réfléchir vite.

— Je me disais juste que si ça avait été le cas, d'autres gens viendraient peut-être voir ce qu'il vous reste à balancer.

Elle hocha la tête. Ça lui semblait logique.

— Oh non, je n'aurai pas ce genre d'ennuis. Un jour, peut-être, j'organiserai un petit vide-grenier. Tous les étés, j'envisage de le faire, mais je n'ai jamais le temps de m'en occuper. Comment s'appelle votre fils, déjà ?

— Derek.

— Il a l'air d'un bon garçon.

— Il l'est. Il a ses mauvais côtés, comme tout le monde, mais c'est un gosse formidable.

— Ils ont tous leurs mauvais côtés, affirma Agnes. Brett aussi en avait. Je me sentais un peu coupable de donner son ordinateur, mais on ne peut pas s'accrocher à ces machins éternellement... Il en avait un autre, un de ces petits ordinateurs portables, dont je me suis sans doute débarrassée il y a longtemps. Je ne me souviens même pas de ce qu'il est devenu. Ses vêtements, en revanche, je les ai gardés moins de temps. Je les ai donnés aux pauvres. C'est ce qu'il aurait voulu, je pense.

— Je parie que c'était un bon fils.

Elle eut de nouveau ce sourire triste.

— Oh oui. Il ne se passe pas un jour...

Un instant, elle laissa la phrase en suspens.

— Pas un jour... ? répétai-je.

Agnes soupira.

— Pas un jour sans que je me pose la question. Pourquoi il a fait ça. Vous savez ce qui est arrivé à Brett, n'est-ce pas, monsieur... Jim ?

— J'en ai entendu parler. Il s'est suicidé.

— Oui. Je ne peux même pas aller en ville. Je ne peux pas m'approcher des chutes. Pour payer mes impôts fonciers, je pourrais faire un saut dans le centre et déposer mon chèque, mais non, je l'envoie par la poste. Je ne peux pas regarder les chutes, je ne veux même pas les entendre.

— Je comprends.

— J'essaye de ne pas me faire de reproches, continua-t-elle, c'est difficile, encore maintenant. J'aurais dû être capable de déchiffrer les signes. Mais, je le jure, je n'ai jamais rien remarqué. Rien vu venir. Sauf le dernier jour, ou à peu près, juste avant qu'il ne se tue. Il avait l'air d'aller très bien jusque-là, tandis que le dernier jour, il paraissait soucieux, tracassé par quelque chose, mais il refusait de m'en parler. C'est pour ça que j'ai autant de mal à me pardonner. Je n'ai pas su me rendre compte à quel point il était alors malheureux. Et pourtant, il était toute ma vie depuis la mort de mon mari. Il y a forcément eu des signes pendant les semaines précédentes, que je n'ai pas repérés. Comment une mère peut-elle ne pas voir que son fils est miné à ce point, avant qu'il soit trop tard ?

Je fis un signe de tête compatissant.

— On ne sait jamais tout de nos propres enfants. Il y a toujours des choses qu'ils nous cachent. Je suis certain que Derek est pareil. Et parfois, il y a des choses qu'on n'a pas envie de savoir, ajoutai-je en osant un petit rire.

Agnes fixait son jardin en silence.

— Parlez-moi de Brett, dis-je. Qu'est-ce qui l'intéressait ? Qu'est-ce qu'il aimait faire ?

— Il n'était pas comme les autres garçons. Il était… – elle s'interrompit soudain – … vous voulez voir une photo de lui ?

— Bien sûr.

Elle s'excusa, s'éclipsa à peine quelques secondes et revint avec une photo de lycée encadrée.

— C'était l'année de son bac, expliqua-t-elle. Ça devait être quatre ans avant qu'il… Ma foi, c'est à peu près le souvenir que je garde de lui.

Brett Stockwell avait été un beau jeune homme. Cheveux blond-roux qui recouvraient ses oreilles, yeux bruns, le teint assez net pour son âge. Il avait l'air sensible, artiste. Pas le profil sportif.

— Je lui trouve les mêmes yeux que vous, observai-je.

Agnes reprit la photo et l'étudia comme si elle la voyait pour la première fois.

— Il ressemblait beaucoup à son père. Il tenait plutôt de lui, à mon avis. Borden était petit, il mesurait seulement un mètre soixante-huit, et Brett avait le même type de carrure.

— Vous disiez qu'il n'était pas comme les autres garçons.

— Il ne s'intéressait pas beaucoup au sport, n'allait jamais voir de football. Il se fichait de tout ça. Il aimait lire. Et adorait le cinéma. Mais pas les mêmes films que tout le monde, ceux avec des mots en bas de l'écran.

— Des sous-titres.

— C'est ça. Des films en langue étrangère. Il aimait regarder ceux-là. Il appréciait des choses qui intéressaient peu les autres gens.

— C'est chouette. Tout le monde n'a pas besoin d'être pareil. Dans quel monde vivrions-nous, sinon ?

Je bus encore un peu de limonade.

— Et il adorait écrire, poursuivit Agnes Stockwell. Il écrivait tout le temps.

— Il écrivait quoi ?

— Oh, de tout. Quand il était petit, il aimait écrire des histoires sur d'autres planètes. Des gens qui voyageaient dans le temps, des choses comme ça. Et des poèmes. Il en a écrit des centaines et des centaines, mais pas du genre des poèmes qui riment. La poésie n'est plus comme à mon époque, ça n'a plus besoin de rimer. Alors que sans rimes, on ne dirait même pas de la poésie. Juste des phrases.

— J'avoue ne pas connaître grand-chose à la poésie. Tandis qu'Ellen, elle aime bien en lire de temps en temps.

— C'est votre femme ?

— Oui.

— Vous devriez l'amener un jour. Je serais heureuse de la rencontrer.

— Vous avez raison. Je pense qu'elle aimerait bien vous connaître aussi. Elle sait que vous nous offrez toujours de la limonade.

Agnes Stockwell sourit.

— Parfois, reprit-elle, pour mon anniversaire, Brett m'écrivait un poème. Ceux-là, il essayait de les faire rimer, parce qu'il savait que je comprenais moins bien les autres. Ils ressemblaient un peu aux poèmes qu'on trouve sur les cartes de vœux, vous voyez ?

— Il vous montrait tout ce qu'il écrivait ?

— Oh, certaines choses oui, d'autres non. Avant de me le donner, il tenait à ce que ce soit terminé, aussi parfait que possible. Et quand il a été plus âgé, je pense que quelques-uns de ses textes étaient un peu plus intimes. Un garçon n'a pas toujours envie de tout montrer à sa mère, vous savez.

Elle me fit un clin d'œil, et son regard sembla pétiller.

— Oui, je vois ce que vous voulez dire. Vous croyez que c'était ce qu'il voulait faire comme métier ? Devenir écrivain ?

— Ah, sans aucun doute. C'était son rêve, être un romancier reconnu. Il parlait des écrivains qu'il admirait, comme Truman Capote, James Kirkwood et plein d'autres. Et je crois sincèrement que s'il ne... s'il avait fait d'autres choix, c'est ce qui serait arrivé. Parce qu'il était bon, vous savez. Il avait énormément de talent. Je ne dis pas ça parce que je suis sa mère – elle s'interrompit et corrigea : *j'étais* sa mère.

— D'autres personnes pensaient qu'il avait du talent ?

Agnes opina.

— Ses professeurs disaient qu'il était très bon. Certains le trouvaient même assez brillant, en fait.

— Vraiment ?

— Au lycée, il avait ce prof, comment s'appelait-il, déjà ? (Elle ferma un instant les yeux pour réfléchir.) M. Burgess, voilà. Je me rappelle ce qu'il avait écrit sur un des devoirs de Brett, une nouvelle. Il avait mis : « John Irving devrait faire attention ! » Qu'est-ce que vous en dites ?

— Eh bien !

— Vous savez qui est John Irving ?

— Oui.

— Une fois, Brett s'est attiré des ennuis. C'était en terminale. Il a écrit quelque chose qui a déplu à certains enseignants. Le thème était un peu… un peu mature. Vous voyez ce que je veux dire ? Et le style ne convenait pas tout à fait au lycée.

— Ça parlait de quoi ?

— D'autres élèves. Non pas des élèves réels, une histoire sur des garçons et des filles de son âge, et les choses qu'ils faisaient dont les parents ne savaient rien. Une sorte de récit d'éveil sexuel – Agnes prononça ces mots comme s'ils étaient entre guillemets –, c'était un peu trop décalé pour ces braves gens de Promise Falls High.

— Et ça lui a posé des problèmes ?

— Ç'aurait pu, sans l'intervention de M. Burgess. Il a défendu Brett face à la direction, disant que son devoir, bien que traitant d'un sujet discutable, était honnête et représentatif d'une réalité. Il a ajouté que Brett ne méritait certainement pas d'être renvoyé ni puni pour avoir souligné des trucs que tout le monde savait mais n'avait pas le courage d'admettre.

— Eh bien. Il donne l'impression d'être un sacré professeur.

— Brett ne m'a jamais montré ce texte, poursuivit Agnes. Il se doutait sûrement que j'aurais essayé de le dissuader de le rendre ou de le donner à lire à qui que ce soit. Je ne suis pas du genre à aimer faire des histoires.

— Comme la plupart d'entre nous. Et quand il est entré à Thackeray ? Il avait des mentors là-bas ? Des enseignants qui l'encourageaient à écrire ?

— Oh oui. Bien qu'en fac on ait souvent moins l'occasion de pratiquer le style d'écriture créative qui plaisait à Brett. Ça reste un travail très scolaire, vous savez, et qui ne l'a jamais autant intéressé, à mon avis. Même s'il réussissait très bien ses dissertations et s'il était un lecteur vorace. Il avait énormément de livres. Je n'ai pas encore décidé quoi en faire. Vous pensez que la bibliothèque en voudrait ?

— Peut-être, répondis-je. Donc, une fois à l'université, il a cessé d'écrire des histoires et des poèmes ?

— Non, il a continué. Il en écrivait tout le temps. Et les montrait à ses professeurs. Ça en intéressait certains plus que d'autres, bien entendu.

— Sûrement.

— Surtout ceux qui enseignaient la littérature, ou les lettres, comme on dit à l'université, je crois. S'il essayait d'accrocher son prof de sciences politiques ou celui d'histoire, ma foi, ils s'en fichaient un peu. Ils sont tellement occupés que tous n'ont pas envie de prendre le temps de lire quelque chose qui ne concerne pas vraiment leurs cours.

Mais il avait aussi des professeurs qui le laissaient présenter un poème ou une nouvelle en tant que devoir, au lieu de l'obliger à rédiger un vrai mémoire avec des notes en bas de page et des citations bibliographiques.

— Moi, je détestais les citations, fis-je remarquer. Parfois, je les inventais de toutes pièces.

Agnes me tapa malicieusement sur l'épaule.

— Je parie que personne n'était dupe.

— En effet.

— Certains des professeurs, reprit-elle, étaient eux-mêmes écrivains, et une légère entorse au règlement ne les gênait pas. C'était ceux-là qui laissaient Brett rendre un texte au lieu d'un travail qui demandait des recherches en bibliothèque.

— Vous vous rappelez de qui il s'agissait ?

Agnes secoua la tête.

— Non, ça fait si longtemps. Je ne les reconnaîtrais pas, même s'ils se plantaient en tenue d'Adam dans mon salon. Sauf peut-être celui qui dirige la fac maintenant. Je vois de temps en temps son nom dans le *Standard*.

J'eus l'impression d'un mini-tremblement de terre sous mes pieds.

— Vous voulez dire Conrad Chase ?

— Exactement. Quand il était encore professeur, il s'est pris d'intérêt pour le travail de Brett, qui ne cessait de parler de lui. C'était probablement son prof préféré pendant toute sa période à Thackeray, même si, bien sûr, il n'y est pas resté si longtemps que ça. Ce M. Chase est même venu me voir à une ou deux reprises après la mort de Brett. La première fois, il m'a apporté des fleurs, et un jour il m'a envoyé des places de concert. Il s'est montré très prévenant.

Et Agnes éclata en sanglots. Elle tira un mouchoir de sa manche et se tamponna les yeux.

— Excusez-moi, dit-elle. Depuis le temps, on pourrait croire que je suis capable de me dominer quand je parle de lui…

— Ne vous inquiétez pas. Ce chagrin-là ne nous quitte jamais.

Je lui laissai un moment pour se ressaisir, puis demandai :

— Alors, il arrivait à Brett de montrer ses écrits à M. Chase ?

— Oui. Il l'encourageait beaucoup. Brett a même été plusieurs fois invité chez lui. C'était avant que M. Chase devienne célèbre et épouse cette actrice. Je pense que ç'aurait enthousiasmé Brett de voir ce qui est arrivé à son professeur à la sortie de son livre. Imaginez un peu, si son avenir n'avait pas été raccourci de cette manière, essayer de devenir écrivain en comptant un homme comme Conrad Chase parmi ses amis. Je parie que ça lui aurait ouvert des portes, non ?

— Sans aucun doute.

Agnes eut un haussement d'épaules désabusé et essuya quelques larmes supplémentaires.

— Vous l'avez déjà lu ?

— Hmm ? fit-elle, ne sachant pas au juste de quoi je parlais.

— *La Part manquante.*

Elle hocha la tête aussi vigoureusement que si je lui avais demandé si elle faisait du strip-tease à ses moments perdus.

— Oh non. Enfin, j'ai essayé. Je suis allée à peu près jusqu'à la page cinquante, et j'ai trouvé ça tellement… eh bien, ce n'est pas ma tasse de thé, si vous me suivez. Je ne dis pas que c'est un mauvais livre, simplement, pas le genre de roman que j'ai envie de lire. Il y a tellement de mots merveilleux dans la langue anglaise, tellement de belles choses sur lesquelles écrire, mais parfois, certains écrivains n'aiment ni ces mots ni ces choses. J'aime bien me plonger dans le dernier Danielle Steel, mais l'histoire d'un homme dont les parties intimes se changent en celles d'une femme ? Je me fiche que les critiques le trouvent brillant. Ce n'est pas pour moi.

Je souris.

— Je vous comprends tout à fait.

— Par contre, ajouta Agnes Stockwell, radoucie, Brett a toujours eu l'esprit bien plus ouvert que moi sur ces sujets. Il était ce qu'on appellerait, je suppose, un écrivain plutôt expérimental, prêt à prendre des risques. Je crois qu'il aurait adoré le livre de M. Chase.

13

Avant de partir, je sollicitai d'Agnes la permission de lui emprunter son annuaire. Elle rentra le chercher, me laissant seul avec Boots. La chatte frotta sa vilaine tête au nez camus contre la jambe de mon pantalon.

Agnes Stockwell revint non seulement avec l'annuaire mais également un petit bloc et un crayon.

— Qu'est-ce que vous cherchez ? demanda-t-elle avant de se reprendre en hâte. Pardon. Ça ne me regarde pas.

— Y a pas de mal. J'ai un autre arrêt à faire sur le chemin du retour et je dois vérifier l'adresse.

Je découvris trois Burgess répertoriés à Promise Falls et inscrivis les coordonnées de chacun.

— Merci, dis-je en rendant l'annuaire à Agnes. Et pour la limonade aussi. À la prochaine, Boots.

En redescendant l'allée, je sortis mon portable de ma poche. Il me semblait qu'un rapide coup de fil à Barry s'imposait, pour lui apprendre que Derek s'était aperçu, après la visite chez les Langley, qu'il manquait le disque dur. Que cela ait de l'importance ou pas, autant qu'il soit au courant.

Je me rendis compte que j'avais oublié de l'allumer en quittant la maison et le remis en marche. Ce faisant, je levai par hasard les yeux sur la rue et vis une voiture noire garée environ un bloc plus loin. Alors que je me dirigeais vers mon pick-up, la voiture, une Grand Marquis, commença à avancer, et je décidai de voir si cela me concernait avant de monter.

La limousine s'arrêta le long du camion et elle ne s'était même pas immobilisée que la vitre arrière descendit.

— Salut, Randall, fis-je en rempochant mon téléphone.

Le maire m'expédia son grand sourire suffisant.

— Cutter, espèce d'enfoiré, ça te tuerait de dire « Votre Honneur » ?

— Probable, oui.

— Écoute, Jim, tu as une minute ? J'aimerais vraiment te parler.

— Je suis comme qui dirait en train de bosser. Comment tu as su que j'étais ici ?

— J'ai demandé à Ellen. Elle a essayé de t'appeler.

— Mon portable n'était pas allumé.

— Je lui ai expliqué que c'était très important, et comme elle n'arrivait pas à te joindre, elle m'a dit où on pourrait te trouver. Allez, juste une minute. Sors-toi de cette chaleur.

Et il entrouvrit la portière, ce qui était sa version personnelle d'une invitation officielle.

— Randy, franchement…

— S'il te plaît, Cutter. Viens. Je te le demande super-gentiment, là.

Je le rejoignis dans la voiture. Finley se déplaça de l'autre côté de la banquette. Il faisait merveilleusement frais à l'intérieur. Tandis que je refermais la portière, Lance Garrick se retourna sur le siège du chauffeur et persifla :

— Hé, Cutter, ça marche, le débroussaillage ?

Je fis comme s'il n'était pas là.

— Lance, ordonna le maire, au lieu de rester plantés à gaspiller de l'essence, pourquoi on ferait pas un petit tour ? Ça te va, Jim ?

— Je m'en fiche, répondis-je. Du moment que je suis assis et que je profite de la clim.

— Sacrée chaleur cette semaine pour tondre des pelouses, et le dimanche, en plus, continua Lance.

Il hocha la tête en faisant « tss tss », comme si j'avais violé un quelconque arrêté municipal, puis regarda devant lui, manœuvra le véhicule et ajouta :

— Fait vachement bon dans cette bagnole.

— Petit veinard, dis-je, incapable de l'ignorer vraiment.

— Ouais, moi, j'aimerais vraiment pas tondre des pelouses avec cette chaleur, tu peux me croire.

— J'ai pigé, Lance.

— Bon, si j'avais, mettons, quatorze ans, ce serait différent.

— Lance, ferme-la, d'accord ? intervint Finley, qui me confia ensuite : Faut que je voie s'il y a de l'argent dans le prochain budget pour acheter une de ces vitres, tu sais, qu'on colle entre les sièges ?

À l'avant, Lance s'agita nerveusement.

— Je veux avoir une petite discussion tranquille, poursuivit le maire à son intention. Tu peux te brancher ton iPod dans les oreilles, par exemple ?

— Je l'ai pas apporté, riposta Lance d'un ton blessé.

— Alors contente-toi de fixer la route, OK ? Moi, derrière, je traite des affaires.

Pas jusqu'ici, songeai-je. Je regardais tranquillement par la fenêtre, profitant de la balade. Je me demandais si Randall ferait essuyer à Lance ma sueur sur le cuir gris de la banquette après m'avoir redéposé à mon pick-up.

— Jim, reprit le maire. T'as l'air en forme. Vraiment.

Je ne répondis rien.

— Comment vous vous en tirez, après ce truc chez les Langley ? Vous devez être secoués. Comment vont ta femme et ton garçon ?

— Qu'est-ce que je peux faire pour toi, Randy ?

— Ah, voilà le Jim Cutter que je connais. Droit au but. Pas le genre à couper les cheveux en quatre, sans vouloir faire de jeu de mots[1]. C'est quelque chose que j'ai toujours apprécié chez toi. Langley, il est intervenu pour moi à plusieurs occasions, tu le savais ? Son cabinet – pas lui personnellement – s'est même occupé de mon divorce d'avec ma première femme (il s'interrompit un instant), ou la deuxième. Ou peut-être bien que c'était les deux.

Je frottai le cuir de la banquette entre nous. Combien de fois Finley avait-il baisé dessus ?

— En effet, répliquai-je. Albert travaillait pour beaucoup de gros bonnets de Promise Falls. Enfin, si on peut dire que Promise Falls est assez grand pour qu'il y en ait.

Finley éclata de rire.

— Tu as raison. C'est pas Albany. Notre mare est plus petite. Mais même les petites mares contiennent des gros poissons, pas vrai ?

J'attendais la suite.

— En fait, poursuivit Randall Finley en baissant la voix, j'envisage de bouger.

— De bouger ? Jane a fini par te flanquer à la porte ?

1. *Cutter* : du verbe *to cut*, « couper ».

Sa troisième femme avait tenu plus longtemps qu'on ne l'aurait cru. Elle avait dû espérer une récompense quelconque à un moment donné pour rester avec lui, ou alors elle était cent mille fois plus indulgente que les deux épouses qui l'avaient précédée.

— Très drôle, riposta-t-il. Non, je présente ma candidature au Congrès.

Je ne réagis pas.

— Ben quoi ? s'étonna Finley. Pas de commentaire de la part de M. Je-sais-tout ?

— Fais comme tu le sens, Randy. Présente-toi au Congrès. Présente-toi à la présidence des États-Unis. Ça m'est égal. Je ne voterai pas pour toi.

Nouvel éclat de rire.

— Tu es un type carré, mon vieux Jimmy. Je ne compte pas sur ton vote, mais je me demandais si je pouvais compter sur ta discrétion.

— Ma discrétion ?

— Quand on est maire, on peut se conduire comme un con de temps en temps et s'en tirer à bon compte. Crois-moi, je le sais. Mais sur la scène nationale, surtout quand on vient d'un État comme celui de New York, et pas d'un État merdique dont personne n'a jamais entendu parler, comme le Dakota du Nord…

— Ma mère était du Dakota du Nord, l'interrompis-je.

C'était faux, mais qu'est-ce que ça pouvait bien faire ?

— Bon, tu me comprends, enchaîna Finley, sans faire mine de s'excuser. Ce que je veux dire, c'est que quand on se retrouve sur la scène nationale, c'est une autre paire de manches. On joue dans la cour des grands – il me regarda pour voir si j'appréciais son cliché ringard. Bref, dès qu'on postule pour le Congrès, les gens se mettent à fouiller dans votre passé, à poser des questions. Ils cherchent à cerner le *personnage*.

— Oh, ça ne devrait pas te poser de problème, Randy. Tu es un sacré personnage. Demande à ces mères célibataires dont tu as maculé le tapis de vomi. Je suis sûr qu'elles te soutiendront sur ce coup.

Finley rougit presque.

— Ouais, d'accord. C'était malheureux. Je passerai prochainement voir Gillian avec une bonne grosse subvention pour son établissement. Ça fera peut-être pas taire les bébés geignards, mais ça réduira au moins leurs mères au silence.

— On devrait organiser une sorte de trophée pour récompenser tes bonnes œuvres, Randy.

— Bref, ce que je voulais savoir, c'est si je pouvais compter sur toi pour être discret au cas où quelqu'un viendrait renifler dans le coin et poser des questions à mon sujet ?

— Discret sur quoi ?

Finley fit une petite grimace.

— Écoute, il est arrivé, pendant que tu travaillais pour moi, que mon comportement ne soit pas idéal. Mais je ne suis plus ce mec-là. Je suis un mec différent. Celui pour lequel tu travaillais n'existe même plus.

— C'est bon à savoir.

— Alors tout ce que je dis, c'est que si quelqu'un s'avisait de demander pour quel genre de type tu bossais, je peux compter sur toi pour répondre comme il faut ?

Comme je me taisais toujours, il poursuivit :

— Je veux dire, on est quittes, hein ? Tu as gardé certaines choses pour toi, et moi, je t'ai pas fait inculper pour agression. Il y a un tas de gens qui t'auraient collé en taule pour ton geste.

Lance intervint :

— Vous n'auriez jamais dû l'appeler ce soir-là, patron. Vous auriez juste dû m'appeler moi. Il serait rien arrivé.

— Peut-être, rebondis-je, que si tu n'avais pas fourni une mineure à Randy, rien ne serait arrivé non plus. Quant à toi, repris-je à l'intention de Finley, tu ne penses quand même pas sérieusement que c'est à *moi* que tu as rendu service en ne portant pas plainte ? Réfléchis un peu aux témoins que tu aurais dû convoquer. Quel âge avait cette fille ? Et sa copine dans le couloir ? Elles auraient été obligées de demander une dispense de cours afin de pouvoir témoigner.

— Écoute, Cutter. Je suis à même de te trouver un boulot. Tu pourrais travailler pour moi, sur ma campagne.

— Hé, protesta Lance, vous êtes pas en train de lui rendre son ancien job, non ?

— Bordel de merde, Lance, tu veux bien conduire et la fermer ?

— Quoi ? Je suis censé faire semblant d'être sourd ?

— Jim, t'occupe pas de lui, me conseilla le maire. Ce que je te propose est un autre genre de boulot, pour ma campagne. Le travail ne manque pas. Et tu serais bien payé. Sûrement plus que ce que tu gagnes en tondant des pelouses, putain. Qu'est-ce qui t'a pris, d'ailleurs ? T'as aucune fierté ou quoi ?

J'avais envie de lui dire que si je n'avais pas eu de fierté, j'aurais toujours été en train de travailler pour lui, mais je n'avais à me justifier ni auprès de lui ni auprès de personne.

Il n'avait pas terminé.

— Circuler dans un bahut ridicule, faire ce genre de boulot, tu vaux mille fois mieux, Cutter.

Tu es un homme capable, bourré de talent. Tu sais t'y prendre avec les gens. Tu as des super-instincts. Tu t'énerves pas facilement. Et cette histoire de coup de poing dans le nez, c'est derrière nous. De l'eau a coulé sous les ponts. C'est comme si c'était jamais arrivé.

— Tu peux me ramener à mon camion ? demandai-je à Lance, avant de revenir à Randall. Écoute, je me fiche de ce que tu fais. Présente-toi à toutes les élections qui te chantent, je n'ai rien à dire à personne.

— Tu es un mec réglo, Jim.

— Parce que si je racontais aux gens de quelles sortes de choses j'ai été témoin, il faudrait que j'explique pourquoi j'ai travaillé aussi longtemps pour toi. Et je ne saurais pas comment m'y prendre. Alors tu n'as aucun souci à avoir. Quant à la proposition de boulot, je m'en passerai. J'aime ce que je fais. J'aime travailler avec mon fils. Et je peux me regarder dans la glace à la fin de la journée.

Finley hocha pensivement la tête.

— Je peux rien demander de plus. Tu ne veux pas travailler pour moi, je l'accepte. Et je te suis reconnaissant de ta discrétion.

— Cette fille. Celle de la chambre. Qu'est-ce qu'elle est devenue ?

— Aucune idée, répondit Finley. Je ne l'ai plus jamais revue. Je me suis racheté une conduite depuis cette histoire, Cutter. Je le jure devant Dieu.

Nous arrivions en vue de mon pick-up. La limousine ralentit et s'arrêta le long du trottoir.

Le maire me tendit la main. La serrer me parut exiger moins d'efforts que la refuser, aussi m'exécutai-je. J'essayai de me persuader que je ne contrevenais pas à mes principes si je ne serrais pas trop fort. Finley ordonna à Lance :

— Fais le tour et va ouvrir la portière à M. Cutter.

— Hein ? protesta Lance. Vous rigolez ?

— Tu m'as très bien entendu.

Lance descendit et commença à contourner le véhicule. L'espace d'un instant je pensai : Que dalle, je peux ouvrir ma portière tout seul, puis décidai de laisser Lance faire ce pour quoi il était payé, après tout.

La portière s'ouvrit, et je sortis. En la refermant, Lance se rapprocha de moi par-derrière et, penché au-dessus de mon épaule, me chuchota à l'oreille :

— C'est une première. Ne crois pas que j'aie jamais ouvert la portière à un foutu tondeur de gazon avant.

Je lançai mon coude en arrière, vite et fort, le cueillant juste sous les côtes. Il eut le souffle coupé et se plia en deux.

— Désolé, dis-je. C'est le bras avec lequel je manipule la débroussailleuse. Il a parfois des mouvements compulsifs.

14

Une fois que Lance se fut relevé et fut reparti avec Finley, je ressortis mon téléphone, prêt à composer le numéro inscrit sur la carte de Barry. Puis je m'interrompis. Au fond, qu'est-ce que je comptais lui dire ?

Bien sûr, il y avait la version courte de l'histoire. Comme quoi il était venu à l'esprit de Derek, après notre visite de la maison des Langley, qu'il n'avait pas vu un des ordinateurs présents deux jours plus tôt dans la chambre d'Adam. « Ça vaut ce que ça vaut », pourrais-je ajouter.

Et Barry ferait ce qu'il voudrait de l'information.

En vérité, je n'étais pas certain que l'ordinateur ait quoi que ce soit à voir avec le meurtre des Langley. Après tout, Adam avait très bien pu le ranger dans son placard. Barry ne l'avait pas ouvert pour nous en montrer le contenu.

Et si ce fichu ordinateur n'avait aucun rapport avec le crime, quel intérêt alors de plonger dans le sac de nœuds que Derek et Adam avaient découvert sur son disque dur ? À part causer des ennuis probables à Conrad Chase ? Certes, le voir en mauvaise posture m'aurait rempli de joie, en même temps je n'étais pas assez revanchard pour entraîner un innocent dans une enquête pour homicide pour mon propre plaisir. Pas loin quand même, mais pas à ce point.

Je décidai que le mieux était d'en savoir un peu plus avant d'appeler Barry Duckworth. Raison pour laquelle, dans l'immédiat, rendre visite à M. Burgess, l'ancien professeur de lycée de Brett Stockwell, semblait une bonne solution.

Les mères trouvent toujours leurs fils brillants. Il s'avère même parfois qu'ils le sont ; Burgess, lui, pourrait me fournir une opinion impartiale. Il me dirait si Brett était vraiment l'écrivain doué que sa mère croyait. S'il ne partageait pas cet avis, il devait y avoir une autre explication à la présence du livre de Conrad dans l'ordinateur du garçon. Et alors je me rendrais compte que j'étais totalement à côté de la plaque en concluant que Chase avait volé son best-seller à un étudiant.

Auquel cas, attendre pour téléphoner à Barry paraissait une sage décision.

Je tombai sur le Burgess que je cherchais en appelant le deuxième des trois numéros relevés dans l'annuaire d'Agnes Stockwell. Il n'habitait qu'à dix minutes de route de chez elle, et depuis le temps que je vivais et travaillais à Promise Falls, je n'avais pas besoin de plan pour m'y rendre.

Je ne sus pas très bien quoi lui dire quand je l'eus au bout du fil. Après avoir décliné mon nom et vérifié qu'il était bien prof de littérature à Promise Falls High, j'expliquai que j'avais besoin de lui parler d'un de ses anciens élèves. Lorsqu'il réclama plus d'informations, je répliquai qu'il serait bien plus simple de discuter avec lui de vive voix.

« D'accord, passez me voir », avait-il répondu, d'une voix cependant empreinte de suspicion et de méfiance.

Je fis le trajet dans une certaine euphorie, après ce qui s'était passé avec Lance. Il ne s'agissait pas vraiment d'excitation, plutôt d'une impression d'agitation mêlée de bonnes doses d'angoisse et de regret.

Lui flanquer un coup de coude en douce avait été stupide de ma part. Satisfaisant sur le moment, oui, mais j'aurais dû être au-dessus de ce type de comportement. Le problème, c'était qu'il m'avait tapé sur le système une fois de trop. Je suppose que quand on trimballe partout un maire enfoiré, il n'y a pas tellement de gens vis-à-vis desquels on puisse se sentir supérieur. S'attaquer à un type qui gagne sa vie en tondant des pelouses, c'était là une occasion trop belle pour la laisser passer.

Je ne craignais pas trop que Lance porte plainte. Pour me voir reconnu coupable d'agression, il aurait besoin d'un témoin solide de son côté, et je savais qu'il ne pouvait pas compter sur Randall Finley. Le maire n'allait pas saborder ma promesse de garder le silence à son sujet en témoignant contre moi pour un ringard comme Lance.

Celui-ci devait le savoir aussi. Le hic, c'est qu'un type comme Lance Garrick avait sans aucun doute plein d'autres manières de chercher réparation en dehors du système juridique. Et j'allais devoir surveiller mes arrières durant un temps indéterminé, parce que j'avais ressenti le besoin de montrer que j'avais des couilles.

Une contrariété supplémentaire dont je me serais vraiment passé.

Je stoppai le camion devant chez Burgess – j'ignorais encore le prénom du bonhomme. Il s'agissait d'une simple maison à étage, flanquée d'un auvent pour voitures, plantée sur un petit terrain, à une dizaine de mètres en retrait de la rue. Le jardin dépourvu d'arbres était bien entretenu, sans pissenlits ni pousses folles ni herbes sauvages visibles. Un vieux modèle de Toyota et une Civic plus récente étaient garés dans l'allée. Avant que je puisse toquer à la contre-porte, un homme apparut. La petite soixantaine, mince, le cheveu rare. S'il n'avait été légèrement voûté, il aurait mesuré plus d'un mètre quatre-vingts.

Il entrouvrit la porte.

— Vous êtes M. Cutter ?

— C'est exact.

Il jeta un coup d'œil au pick-up et observa :

— Plutôt un bon nom, pour votre métier.

Je souris. Il était le premier à le remarquer ce jour-là.

— Je ne recherche pas un service d'entretien de pelouse, poursuivit-il, si tel est l'objet de votre visite.

— Non, il ne s'agit pas de cela.

— Eh bien entrez, alors, dit-il, sans cordialité.

Il me précéda dans une petite cuisine et me fit signe de m'asseoir devant une vieille table en Formica.

— Je vous aurais bien offert un café, mais il fait si chaud.

Aucune climatisation ne marchait dans la maison, et l'air était quasi irrespirable, malgré les fenêtres ouvertes.

— Ça ira, monsieur Burgess. Merci de prendre le temps de me rencontrer.

— Je m'appelle Walter.

— Walter, répétai-je. Donc, vous enseignez la littérature à Promise Falls High ?

Derek fréquentait un autre lycée de la ville, Spring Park, plus proche de notre lieu d'habitation.

— Plus maintenant. Je suis à la retraite.

— Je n'avais pas compris. Ça fait longtemps ?

— Quatre ans, maintenant.

— Eh bien, ça semble vous réussir, observai-je en le jaugeant d'un coup d'œil ostensible.

J'allais demander où se trouvait Mme Burgess, heureusement une sorte de sixième sens me souffla de m'abstenir.

Comme par hasard, j'entendis alors quelqu'un monter l'escalier du sous-sol. Un autre homme s'encadra dans la porte de la cuisine, à peu près du même âge que Burgess et aussi soigneusement vêtu, mais plus robuste, et avec un peu plus de cheveux. Lui aussi me lança le genre de regard cordial qu'on réserverait à un agent du fisc.

— Trey, voici M. Cutter, indiqua Walter Burgess. Monsieur Cutter, je vous présente Trey Watson.

— Bonjour, dis-je.

Trey hocha à peine la tête. J'ignorais quelle était sa relation avec Walter et ne comptais pas poser la question.

— Trey et moi partageons cette maison, précisa alors Walter.

— Formidable.

— De quoi s'agit-il ? demanda Trey.

C'était la première fois qu'il ouvrait la bouche.

— M. Cutter ne me l'a pas encore expliqué, mais j'ai cru comprendre que cela concerne un de mes anciens élèves.

— Nom d'un chien, Walter, fous-le à la porte ! protesta Trey avant de se tourner vers moi. Il en a assez bavé. Quel tissu de mensonges vous venez colporter, hein ?

Mon regard le quitta pour se poser sur Walter.

— J'ai peur de ne pas saisir. Je suis venu au sujet d'un élève que vous aviez autrefois, nommé Brett Stockwell. Vous vous souvenez de lui ?

— Bien sûr, répondit-il, méfiant.

— C'était bien un de vos élèves ?
— Oui, je me le rappelle.
— Il s'est suicidé il y a dix ans.
— Oui, je sais.
— Tu vois ? intervint Trey. Il va trouver un moyen de te mettre ça sur le dos.
— Trey, fit Walter avec douceur, pourquoi ne nous laisses-tu pas un moment, M. Cutter et moi ? Ensuite je nous préparerai à déjeuner.
— Pas de thon en tout cas. Tu en as fait hier.
— Je pensais plutôt à une salade de poulet.
Trey grommela quelque chose qu'aucun de nous deux ne put entendre, traversa la cuisine en traînant les pieds et disparut dans une autre partie de la maison.
— Désolé, s'excusa Walter.
— Je vous en prie. Donc, Brett Stockwell.
— Oui. Il s'est jeté du haut des chutes. Une vraie tragédie.
Walter Burgess semblait sincèrement attristé.
— D'après sa mère, vous encouragiez beaucoup Brett à écrire.
— Écoutez, répliqua Burgess, nous avons peu de visites à l'improviste, Trey et moi, vu que nos deux familles nous ont plus ou moins reniés, alors c'est tout à fait merveilleux que quelqu'un passe avec l'envie de bavarder, mais je ne comprends pas ce que vous faites ici. Vous êtes un parent de Brett ? Je sais que vous n'êtes pas son père. Je me rappelle l'avoir rencontré à une réunion parents-professeurs. De plus, il me semble qu'il est décédé avant son fils.
— Non, je ne suis pas son père. Ni de sa famille.
Burgess haussa les sourcils.
— Alors qui ? Un inconnu – sans vouloir vous offenser – qui vient m'interroger sur un élève que j'ai eu il y a plus de dix ans, cela échappe à mon

entendement. Ce n'est pas étonnant que Trey vous soupçonne d'être ici pour me nuire.

— Je n'ai aucunement l'intention de vous nuire.

— J'ai mes raisons d'être prudent, rétorqua-t-il.

— Bon, très bien. Voilà : mon fils Derek aime récupérer de vieux ordinateurs. Il les bricole, les répare. Agnes Stockwell, la mère de Brett, lui a donné un ordinateur qu'elle avait remisé dans son garage. Elle allait sans doute finir par le jeter, mais quand Derek a manifesté de l'intérêt, elle l'a laissé le prendre. En regardant ce qu'il y avait sur le disque dur, il a trouvé quelque chose d'assez intéressant.

Burgess se pencha un peu en avant. Il paraissait plus que curieux, inquiet.

— Qu'est-ce que c'était ? demanda-t-il.

— Un livre. Un roman.

— Eh bien, ça n'a rien de si surprenant, déclara Burgess. Brett était un écrivain prolifique. À tous points de vue, pas seulement pour un lycéen.

— Ce livre, du moins ce que j'en ai lu, est, disons, assez unique. Je ne suis certainement pas à même de juger de ses mérites littéraires, mais en tant que lecteur, j'ai eu l'impression qu'il avait été écrit par quelqu'un de plus mûr que son âge. Il comporte un personnage principal très intéressant.

— Et vous êtes ici parce que vous voulez savoir si ce livre s'inspire de moi, lâcha Burgess.

Je dus plus ou moins réagir à retardement. Je ne m'attendais pas à ça. L'homme qui me faisait face ne s'était tout de même pas réveillé un matin en découvrant que ses parties génitales avaient disparu ? En tout cas, ce n'était pas le genre de question que je pensais pouvoir lui poser.

— Non. Ce n'est pas ce que je me demande. Ce que je voudrais savoir, c'est si Brett était capable d'écrire une chose pareille ? Aurait-il, en tant que lycéen, et plus tard jeune étudiant, pu écrire un livre susceptible d'être publié ?

— Eh bien, répondit Walter Burgess, je n'ai pas sous les yeux le texte que votre fils a trouvé dans cet ordinateur. Je ne peux donc me baser que sur les écrits que Brett m'a montrés lorsque je l'avais comme élève, et là, ma réponse serait oui. C'était un jeune homme extraordinairement doué. Je n'ai jamais eu aucun autre étudiant dont les talents se rapprochaient tant soit peu de ceux de Brett Stockwell. Il était de loin le meilleur.

— C'est pas rien, dites donc !

Durant un moment, aucun de nous n'ouvrit la bouche. Puis je posai la question qui me turlupinait :

— Pourquoi avez-vous pensé que le livre pouvait parler de vous ?

Burgess semblait à présent gêné.

— Je me sens un peu ridicule. Je ne sais pas pourquoi j'ai dit ça.

— Au contraire, je crois que si, objectai-je, prenant garde que cela ne paraisse pas une accusation.

— Brett était un garçon très intuitif, commença-t-il d'un ton prudent. Très perspicace.

— À votre sujet ?

— Par… moments. Brett me montrait ses nouvelles pour deux raisons, je pense. Tout d'abord, j'étais son professeur de littérature, sans doute le plus compétent de ses enseignants pour le conseiller, bien que je ne prétende pas être écrivain moi-même. Mais j'essayais d'encourager les étudiants prometteurs.

Comme il s'interrompait, je lui soufflai :

— Et deuxièmement ?

— Et j'étais probablement son seul professeur homosexuel. Ou qu'il savait être homo, du moins.

— Pourquoi ce serait un problème ? demandai-je doucement.

— Parce que j'étais quelqu'un à qui Brett avait le sentiment de pouvoir parler. Il se débattait lui-même avec ce genre de problème.

— Brett était homo ?

Walter Burgess opina.

— Ses parents l'ignoraient. En fait, je pense qu'il ne l'avait révélé à personne, à part moi. Bien qu'à mon avis les autres gamins s'en soient doutés. On croit tout le monde très ouvert là-dessus aujourd'hui, on croit même que c'était le cas il y a dix ans. Or ce n'est pas toujours le cas, notamment en ce qui concerne les parents.

— Il pouvait discuter avec vous.

— En effet.

J'eus beau essayer de garder une expression aussi neutre que possible, Burgess devina mes pensées.

— Non, lui et moi n'avons pas eu de liaison, précisa-t-il. Notre relation a toujours été professionnelle. Mais je le conseillais, tout comme beaucoup de professeurs se retrouvent à conseiller des étudiants tourmentés. Parfois, les jeunes gens ont besoin de parler à un adulte qui ne soit pas un parent. De nombreuses lycéennes tombées enceintes mettent un professeur au courant avant leur propre famille.

— C'est vrai. Je me souviens avoir confié à mes profs des trucs que je n'ai jamais dits à mes vieux.

La façon dont Burgess me regardait laissait penser qu'il doutait de ma sincérité. Il hocha la tête avec lassitude.

— Je sais ce que vous imaginez, soupira-t-il. Vous savez déjà ce qui m'est arrivé, n'est-ce pas ?

— Pardon ?

— Pourquoi j'ai quitté l'enseignement. La plupart des gens le savent. C'est un secret de Polichinelle.

— Pas pour moi.

Et je ne cherchais pas à le savoir. J'étais juste venu chercher une idée du talent d'écrivain de Brett. Le reste ne me regardait pas. Je n'étais pas flic. Je n'étais pas Barry Duckworth. Le passé de Walter Burgess n'était pas mes oignons.

L'ancien professeur rit doucement pour lui-même.

— Eh bien, quel malin je suis, non ? Je tombe sur la seule personne de Promise Falls qui ne connaisse pas mes petites affaires, et il faut que j'ouvre mon clapet.

— Ça m'est égal, assurai-je. Gardez votre secret.

Burgess fit un moulinet de la main.

— Oh, ça n'a plus grande importance, de toute façon. Cela fait cinq ans, maintenant. (Il s'éclaircit la voix.) J'ai rencontré un jeune homme au Whistle – un bar du centre-ville, connu pour sa clientèle homosexuelle. Oh, rien de sérieux. Une simple connaissance. Mais nous nous sommes retrouvés plusieurs fois, on nous a vus ensemble, les gens ont parlé. Il sortait tout juste de Spring Park. Ainsi j'ai été vu en compagnie d'un garçon frais émoulu du lycée. Peu importe que ce n'ait pas été celui où j'enseignais. Que je n'aie jamais été le professeur de ce jeune homme. Cela a quand même attiré l'attention des défenseurs de la moralité. Mon comportement a été jugé non professionnel, déplacé. J'ai eu le choix entre les laisser me virer, me défendre, ou encore accepter leur proposition de retraite anticipée. Il ne me restait que deux ou trois ans avant de la prendre. Alors j'ai cédé. J'ai quitté l'enseignement. Et jamais je n'aurais tenu le coup sans le soutien de Trey. (Il s'interrompit avant de préciser :) Il n'est pas toujours si bougon.

Je m'abstins de tout commentaire.

— Je n'ai jamais, jamais de ma vie, abusé de Brett, insista Walter. Je le jure devant Dieu.

— Merci de m'avoir accordé de votre temps, monsieur Burgess, dis-je en me levant.

Burgess me raccompagna à la porte. Une fois dehors, il jeta un coup d'œil à mon pick-up et demanda :

— Vous prenez combien ?

— Hein ?

— Pour tondre la pelouse. Combien pour un jardin comme celui-ci, une fois par semaine ?

Je lui indiquai un montant.

Il hocha la tête, étudia un instant la question.

— Mon genou me fait terriblement souffrir, et je déteste harceler Trey pour qu'il s'en charge. L'ambiance ici serait bien plus paisible si j'embauchais tout simplement quelqu'un, vous ne croyez pas ?

— Certainement. Je peux vous ajouter à mes clients, si vous voulez.

Il réfléchit encore, puis acquiesça.

— Banco. Trey va dire qu'on n'en a pas les moyens, mais il dit ça pour tout. Il est radin, mais surtout paresseux, alors il finira par être d'accord.

Je lui serrai la main, et tandis que je m'éloignais vers le camion, Burgess me retint.

— Le livre de Brett. Serait-il possible d'en avoir une copie ? J'aimerais beaucoup le lire.

Je me retournai pour lui demander :

— Vous avez déjà lu *La Part manquante* ?

Il battit des cils et fit signe que oui.

— Eh bien, si vous l'avez lu, vous avez en gros lu le livre de Brett.

Burgess prit un air songeur.

— Le sujet est similaire ?

— On peut dire ça.

— Je vois bien pourquoi le genre de thème que Chase a exploré dans ce roman aurait pu intéresser Brett. Ce que je n'ai jamais compris, c'est pourquoi Chase l'a écrit.

— Qu'est-ce que vous entendez par là ?

— Eh bien, à mon avis, ce n'est pas le genre de livre qu'un hétérosexuel serait en mesure d'écrire, répondit Walter Burgess. À moins que Conrad Chase ne soit doté d'une perspicacité dont je ne l'aurais jamais cru capable.

— Vous le connaissez ?

— Je l'ai croisé quelquefois dans des dîners, au fil des années. Et il n'est pas homosexuel.

— Non, dis-je. C'est exact.

Ellen en était la preuve.

15

Sur le trajet du retour, mon téléphone sonna.

— Est-ce que Son Honneur t'a trouvé ? demanda Ellen.

— Oui.

— J'ai essayé de te joindre sur ton portable mais…

— J'avais oublié de l'allumer en quittant la maison.

— Randy assurait qu'il devait juste te parler, et je n'ai pas pu me résoudre à mentir et dire que je ne savais pas où tu étais, se justifia Ellen.

— T'en fais pas.

— Qu'est-ce qu'il voulait ?

— Il va se présenter au Congrès, répondis-je.

— Arrête ton char. Avec quel programme ? Qu'il n'y a pas assez de corruption dans la politique et qu'il va changer ça ?

J'avais besoin de rire un peu.

— Ça me plaît bien. Tu devrais lui proposer : « Votez pour Finley : gardez des pouvoirs publics véreux. » Ce n'est pas un mauvais slogan.

— Qu'est-ce qu'il voulait de toi ? poursuivit Ellen.

— En gros, mon silence.

— Et tu gagnes quoi en retour ?

— Je n'ai pas à voter pour lui.

— Eh bien, ça n'est pas rien !

— Il m'a aussi proposé du travail. Pas celui d'avant, comme chauffeur. Il a Lance. Autre chose, dans le cadre de sa campagne, je suppose.

— Et qu'as-tu dit ?

— Non.

— Il a parlé salaire ?

— Ellen, aucune somme d'argent au monde ne suffirait.

— Je sais. Simple question. Tous les soirs, quand tu rentrais après l'avoir trimballé, tu en avais par-dessus la tête.

— Et comment !

Je n'avais pas envie de raconter à Ellen comment j'avais laissé Lance, plié en deux, le souffle coupé.

— Écoute, reprit-elle. J'ai repensé à ce qu'on disait avant ton départ, tu sais, que Donna nous avait apporté le paquet. Que le livreur s'était trompé, qu'il avait pris la maison des Langley pour la nôtre, à cause de la boîte aux lettres. À moins de savoir que notre maison se trouve au bout de l'allée, les gens peuvent facilement supposer que celle des Langley est la nôtre.

— Ouais.

— Qu'est-ce que tu en penses ?

— Je ne sais pas. Je ne suis pas sûr de penser quoi que ce soit, du moins là-dessus. Mais toute cette histoire d'ordinateur m'embête. Le fait qu'il ne soit plus là-bas, qu'il contienne le livre de Conrad. Le fait que cet ordinateur ait été donné à Derek, et non à Adam. J'ai vu Agnes, je lui ai demandé si elle avait dit à quelqu'un qu'elle avait donné cette bécane à Derek.

— Et alors, elle a répondu quoi ?

— Qu'elle ne l'a pas fait.

Puis je songeai, et Derek ? Et Adam ? Et si l'un d'eux en avait parlé à un copain ? Ou Derek à Penny ? Et qu'ensuite Penny avait repassé l'information à quelqu'un ? Ou encore si l'un ou l'autre avait bavassé sur MSN en racontant à tous leurs amis à la fois ce qu'ils avaient découvert ?

— Jim, où est-ce que tu veux en venir ? demanda Ellen. Voyons, si tout ça a une importance quelconque, si la disparition de cet ordinateur a le moindre rapport avec ce qui est arrivé aux Langley, qu'est-ce que tu sous-entends ? Qu'à cause de la présence dedans d'un livre ressemblant beaucoup à celui de Conrad on a tué toute la famille Langley ? Tu ne vois pas où mène un raisonnement pareil ?

J'avais déjà fait tous ces rapprochements.

— Jim ? répéta Ellen. Tu es là ?

— Oui, je suis toujours là.

— Je croyais qu'on avait été coupés.

— Non, non. Je suis en train de conduire, c'est tout.

— Tu m'as entendue ? Qu'est-ce que ça signifierait, alors ?

— Je ne sais pas très bien, mentis-je, attendant de voir si les pensées d'Ellen suivaient le même cours que les miennes.

— Ne fais pas l'imbécile avec moi, Jim. Tu sais très bien ce que ça signifierait. Que, d'une façon ou d'une autre, Conrad est lié à ce qui est arrivé aux Langley.

— J'imagine qu'on peut voir ça sous cet angle.

— Eh bien, c'est ridicule, riposta Ellen. Peu importe ce que tu penses de lui, il est incapable d'être impliqué là-dedans.

— Il y a forcément une raison pour laquelle *quelqu'un* a tué les Langley.

— Mais pas celle que tu insinues. Ça dépasse les bornes, Jim.

— Je n'insinue rien du tout, répliquai-je, la nuque me picotant soudain. Mais c'était plutôt intéressant de discuter avec Agnes de son fils. Et ensuite j'ai parlé à son prof de littérature du lycée.

— Tu as appelé son prof de lycée ?

— Non, je suis passé le voir. Walter Burgess.

— Seigneur, rien ne t'arrête, Jim. Un vrai détective.

Je ne décelai aucune admiration sous le sarcasme d'Ellen.

— Ce môme était une sorte de prodige, expliquai-je. Un génie. Et ce n'est pas uniquement sa mère qui le dit. Son professeur aussi. Brett Stockwell était un écrivain brillant. Bien plus mûr que son âge, selon eux.

— Je vois.

— Donc, je pense que, même si ça ne veut peut-être rien dire, je dois informer Barry que cet ordinateur a disparu, et qu'une des choses figurant dedans était ce livre, lequel semble avoir été écrit longtemps avant la parution de celui de Conrad.

Il y eut un silence à l'autre bout du fil.

— Ellen ?

— Je suis toujours là. Et voilà ce que moi, je pense, que ça te plaise ou non. Conrad a le droit d'être mis au courant avant Barry, pour qu'il puisse proposer son hypothèse sur la façon dont ce livre est arrivé là. Parler de ça à Barry pourrait causer un tort terrible à la réputation de Conrad et déclencher toutes sortes de rumeurs et de médisances.

— Ce n'est pas ce que je cherche.

— Mon cul, oui ! répliqua sèchement Ellen, et les mots me traversèrent comme une décharge électrique. Tu n'as jamais tourné la page. Et tu crois avoir maintenant une chance, après toutes ces années, de prendre ta revanche sur Conrad.

— Faux, objectai-je, presque sincère.

— Tu es en train d'insinuer qu'il a volé le roman de ce garçon.

— Je trouve simplement que Barry devrait savoir tout ce qu'il y a à savoir, c'est tout.

— Tu n'as aucune idée de ce que la police a déjà pu découvrir d'autre. Pour autant que tu le saches, ils ont peut-être un suspect, à cette heure. Regarde le genre de travail que faisait Albert. Représenter toutes sortes de voyous. Plein de gens pourraient lui en avoir voulu à mort.

Je réfléchis aux propos d'Ellen. Ils comportaient une bonne part de vérité. Je n'avais effectivement pas la moindre idée de ce que donnait l'enquête policière. Barry ne me tenait pas à proprement parler au courant.

— D'accord, admis-je. Tout ce que tu dis est vrai. Et il est probable que Barry n'a rien à fiche de cette information, il n'empêche qu'il devrait l'avoir.

D'une voix plus douce, Ellen reprit :

— C'est juste que, quoi que Conrad ait pu être pour moi il y a des années, aujourd'hui il n'est plus que mon patron. J'ai un bon boulot, auquel je tiens beaucoup.

— Je sais.

— En plus, Conrad est la coqueluche du festival littéraire de Thackeray, qui est entièrement bâti autour de lui.

— Je le sais aussi.

— Ce serait déjà terrible pour mon travail si sa réputation était salie à tort. Alors imagine si nous étions les calomniateurs.

— Je comprends.

— On a besoin de mon travail, poursuivit Ellen. Il paye les factures.

Voilà, nous y étions.

— Tandis que le mien, non.

— Ce n'est pas ce que j'ai dit, rétorqua vivement Ellen. Je me suis mal exprimée. Je ne le disais pas dans ce sens-là.

— D'accord, d'accord.

— Putain, Jim. Je retire ma phrase. C'était dégueulasse. Excuse-moi.

Je ne répondis rien.

— Écoute, tout ce que je veux dire, c'est qu'on devrait savoir de quoi il retourne avant d'en parler à Barry. Discutons d'abord avec Conrad.

Je rompis mon silence :

— Qu'est-ce que tu veux que je fasse ? Que je déboule dans son grand bureau et demande : « Hé, tu as plagié un de tes étudiants, il y a des années ? »

— En fait, c'est pour ça que je t'appelais, au départ. Il est ici, annonça Ellen. Avec Illeana. Ils ont fait un saut à la maison. Tu sais, comme à son habitude, en entrant sans frapper ? Il a failli me coller une crise cardiaque.

— Tu n'avais pas verrouillé la porte ? Après ce qui s'est passé ?

— Je croyais que *toi*, tu l'avais fait en partant, riposta-t-elle. Enfin bref, j'étais dans la cuisine, il est entré, et j'ai dû pousser un hurlement.

Conrad s'était toujours estimé trop important pour frapper ou sonner à la porte.

— En ce moment, ils sont à l'arrière de la maison, sur la terrasse.

— Je suis dans l'allée.

En passant devant la maison des Langley et le véhicule de police toujours en faction, je remarquai deux personnes qui se déplaçaient dans le jardin, très lentement et la tête baissée, en direction de la partie boisée séparant leur propriété de la nôtre. Police scientifique, probablement.

J'allai me garer devant la remise, à côté de l'Audi TT dernier cri de Conrad. Ce dernier et Illeana, munis de bouteilles de bière, occupaient deux fauteuils sur la terrasse. La Mazda d'Ellen était invisible, signe sans doute que Derek était sorti. Dommage, car j'avais de nouvelles questions à lui poser.

Conrad s'était levé, il s'avança vers le pick-up, une main tendue, l'autre tenant sa bière. Je n'avais guère d'autre choix que de la serrer. Sa poigne fut plus forte que nécessaire, comme s'il cherchait à prouver quelque chose. Il était sacrément costaud – cent vingt kilos, à vue de nez – et mesurait un bon mètre quatre-vingt-cinq. Fanfaron et plein d'assurance. Je me demandai si, en ce qui me concernait, il n'en rajoutait pas un peu dans le numéro du bon copain. Il savait qu'il m'avait fait du tort par le passé et semblait vouloir me prouver à tout prix que nous pouvions être amis, même après toutes ces années.

Ça ne m'intéressait pas.

— Jim, me salua-t-il, tout sourire.

— Excuse ma saleté, fis-je en levant la main crasseuse qu'il avait déjà serrée, puis désignant ma tenue de travail. J'ai dû partir terminer un jardin ou deux ce matin.

— Tu n'as pas à t'excuser, va.

Puis il indiqua du menton la maison des Langley.

— Tu arrives à le croire ?

Je me contentai de hocher la tête et partis en direction de la terrasse, Conrad sur mes talons.

— Et d'habiter juste à côté, en plus, poursuivit-il en me tapotant entre les omoplates, montrant qu'on pouvait baiser la femme d'un type et être son pote quand même. J'imagine mal l'impression que ça fait. Et vous n'avez rien entendu ?

Nous en avions déjà parlé au téléphone.

— Non.

— Je connaissais Albert depuis des années, tu sais, reprit Conrad. C'était plus que mon avocat, un bon ami. Nous étions au lycée ensemble. Donna et lui sont souvent venus à la maison. Albert a participé à quelques commissions universitaires. Il s'impliquait dans la communauté, un type formidable, du moins pour quelqu'un qui a réussi à faire acquitter un sacré nombre d'ordures au cours des années. Enfin, ça fait partie du job.

Nous avions atteint la terrasse. La femme de Conrad, en short et chemisier blancs, ses cheveux blonds tombant en cascade sur ses épaules, me sourit tandis que je montais les marches. Elle tendit la main sans se lever.

— Bonjour, Illeana, fis-je en la serrant.

— Salut, Jim. Conrad estimait qu'on devait passer, expliqua-t-elle comme pour s'excuser, justifier leur présence. C'est une tragédie pour nous tous.

Au fil des ans, Illeana avait plutôt bien assimilé le personnage d'épouse de président d'université d'une petite ville. Vêtements chers mais de bon goût, talons hauts mais pas démesurés, qui n'étaient plus en plastique translucide, chemisier déboutonné assez bas pour attirer le regard, mais pas trop pour s'exhiber complètement non plus. Néanmoins, sous cette respectabilité très provinciale, elle conservait quelque chose de la poule. Comme si elle mâchait un chewing-gum invisible en émettant des claquements de bulles à haute fréquence, uniquement détectables par les vrais chiens de chasse de mon espèce.

Ellen me tendit une Amstel et je m'assis. Elle-même buvait sa nouvelle boisson favorite, du vin blanc, dans un verre rempli presque à ras bord. Conrad se relaissa tomber dans son siège à côté d'Illeana et déclara :

— On voulait juste vérifier que vous alliez bien, les amis. Vous faites partie de la famille Thackeray, et quand une chose pareille arrive – encore qu'une chose pareille ne se soit jamais produite –, on doit s'assurer que vous tenez le coup.

Il se tourna vers Ellen et ajouta :

— On a pensé que c'était pour ça que tu avais appelé ?

— Appelé ? répétai-je.

— J'ai vu le numéro affiché sur mon portable, ce matin, continua Conrad. Illeana et moi faisions un tour dans la nouvelle Audi. Vous avez vu ça ? Plutôt classe, hein ? Illeana est en train de s'habituer au levier de vitesse. On a dû louper l'appel.

Ellen me jeta un coup d'œil avant de lui répondre.

— Oui, c'était moi. En fait, j'allais vous proposer de passer, et regarde, comme par hasard, vous l'avez fait.

Je lançai un regard noir à Ellen. Ainsi, elle avait essayé de prévenir Conrad de son propre chef. Elle avait sans doute d'abord tenté sa chance chez lui, puis, ne parvenant pas à la joindre, sur son portable.

— La prochaine fois, suggéra Conrad avec un sourire, laisse un message, et je te rappellerai dès que possible.

On aurait dit un répondeur de boîte vocale.

— Eh bien, fis-je, on dirait que tout a fini par s'arranger, vu que vous êtes passés quand même. Nous voilà tous réunis.

— Alors, c'est Barry Duckworth qui dirige l'enquête, n'est-ce pas ? reprit Conrad.

J'acquiesçai.

— Un type bien, poursuivit Conrad, même si on se demande s'il ne va pas être dépassé. Je doute qu'il ait l'expérience nécessaire pour s'occuper d'une affaire de cette ampleur.

— Je suis sûr qu'il fera de son mieux, répliquai-je avant de boire une grande goulée de mon Amstel. Je crois que Barry a travaillé un moment à Albany.

— Bon, mais ce n'est tout de même pas New York ou Los Angeles, hein ? observa Conrad. Albany, répéta-t-il avec mépris. Depuis quand s'est-il passé quoi que ce soit d'important à Albany ? Et je ne parle pas que de politique. Non, franchement.

Je ne répondis pas. Échanger des banalités n'était pas mon fort, en tout cas pas avec Conrad. Plusieurs fois par an, les obligations sociales d'Ellen à Thackeray me mettaient au contact d'Illeana et de Conrad. Étant donné qu'il était le patron de ma femme, tomber sur lui ou l'avoir à l'occasion au téléphone était inévitable. Conrad m'avait toujours fait l'impression de quelqu'un désireux d'être apprécié et admiré de tous, et capable de se donner beaucoup de mal pour atteindre ce but, même jusqu'à prétendre qu'il n'existait aucun contentieux entre nous.

Il faut admettre que c'était plus facile pour lui. Ce n'était pas lui le cocu. (Bon sang, voilà un mot qu'on n'entendait pas tous les jours.)

— Je serais d'avis de passer un coup de fil à l'inspecteur principal, suggéra Conrad, faisant référence au chef de la police de Promise Falls, sûrement un de ses proches amis – Conrad avait d'excellentes relations. Je lui rappellerai qu'il doit mettre tous les moyens disponibles dans l'élucidation de cette affaire. Et si cela signifie faire appel à la police d'État ou au FBI ou à n'importe qui d'autre pour donner un coup de main à Barry, eh bien qu'il le fasse. L'heure n'est pas à la fierté mal placée. Si Barry a besoin de l'assistance de gens un peu plus chevronnés, il devrait avoir assez de jugeote pour l'accepter. Tu n'es pas d'accord, mon chou ?

Il regardait Illeana.

— Tout à fait, Conrad, répondit-elle d'une voix douce en lui effleurant le bras. Tu devrais téléphoner. Au moins, ils sauront que tu suis la progression de l'enquête avec attention.

— Je ne serais pas étonné que Randy fasse pareil, dis-je.

— Randy, oui, j'en suis certain, admit Conrad. S'il n'est pas encore en train de vomir dans un foyer de mères célibataires ! ajouta-t-il avant de se frapper le genou en gloussant. Il nous étonnera toujours.

— Pour sûr, fis-je, puis, malgré ma haine des blablas, ce fut plus fort que moi : Tu es au courant de ce qu'il mijote ?

Conrad me regarda d'un air méfiant.

— Cette histoire de Congrès ?

— Oui.

— Il a fait travailler une commission exploratoire un moment là-dessus. Je crois bien que cette enflure pourrait tenter le coup. Pas la peine d'être un saint pour être élu, tu sais.

— Ça devrait être une bonne nouvelle pour Randy. À mon avis, il a l'intention de l'annoncer dans les prochains jours.

— Comment l'as-tu appris ? demanda Conrad.

Il devait être surpris que je sois au courant des allées et venues de la plus importante personnalité de la ville, compte tenu de mon statut actuel.

— Il me l'a dit, répondis-je.

Conrad cligna des yeux avant de lancer :

— Bon, eh bien, on ne va pas vous bloquer tout l'après-midi. Ellen, si tu as un souci, besoin de prendre un jour ou deux pour encaisser ce qui s'est passé à côté, n'hésite pas.

— D'accord, Conrad. C'est très gentil à toi.

Et elle vida son verre de vin.

— Alors, on va s'en...

— Conrad, l'interrompis-je. Je voudrais te parler avant que tu partes.

Ellen me fixa. Je voyais à son expression qu'elle n'était pas d'accord, qu'elle voulait s'en charger elle-même.

Eh bien, rien à cirer.

— Bien sûr, dit Conrad. Qu'est-ce qui se passe ?

Je me mis debout.

— Viens faire un petit tour avec moi.

Conrad se leva aussi et m'emboîta le pas, tandis que je partais en flânant vers la remise. La grande porte à double battant était ouverte.

— Ellen tient le coup ? me demanda-t-il.

Je détestais quand il prononçait le prénom de ma femme.

— On est tous un peu sur les dents.

— Je comprends. Simplement, j'ai remarqué qu'elle a descendu ce verre de vin plutôt rapidement.

— Comme je te disais, on a les nerfs un peu à vif. Trois personnes tuées par balles dans la maison d'à côté, ça fait un drôle d'effet.

Conrad Chase entra droit dans la remise et se mit à regarder partout, jetant un coup d'œil aux tondeuses, prenant un taille-haie, le soupesant dans sa main. Puis il repéra mes toiles entassées dans le coin le plus éloigné – il y en avait une douzaine appuyées contre le mur, prenant la poussière. Il s'en approcha, tira en avant la première d'une chiquenaude, puis la deuxième, et ainsi de suite.

— Ce n'est pas une façon de traiter tes tableaux, observa-t-il. À l'extérieur comme ça, à la merci des moindres changements de température, de la saleté.

Je gardai le silence.

— Ils ne sont pas mauvais, tu sais, poursuivit-il, réussissant à être à la fois flatteur et condescendant.

Il revint au premier, un paysage des Adirondacks.

— J'aime bien. Je trouve que plus on recule, meilleur c'est. Très impressionniste. Beaucoup de matière, épaisse, trop près, on ne voit que les reliefs, mais en s'éloignant…

Il recula de trois pas.

— Ça tient vraiment debout. Tu avais fait une expo il y a quelques années, non ?

— Oui.

Il se rapprocha des toiles, découvrit la troisième, la souleva.

— Et ça, c'est… Laisse-moi deviner. Ce sont les chutes de Promise Falls.

— Exact.

— Tu as une manière intéressante de traiter la couleur. Très assourdie, comme si chaque teinte était filtrée. Je crois n'avoir jamais vu quelqu'un capable d'insuffler de la tristesse à un paysage comme tu y parviens. (Il hocha la tête d'un air presque admiratif.) Tu es un type complexe, Cutter.

Je ne pus me retenir :

— Comment ça ?

— Eh bien, tu n'es pas particulièrement bavard, à l'heure actuelle tu te trimballes en camion pour tondre les pelouses des gens, avant tu passais tes journées à trimballer Randy, or il se passe bien plus de choses qu'on ne le croirait là-dedans, conclut-il en indiquant ma tête.

— Vraiment.

— Tu es un gars très perspicace. Je parie que tu étais un gamin sérieux. Tu ne parles pas beaucoup de ta jeunesse.

— Non, en effet.

— N'empêche que le cerveau, c'est quand même étonnant. Chez les gens comme toi, une bonne partie peut servir à la créativité. Mais toi, tu as décidé de ne plus l'exploiter.

— J'ai besoin de gagner ma croûte, rétorquai-je.

Conrad hocha la tête, comme s'il comprenait.

— J'ai le sentiment d'avoir fait un peu la même chose. Diriger Thackeray, tout ce boulot administratif casse-pieds, alors que je devrais plutôt exploiter mon côté créatif. C'est ça qui nous comble, qui nous nourrit.

Ou exploiter la créativité de quelqu'un d'autre, rectifiai-je en mon for intérieur.

— Bref, qu'est-ce qui te tracasse ? demanda-t-il en remettant le tableau en place.

— Il y a quelque chose qu'il me semblait important de communiquer à Barry Duckworth, mais Ellen a estimé que tu avais le droit d'être mis au courant d'abord.

Ses sourcils se levèrent un peu.

— Ah bon ? Et de quoi peut-il bien s'agir ?

— Tu te souviens d'un étudiant que tu as eu, il y a à peu près dix ans, nommé Brett Stockwell ?

— Bien sûr, répondit Conrad sans hésitation.

J'espérais sans doute qu'il prétendrait brièvement avoir oublié, répéterait une ou deux fois le nom du garçon, comme s'il s'efforçait de se le rappeler.

— Un étudiant brillant, continua-t-il. Absolument brillant. Un drame épouvantable. Il s'est suicidé, tu sais.

— Ouais, je sais.

— Ça m'a sidéré. Et pourtant, en même temps, pas vraiment étonné.

— Ah bon ? Et pourquoi donc ?

— Parfois, les gens très créatifs sont aussi très angoissés. La créativité n'est pas seulement un don, Jim. Ça peut être une malédiction. Je n'ai pas besoin de te le dire. Tu as connu toi aussi des moments d'effondrement, je me trompe ? ajouta-t-il en désignant mes tableaux. Des périodes de cafard ? On a toutes sortes de pensées dont on voudrait se libérer, mais s'il n'y a aucune piste, pas de perspectives, ça peut être redoutable.

— Tu aurais repéré des signes chez Brett ?

Conrad haussa les épaules.

— Eh bien, Brett était instable. Je m'en souviens. Dur avec lui-même. Par exemple, quoi qu'il fasse, ce n'était jamais assez bien. Une idée, une phrase qu'on a dans la tête ne semble jamais aussi bonne une fois sur le papier. Bon, alors qu'est-ce qui t'amène à me parler de Brett Stockwell ?

— Tu connais sa mère, Agnes ?

— Je l'ai rencontrée à l'enterrement de Brett, évidemment. Je la revois encore, debout au pied du cercueil, en larmes. Et si seule. Elle avait déjà perdu son mari.

— Elle fait partie de nos clients. Derek et moi nous occupons de son jardin.

— Comme c'est charmant, railla Conrad.

Nom de Dieu, j'avais envie de le tuer, là, sur-le-champ. De prendre mon motoculteur et de rouler sur cet enfoiré débordant de morgue.

— D'après elle, tu t'es montré très gentil, après la mort de son fils, repris-je. Tu lui as envoyé des fleurs, et même des places de concert.

Il acquiesça à ce rappel. Quelque chose dans son regard m'indiquait toutefois qu'il était déconcerté de me savoir au courant.

— Agnes a conservé beaucoup d'affaires de Brett durant toutes ces années, continuai-je. Elle ne supportait pas l'idée de s'en séparer, mais il y a une quinzaine de jours, elle a donné son vieil ordinateur à Derek. Derek et Adam, le fils des Langley, aimaient bien tripatouiller les vieilles bécanes.

— Ah oui ? fit Conrad.

Sa main courait sur le taille-haie, son doigt se posa sur la manette : rien ne se passa car l'appareil n'était pas branché.

— Brett était manifestement un véritable écrivain, comme tu le sais déjà, ayant été son professeur. Et dans cet ordinateur, il y a un livre entier.

Lentement, Conrad fit observer :

— Ce n'est pas très surprenant. J'aurais été étonné que son ordinateur n'en contienne pas un, voire deux ou trois. Il avait l'ambition de devenir romancier.

— Les garçons n'ont trouvé que celui-ci, autant que je sache. C'est l'histoire d'un homme appelé Nicholas qui se réveille un matin et découvre sa tuyauterie un peu modifiée.

Les sourcils de Conrad se décollèrent.

— Sans blague ? Sérieux ?

— Il se réveille avec une chatte à la place de la bite.

— Je connais bien cette histoire, déclara Conrad. J'ai peur de ne pas comprendre.

— L'ordinateur sur lequel ça figurait se trouvait encore chez les Langley il y a deux jours. Mais il n'y est plus.

Le visage de Conrad restait de marbre.

— Je ne comprends toujours pas, répéta-t-il.

— Franchement, moi non plus. Comment ton livre a pu atterrir dans l'ordinateur d'un gamin décédé ? Comment il a pu atterrir là deux ans avant même d'être publié ? Alors j'ai pensé que ce serait logique d'en informer Barry. Pour qu'il éclaircisse ça. Mais Ellen a affirmé que je ferais mieux de t'en parler d'abord. Qu'il pourrait y avoir une explication très simple. (J'ajoutai après une pause :) Par courtoisie envers toi.

Les joues de Conrad parurent s'empourprer légèrement, en revanche sa voix resta égale.

— Je ne voudrais pas te donner l'impression d'être totalement bouché, Jim, mais j'ai toujours un peu de mal à comprendre. Si ce prétendu ordinateur qu'on a donné à ton fils a disparu, comment peux-tu si bien savoir ce qu'il y a dessus ?

Je déglutis.

— Parce que mon fils a fait...

Puis je m'interrompis. J'allais trop loin.

— Une copie ? suggéra Conrad.

Je ne répondis rien. Ce n'était pas la peine, mon visage me trahissait lamentablement. Conrad devina très bien ce que j'avais failli dire.

— Tu veux mon avis, Jim ? Je pense que tout ça, c'est des conneries pures et simples. Voilà tout. Et tu me surprends. Je croyais que tu avais tourné la page, que tu aurais le courage de laisser le passé à sa place. Ellen est une femme merveilleuse, mais elle ne représente plus rien pour moi aujourd'hui, et depuis des années. C'était une liaison fugace, une bagatelle. Notre relation est à présent strictement professionnelle. Elle est un membre précieux de l'équipe de Thackeray. Elle monte un événement littéraire annuel qui fait la fierté de cette ville. Mais je ne couche pas avec elle. J'ai une épouse. Une épouse *superbe*.

Marrant comme on pouvait haïr un mec pour s'être tapé votre femme, et en même temps se mettre en rage parce qu'il insinuait qu'elle n'était pas aussi désirable que celle qu'il avait désormais.

— Jim, j'ai essayé avec toi, j'ai vraiment essayé d'enterrer le passé, d'être un ami, de te considérer comme un ami…

— Surtout ne te gêne pas !

— Comme je disais, j'ai tenté de rendre les rapports entre nous deux civilisés, pas seulement dans l'intérêt de mes relations professionnelles avec Ellen, mais pour nous tous, en tant qu'êtres humains raisonnables. Alors pourquoi tu choisirais, des années après, de manigancer un complot pour me discréditer, eh bien ça me dépasse. Je suis soufflé. Sidéré. Et laisse-moi être très clair. Si tu tentes une combine à la noix pour saccager ma réputation, je te tomberai dessus de toutes mes forces. Je t'écraserai. Je te briserai. Ça sera la guerre, mon pote. Fais-moi confiance. Et même si j'en suis malade, il n'y aura aucun moyen d'éviter qu'Ellen plonge avec toi quand ça arrivera. Ce qui sera vraiment dommage. À présent, tu connais au moins ma position. Je ne me laisserai pas détruire par un minable tondeur de pelouses cocu.

Encore ! Était-ce parce qu'il sonnait comme « cul » que ce mot frappait comme un coup de poing ?

Je soutins le regard de Conrad durant tout son discours. Lorsqu'il eut terminé, je dis :

— Pourquoi tu n'as écrit que cet unique bouquin, Conrad ? Ton nègre a fait une chute ?

Au lieu de se mettre en colère comme je m'y attendais, il sourit.

— C'est ce que tu crois ? Oh, Jim, je te pensais au-dessus de tout cela. En fait, je suis en train de terminer un livre sur lequel je travaille depuis des années. Mon agent new-yorkais est actuellement dans sa maison de Saratoga Lake et passera cette semaine me donner les noms de tous les éditeurs qui se battent pour le lire en premier. Tu veux que je lui demande, pendant qu'elle sera ici, si elle représente des artistes ratés qui s'en sortent en tondant des pelouses ?

— Qu'est-ce qui se passe ? Pourquoi vous vous disputez, tous les deux ?

Illeana se tenait dans l'encadrement de la porte du garage.

16

— Nom d'un chien, qu'est-ce que tu lui as dit ? me demanda Ellen tandis que Conrad et Illeana démarraient en trombe dans sa nouvelle Audi rutilante. Il avait l'air ivre de rage contre toi après votre discussion.

— J'aurais peut-être dû trouver une manière plus polie de suggérer qu'il avait piqué le roman d'un gosse décédé.

— Génial, fulmina Ellen. Tout simplement génial. Il ne me reste plus qu'à chercher un nouvel emploi dès demain.

— Dis donc, je n'ai fait que suivre ton idée, à savoir parler à Conrad avant d'aller voir Barry.

— Tu aurais dû me laisser le faire, riposta Ellen.

— Tu avais déjà essayé, pas vrai ? Pendant mon absence ce matin. Tu l'as appelé, mais tu n'as pas réussi à le joindre.

— D'accord, je voulais lui parler avant toi. Sans tout le passif que tu apporterais à l'affaire. Et s'il n'avait pas débarqué avec Illeana, je l'aurais probablement fait avant ton retour.

— Je lui ai donné une chance de s'expliquer. Je considère ça comme une faveur.

— Et alors ? Qu'est-ce qu'il a dit ? demanda Ellen.

— Beaucoup de choses. Pour autant, aucune n'a fourni la moindre explication.

— Comment ça, beaucoup de choses ? S'il n'a rien expliqué, il a dit quoi ?

— Il croit que c'est personnel. Il s'imagine que je l'attaque à cause de ce qui s'est passé entre vous deux.

Ellen, qui s'apprêtait à répliquer, s'interrompit.

— Je sais que c'est aussi ce que tu penses, poursuivis-je. Mais qu'est-ce que tu crois ? Que, d'une façon ou d'une autre, j'ai monté ce plan compliqué ? Que je me suis arrangé pour qu'Agnes Stockwell ait cet ordinateur afin qu'elle puisse le donner à Derek, et qu'ensuite je me suis débrouillé pour coller dedans une copie du roman de Conrad, sachant que Derek et Adam finiraient par le trouver et que Derek me le montrerait, et qu'après je pourrais m'en servir pour soulever des questions et détruire la réputation de Conrad ? Tu crois que c'est ce que j'ai fait ? Et que je l'ai fait parce que je n'ai pas digéré que tu aies couché avec ce génie littéraire de mes deux il y a des années ? Durant tout ce temps, j'aurais concocté ce plan ? Et si j'ai tout programmé, quel rôle tiennent les Langley là-dedans ? Je savais qu'on allait les assassiner, alors j'ai calculé de faire disparaître l'ordinateur pile au moment où ça se passait, pour que Conrad soit impliqué d'une manière ou d'une autre ? Franchement, c'est ce que tu crois ? Parce que je vais te dire, si j'étais capable de réussir un truc pareil, c'est moi qui devrais diriger la CIA !

Ellen attrapa son verre de vin vide et le projeta contre le mur.

— Ça suffit, hurla-t-elle. Ça suffit !

Je me tus.

Nous étions debout sur la terrasse, à trente centimètres l'un de l'autre, incapables de nous regarder en face tant le gouffre entre nous était vaste.

— Écoute, commençai-je. C'est peut-être vrai que…

À cet instant précis, une voiture surgit à toute vitesse dans l'allée. Nous tournâmes la tête pour voir Derek au volant de la Mazda d'Ellen. Il freina un peu trop sec et la voiture dérapa sur le gravier. Avant même qu'il ait quitté son siège, j'aperçus son visage enflammé de colère. Il était aussi rouge que celui de Conrad lorsqu'il était parti.

— Les salauds ! rugit Derek.

Il claqua la portière et se rua vers la maison d'un pas furieux. Il tenta de traverser la terrasse sans s'arrêter devant nous, mais je lui barrai la route en posant doucement la main sur son torse. Il serrait les lèvres et respirait très fort.

— Holà, du calme, mon pote. Qu'est-ce qui se passe ?

— C'est les parents de Penny, répondit-il. Ces sales cons.

— Quoi ? s'exclama Ellen. Les Tucker ? Qu'est-ce qu'ils ont dit ? Qu'est-ce qui s'est passé ?

Derek hocha rageusement la tête.

— Je pouvais pas le croire, pesta-t-il.

— Raconte.

J'espérais de toute mon âme qu'il n'y avait pas eu de bagarre, que Derek n'avait pas frappé le père de Penny, par exemple. Nous n'avions vraiment pas besoin de ça en ce moment.

— Ils ont refusé que je la voie, expliqua Derek. Je n'arrivais pas à la joindre, elle ne répondait pas sur son portable, et quand j'ai appelé chez eux, ses parents n'ont pas voulu me la passer, alors j'ai pris la voiture et j'y suis allé.

— Pourquoi ? demanda Ellen. Pourquoi refusaient-ils que tu la voies ?

— Ils croient..., merde, je sais pas ce qu'ils croient. C'est comme si, j'en sais rien, comme si j'étais dangereux parce que j'habite juste à côté d'une maison où on a buté tout le monde.

— C'est grotesque.

— Ouais, ben t'as qu'à leur dire.

— Donc, tu y es allé, relança Ellen. Et ensuite ?

— J'ai sonné, Mme Tucker a ouvert, j'ai demandé à voir Penny et elle m'a dit que Penny ne pouvait pas.

— Elle a donné une raison ?

— Je lui ai posé la question : « Pourquoi Penny ne peut pas me parler ? » Et tout ce qu'elle a répondu, c'est que je dérangeais.

— Je ne comprends pas, lança Ellen. À cause de ce qui est arrivé à nos voisins ? Ils trouvent qu'elle devrait t'éviter ?

Je réfléchis un moment, essayant de considérer les choses du point de vue des parents de Penny, avant de faire remarquer :

— S'il s'agissait de notre fille, on aurait peut-être peur qu'elle vienne ici, qu'elle soit aussi près d'un endroit où s'est passée une telle horreur.

— Quoi ? riposta-t-elle. Tu prends leur parti ? Ils interdisent à notre fils de voir leur fille, et tu trouves ça bien ?

Pas moyen de l'emporter avec Ellen ce jour-là.

— Je ne prends le parti de personne, j'essaye simplement de comprendre.

— Je ne suis même pas sûr que ce soit ça, intervint Derek. Ils étaient vraiment bizarres. Et après, M. Tucker est venu à la porte et il m'a dit de dégager.

— De *dégager* ? répétai-je. C'est le mot qu'il a employé ? « Dégager » ?

— Et au moment où je partais, j'ai levé les yeux et j'ai vu Penny à la fenêtre de sa chambre. Alors j'ai haussé une épaule, comme ça, vous voyez ? En m'imaginant qu'elle ferait pareil, comme si elle était désolée que ses parents soient aussi cons, ça n'a pas été le cas. Elle m'a juste regardé, et ensuite sa mère est apparue à la fenêtre et l'a tirée en arrière.

— Je vais les appeler, annonça Ellen.

Presque à l'unisson, Derek et moi criâmes :

— Non !

— Putain, non, ajouta Derek. Je t'en supplie, ne fais pas ça.

— Laissons tomber pour le moment, dis-je. On a assez de soucis comme ça. Et certainement pas besoin de nous mettre à dos la famille de Penny.

— Ils n'ont pas le droit de traiter Derek de cette façon, s'emporta Ellen, l'air d'avoir envie de taper sur quelque chose.

Si elle avait eu un autre verre de vin à portée de main, je pense qu'elle l'aurait lui aussi jeté contre la maison. Soudain, elle eut un geste las.

— Ça me rend malade, déclara-t-elle avant de rentrer.

Une fois seul avec Derek, je posai la main sur son épaule. Il se dégagea aussitôt.

— Eh bien ? Qu'est-ce que je t'ai fait ?

— Rien, répondit-il. Excuse-moi. C'est juste que je suis tellement fumasse !

— Bon, je peux le comprendre. Mais tu sais, tout le monde, pas seulement nous, même ceux qui n'ont qu'un rapport lointain avec cette histoire, tout le monde ressent la même chose. Les gens ont peur. Quelqu'un a assassiné les Langley, et ils redoutent ce qui va se passer ensuite. Les Tucker ont sans doute peur, toi, tu as peur, ta maman a peur, et moi aussi.

Il inspira deux ou trois fois à fond.

— Je sais, marmonna-t-il. Je sais.

— Ça va ? Parce que je dois te poser une question.

— À propos de quoi ?

— De l'ordinateur.

Il me dévisagea, comme s'il avait déjà oublié cet ordinateur, même si cela ne faisait que quelques heures qu'il m'avait mis au courant de l'histoire trouvée sur le disque dur.

— Et alors ?

— Après qu'Agnes te l'a donné, tu as raconté à quelqu'un que tu l'avais ? Ou ce que tu y avais découvert ?

Il n'eut pas besoin de réfléchir pour répondre.

— Non. À personne. Enfin, personne d'autre qu'Adam.

— Bon. Et Penny ? Tu lui en as parlé ?

— Non, je... je ne crois pas.

— Tu en es sûr ?

— Enfin, je lui ai peut-être dit qu'on avait trouvé un bouquin, pas grand-chose de plus.

— Elle aurait pu le répéter à quelqu'un ?

— Je ne vois pas pourquoi, répliqua-t-il. Je veux dire, elle devait s'en fiche. Je passe mon temps à parler des trucs qu'Adam et moi on déniche dans les vieux ordis, et ça m'étonnerait qu'elle ait jamais vraiment écouté.

— Et Adam ? À qui il aurait pu en parler ?

— Pourquoi ? C'est quoi le problème ?

— Derek, essaye de comprendre. Si... – et ça reste un grand « si » – ... si quelqu'un est entré dans cette maison pour l'ordinateur, il devait savoir qu'il s'y trouvait. Alors, tu crois qu'Adam en aurait parlé à quelqu'un ?

— Je ne pense pas. Sauf à son père. Comme je t'ai raconté, il m'a avoué que ça l'avait énervé.

Albert Langley. Avocat de Conrad Chase, entre autres.

— À ton avis, il aurait pu ? insistai-je. Je veux dire, est-ce qu'Adam discutait avec son père ? Ce serait cohérent qu'il lui ait lancé : hé, tu vas pas croire ce que Derek et moi on a trouvé dans l'ordi que lui a donné Agnes Stockwell ? Il aurait pu faire quelque chose dans ce goût-là ?

Derek s'accorda un moment de réflexion.

— Possible. Je suppose. Par contre, je ne pense pas qu'il en aurait parlé à sa mère. Pour la même raison que moi avec maman. À cause du sujet du livre.

Je m'assis dans un des fauteuils de la terrasse. Toujours sur l'accoudoir, ma bouteille de bière était à présent tiède. Derek prit le siège opposé.

— Alors quoi ? fit-il.

— J'en sais rien. Rien du tout, répondis-je avant de boire une gorgée de bière. Je suis tellement claqué que je n'arrive pas à réfléchir.

Quelque chose attira l'œil de Derek. Je suivis son regard et vis les flics de la police scientifique que j'avais remarqués plus tôt, qui continuaient d'examiner chaque brin d'herbe derrière la maison des Langley.

— Pourquoi ces types fouillent tout le bois comme ça ? demanda Derek. Qu'est-ce qu'ils cherchent ?

17

On aurait cru que tout Promise Falls s'était déplacé pour l'enterrement, deux jours plus tard. L'église St Peter devait facilement pouvoir contenir cinq cents personnes, et les gens étaient debout. Albert Langley dirigeait un des plus gros cabinets de la ville, sa femme Donna était une des épouses de notables les plus actives, et Adam, sinon le garçon le plus populaire de son lycée, du moins très apprécié. C'était un sacré rassemblement d'amis, de connaissances et de collègues.

Sans parler de la famille.

Il y avait Heather, la sœur de Donna, avec son mari et ses deux enfants, venus en avion de l'Iowa. La mère d'Albert, une dame âgée partie s'installer à St Petersberg, amenée par Seth, le frère d'Albert, qui vivait en Caroline du Sud. Ainsi que des cousins et des neveux de l'autre côté du pays, et un oncle d'Albert, venu du Manitoba.

Un déluge de larmes.

Il s'agissait des premières funérailles auxquelles assistait Derek. Dans un monde parfait, nous l'aurions fait commencer par quelque chose de plus modeste, d'un peu moins accablant que les obsèques groupées de trois personnes, toutes happées bien trop tôt par un acte d'une horrible violence.

L'enterrement d'un grand-parent, voilà qui aurait été bien pour débuter. La mère d'Ellen était morte quand il avait six ans, mais nous avions décidé qu'il était trop petit pour être présent, que la cérémonie serait trop bouleversante.

Nous étions installés ensemble, Ellen, Derek et moi, à peu près au milieu de l'église, sur le côté. Malgré notre proximité géographique avec les Langley, bon nombre de personnes dans l'assistance étaient davantage liées à eux, et de toute façon, nous n'avions pas envie de nous asseoir dans les premiers rangs.

Le maire débita, comme on pouvait s'y attendre, une abondance de platitudes, avec des accents de sincérité presque convaincants.

— Albert Langley, déclara-t-il, incarnait ce qui rend notre communauté particulière, à travers son engagement envers ses concitoyens, sa recherche de l'égalité et de la justice, son dévouement à œuvrer pour que Promise Falls devienne une ville meilleure.

Aucune allusion au fait qu'il traitait souvent sa femme comme de la merde, mais on ne pouvait pas compter que Randall Finley dise une chose pareille dans un discours qui constituait clairement un échauffement pour son annonce imminente de candidature au Congrès.

À peu près aux trois quarts de la messe, un volume inhabituel de murmures traversa l'église, et pas uniquement parce que Finley avait parlé trop longtemps. Un bruit, une rumeur, impossible à deviner, du moins jusqu'à ce que cela parvienne à notre rangée.

Une femme que je ne connaissais pas, assise à ma droite, venait juste d'être informée par son voisin de gauche, que j'avais pris pour son mari.

— Oh, mon Dieu, chuchota-t-elle.

Je me penchai et murmurai :

— Qu'est-ce qui se passe ?

— Un homme s'est suicidé, répondit-elle. Quelqu'un que la police voulait questionner.

— Qui ?

— La police est venue chez lui pour l'interroger et il s'est tué.

— Qui était-ce ?

— J'ignore son nom. Il est lié à ce procès d'Albert où il a fait acquitter le gamin.

Ellen me donnait des petits coups de coude dans les côtes. Je lui répétai à voix basse ce que j'avais appris. Elle me demanda de qui il s'agissait, et je fis un signe d'ignorance. Nous allions devoir attendre la fin de la cérémonie.

La messe une fois terminée, tandis que l'assistance quittait peu à peu l'église, les femmes en se tamponnant les yeux, les hommes en tâchant de rester stoïques, tout le monde se pressait mutuellement de questions, essayant d'en savoir davantage.

J'aperçus Heather, la sœur de Donna, que je reconnaissais pour l'avoir vue lors de ses visites en famille à Promise Falls. Elle se tenait près de son mari, Edward, lorsque je m'approchai, flanqué d'Ellen et de Derek. Il lui fallut une seconde pour se souvenir de moi.

— Nous sommes sincèrement désolés, déclara Ellen.

Heather remercia d'un signe de tête, puis demanda :

— Vous êtes au courant ?

— On a vaguement entendu quelque chose, répondis-je, uniquement des bribes.

— J'étais en train de discuter avec l'inspecteur Duckworth, expliqua-t-elle. Je l'avais repéré avant dans l'assistance. Ils sont allés parler à un homme nommé Colin McKindrick.

Bien sûr, songeai-je. Celui dont le fils avait été battu à mort avec une batte de base-ball par Anthony Colapinto.

— Et alors ?

— Alors, quand ils ont frappé à sa porte, annonçant qu'ils voulaient lui parler, au sujet des menaces qu'il avait adressées à Albert, il leur a dit de partir, qu'il tirerait s'ils entraient. Une seconde plus tard, il y a eu un coup de feu dans la maison, et quand ils sont entrés, M. McKendrick était mort. Il s'était tiré une balle dans la tête.

Heather posa la main sur sa bouche, bouleversée. Edward l'enlaça et la serra contre lui.

— Mon Dieu ! m'exclamai-je. Je connais un peu l'affaire, mais Barry vous l'a probablement rapportée. Ce McKindrick avait dit à Albert qu'il se vengerait de lui, ou quelque chose dans ce genre, quand le garçon accusé de la mort de son fils a été acquitté. Albert avait persuadé le jury que le fils Colapinto avait agi en état de légitime défense.

Heather secoua la tête, accablée par l'énormité de tout cela.

Ellen lui effleura le bras.

— Encore une fois, toutes nos condoléances. On va vous laisser.

C'était le signal du départ. Lorsque nous nous fûmes éloignés, elle me glissa :

— Qu'est-ce que tu en penses ?

— Je ne sais pas. Il y a de quoi se poser des questions.

— C'est peut-être terminé.

— Ça se pourrait, admis-je.

— La police se présente chez cet homme, veut l'interroger à propos d'Albert, et il se suicide. Ça se tient, non ?

— Quoi ? demanda Derek. Alors selon eux, c'est lui qui a tué Adam et ses parents ?

— Si les flics viennent à ta porte pour t'interroger sur ces meurtres et que tu te supprimes, ça paraît quand même compromettant, enchaîna Ellen. Il devait être tellement déchiré. La perte d'un fils, et ensuite, s'il a effectivement assassiné les Langley, la culpabilité à affronter.

Je ne savais toujours pas quoi penser. Ellen continua :

— C'était déjà atroce d'abattre l'avocat parce qu'il avait évité la prison au type qui avait tué son gosse, mais pourquoi tuer aussi sa femme et son fils ? Peut-être que ça faisait partie de la donne. Il avait perdu son fils, il s'est dit qu'il allait supprimer celui d'Albert, ainsi que sa femme.

Si tragique que fût la nouvelle, elle avait pour résultat de nous ôter un poids des épaules. Si nos conclusions hâtives comportaient un tant soit peu de vérité, cela signifiait que je pourrais laisser tomber cette histoire d'ordinateur et de Conrad.

Ellen hocha la tête avec tristesse. Derek, mal à l'aise dans son costume et sa cravate par cette chaleur, lâcha :

— Je voudrais rentrer.

Moi aussi. Nous fîmes demi-tour en direction du parking pour tomber nez à nez avec Conrad Chase, Illeana et une inconnue. Mince, les cheveux gris, la soixantaine, un peu trop maquillée à mes yeux, des boucles d'oreilles discrètes mais visiblement chères et un gros caillou à un doigt. Son pantalon crème et son chemisier de soie rouge étaient d'une élégance décontractée. Un peu trop chic pour une tenue de tous les jours, mais pas assez neutre pour une messe d'enterrement.

— Jim, Ellen, nous salua Conrad d'un ton plus aimable que je n'aurais espéré, compte tenu de notre dernier échange. Derek, ajouta-t-il avec un signe du menton à notre fils.

— Conrad, Illeana, fis-je en retour, puis je me tournai vers la femme aux cheveux gris. Je ne crois pas que nous nous soyons déjà rencontrés.

— Elizabeth Hunt, se présenta-t-elle.

— Jim Cutter. Et voici ma femme Ellen, mon fils Derek.

— Enchantée. J'ai cru comprendre que la cérémonie a été plutôt émouvante.

— Elizabeth nous rejoint à l'instant pour déjeuner, expliqua Conrad. Elle arrive de sa maison au bord du lac – il marqua une pause, puis annonça : Elizabeth est mon agent littéraire.

Du même ton que s'il m'annonçait avoir acheté une nouvelle voiture.

— Formidable.

— C'était tellement triste, là-dedans, commenta Conrad en désignant l'église. Affreusement triste.

Le chagrin de Conrad, comme souvent lorsqu'il exprimait ses émotions, semblait affecté.

— Enfin, poursuivit-il, chacun de nous doit avancer à sa façon, n'est-ce pas ?

L'assentiment général s'exprima par un murmure auquel je ne m'associai pas.

— Jim, reprit Conrad, Elizabeth pourrait te mettre en contact avec des agents d'artistes. Ce que je t'ai dit l'autre jour a pu être mal perçu, mais j'étais sincère.

— Quoi ? s'étonna Ellen.

Je ne lui avais pas répété mot pour mot toutes les paroles de Conrad lors de notre discussion.

— En fait, commença Elizabeth, j'ai peur de ne pas vraiment avoir autant de liens avec...

— Ce ne sera pas nécessaire, l'interrompis-je.

Elle m'inspirait une certaine compassion, car elle se retrouvait embarquée dans les manigances de Conrad.

Illeana intervint :

— Elizabeth a déjà assez de pain sur la planche, à arracher des mains de Conrad son dernier livre.

Ellen écarquilla les yeux.

— Tu as fini un livre ? Un nouveau roman ?

Conrad feignit la modestie.

— Eh bien, presque. D'après Elizabeth, pas mal de maisons d'édition veulent le voir.

— Conrad, l'arrêta Elizabeth d'un ton prudent.

Discuter de cela en notre présence la gênait clairement.

— Voilà une merveilleuse nouvelle, déclara Ellen d'un ton pondéré. Je parle du livre.

— On devrait rentrer, dis-je, pressé de nous tirer tous de cette situation épineuse.

Conrad n'était pas encore disposé à nous laisser partir.

— Vous avez entendu ce qui s'est passé ? demanda-t-il. Ce dont tout le monde discutait en sortant de l'église ?

— L'histoire McKindrick.

Conrad acquiesça d'un air quasi enthousiaste.

— Exact. Une nouvelle pareille, ça s'est répandu comme une traînée de poudre. On devine déjà quelle sera la vision de l'affaire : le père effondré voit acquitter le garçon qui a tué son fils, s'en prend à Albert puis se suicide quand il se rend compte que la police resserre son étau autour de lui.

— Les choses pourraient bien se dérouler de cette manière, oui, observai-je.

Conrad tourna les yeux vers moi.

— Tu as une minute ?

Nous fîmes tous deux quelques pas pour nous écarter des autres. À voix basse, Conrad me glissa :

— Si ce rebondissement se révèle être ce que, à mon sens, tout le monde attend, il mettra bien entendu un terme à tes spéculations sur le fait qu'un satané ordinateur contenant une copie de mon livre aurait un quelconque rapport avec tout ça.

Je ne sus que répondre. Cela n'avait pas d'importance, car Conrad se trouvait toujours prêt à combler les silences.

— Sache que tu as profondément bouleversé Illeana. Elle a entendu la fin de tes accusations. Je lui ai dit de les chasser de son esprit, que cela ne méritait pas qu'on en parle. Je suis disposé à faire table rase, Jim. J'aimerais m'excuser de m'être emporté chez toi l'autre jour. C'était totalement déplacé. Tu peux toutefois comprendre qu'un homme de ma réputation n'apprécie pas qu'on essaye de le dénigrer.

— Ouais. Comme tu voudras, Conrad.

Il sourit et me tapa sur l'épaule.

— Je suis content qu'on soit sur la même longueur d'onde, Jim. Et pour prouver que je n'ai aucune rancune, je veux qu'Ellen et toi soyez les premiers, après mon agent, à avoir une copie de mon nouveau manuscrit.

— Délicate attention.

— Votre opinion compte énormément pour moi. Et je pense que ce livre pourrait figurer en bonne place dans la programmation d'Ellen pour le prochain festival. Un nouveau roman de moi en fera un événement encore plus significatif.

— Je vais rejoindre ma famille, Conrad. Excuse-moi.

Peut-être avait-il raison. Peut-être cette histoire était-elle terminée. Depuis ma dispute avec Conrad, et celle qui avait suivi avec Ellen, je n'avais rien entrepris au sujet de l'ordinateur disparu. Une fois ou deux, j'avais été sur le point d'appeler Barry, puis je m'étais retenu. J'ignorais si mon information signifiait quoi que ce soit, et je remettais mes motivations en question, je remettais tout en question. La moindre mesure que je prendrais pourrait avoir un impact durable sur le travail d'Ellen, et un autre, non moins grave, sur mon mariage.

Je décidai de laisser les choses se tasser, au moins jusqu'après l'enterrement des Langley. Comme il restait encore une bonne partie de la journée, Derek et moi décrétâmes qu'une fois à la maison, nous quitterions nos costumes pour enfiler nos tenues de travail et aller tondre les pelouses de quelques clients.

Nous étions en train de nous occuper d'un jardin dans la partie ouest de la ville lorsque je vis la voiture banalisée de Barry rôder dans la rue, puis s'arrêter au bout de l'allée.

Derek portait un casque antibruit car il débarrassait les bordures des résidus d'herbe à l'aide du bruyant souffleur. Je lui tapotai l'épaule, il fit volte-face et je désignai Barry.

— Je suis là-bas, articulai-je silencieusement.

Il opina et poursuivit sa tâche.

Barry baissa la vitre côté passager.

— Salut, Jim, dit-il. Viens faire un tour avec moi.

J'ouvris la portière, pénétrai à l'intérieur, le visage fouetté par l'air conditionné. Barry démarra doucement, suivit la rue à petite allure, comme s'il n'avait pas de réelle destination en tête.

— Où va-t-on ? demandai-je.

— Nulle part en particulier. Je voulais juste avoir l'occasion de te parler.

— De quoi ?

— De Donna Langley et de toi. Tu ne m'as jamais dit que tu avais couché avec elle.

18

Donna Langley était passée à cause d'une coupure de courant chez eux. Elle voulait savoir si nous aussi n'avions plus d'électricité.

C'était mon jour de relâche dans la société de surveillance pour laquelle je travaillais depuis six mois, et je m'occupais en peignant les châssis des fenêtres – à défaut de paysages – sur le côté de la maison qui donnait sur celle des Langley et la route. Derek était à l'école, en CE1, et Ellen à Thackeray, où elle organisait depuis assez peu de temps leur premier festival littéraire annuel.

Je caressais l'idée de me supprimer.

Tandis que, juché sur mon échelle, je badigeonnais l'encadrement d'une fenêtre, j'évaluais les probabilités de me rompre mortellement le cou en tombant de cette hauteur. Elles semblaient faibles. Un bras ou une jambe peut-être. Un poignet sans doute. Même si je parvenais à me briser le cou ou le dos, je finirais vraisemblablement plutôt paralysé que mort, et ce ne serait pas très marrant. Quelles chances d'avoir une nouvelle occasion de recommencer s'il me fallait quelqu'un pour me nourrir et me torcher ?

Si je me sentais assez déprimé, la période n'était pas particulièrement bonne pour Ellen non plus. Ma femme était en plein dans son flirt avec la bouteille, tandis que je réfléchissais à l'opportunité de me coller la tête dans le four.

Environ un mois plus tôt, j'avais trouvé un mot que Conrad Chase lui avait écrit. Il était censé être un brillant prof de littérature – c'était presque deux ans avant qu'il réussisse à grimper en tête de la liste des best-sellers du *New York Times* –, aussi j'imagine m'être attendu à quelque chose d'un peu plus métaphorique que : « J'ai hâte de te retrouver au-dessus de mon visage. »

En fait, il ne l'avait pas signé, mais il y avait dans la maison suffisamment d'autres documents portant l'écriture de Conrad pour comparer et en conclure qu'il était l'auteur. Et le fait que le mot ne commence pas par « Chère Ellen » n'avait aucune importance, étant donné que je l'avais découvert dans son sac.

Je n'avais pas fouillé pour le trouver. Je ne suis même pas sûr que j'avais des soupçons à ce moment-là. Du ressentiment, peut-être. Le nouveau job d'Ellen lui prenait beaucoup de temps. Elle voulait faire bonne impression devant l'administration de Thackeray et était sous pression. Elle avait organisé de nombreux événements pour la société de relations publiques d'Albany, mais toujours en bénéficiant de beaucoup d'aide. Et rien de ce qu'elle avait réalisé pour eux n'était aussi ambitieux que ce qu'elle mettait en place pour l'université de Promise Falls.

Je cherchais simplement un billet de cinq dollars. C'était un jour d'école, Ellen se trouvait encore à l'étage, en train de se préparer pour partir travailler.

J'étais en bas dans la cuisine avec Derek, qui, déjà en retard, n'en finissait pas de manger sa tartine au beurre de cacahouètes. Ce n'était pas le meilleur choix de petit déjeuner à avaler à toute vitesse, mais si ses petites jambes de sept ans ne le propulsaient pas au bout de l'allée dans les trois minutes, le bus allait passer sans s'arrêter et arriver à l'école sans lui.

— Allez, bonhomme, grouille-toi, lui dis-je.

Il restait encore une moitié de tartine sur son assiette, et il dut comprendre qu'il n'avait aucune chance d'en venir à bout, aussi déclara-t-il :

— Faut que j'aille me brosser les dents.

— T'as pas le temps, mon vieux.

— Faut que je me brosse...

— Où est ton cartable ? Tu as tout mis dedans ?

— Où est mon déjeuner ?

— Quel déjeuner ?

— Rappelle-toi, maman t'a demandé de me préparer mon déjeuner.

— Tu achèteras un casse-croûte à l'école.

— Maman me prépare toujours un déjeuner, alors je vais pas...

— Derek, du calme. Demain, on sera un peu mieux organisés. Aujourd'hui, tu peux très bien t'acheter un casse-croûte. Attends une seconde.

Je pris mon portefeuille dans ma poche, mais il ne contenait qu'un billet de vingt. Pas question que je lui donne une somme pareille. Les probabilités que je voie la couleur de ma monnaie en fin de journée étaient trop minces.

Le sac d'Ellen se trouvait sur la banquette près de la porte d'entrée.

— Attends un peu, répétai-je en attrapant le sac.

Il y avait son portefeuille à l'intérieur ainsi que de la monnaie éparpillée un peu partout. Je pouvais y prélever l'appoint nécessaire, mais compter les différentes pièces de monnaie allait prendre trop de temps. Je jetai un coup d'œil dans le portefeuille et vis qu'Ellen était bien pourvue en coupures de vingt, rien de plus petit. Bienvenue au monde des guichets automatiques.

Je piochai dans une des poches du sac, sentis du papier et en sortis deux morceaux. L'un était un billet de dix dollars, que je tendis aussitôt à Derek avant de le pousser vers la porte.

L'autre était un petit mot.

Un instant vous essayez de faire avaler une tartine de beurre de cacahouètes à un gosse, et l'instant d'après votre univers s'écroule.

C'était comme si chaque élément autour de moi m'apparaissait pour la première fois. La maison, les meubles, le chemin conduisant à la route. Comme si, d'un coup, rien de tout cela n'était plus réel. Tout n'avait été qu'une sorte de mirage, un rêve. Ma vie, telle que je croyais l'avoir connue, n'était rien d'autre qu'une représentation de *performance art*.

— Hé ! me cria Ellen depuis la salle de bains à l'étage. Derek a réussi à prendre son bus ?

— Ouais.

— Quoi ?

— J'ai dit oui !

En entendant ses pas dans l'escalier, je glissai le mot dans ma poche. L'espace d'une seconde, j'avais pensé le remettre dans son sac, feindre de ne l'avoir jamais vu. Mais ce n'était pas une solution. Maintenant que j'avais ouvert une porte, je devais savoir ce qui se trouvait derrière.

— J'y vais, annonça Ellen en m'embrassant sur la joue. Ça va ?

— Ouais.

— Tu as l'air bizarre. Tu te sens mal ?

— Non, ça va.

— Tu ne dois pas bientôt y aller aussi ?

— Je n'ai pas besoin d'y être avant dix heures, aujourd'hui, répondis-je.

— Bon, je suis partie. Écoute, je trouverai de quoi préparer le dîner ce soir, puisque je rentre avant toi.

— D'accord.

Je l'accompagnai à la porte. Lorsqu'elle fut dans sa voiture, je montai dans la pièce qui lui servait de bureau. Il ne me fallut pas longtemps pour trouver un échantillon de l'écriture de Conrad Chase. Le bureau d'Ellen était recouvert de notes de sa main, suggestions de gens à inviter au festival, numéros de téléphone, liste des responsables de relations publiques pour diverses maisons d'édition. Je sortis le mot de ma poche et le comparai aux exemples devant moi.

Il n'y avait aucun doute.

Ensuite, je finis de me préparer et partis travailler. Que faire d'autre ? Appeler mon patron et lui dire que je me sentais trop trahi pour venir ?

Ce soir-là, lorsque je franchis la porte de la maison, le dîner était prêt. Ellen avait fait des lasagnes.

— Salut, dit-elle. Comment s'est passée ta... ?

Je lui tendis le mot de Conrad. Sans même prendre le temps d'enlever ma veste. Ellen le regarda et fondit en larmes.

C'était fini, m'assura-t-elle entre deux sanglots. C'était fini avant même d'avoir vraiment commencé. Ils travaillaient si étroitement ensemble, elle s'était laissé emporter, ç'avait été idiot de sa part, mais elle y avait mis un terme d'elle-même. Je devais la croire. Et j'avais été tellement distant, ajouta-t-elle.

Alors c'était ma faute.

Non, elle avait dérapé. C'était une bourde. Je devais savoir qu'elle disait la vérité, insista-t-elle.

Je ne savais pas du tout que croire, mais j'avais une idée de ce qui l'avait attirée vers Conrad. Je me souvenais des fois où elle était rentrée du travail, glosant sur sa créativité, la stimulation qu'il y avait à voir une personne si ardente à exploiter les talents dont elle était dotée. Il était tout ce que je n'étais pas. Il s'était jeté dans son art, et moi j'avais laissé tomber le mien, malgré les encouragements répétés d'Ellen.

Je m'attendais à être furieux. En réalité, je me sentais trop anéanti pour me mettre en colère. Je quittai la maison ce soir-là et ne revins pas pendant plusieurs jours. Je m'étais installé dans un motel, tout en me rendant quand même à mon travail de surveillance. Un jour, Derek me téléphona là-bas.

— J'ai rangé ma chambre, papa. Tu vas rentrer maintenant ?

Je repassai en effet pour prendre quelques affaires. Ellen était là, comme si elle avait guetté mon retour depuis l'instant de mon départ.

— Je ferai n'importe quoi, promit-elle, mais sa voix était pâteuse, et son haleine chargée d'alcool. Je suis prête à tout. Tu n'as qu'à me dire quoi.

Je décidai de revenir. Non pas tant parce que j'étais disposé à tourner la page, à trouver un moyen de résoudre nos problèmes, mais si Ellen se mettait à boire comme un trou, il fallait quelqu'un pour s'occuper de notre fils.

Je vécus les semaines suivantes en pilotage automatique. J'allais au travail, rentrais à la maison, préparais Derek pour la nuit, dormais dans la chambre d'amis, me levais le lendemain matin et recommençais tout le processus, essayant de réduire au minimum mes échanges avec Ellen.

— Parle-moi, me suppliait-elle.

Je me sentais sombrer dans la dépression.

Tel était donc mon état d'esprit le jour où je choisis de repeindre ces fenêtres. Le jour où

Donna Langley fit un saut pour demander si nous aussi avions une coupure de courant.

— Je ne crois pas, répondis-je. Je vais voir.

Je me rendis à l'intérieur, pressai un interrupteur, ressortis.

— Non, nous ça va. On est branchés sur la même ligne, alors ça doit venir de chez vous.

— Bon, eh bien je vais probablement appeler un électricien, répliqua-t-elle. Excuse-moi de t'avoir dérangé. Tu en as des fenêtres à refaire, dis donc.

— Avant d'appeler un électricien, je te conseille de jeter un œil au boîtier.

C'était une belle femme. Pas époustouflante mais attirante. Grande, avec une poitrine généreuse et des hanches rondes. Brune, les cheveux aux épaules. De temps en temps, je la voyais en short et débardeur courir le long de la route de Promise Falls. Elle participait parfois à un marathon caritatif, nous extorquait une promesse de don.

— Il y a un boîtier dans le mur du sous-sol, où je n'ai jamais eu l'idée de regarder, avoua-t-elle. C'est sans doute simplement un fusible. Il suffit de les rebasculer, pas vrai ?

— À moins qu'il ne s'agisse du disjoncteur général, pour toute la maison. Mais c'est vraisemblablement juste un fusible.

— Je vais essayer de me débrouiller, fit-elle, puis elle éclata de rire.

J'entrepris de descendre de mon échelle. J'avais pour l'instant mis de côté toute idée de la dégringoler la tête la première.

— Je peux y jeter un coup d'œil, si tu veux.

Elle accepta d'un signe de tête, et nous retournâmes ensemble chez elle. La maison était vide, bien entendu. Albert se trouvait à son cabinet,

Adam à l'école. Derek et lui avaient la même maîtresse, cette année-là, Mme Fare, qui, d'après les garçons, ressemblait à un lapin.

« Vous devriez voir comment elle mange un sandwich », avait dit Adam un jour qu'il était là.

Donna et moi entrâmes par la porte de derrière.

— Aucune lampe de la maison ne fonctionne ? demandai-je.

— Je ne sais pas. J'étais dans la cuisine, en train de faire quelque chose, quand le robot s'est arrêté et la lumière s'est éteinte. En fait, j'avais l'intention de préparer à dîner pour ce soir. En général, on est tellement occupés qu'on finit par se faire livrer des plats ou sortir, tu sais ce que c'est ?

Non. Ellen et moi avions un budget trop serré pour prendre tous les jours nos repas à l'extérieur. Nous nous offrions un petit extra de temps à autre, une pizza par exemple. Mais je répondis que oui, bien sûr, avant de me rendre dans la cuisine pour essayer un interrupteur. Rien. Je fis ensuite un essai dans le séjour avec la lampe d'une table basse. Elle s'alluma.

— Bon, vous avez du courant. Apparemment, c'est juste la cuisine, alors, comme je te le disais, il s'agit sans doute d'un simple fusible. Montre-moi le boîtier électrique.

Elle me conduisit à la chaufferie au sous-sol, éclaira en tirant la chaîne d'une ampoule nue et désigna un coffret de métal gris au-dessus d'un établi.

— Là-bas, je crois. C'est bien ça, non ? ajouta-t-elle en me suivant à travers la pièce.

— En tout cas, ça y ressemble.

J'ouvris le panneau frontal et examinai les deux rangées de fusibles. Il y avait si peu de lumière que j'arrivais à peine à lire les étiquettes indiquant à quelles parties de la maison ils correspondaient.

Je me tournai vers Donna.

— Tu aurais une lampe de poche par hasard ?

Elle se trouvait assez près de moi pour que je perçoive la chaleur de son corps.

Il nous arrivait de fréquenter les Langley. Nous avions partagé quelques barbecues. Quand ils organisaient une réception qui n'était pas exclusivement réservée aux gens du cabinet d'Albert, ils nous invitaient. Un truc de bon voisinage. Quand on va faire du bruit, inviter les voisins évite de les enquiquiner. Si nous avions été du genre à donner des fêtes, nous leur aurions rendu la politesse. Ils avaient l'air du couple à profession libérale type. Raisonnablement heureux, en pleine ascension sociale, un gamin.

Elle dénicha une lampe électrique derrière une boîte à outils et, en me la tendant, elle la garda une demi-seconde, et ma main recouvrit la sienne.

Je découvris le fusible étiqueté « cuisine », qui n'était plus aligné avec les autres.

— Voilà, dis-je en le repoussant à fond. Je pense que tout est rentré dans l'ordre, maintenant.

— Ça n'a pas été long, observa Donna, une pointe de déception dans la voix.

Elle se tenait si près que lorsque je me retournai pour lui rendre la lampe, ma cuisse frôla la sienne. Elle ne recula pas d'un pouce, et lorsque je fus face à elle, elle posa la main sur ma hanche, juste au-dessus de ma ceinture.

— Donna…

— J'ai remarqué quelque chose chez toi, Jim. Ces dernières semaines. Quand je te vois arriver ou partir au volant de ta voiture, ou marcher. Tu as quelque chose de changé.

— Je ne vois pas ce que tu veux dire.

— C'est comme si tu avais perdu ton âme, poursuivit-elle, sa main toujours posée sur moi. Et je sais l'impression que ça fait.

Je déglutis. C'était comme au moment où j'avais découvert le mot dans le sac d'Ellen, cette sensation que tout peut basculer d'un coup. Vous êtes au sommet d'une échelle, en train de peindre des fenêtres, de réfléchir à la manière la plus efficace de vous supprimer, et l'instant d'après vous vous retrouvez dans un sous-sol en compagnie d'une femme qui vous tient par la ceinture.

Je me surpris à mettre la main sur son épaule, et elle tourna la tête dans sa direction, comme pour l'inviter à toucher son visage. Doucement, je lui caressai la joue.

— Donna, répétai-je. Je... je...

— Tu n'es pas obligé de dire quoi que ce soit. Je voulais juste te faire savoir que si tu es triste, tu n'es pas tout seul.

— Écoute, je suis marié.

Ça paraissait une réflexion idiote, totalement évidente.

— Moi aussi, répliqua-t-elle avant de marquer une pause. Si ton mariage fonctionne à merveille, alors excuse mon audace, tu peux partir tout de suite.

C'est à ce moment-là que j'aurais dû m'en aller, mais cela aurait été l'équivalent d'un mensonge, car les choses entre Ellen et moi étaient loin de fonctionner à merveille.

— Et toi ? demandai-je. Avec Albert ?

— Pourquoi tu ne m'embrasses pas, plutôt ?

Alors je le fis. Ses bras glissèrent autour de moi, et il sembla que cela ne pourrait se terminer que d'une façon. Et non pas là, au sous-sol, à côté du boîtier électrique, mais au premier étage, dans leur lit conjugal.

Elle me fit monter à la chambre qu'elle partageait avec son mari. Nous étions assis au bord du matelas. Je m'apprêtais à faire quelque chose dont je me sentais le droit. J'avais été trompé. N'étais-je pas autorisé à rendre la pareille ?

Mais je reculai.

— Je ne peux pas faire ça, dis-je à Donna.

— Si, tu le peux.

Elle leva la main vers mon visage. Je lui saisis délicatement le poignet et la rabaissai.

— Non. Je ne peux pas. Excuse-moi. Je dois y aller.

Ses yeux étaient pleins de larmes prêtes à couler sur ses joues. Alors que je me mettais debout, elle déclara :

— Ceci ne s'est jamais passé.

J'acquiesçai.

— Parce qu'il ne s'est effectivement rien passé.

En fait, il est même possible que les choses aient commencé à s'arranger entre Ellen et moi à partir de ce jour-là. Malgré l'occasion qui s'était présentée, je ne m'étais pas vengé. Et je savais parfaitement à quel point il s'en était fallu de peu. Peut-être que quand Ellen était arrivée aussi près de la limite elle avait essayé d'arrêter mais chaviré dans la mauvaise direction.

Et même si rien ne s'était passé, j'imagine que Donna avait eu le sentiment d'en avoir été suffisamment près pour en parler à quelqu'un. Je n'étais pas très sûr d'avoir envie de savoir qui.

19

— Sa sœur, m'apprit Barry tandis que nous entrions dans Promise Falls, passant devant des concessionnaires automobiles, le Wal-Mart, un fast-food KFC, un boui-boui à doughnuts.

— Heather. Qui vit dans l'Iowa.

— Les sœurs se racontent toujours tout, poursuivit-il. J'ai eu l'occasion de lui parler avant l'enterrement. Son mari et elle sont arrivés hier soir.

— On les a vus à la messe. Et elle se trompe.

Barry ne releva pas.

— On a causé un moment, et elle ne voyait pas du tout qui aurait pu vouloir du mal à sa sœur, ni à son beau-frère d'ailleurs, ni à leur fils. Elle m'a dit que sa sœur lui avait confié avoir couché avec le voisin, que ç'avait été une erreur, mais que c'était arrivé quand même.

— Si Donna a vraiment dit ça à sa sœur, elle exagérait.

— Pourquoi sa sœur mentirait sur un truc pareil ?

— Barry, répliquai-je d'un ton patient, je n'ai pas particulièrement envie d'en discuter, je vais tout de même te dire au moins une chose : ça n'a pas eu lieu. Je n'ai pas eu de liaison avec Donna Langley. Je n'ai pas couché avec elle. Je n'ai pas saisi l'occasion lorsqu'elle s'est présentée. Je sais que tu fais ton boulot, mais franchement, je ne vois absolument pas le rapport avec les meurtres, même si j'avais couché avec elle, ce qui, je le répète, n'a pas été le cas. D'autant que, à en croire la rumeur, ton enquête doit être quasiment terminée.

— Comment tu le sais ? demanda Barry.

— Tout le monde ne parlait que de ça en sortant de la messe. Colin McKindrick. Celui qui avait menacé Albert après l'acquittement du gosse qui a tué son fils.

— Qu'est-ce que tu as entendu raconter ?

— Que lorsque vous êtes allés lui parler de ça, il s'est fait sauter la cervelle.

— Bon, on ne peut pas nier cette partie, admit Barry. C'est arrivé tôt ce matin. Sale affaire.

— Et ça ne signifie rien pour toi ?

— Tu es devenu psy tout à coup, Jim ?

— C'est tiré par les cheveux de penser que Colin McKindrick se sentait coupable de quelque chose ? Ce qui l'aurait poussé à se suicider quand vous êtes venus l'interroger sur les Langley ?

— Eh bien, il était peut-être simplement déprimé, Jim.

— Tu n'en es pas certain.

Barry s'emporta soudain :

— Tu as l'air de croire que tu sais tout. Écoute, petit malin, voilà ce que moi, je sais : je suis allé le voir, je me suis présenté par son interphone, j'ai expliqué que j'enquêtais avec la police sur l'affaire Langley, et il m'a ordonné de foutre le camp de chez lui, ou il se mettrait à tirer à travers la porte. Alors j'ai voulu réclamer du renfort, mais avant que j'aie pu dire « ouf », cet imbécile s'est flingué. La porte d'entrée avait beau être fermée, j'ai réussi à passer par le garage. Je l'ai trouvé dans le vestibule, sa cervelle avait giclé jusque dans la cuisine.

Sa tentative pour me choquer me laissa de marbre.

— En revanche, voilà ce que toi, tu ne sais pas, continua Barry. C'est que Colin McKindrick a passé la nuit de vendredi à samedi en cellule de dégrisement.

J'attendis la suite en silence.

— Au poste de Promise Falls. Il avait picolé au Casey, dans le centre-ville. Apparemment, il buvait beaucoup depuis la mort de son fils, et encore plus depuis qu'Albert avait blanchi le môme responsable. Il est monté dans sa voiture, a descendu Charlton Street en zigzaguant, un flic l'a arrêté, il a soufflé et explosé le ballon et s'est fait embarquer. Sa voiture aussi.

— Il se trouvait donc en prison quand les Langley ont été assassinés, résumai-je, plus pour moi-même que pour Barry.

— Tout ce temps-là. En matière d'alibis, être en prison est assurément l'un des meilleurs.

Je hochai lentement la tête.

— Il a pu louer les services de quelqu'un. McKindrick aura engagé des gens pour tuer Albert Langley, qui auront fini par tuer toute la famille.

Barry Duckworth fit la moue.

— Un tueur à gages ? À Promise Falls ? Tu te crois où, Jim ? Dans *Fargo* ?

Je reposai la nuque sur l'appuie-tête. Je me sentais épuisé.

Barry revint à ses moutons :

— Bon. Le dossier est toujours ouvert, et je continue de poser des questions, raison pour laquelle je t'interroge sur cette non-liaison que tu as eue avec Donna Langley.

— Pourquoi ne pas me répéter ce que t'a dit sa sœur ? Je verrai bien ce que j'ai à répondre.

Le coin de la bouche de Barry se retroussa.

— Pas mal, Jim. Bravo. Mais je crois que tu ne comprends pas comment fonctionne une enquête criminelle. Je ne vais pas te donner d'abord la version de l'autre personne pour te permettre d'aligner la tienne dessus. C'est une des premières choses qu'on m'a enseignées à l'école de police.

Je fixais la route sans rien dire.

— Écoute, Jim. Ça fait un sacré bail qu'on se connaît, tous les deux. Depuis que tu as commencé à travailler pour Finley. Je trouve que tu es un chic type. J'essaye d'être réglo avec toi. Je ne suis pas venu m'asseoir devant la table de ta cuisine et te poser cette question en présence d'Ellen. Je fais mon possible pour te lâcher la grappe. Alors joue le jeu.

— Tu aurais pu me le demander devant Ellen. Parce qu'il ne s'est jamais rien passé. Pas vraiment, rectifiai-je après une fraction de seconde.

— Si j'ai bien entendu, voilà deux mots ambigus.

— C'était il y a longtemps. Peu après qu'Ellen avait décroché son poste à Thackeray. J'étais en train de travailler dehors, Donna a fait un saut à la maison parce qu'elle n'avait plus d'électricité chez elle. Je l'ai accompagnée, j'ai basculé son fusible…

— On dit comme ça, maintenant, gloussa Barry.

— … elle m'a embrassé. Enfin, on s'est embrassés. Elle voulait que je couche avec elle, j'ai refusé.

— D'accord, fit Barry, l'air sceptique.

— C'est la vérité. Elle… Donna semblait être une femme très malheureuse. Il y avait de la tristesse en elle. Je pense qu'essayer de m'attirer dans son lit était une façon d'y parer.

Je réfléchis un moment avant d'ajouter :

— Il y a peut-être eu d'autres hommes, d'autres que moi, avec lesquels elle a eu plus de chance.

— Ouais, peut-être, admit Barry.

— Je te dis la vérité. Après cette histoire – presque histoire –, j'ai décidé d'essayer de réparer ce qui n'allait pas dans mon mariage, de rassembler les morceaux.

— Ellen et toi aviez des problèmes ?

Merde. Je n'avais pas eu l'intention d'ouvrir cette porte. D'autant qu'à présent, sachant que Colin McKindrick ne pouvait pas avoir tué les Langley, j'envisageais de nouveau d'informer Barry de la disparition de l'ordinateur contenant le livre de Conrad. Je ne voulais pas qu'il me soupçonne d'agir par méchanceté, de chercher à attirer des ennuis à Conrad pour régler un vieux compte.

— C'était juste... une période un peu difficile, répondis-je. J'étais... comment dire... assez distant. Un peu déprimé, mécontent du cours de ma vie. Ellen s'était lancée à corps perdu dans son travail, et ça me rendait peut-être un peu jaloux.

Barry désigna une gargote à beignets sur le bord de la route.

— Tu veux un café, ou quelque chose ?

— Il fait trop chaud. Et si tu me ramenais ? Derek a sans doute terminé et doit m'attendre.

Il s'engagea dans la file de voitures.

— Un café moyen, noir, et un doughnut au chocolat, commanda-t-il dans le micro.

Lorsqu'il eut remonté sa vitre, je demandai :

— Maintenant que vous avez exclu McKindrick, vous avez d'autres pistes ?

— Oh oui, répondit-il en avançant jusqu'au guichet.

— Quoi, par exemple ?

— Diverses choses.

— Et les autres clients d'Albert ? Les gens du cabinet ?

— Tu penses bien qu'on étudie tout ça.

Je décidai que le moment était venu.

— Je pourrais avoir quelque chose pour toi.

Il se tourna vers moi, les sourcils haussés.

— Ah bon ?

— Oui. Tu sais, quand tu as fait parcourir à Derek la maison des Langley, dimanche matin ?

— Ouais.

— Après, en discutant avec moi, il s'est aperçu qu'il avait remarqué quelque chose. Il n'était pas certain que ce soit très important, c'est pour ça qu'il ne t'en a pas parlé, mais ça le turlupinait un peu, tu vois ?

— Attends une seconde, m'interrompit Barry.

Nous étions devant le guichet. Il donna un billet de cinq dollars à l'employé, reçut en échange de la monnaie, son café et son beignet.

— Tu es sûr que tu ne veux rien ? insista-t-il. Un truc frais pour Derek ? Ou un de ces machins glacés ?

— C'est bon, merci.

Une fois son café placé dans le porte-gobelet et nous repartis vers mon dernier lieu de travail, il m'incita à continuer.

— Selon Derek, il y avait un ordinateur dans la chambre d'Adam, une de ces grosses unités centrales, qui s'y trouvait encore pas plus tard que jeudi, la veille des meurtres, mais il ne l'a pas vu dimanche, lors de notre visite.

— Un ordinateur ?

— Ouais.

— Derek a dit ça, lança Barry en haussant les épaules.

Son ton avait quelque chose de… je ne sais pas, d'indifférent.

— C'est exact.

— Comment Derek est-il au courant pour cet ordinateur ?

Je lui expliquai qu'Agnes Stockwell le lui avait donné, qu'il était vieux, qu'il avait appartenu à son fils Brett.

— Il s'est jeté du haut des chutes, commenta Barry. Je m'en souviens.

Il fourra la main dans le sac en papier et extirpa son beignet au chocolat.

— Il s'agissait de l'ordinateur de Derek dans la chambre d'Adam ?

— Oui. Ils bricolaient de vieux ordis tous les deux.

— Eh bien, je vais garder ça en tête, Jim. Il se peut que ce soit important comme il se peut que ça ne le soit pas.

— Cet ordinateur contenait un livre. Un roman. Brett Stockwell était écrivain.

— Super, Jim, glissa-t-il entre deux bouchées. Ça t'ennuie d'enlever le couvercle de mon café pour moi ? Je ne peux pas y arriver en conduisant.

Je m'exécutai puis remis délicatement le gobelet dans son support. Il était rempli à ras bord et risquait de déborder au moindre virage un peu serré.

— Ce livre était virtuellement identique à *La Part manquante*, poursuivis-je.

— *La Part* quoi ?

— Tu ne connais pas ce livre ? De Conrad Chase ?

— Comment tu l'as appelé, déjà ?

— *La Part manquante*. C'est un roman.

— J'ai dû passer à côté. Si c'est pas écrit par Tom Clancy ou Clive Cussler, je connais pas, déclara Barry.

— Ce que j'essaye de te dire, Barry, c'est qu'un livre censé avoir été écrit par Conrad Chase se trouvait dans l'ordinateur de ce gamin décédé deux ans avant sa parution.

Barry se démenait pour porter le café à ses lèvres sans le renverser. Une fois qu'il y fut parvenu, il s'exclama :

— Putain, c'est brûlant.

— Tu ne trouves pas ça curieux ? Ça ne t'intrigue pas un tout petit peu ?

— J'en sais rien, Jim. Le plus curieux, à mon avis, c'est que tu tiennes tout ça de Derek.

Sa phrase me laissa perplexe.

— Où tu veux en venir, Barry ?

— Je dis juste que certaines de ses informations pourraient être fausses. Merci de m'avoir mis au courant, je garde tout ça dans un coin de mon esprit.

Nous arrivions en vue de mon pick-up. Derek, qui avait terminé le boulot, avait déjà remonté le motoculteur sur la remorque et attendait dans la cabine.

— Bon, très bien, rétorquai-je. Je ne cherchais qu'à t'aider. Si tu n'as pas envie que je te parle de trucs qui pourraient se révéler importants, parfait. Si tu ne veux pas résoudre cette affaire, c'est tes oignons, Barry.

— Oh si, je veux la résoudre. Et tu sais quoi ? J'ai le sentiment qu'elle va être conclue très bientôt.

Cela me surprit.

— Sérieux ?

Barry s'arrêta le long du trottoir et me fixa.

— À mon avis, on risque de procéder à une arrestation d'une minute à l'autre.

On aurait pu penser que si le dénouement de l'affaire était imminent, il aurait eu l'air plus content que ça.

Je ne pris pas la peine de le regarder redémarrer et rejoignis le camion.

— Désolé d'avoir mis autant de temps, dis-je à Derek.

Des larmes avaient laissé des sillons sur son visage couvert de poussière et de fragments de gazon.

— Eh, mon gars, ça va ?

Je remarquai aussi le téléphone portable au creux de sa main. Il hocha la tête, refusant de parler.

— Allez, qu'est-ce qui se passe ?

Derek renifla, puis lâcha :

— Penny m'a appelé.

— Bon. Et alors ?

Nouveau reniflement.

— Rien.

Je lui tapotai le genou.

— Allez, Derek. On est tous dans le même bateau.

— Elle… elle a dit que, puisqu'elle m'avait au téléphone, ça n'avait pas encore dû arriver.

— Quoi ? Qu'est-ce qui n'est pas encore arrivé ?

Derek s'essuya le nez du dos de la main. Sans me regarder, il déclara :

— Je veux juste que tu saches : peu importe ce qu'on raconte, je ne suis pas mauvais.

Tout cela ne me plaisait pas.

20

Comme nous approchions de la maison, j'aperçus une voiture familière garée sur le bas-côté, à l'extrémité de notre allée. Une Audi TT gris métallisé. Génial ! Juste ce qu'il me manquait pour que la journée soit parfaite. Une dose supplémentaire de Conrad.

Lorsque je mis mon clignotant, la portière de l'Audi s'ouvrit et Illeana sortit. Elle portait un pantalon et un haut blancs, et paraissait chatoyer dans le soleil de fin d'après-midi.

— C'est pas Mme Chase ? demanda Derek.

— Si.

— Qu'est-ce qu'elle veut ?

— Aucune idée.

En entrant dans l'allée, je descendis la vitre, et Illeana s'avança.

— Jim, me salua-t-elle avant de regarder Derek sur le siège voisin. Hello, Derek.

Il hocha à peine la tête.

— Salut, Illeana. Tu nous attendais ?

— C'est toi que j'attendais. Tu as une minute ?

— Tu veux venir à la maison ?

— Non, on peut parler ici. Je ne veux pas déranger.

Vu l'heure, Ellen n'était probablement pas encore rentrée du travail. Je dis à Derek de prendre le volant et de rentrer le pick-up.

Illeana se frottait le poignet droit, presque machinalement.

— Tu t'es blessée ?

— Oh, répondit-elle, je suis en train de m'habituer à ce levier de vitesse. Conrad tenait à avoir ça, et j'essaye encore de prendre le coup de main.

Je décochai un regard à la voiture neuve.

— Eh bien, chacun ses petits soucis.

— À propos de l'autre jour, reprit-elle, je suis désolée de la façon dont les choses ont tourné. On est partis un peu vite après votre petit désaccord, à Conrad et toi.

J'eus un haussement d'épaules. Il n'y avait rien à en dire. Surtout à Illeana.

— Si je n'avais pas entendu la fin de votre discussion, poursuivit-elle, je ne suis pas sûre qu'il m'aurait rapporté ce qui l'a mis dans un tel état.

Je n'avais pas envie de lui parler. J'en avais ma claque de parler. La journée avait été épuisante. Une messe d'enterrement, une virée avec Barry, mon fils en larmes, redoutant quelque chose dont je n'avais pas la moindre idée.

— Alors, il t'a mise au courant ?

Illeana s'appuya contre l'Audi.

— Oui. Je pense que tu étais totalement à côté de la plaque, Jim.

— Illeana, je ne suis pas certain de devoir aborder ça avec toi.

— Tu l'as accusé. De plagiat. D'avoir volé le travail de quelqu'un d'autre. Un étudiant.

— Je lui ai demandé de m'expliquer quelque chose, rien de plus.

— Qu'est-ce qui t'a fait penser qu'il te répondrait ?

Elle réussit à poser la question d'une façon très polie.

— S'il existait une explication banale, je ne vois pas pourquoi il ne s'est pas contenté de la donner.

— Tu l'as clairement pris au dépourvu, rétorqua Illeana. Tu l'as coincé. Sans même lui laisser une chance de s'expliquer.

Je gardai le silence. Supposant que si elle avait quelque chose à dire, elle le ferait.

— Conrad ne voulait pas en discuter avec moi, il prétendait que ce n'était rien, qu'il ne voulait pas m'inquiéter, continua-t-elle. Il a quand même précisé que cet étudiant, Brett Stockwell, était un jeune homme assez extraordinaire. Tout à fait brillant.

— C'est l'avis de tout le monde.

— Jamais il n'avait eu d'élève pareil. Un garçon sensible, avec des points de vue d'une personne bien plus mûre.

J'attendais la suite.

— Par contre, il n'était pas assez brillant pour avoir écrit *La Part manquante*. Ce jeune homme, malgré toute sa jugeote, n'était pas capable de ça.

— Puisque tu le dis, Illeana...

J'allais ajouter que c'était désormais entre les mains de Barry, mais n'en fis rien. Barry semblait s'intéresser étrangement peu à mes remarques, comme s'il avait déjà pris sa décision et n'avait pas besoin que l'histoire de l'ordinateur disparu brouille sa vision.

— Ce qui s'est passé, c'est que Conrad avait déjà écrit le livre, reprit Illeana. Il l'avait terminé à peu près trois ans avant qu'il soit publié, mais ne l'avait montré à personne. Il continuait à le remanier, à y apporter des retouches, il ne savait pas vraiment s'il tenait la route ou pas. Il voulait une opinion, alors il l'a donné à lire à Brett. Sur une disquette, pas en sortie papier. Ce qui explique la présence du roman dans l'ordinateur du garçon.

Je réfléchis un instant à cet exposé.

— C'est ce que Conrad t'a raconté ?

Illeana acquiesça avec assurance.

— Donc, avant de le confier à un collègue, ou un agent littéraire, ou n'importe quel autre auteur publié, Conrad a choisi de le donner à un de ses étudiants ? insistai-je.

— Exactement.

— Bon. Alors c'est aussi simple que ça.

— Aussi simple que ça, répéta Illeana en souriant de toutes ses dents parfaites.

— Eh bien, il y a manifestement des aspects de Conrad que je n'aurais jamais soupçonnés. Un professeur ayant son expérience et sa réputation qui donne son livre à lire à l'un de ses étudiants...

— Je pense qu'il recherchait un avis honnête, sans fard, répliqua-t-elle, toujours souriante, comme si elle croyait que j'allais gober ça.

Sans doute l'avait-elle gobé elle-même. Peut-être était-elle obligée de le croire. L'alternative était impensable.

— Je sais que Conrad donne parfois l'impression d'être un peu imbu de lui-même, poursuivit Illeana, mais il est comme tout le monde. Quand on a créé quelque chose, on éprouve une certaine crainte à le soumettre au jugement d'autrui. Il voulait débuter par une plus petite étape avant de le présenter à une personne du milieu de l'édition.

— Je vois.

— Alors je suis ici pour te demander une petite faveur. D'après ce que Conrad m'a révélé de votre conversation, il semble qu'il existe une copie de ce roman, probablement sur une disquette. Je peux comprendre comment tu es parvenu à une conclusion qui pourrait nuire à la réputation de Conrad, mais si quelqu'un d'aussi perspicace que toi a pu en arriver là, d'autres risquent d'en faire autant. Par conséquent, je te serais reconnaissante de bien vouloir me remettre cette disquette, afin d'éviter des malentendus supplémentaires.

Pas mauvais comme prestation, de la part d'une femme qui avait montré ses seins, entre autres, dans *Scream Fever*.

— Tu aurais dû rester à Hollywood, Illeana. Ta performance était du tonnerre. Tu connaissais bien ton texte, et tu l'as balancé avec beaucoup de conviction. C'est Conrad qui te l'a écrit ?

Elle ne broncha pas.

— Conrad ne sait même pas que je suis ici, affirma-t-elle, d'une manière qui m'incita à la croire. Tu ne feras que te ridiculiser si tu continues à suggérer que mon mari n'a pas écrit *La Part manquante*. Parce que son nouveau roman va bluffer tout le monde. Il est encore plus génial que le premier. Son talent et ses compétences sont indiscutables. D'ailleurs, personne n'en doute maintenant, excepté toi, Jim.

— Eh bien, je lui souhaite bonne chance avec son prochain livre.

Illeana sourit.

— Tu lui en veux toujours, hein ? Pourquoi tu ne mûris pas un peu, à la fin, putain ! (Voilà qui ne sortait pas de la bouche de l'épouse d'un président d'université.) Là d'où je viens, tout le monde couche avec tout le monde et personne n'en fait un drame. Bruce Willis voyage souvent avec Demi et Ashton.

— Ça doit être rudement chouette. Peut-être qu'ils t'inviteront à les accompagner, un jour.

Pour la première fois, elle parut blessée.

— Qu'est-ce que je t'ai fait, Jim ? On se connaît à peine, tous les deux.

Et pour la première fois aussi, j'eus le sentiment d'avoir peut-être poussé le bouchon trop loin.

— Tu as raison, Illeana. Les différends que je peux avoir concernent Conrad, pas toi. Mais je ne te donnerai pas la disquette.

Elle hocha la tête, semblant accepter ma décision comme définitive. Elle avait cependant quelque chose à ajouter.

— L'histoire d'Ellen et Conrad remonte à très longtemps. On est tous adultes.

Elle s'écarta de la voiture et se tint à moins de trente centimètres de moi. Même par un jour aussi torride, on sentait la chaleur que dégageait son corps.

— Un homme plus généreux trouverait dans son cœur la force de tourner la page, de pardonner et d'aller de l'avant, lâcha-t-elle.

J'ouvris la bouche pour riposter mais me ravisai. Je n'avais rien à répliquer, peut-être parce que je reconnaissais la part de vérité dans ses paroles.

Illeana pivota sur ses talons, ouvrit la portière de l'Audi.

— Sympa de discuter avec toi, Jim, lança-t-elle.

Puis elle se glissa derrière le volant, passa la première, projeta des gravillons sur mon jean en faisant faire demi-tour à la voiture et accéléra. Elle se débrouillait très bien avec les vitesses, sans caler.

Ellen rentra peu après, et vers six heures du soir nous fîmes griller des steaks. Lorsque Derek eut fini de manger et fut remonté dans sa chambre, je rapportai à Ellen mes entrevues avec Barry et Illeana. Je fis de celle de Barry une rencontre fortuite, car je n'avais pas envie de lui avouer qu'il désirait se renseigner sur Donna Langley et moi. Bien qu'il ne se soit en réalité rien passé entre nous, je ne voulais pas révéler à quel point il s'en était fallu de peu.

Je lui appris par contre que Colin McKindrick, quoique mort, n'était pas soupçonné du meurtre des Langley. Et que Barry était désormais au courant, pour le roman que contenait l'ordinateur disparu de Brett Stockwell et l'œuvre à laquelle il ressemblait furieusement.

Ellen me dévisagea un moment avant de demander :

— Et comment il a réagi ?

— Il s'en tamponnait complètement.

— Vraiment ?

— Vraiment. Comme s'il suivait déjà une meilleure piste.

Puis je lui racontai la visite d'Illeana et son explication en faveur de Conrad. À savoir qu'il avait confié un premier jet du roman à Brett pour avoir ses impressions.

Elle médita là-dessus quelques instants.

— Je suppose que c'est possible, conclut-elle enfin.

— Tu crois ? Tout ce que tu m'as toujours dit de lui laisse penser qu'il n'a jamais considéré ses élèves, même intelligents, autrement qu'avec mépris. Pour lui, ils restent des bébés.

— Oui, mais...

— Mais quoi ?

— Peut-être que...

Un coup brutal frappé à la porte d'entrée nous fit sursauter tous les deux. Nous n'avions pas entendu arriver de voiture, mais la maison était barricadée contre la chaleur et la clim allumée.

Nous nous levâmes ensemble, traversâmes la cuisine et le séjour en direction du vestibule. Par le mince rideau de la fenêtre, je reconnus Barry, qui semblait tenir quelque chose à la main.

J'ouvris la porte. Derrière Barry se tenaient trois autres officiers de police, portant tous des gants semblables à ceux des chirurgiens.

— Qu'est-ce qu'il se passe, Barry, nom de Dieu ?

Il brandit une feuille de papier.

— C'est un mandat, Jim. Pour fouiller la maison.

— Quoi ? s'exclama Ellen. Qu'est-ce que tu racontes ?

— Allez chercher Derek, ordonna Barry d'un ton très posé.

— Pourquoi tu veux voir Derek ?

— Jim, s'il te plaît, ne rends pas ça plus difficile que ça ne l'est déjà. Contente-toi de lui demander de descendre.

Après une seconde d'hésitation, j'appelai mon fils assez fort pour être entendu de l'étage.

Un « Quoi ? » assourdi nous parvint de sa chambre fermée.

— Descends ! Tout de suite !

Quelques instants plus tard, il dévalait l'escalier. En arrivant en bas, il croisa les flics qui s'apprêtaient à monter.

— Oh merde, lâcha-t-il, avec moins de surprise que je ne m'y serais attendu.

Je repensai au coup de téléphone qu'il avait reçu de Penny. Peut-être que ce dont elle parlait avait lieu maintenant.

— Dans la cuisine, ordonna Barry.

Une fois sur place, personne ne s'assit.

— Derek, commença Barry, est-ce que par hasard tu voudrais modifier ta version de la soirée de vendredi ?

Derek paraissait dérouté, mais ses yeux avaient quelque chose de bizarre, une façon un peu frénétique de bouger.

— Non, répondit-il. Rien du tout.

— Donc tu t'en tiens à ce que tu nous as dit ? Que tu as quitté les Langley vers huit heures, que tu t'es baladé, que tu es allé voir Penny, puis revenu ici vers neuf heures et demie ?

— Ouais, confirma Derek d'un ton hésitant. Sauf que je l'ai pas réellement vue, je lui ai juste parlé au téléphone, et je me suis promené un moment tout seul.

Puis Barry se tourna vers moi.

— Et toi ? Tu maintiens ce que tu m'as raconté ? Que tu as entendu Derek rentrer dans ces eaux-là, avant dix heures ?

— Barry, pourquoi tu nous dis pas simplement ce qui se passe, nom d'un chien ?

En haut, on entendait remuer des objets. Uniquement dans la chambre de Derek, semblait-il.

— J'aimerais savoir si l'un de vous veut y réfléchir encore, insista Barry.

— Je suis à peu près certain que ça s'est déroulé comme ça, affirma Derek, sans conviction toutefois.

— Alors tu sauras peut-être m'expliquer quelque chose, lui rétorqua Barry.

— Quoi donc ?

— Tu as eu deux fois ta petite amie, Penelope Tucker, au téléphone ce soir-là.

— Penny. Bien sûr, je l'appelle tout le temps. Enfin, jusqu'à récemment. Ses parents ont un drôle de comportement.

— C'est ma faute, reconnut Barry. Je leur ai parlé de bonne heure, dimanche, et leur ai conseillé d'interdire toute communication entre leur fille et toi.

— Ah putain, génial. Alors c'est à cause de vous que...

— Derek, l'interrompis-je, m'efforçant de ne pas m'énerver. Du calme, d'accord ?

— Du calme ? répéta-t-il avant de revenir à Barry. Vous n'aviez pas le droit de faire ça. Pourquoi vous... ?

— Derek, le coupa Barry en s'approchant tout près de lui, presque nez à nez. Parle-moi de ces appels que tu as passés à Penny vendredi soir.

— Je ne sais pas. J'ai dû l'appeler deux fois.

— De ton portable ?

— Évidemment.

— Toujours de ton portable ?

À ce moment-là, ce fut comme si ça faisait tilt dans l'esprit de Derek. Il prenait soudain conscience de quelque chose.

— Je crois bien, oui, répondit-il.

— D'après Penny, tu lui as téléphoné de chez les Langley.

— Ben ouais, peut-être. Je veux dire, j'y étais, avant.

— Non, corrigea Barry. Je parle de plus tard.

— Elle doit se tromper, argua Derek.

— Derek, intervint Ellen. Qu'est-ce qui se passe ?

Le remue-ménage continuait au premier étage.

— Si tu veux bien, dit Barry à ma femme, aussi poliment que le permettaient les circonstances, j'aimerais être celui qui pose les questions pour l'instant. Derek, je ne crois pas que Penny se trompe. Le téléphone dans le sous-sol des Langley est un de ces appareils qui enregistrent les numéros composés. Ça économise un temps fou à la police pour réclamer la liste des appels à la compagnie téléphonique.

Cela n'annonçait rien de bon.

— Et ce qui est intéressant, c'est que juste avant dix heures ce soir-là, ce poste a servi à appeler Penny Tucker. Comment tu expliques ça ? Deux bonnes heures après ton supposé départ, presque une heure et demie après celui des Langley, quelqu'un téléphone depuis l'intérieur de cette maison à ta petite amie. Et devine ce qu'elle m'a dit ? Qu'elle parlait avec toi.

Derek se taisait.

— De plus, Albert Langley a appelé sa secrétaire depuis son portable à peu près au même moment, en lui annonçant qu'ils étaient presque arrivés chez eux. Alors, tu sais quoi ? On dirait que tu te trouvais dans cette maison après le départ des Langley, et très vraisemblablement encore quand ils sont rentrés.

Derek secoua la tête.

Je pris la parole :

— Barry, ce que tu es en train de suggérer est absurde. Tu me connais, tu connais Derek. Enfin, tu le connais suffisamment pour savoir qu'il n'aurait jamais, qu'il ne serait pas capable de…

— Peut-être que le téléphone marchait mal, par exemple, avança Derek d'une toute petite voix.

— Et tu penses que le téléphone de Penny aussi marchait mal ? Parce qu'il indique un appel entrant pile au moment où le téléphone des Langley indique un appel sortant. Selon elle, ton portable lâchait, alors tu as dû utiliser un fixe.

— Vous ne comprenez pas. Bon, peut-être que j'y étais, admit Derek, mais…

— Derek, l'arrêtai-je. Ne dis rien.

— Comment ça ? me jeta Ellen d'un ton hargneux. Pourquoi lui conseilles-tu de se taire ? Il n'a rien à voir avec tout ça !

— C'est vrai, renchérit Derek, dont les yeux s'emplissaient de larmes. Rien du tout. Je le jure.

— Mais tu te trouvais bien dans la maison, n'est-ce pas ? demanda Barry d'une voix plus conciliante. Ç'a démarré assez innocemment, je me trompe ? Vas-y, raconte-nous. Penny m'a mis un peu au courant.

Une expression de désespoir envahit le visage de Derek.

— C'était simplement… Je… D'accord, en fait, j'ai eu cette idée… puisque les Langley allaient être absents toute une semaine, si leur maison était vide, ce serait un endroit super pour Penny et moi, vous voyez, un endroit pour nous deux…

— Oh, bon Dieu ! s'exclama Ellen. Qu'est-ce qui t'a pris ? Comment tu as fait ? Adam t'a donné une clef ?

Les larmes coulaient à présent sur les joues de Derek.

— On voulait juste un endroit où se retrouver. Au moment de partir, j'ai dit au revoir à Adam, j'ai fait semblant de sortir par la porte de derrière, mais après je suis descendu en douce au sous-sol et je me suis caché dans le vide sanitaire jusqu'à leur départ. C'est tout. Et quand ils sont partis, j'ai quitté ma cachette, j'ai appelé Penny une ou deux fois, mais elle était privée de sortie. Elle avait des ennuis avec son père parce qu'elle avait cabossé la voiture, tu te rappelles ? Rien d'autre.

— OK, fit Barry, presque avec gentillesse, comme s'il comprenait. J'imagine bien tout ça. Ton histoire tient plutôt la route. Donc, c'est là que tu étais pendant tout ce temps, caché au sous-sol ?

— C'est ça.

— Tu n'es allé nulle part ailleurs dans la maison ?

— Eh bien, je me suis un peu baladé. Dans la cuisine, par-ci par-là. Et dans la chambre d'Adam avant qu'ils partent.

— Nulle part ailleurs ? insista Barry.

Derek secoua la tête avec agacement.

— Non !

Barry acquiesça, puis, de but en blanc, désigna l'oreille gauche de Derek.

— Tu avais un clou ou une boucle d'oreille, là ? Je vois le petit trou.

Derek pressa furtivement son lobe entre le pouce et l'index, exactement comme il l'avait fait quelques jours plus tôt dans le pick-up, lorsque j'avais remarqué la disparition du bijou en forme de signe de la paix qu'il portait habituellement.

— Je ne sais pas ce qu'il est devenu, répondit-il.

Barry reprit sur un mode plus doux :

— Bon, d'accord. Mais ensuite, quand les Langley sont rentrés, à l'improviste, parce que Mme Langley était malade, te trouver chez eux a dû les mettre en rogne. Plus qu'en rogne, je parie. Ils devaient être salement furieux, à mon avis. Et là il s'est passé quelque chose, je vois très bien comment une situation pareille peut dégénérer en catastrophe. Est-ce que M. Langley t'a menacé, agressé, par exemple ? Il avait un sacré caractère, je me trompe ?

— Non, répliqua Derek. Non, pas du tout.

— Ça doit être rudement gênant de se faire pincer dans la maison de son meilleur ami. Ils ont dû se sentir plutôt trahis, M. et Mme Langley. Et même Adam, peut-être. Ou bien Adam était dans le coup ? Il savait ce que tu comptais faire ?

— Oh la vache, non, il le savait pas.

— Alors lui aussi devait en avoir gros sur la patate, supposa Barry. Tu n'as pas seulement agi dans le dos de ses parents, mais dans son dos à lui par-dessus le marché.

— Oui, je le sais, putain ! s'écria Derek, les joues en feu. C'était une idée idiote et merdique. Je regrette vraiment, vraiment !

Espèce de petit con, étais-je en train de penser. Pauvre imbécile. Mais je m'adressai à Barry :

— Voilà, tu vois ? Il a fait un truc stupide, et il le reconnaît. Ça s'arrête là.

— Non, rétorqua Barry, les yeux toujours fixés sur Derek. Ça ne s'arrête pas là, n'est-ce pas ? Ils sont rentrés, ils t'ont découvert, et tu as paniqué. Tu as eu accès à une arme, peut-être même une arme qui se trouvait dans la maison…

— Non, hurla Derek. Non ! Je n'ai rien fait ! C'était quelqu'un d'autre ! Pas moi !

— Alors qui, Derek ? demanda Barry. Tu sais qui c'était ?

— Non !

— Barry, intervins-je, tu ne vois pas qu'il est bouleversé ? Vas-y un peu mollo.

Il se tourna et me dévisagea.

— Ça ne me plaît pas plus qu'à toi, Jim.

Derek sanglotait presque à présent, et Ellen l'avait pris dans ses bras.

— Regarde ce que tu as fait, lança-t-elle à Barry.

L'inspecteur l'ignora.

— Bon, Derek, tu dis que tu ne l'as pas fait, mais tu te trouvais sur place, dans la maison, exactement quand tout est arrivé. Pourtant tu n'as pas vu qui l'a fait. Tu ne peux pas avoir le beurre et l'argent du beurre.

— Je n'ai vu personne, affirma-t-il. Je me cachais.

Barry hochait la tête avec tristesse lorsque l'un des techniciens qui étaient montés à l'étage entra dans la cuisine. Il tenait une chaussure entre le pouce et l'index. Une des nombreuses tennis de Derek.

— Inspecteur Duckworth, le héla le flic.

Il retourna la chaussure, montra la semelle, et pointa du doigt une tache sombre près du talon.

— Bingo, fit-il.

Barry se pencha pour mieux voir.

— Vous êtes sûr qu'il s'agit de sang ?

— Archisûr, répondit le flic. Et quand on aura le résultat du test ADN, on en saura encore plus.

Ni Ellen ni moi n'avions l'impression de respirer à cet instant. Derek, lui, sanglotait, marmonnant entre ses dents :

— Non, non, non...

— Barry, dis-je.

Puis Derek s'écria :

— Je n'ai rien vu. Mais j'ai tout entendu ! Je les ai entendus entrer ! J'ai entendu les coups de feu ! Je les ai tous entendus mourir ! Je le jure sur ma tête !

Barry resta de marbre. Il déclara :

— Derek Cutter, je vous arrête pour les meurtres d'Albert Langley, de Donna Langley et d'Adam Langley. Vous...

— Putain de merde, Barry, le coupai-je. Il reconnaît s'être trouvé là-bas. Écoute-le, nom d'un chien...

Barry m'interrompit d'un geste.

— Jim, s'il te plaît. Vous avez le droit de garder le silence. Tout ce que vous direz pourra être retenu contre vous dans un tribunal. Vous avez le droit de parler à un avocat, et cet avocat pourra être présent lors de tout interrogatoire. Si vous n'avez pas les moyens de vous offrir les services d'un avocat, la justice vous en fournira un.

Il prit une paire de menottes à sa ceinture, fit faire demi-tour à notre fils et les lui passa.

À ce moment-là, j'eus le sentiment que notre univers s'écroulait.

21

Derek fut traduit en justice le lendemain matin.

Ellen et moi avions passé toute la nuit debout, encaissant tout bonnement le choc de l'arrestation de notre fils dans un premier temps, nous démenant ensuite pour lui dégotter un représentant légal. Dans d'autres circonstances, bien entendu, nous nous serions adressés directement à Albert Langley. Nous le connaissions, nous avions confiance en sa réputation, nous savions qu'il connaissait son boulot.

C'était exclu maintenant.

Faire appel à un autre membre du cabinet de Langley ne nous semblait pas non plus une bonne idée. Qui voudrait défendre la personne accusée du meurtre d'un confrère et de sa famille ? De plus, même si un collaborateur d'Albert acceptait de représenter Derek, nous préférions ne pas courir le risque d'une éventuelle animosité sous-jacente. Alors Ellen sollicita par téléphone des gens qu'elle connaissait à Thackeray, et dénicha le nom de Natalie Bondurant. Cette dernière avait travaillé huit ans comme avocate pénaliste de défense à Promise Falls, et d'après au moins une des personnes qu'Ellen eut au bout du fil, c'était une « vraie petite maligne ». Nous prîmes contact avec son cabinet vers neuf heures, et elle nous rappela moins d'une heure plus tard.

En lui exposant la situation, ma voix trembla à plusieurs reprises. Puis elle me posa de nombreuses questions, auxquelles je m'efforçai de répondre de façon aussi succincte que possible. Ses questions étaient claires et directes. Elle réussit à couper court aux émotions qui nous submergeaient, nous obligea à nous focaliser sur les faits, à considérer la situation de manière rationnelle, même si c'était inconcevable pour nous de la voir avec beaucoup d'objectivité.

— La police n'a pas d'arme, observa-t-elle. C'est embêtant pour elle. Sauf si les policiers la trouvent, auquel cas cela pourrait changer les choses.

— Ils ne la trouveront pas, répliquai-je. Ce n'est pas lui.

Natalie Bondurant préféra ne pas discuter.

— Ça fragilise leur dossier. Votre fils avait l'opportunité de le faire, il se trouvait sur place, c'est mauvais. Mais il n'a aucun antécédent de violence.

— Il a eu quelques ennuis autrefois. Il a fait une virée en voiture avec un copain qui avait emprunté celle de son père sans permission, et la voiture a été bousillée. Il a aussi été pris avec d'autres en train de jouer sur le toit de l'école, et…

— Je ne m'inquiéterais pas trop pour ces bricoles. Ça reste loin du meurtre de trois personnes de sang-froid. En revanche, je pense qu'il y a plus là-dedans qu'il n'y paraît à première vue. Selon la police, votre fils a tué les Langley parce qu'ils ont découvert qu'il se cachait chez eux, mais je trouve ça moyen, comme motif. Je crains qu'ils n'aient pas encore abattu toutes leurs cartes. Il faudra voir. Peut-être que si cette Penny Tucker avait été sa fille, M. Langley aurait pu sortir son propre pistolet et vouloir tirer sur votre fils. J'ai l'intention d'aller discuter avec elle pour comprendre l'état d'esprit exact de Derek quand il l'a appelée du téléphone de la maison. J'aurai l'occasion de lui parler demain matin avant qu'il ne passe devant le juge ; à mon avis, ne vous attendez pas à ce qu'il soit libéré sous caution. Il est suspecté d'un triple homicide. Le dossier d'accusation peut paraître faible, mais avant qu'on le démolisse, je doute que votre fils soit autorisé à sortir.

Ellen, qui suivait l'entretien à l'étage, sur le poste de notre chambre, demanda :

— Qu'est-ce qu'il va lui arriver, en prison ? Il sera en sécurité là-bas ?

— Je vais m'adresser à certaines personnes. Étant donné la nature de l'inculpation, il sera probablement placé dans une cellule séparée, plutôt qu'avec la population ordinaire.

J'étais sûr qu'Ellen avait la même chose que moi en tête. Notre garçon de dix-sept ans partageant une pièce avec des adultes incarcérés pour Dieu sait quelles raisons. Je ne voulais pas y penser, mais je n'arrivais pas à faire autrement.

— Il va aussi y avoir une grosse attention de la part des médias, nous avertit Natalie.

— Qu'est-ce que vous voulez dire ?

— Une arrestation dans une affaire de cette importance, ce sera tout un cirque à l'extérieur du tribunal. Tous les médias d'Albany seront présents. Et sans doute aussi un contingent venu de New York. Ça va être l'enfer.

— Mon Dieu, gémit Ellen.

— Vous avez des téléphones portables ? reprit l'avocate. Donnez-moi vos numéros. Si j'ai besoin de vous contacter, je le ferai sur l'un d'eux. Vous finirez par saturer et ne plus vouloir décrocher votre fixe. Vous risquez même d'avoir carrément envie de le débrancher. Les médias, les cinglés, les menaces, vous aurez droit à toute la panoplie. Ne regardez pas les infos. La police laisse encore quelqu'un en faction devant la maison des Langley, qui reste une scène de crime, donc elle pourrait tenir les médias à l'écart de votre porte. Je vais voir avec Barry si c'est possible.

Barry. Comme s'il allait nous faire une fleur.

Semblant lire mes pensées à travers la ligne téléphonique, Natalie ajouta :

— C'est un type bien. Je vais voir ce que je peux faire. Il y a aussi l'aspect financier. Je ne suis pas bon marché. Et ça pourrait durer un moment.

Elle nous donna un aperçu de ses honoraires. Ellen, en charge des finances de la maison, déclara :

— On a bien un plan d'épargne-retraite ou deux qu'on peut liquider, mais ça ne représente pas grand-chose. Je vais étudier tout ça dès demain.

Je percevais son sentiment de désespoir et d'impuissance dans le combiné.

— D'accord, conclut Natalie. On se rappelle.

Natalie Bondurant avait raison. Derek n'obtint pas de libération sous caution. Elle mit pourtant le paquet, rappela que Derek n'avait ni inculpations ni condamnations antérieures, venait d'un foyer stable, ne risquait pas de prendre la fuite, mais le juge ne voulut rien savoir. Il accéda à la requête du ministère public de le maintenir en prison. Le procureur Dwayne Hillman argua avec grandiloquence qu'il était poursuivi dans la plus horrible affaire de meurtre de toute l'histoire de Promise Falls. S'il y avait bien un cas où la libération sous caution devait être refusée, c'était certainement celui-là.

Au tribunal, Ellen pleura. Quant à moi, je m'efforçai de rester stoïque.

Derek, debout près de Natalie dans la prestigieuse salle d'audience au plafond vertigineux, paraissait plus petit, presque un enfant par rapport à la veille. En jean sans ceinture et T-shirt, les cheveux sales et en bataille, il fixait le sol, les épaules rentrées, comme tassé sur lui-même. S'il avait déjà cet air-là après seulement quelques heures de prison, qu'est-ce que ce serait après une semaine, ou, Dieu nous garde, après...

Il ne fallait pas que j'y pense.

Il tenta de nous faire un petit signe avec ses poignets menottés devant lui, tandis qu'on le conduisait vers une porte, à l'avant de la salle d'audience.

— Derek..., sanglota Ellen. Derek...

Ni elle ni moi n'avions dormi, et ça se voyait. Ellen avait vieilli de dix ans depuis vendredi, avant que toute cette folie se déclenche. Et moi je tournais à vide.

Natalie nous retrouva dans le hall du palais de justice. Il s'agissait de notre première rencontre. Elle était noire, entre trente-cinq et quarante ans, grande, peut-être un mètre quatre-vingts, les cheveux courts, vêtue d'un tailleur bleu classique. Son expression grave ne nous donna aucune raison d'être optimistes.

— Bon, dit-elle. Il n'y a pas eu moyen qu'ils acceptent le versement d'une caution, quel qu'en soit le montant. Rien de surprenant. On l'a mis seul dans une cellule, afin qu'il soit à l'écart des autres prisonniers la plupart du temps.

Je coulai un regard vers Ellen. Elle était terrassée.

— On n'a pas encore le résultat de l'analyse du sang retrouvé sur la chaussure de votre fils, mais on suppose qu'il s'agit de celui d'Adam Langley. Derek reconnaît qu'il a dû l'enjamber pour quitter la maison, et il a sans doute marché dans la flaque. Il en a laissé une petite trace sur le trajet vers chez vous. Ils lui ont aussi prélevé un échantillon d'ADN, ce qui est normal.

L'avocate nous fit un compte rendu plus détaillé de la version des événements de Derek, selon laquelle il s'était caché chez les Langley dans l'espoir que Penny et lui pourraient s'y rejoindre toute la semaine. Se retrouvant piégé dans la maison lorsque les Langley étaient subitement revenus, il s'était caché au sous-sol, et peu de temps après, quelqu'un d'autre était entré et avait tué Albert et Donna Langley, puis Adam alors qu'il essayait de s'échapper par la porte de derrière.

Derek lui avait également raconté qu'une personne était descendue au sous-sol pendant qu'il se dissimulait derrière un canapé, retenant sa respiration, craignant pour sa vie. Il n'en était sorti qu'une fois certain que le ou les tueurs étaient partis.

— Je n'arrive pas à croire qu'il ait gardé tout ça pour lui, observa Ellen.

— C'est un ado, répliqua Natalie. Terrorisé par celui ou ceux qui ont assassiné les Langley, peut-être même encore plus terrorisé par vous deux et le pétrin dans lequel il se retrouverait en avouant sa présence dans la maison, et la raison qui l'avait conduit là. Il a dit qu'après cet incident à l'école, ajouta-t-elle en se tournant vers moi, quand il sautait d'un toit à l'autre, vous aviez juré que la prochaine fois qu'il ferait une connerie, vous le flanqueriez à la porte.

Je m'en souvenais.

— N'empêche, pour une chose pareille, il aurait dû savoir qu'il pouvait venir nous en parler, insista Ellen.

Natalie marqua une pause avant de poursuivre.

— Il y a autre chose qui pourrait poser un problème.

Ni Ellen ni moi ne dîmes rien. Nous ne nous sentions pas d'attaque pour recevoir de mauvaises nouvelles supplémentaires.

— La police cherche un lien entre le meurtre des Langley et deux autres qui ont eu lieu récemment autour de Promise Falls.

— Comment ça ? demanda Ellen.

— Selon eux, l'arme qui a servi à tuer les Langley est la même que celle employée pour assassiner un homme du nom d'Edgar Winsome derrière le bar Trenton il y a environ un mois et un autre homme, Peter Knight, à peu près une semaine plus tôt.

— Je ne connais aucun des deux, fis-je valoir.

Cependant, j'avais le vague souvenir de Barry Duckworth m'évoquant ces cas le samedi précédent.

— Vous avez dit que les policiers n'avaient pas l'arme, objecta Ellen. Comment peuvent-ils savoir que c'est la même ?

— Vous avez raison, ils ne l'ont pas, répondit Natalie Bondurant. Mais ils ont les balles. Et celles prélevées sur les Langley correspondent à celles des autres affaires. Vous connaissez un rapport quelconque entre votre fils et ces deux hommes ?

— Non, aucun, assurai-je, quasiment en même temps qu'Ellen. Ils veulent coller ces meurtres sur le dos de Derek aussi ?

— Ils ne vont pas jusque-là, sauf que ces cas sont liés par le rapport balistique. Ça fait partie de l'enquête, et vous devez en être informés. Je veux vous tenir au courant. C'est ma façon de procéder.

À nos têtes, elle jugea sans doute nécessaire de nous remonter le moral. Aussi reprit-elle :

— Écoutez, l'enthousiasme à tous crins, ce n'est pas mon genre. Je ne vais pas vous raconter qu'il n'y a pas lieu de s'inquiéter. Ce serait faux. Le dossier contre votre fils est néanmoins loin d'être parfait. Il comporte des failles, et je pense que Barry le sait. Le motif, tel qu'il a été stipulé, est faiblard. Et ne vous laissez pas décourager, sachez que vous vivez le pire maintenant. Vous êtes encore sous le choc. Vous avez l'impression que votre monde s'écroule. Tenez bon. Votre fils a besoin de vous. Et, croyez-le ou non, il y a quand même une bonne nouvelle.

Ellen et moi la fixions, incrédules.

— Laquelle ?

— Eh bien, si nous acceptons la version de Derek comme parole d'évangile, à savoir qu'il se trouvait dans la maison au moment des meurtres, qu'il a réellement entendu ces exécutions s'accomplir, et qu'il s'est échappé sans être vu par le ou les auteurs du crime, la bonne nouvelle, c'est que votre fils est vivant.

Ellen et moi échangeâmes un regard avant de nous serrer dans les bras l'un de l'autre. Je suis certain qu'aucun de nous deux n'avait encore vu cela sous cet angle, à savoir que Derek avait eu de la veine de ne pas finir comme les Langley.

— Et *vous*, fis-je, vous acceptez la version de Derek ?

Natalie Bondurant ne répondit pas tout de suite et me fixa droit dans les yeux.

— J'allais dire que cela n'a pas d'importance. Mes clients n'ont pas besoin d'être innocents pour que je les défende. Cela étant, je crois que Derek joue franc-jeu avec moi.

— Est-ce qu'il ne devrait pas expliquer tout ça à Barry ? Je veux dire, peut-être qu'il a entendu quelque chose, n'importe quoi, qui pourrait aider Barry à trouver le vrai responsable de ces assassinats. Parce qu'il reste quelqu'un dehors, quelqu'un qui a tué les Langley.

— Barry est parfaitement au courant. Mais pour le moment, il pense avoir épinglé le meurtrier. Derek assure avoir entendu une chose, ajouta-t-elle après un instant.

— Quoi donc ? demanda Ellen.

— Le mot « honte ». Il a entendu un homme dire « honte ».

Ellen et moi nous dévisageâmes, ne sachant quoi en penser.

Je pris dans ma poche un objet que j'avais emporté de la maison et tendis à Natalie Bondurant la disquette sur laquelle Derek avait copié *La Part manquante*, ou plutôt, comme l'avait intitulé Brett Stockwell, *Nicholas Sansbite*.

Elle la prit d'un air interrogateur.

— Qu'est-ce que c'est ?

Ellen me regarda déposer la disquette dans la main de l'avocate.

— Conservez-la pour moi, répondis-je. Par sécurité.

22

Je proposai à Natalie Bondurant de se joindre à nous pour discuter de certaines choses autour d'un café, mais une autre audience urgente la réclamait. Aussi suggérai-je à Ellen de nous rendre dans une cafétéria située à une rue du tribunal afin de manger un morceau. Nous n'avions pas pris de petit déjeuner. Il était presque midi et, tout mal en point que je me sentais, physiquement et émotionnellement, j'avais faim.

— Je suis incapable d'avaler quoi que ce soit, objecta Ellen.

— Il faut que nous gardions des forces si nous voulons aider Derek.

Je renonçai lorsque, en sortant du bâtiment, nous découvrîmes une demi-douzaine de photographes et trois équipes de cameramen qui nous attendaient. Ils crièrent tous leurs questions en même temps, ce qui donna en vrac : Pensions-nous que notre fils était innocent ? Pourquoi aurait-il fait cela ? Allait-il plaider coupable ? Je saisis fermement le bras d'Ellen et nous continuâmes d'avancer, regardant droit devant nous, sans rien répondre à personne.

Même pas quand nous entendîmes : « Qu'est-ce que ça fait d'avoir un fils assassin ? »

Je sentis Ellen se raidir et crus qu'elle s'arrêterait pour riposter.

— Allez, viens, lui chuchotai-je.

Nous atteignîmes sa Mazda, et une fois que nous fûmes cloîtrés à l'intérieur, les photographes s'agglutinèrent autour de la voiture. Ils eurent le bon sens de reculer tandis que je démarrais lentement. Essaye de n'écraser personne, m'ordonnai-je. Nous avions assez d'ennuis comme ça pour ne pas ajouter à la liste un homicide involontaire. De plus, nous offrir les services d'une avocate pour un seul dossier risquait déjà de nous ruiner, même si les soucis financiers ne constituaient pas pour l'heure notre principal sujet d'inquiétude.

Après nous être éloignés du tribunal et avoir repris la route qui menait chez nous, je crus que nous leur avions échappé. Mais alors que notre allée apparaissait, nous vîmes deux fourgons de chaînes télé et quelques autres automobiles garés sur le bas-côté.

— Les enfoirés, grommelai-je.

J'avançai lentement, rasant d'autres journalistes qui hurlaient des questions. Du ruban jaune entourait encore la propriété des Langley, et au moment où nous passions devant le flic qui la gardait, celui-ci quitta son véhicule et se plaça en travers de leur chemin, les empêchant de s'approcher davantage de notre domicile.

Nous le remercierions plus tard d'un verre de limonade.

À la maison, Ellen fit du café, sortit du pain en tranches et du beurre de cacahouètes. Elle commença à tartiner, puis s'interrompit et éclata en sanglots. De gros sanglots bruyants qui la secouaient tout entière.

Je la pris dans mes bras, me disant que si je la serrais très fort, ses sanglots et son tremblement cesseraient. Et j'avais raison. Sauf que cela prit une demi-heure.

Ellen descendit les marches de la terrasse, où nous nous étions assis tous deux quelques minutes, et s'approcha de la remise. De là, le regard portait au-delà de chez les Langley, et on avait une assez bonne vue de la route.

— On dirait que les journalistes ont fini par abandonner, annonça-t-elle en revenant. Ils sont partis.

J'étais resté dans mon siège, me demandant si j'aurais l'énergie de me relever. Nous étions rentrés depuis deux heures. L'horizon avait beau paraître dégagé, je soupçonnais quelques parasites de camper dans les parages, attendant de voir si nous nous montrerions.

— On n'a nulle part à aller pour l'instant, fis-je remarquer. Inutile d'en récompenser un toujours planqué.

Ellen vint se rasseoir et prit une grande inspiration avant de me regarder.

— Je voudrais te dire quelque chose.

— Bien, répliquai-je d'un ton prudent.

— Je n'y arriverais pas sans toi. Jamais je ne survivrais à un truc pareil si tu n'étais pas là.

Répondre merci semblait crétin. Et d'ailleurs j'aurais pu lui retourner le compliment, mais sur le coup ça risquait de ne pas avoir l'air sincère. Alors je me contentai de hocher la tête.

— Je sais que parfois je t'accuse de ne pas avoir tourné la page, poursuivit-elle. Je te balance que tout ça remonte à dix ans. Qu'il serait temps de me pardonner, d'enterrer la hache de guerre avec Conrad. La vérité, c'est que je ne me suis toujours pas pardonné à moi-même. Je ne pensais qu'à moi quand j'ai fait ça. Je ne songeais ni à toi, ni à Derek. Ni à nous en tant que famille. Et il ne se passe pas un jour sans que je pense à ce que j'ai failli gâcher, et à la chance que j'ai que tu sois resté avec moi, alors que je ne le méritais pas.

— Ellen…

— Lorsqu'une chose aussi terrible que ce… cette histoire avec Derek arrive, je me dis, comment aurais-je été capable d'affronter ça toute seule ? Je n'aurais pas pu. Tu es mon pilier, Jim. Mon pilier. Et j'ai été à un cheveu de te laisser glisser entre mes mains, de te perdre à jamais. Je t'aime, tu sais.

— Moi aussi, je t'aime.

— Ce n'est pas la seule erreur que j'ai commise. Peut-être que d'autres que toi ont la capacité de pardonner.

— Ellen, qu'est-ce… ?

Mais elle se leva pour rentrer dans la maison.

— J'ai des trucs à faire, déclara-t-elle. Trouver comment on va payer l'avocate de Derek, par exemple.

Je partis flâner du côté de la remise.

Là, je vérifiai le niveau d'essence des tondeuses, huilai le taille-haie, qui grinçait lors de sa dernière utilisation, nettoyai le pick-up à fond, mis de l'ordre dans la remise, puis fixai mon tas de tableaux, me demandant si je n'allais pas les déchiqueter.

Derek et moi aurions habituellement dû faire une demi-douzaine de jardins ce jour-là de la semaine. Je n'avais pas franchement eu l'occasion d'appeler mes clients pour les prévenir que nous ne viendrions pas. S'ils écoutaient ou regardaient les infos, ils risquaient de comprendre tout seuls que nous avions des préoccupations plus urgentes que leurs pelouses ou leurs mauvaises herbes.

Mon fils était en prison. Mon fils était en prison, accusé de trois meurtres.

Je pris le premier objet à portée de main. Un coupe-bordure pourvu d'une petite lame semi-circulaire au bout d'un manche d'un mètre de long. Je le tins dans ma main avant de le balancer, comme une hache, contre le mur de la remise. L'engin cingla l'air et se ficha dans le bois. Je le libérai en tirant d'un coup sec, le balançai à nouveau avec violence, arrachai un copeau de la cloison, recommençai, et cette fois, lorsque la lame heurta le mur, elle se brisa net et rebondit en arrière, droit sur moi, sur mon visage. Je me jetai sur le côté juste à temps, supposant que si j'avais été plus lent d'une milliseconde, j'aurais perdu un œil.

J'avais besoin de me ressaisir. De travailler. Faire quelque chose pour évacuer toute cette rage contenue.

Appuyé à l'établi, je parcourus des yeux les outils et les pièces de tondeuse éparpillés dans tous les coins. Il était grand temps de ranger cet endroit.

Une vieille lame traînait sur le plan de travail, provenant du mécanisme logé sous le motoculteur. Elle était trop bosselée pour que cela vaille la peine de l'affûter, aussi l'emportai-je comme référence en rentrant à la maison, avec l'idée de chercher sur Internet et d'en commander une neuve.

Je pensais trouver Ellen attablée dans la cuisine, plongée dans les relevés de comptes et les plans d'épargne, calculant ce qu'il nous faudrait liquider pour payer les honoraires de Natalie

Bondurant, mais elle se tenait devant la fenêtre du séjour, le regard fixé sur l'allée.

Je m'approchai par-derrière, posant au passage la lame sur une rangée de livres.

— Ça va ?

— Oui, répondit-elle tandis que je mettais les mains sur ses épaules. Je... j'ai juste besoin d'un peu d'air.

Je retirai aussitôt mes mains.

— D'accord, pas de problème.

Je pouvais lui accorder ce qu'elle désirait, et obtenir par la même occasion ce dont j'avais moi-même besoin.

— Tu sais quoi ? Je vais aller travailler, annonçai-je, avant de quitter la maison et de grimper dans mon camion.

Je commençai par les Fleming. Notre premier arrêt le mercredi, normalement. Jardin de taille moyenne, peu de nettoyage minutieux autour des massifs de fleurs, mais il fallait s'assurer de ne laisser aucun débris de gazon dans l'allée, sinon Ned Fleming piquerait une crise. Il n'y avait en général personne lorsque nous venions le matin, et personne non plus cet après-midi, ce qui était parfait. Moins j'aurais de gens à qui devoir parler, mieux ce serait.

Le travail me prit plus de temps que d'habitude, bien sûr. Et pas seulement parce que j'étais seul à faire le boulot.

À deux, Derek et moi pouvions expédier un endroit comme celui-ci en une demi-heure. L'un, sur le motoculteur, se chargeait des grands espaces faciles à atteindre, l'autre, avec la tondeuse, des coins étroits. L'un maniait la débroussailleuse le long de la maison et du trottoir, l'autre soufflait tous les résidus vers la rue.

Les dieux, qui me pourrissaient déjà bien la vie ces derniers temps, décidèrent de continuer chez les Fleming. D'abord, la courroie qui entraînait les trois lames sous le Deere glissa, et il me fallut dix minutes pour la remettre en place, allongé sur le sol, non sans me coincer deux fois les doigts.

Ensuite, le coupe-bordure tomba en panne de fil, et quand j'eus retiré le compartiment pour sortir l'ancienne bobine et la remplacer par une neuve, le petit ressort logé là-dessous s'échappa et disparut dans la pelouse non tondue. Je perdis encore cinq minutes pour le retrouver.

Si Derek m'avait accompagné, l'un des deux aurait géré ces contretemps pendant que l'autre poursuivait le travail.

Les dieux n'en avaient pas fini avec moi. Je passais la tondeuse dans le jardin de derrière lorsque la lame attrapa le bord d'une plaque de gazon que Derek et moi avions placée là deux semaines auparavant, afin de remplacer des parcelles d'herbe morte. Je croyais que depuis, l'herbe avait tissé son nouveau nid, mais la plaque se souleva comme une moumoute sur le crâne d'un chauve. La tondeuse l'engloutit puis la pulvérisa à travers tout le jardin.

— Bordel de merde ! rugis-je.

De la sueur dégoulinait sur mon front, mes yeux, et piquait horriblement.

Je retournai au pick-up, fouillai la boîte à gants et retrouvai le prospectus froissé que Derek y avait fourré quelques jours plus tôt. Je composai le numéro figurant dessus.

Une femme répondit.

— Allô ?

— Stuart Yost est là ?

Il s'agissait du gamin qui nous avait offert ses services.

— Je peux savoir qui est à l'appareil ?

— C'est pour un travail, répondis-je.

— Ah ! s'exclama-t-elle avant de crier : Stuart ! Téléphone ! C'est pour un travail !

J'attendis vingt bonnes secondes, puis entendis décrocher un autre poste.

— Ouais ?

— Stuart ?

— Ouais ?

— C'est Jim Cutter. Tu t'es approché de notre camion pour nous demander si on avait du boulot pour toi. On fait de l'entretien de pelouses.

— Ouais ?

— Si ça t'intéresse, j'en ai. (Je m'interrompis une fraction de seconde.) Mon fils n'est pas en mesure de m'aider en ce moment. Dix dollars de l'heure.

— Pourquoi pas, fit Stuart.

— Super. Tu viens de réussir brillamment ton entretien d'embauche.

Il m'indiqua où il habitait et je lui dis que je passerais le prendre à huit heures le lendemain matin.

— Ça pourrait pas être huit heures et demie, plutôt ? demanda-t-il. En général je dors jusqu'à huit heures.

En arrière-plan, la femme qui avait décroché, sans doute sa mère, lança un « Stuart ! » sévère.

— Huit heures, ça marche, se reprit-il.

La journée suivante se passa plus ou moins à attendre que les choses se décantent. Ellen allait essayer de rendre visite à Derek en prison, contacter Natalie Bondurant, s'occuper de notre situation financière, et même passer quelques coups de fil à Thackeray au sujet du festival littéraire, bien que Conrad lui ait assuré qu'elle pouvait prendre tout le temps nécessaire pour encaisser les événements de la semaine précédente.

— J'aime autant me changer les idées, ne serait-ce qu'un moment, déclara-t-elle.

Je quittai la maison vers huit heures moins le quart, dénichai le domicile de Stuart Yost dans un lotissement construit dans les années soixante, lorsque les promoteurs, influencés par la série des *Jetsons*, trouvaient avant-gardistes les auvents pour voiture à toits inclinés. Comme il n'était pas devant chez lui à mon arrivée, je l'attendis quelques minutes au bord du trottoir. À huit heures cinq, je sortis du pick-up et me dirigeais vers la porte d'entrée quand il la franchit en trombe, comme si une explosion venait de se produire dans la maison.

— Désolé, fit-il en grimpant dans le pick-up.

Je lui exposai notre manière de procéder : je me chargerais du motoculteur, il pousserait la tondeuse et taillerait.

— Je peux pas prendre le motoculteur, plutôt ? demanda-t-il. J'aime bien me balader sur ces machins-là.

— On verra plus tard.

Je voulais d'abord avoir une idée de sa vivacité avant de le lâcher sur une machine qui pouvait vous dévaster un jardin en trois secondes si on ne faisait pas attention. Jusqu'ici, je n'étais guère optimiste.

Nous étions chez notre deuxième client de la matinée, et je sillonnais le jardin de derrière avec le John Deere, lorsqu'il me vint à l'esprit que je n'avais pas entrevu Stuart avec la tondeuse ou le coupe-bordure depuis un moment. Il ne s'était pas particulièrement distingué sur le premier chantier, m'annonçant en remontant dans le camion que la chaleur lui irritait l'intérieur des coudes.

Je fis le tour de la maison au volant du motoculteur, sans le voir nulle part. Puis je remarquai quelqu'un assis dans le pick-up.

Stuart occupait le siège avant, toutes vitres remontées. Quand j'éteignis le moteur du Deere, je me rendis compte que celui du camion tournait. Je toquai à la fenêtre de Stuart. Ses doigts s'activaient sur une Gameboy, et il sursauta.

Il baissa la vitre, et une bouffée d'air climatisé s'échappa.

— Ouais ? fit-il.

— Qu'est-ce que tu fiches ?

— Je faisais une pause, c'est tout.

Je sortis trente dollars de mon portefeuille, les fourrai dans sa main :

— Voilà ta paye, indemnités de licenciement comprises. Tu as un portable, ou tu veux le mien pour demander à ta mère de venir te chercher ?

Il serait injuste de généraliser sur les gosses d'aujourd'hui, de dire qu'ils sont incapables de fournir une journée de travail correcte, qu'ils croient avoir tous les droits sans rien donner en échange. Derek n'était certainement pas comme ça. Il avait toujours suivi mon rythme, effectué sa part de boulot.

N'empêche, les gosses d'aujourd'hui, quand même.

Je dus le marmonner une centaine de fois durant le reste de la journée, tandis que je m'occupais seul de mes autres clients. Le temps que j'arrive chez les Blenheim, sur Stonywood Drive, je crus que j'allais tomber à plat ventre dans le jardin exubérant de verdure devant leur maison.

Stonywood est une rue pittoresque du vieux Promise Falls, et la maison des Blenheim fait l'angle, en face d'une bâtisse centenaire à étage, cernée de haies si hautes qu'on distingue à peine le rez-de-chaussée. Pour ma part, je les aurais coupées, afin de l'exposer aux regards, au moins était-elle bien entretenue.

Une brèche dans la haie permettait de mener au porche, et je vis un homme passer une fois ou deux la tête derrière les buissons, regarder ce que je fabriquais. Peut-être avait-il remarqué mon nom sur le côté du pick-up garé devant chez les Blenheim, et l'avait-il vu aux informations.

« C'est le type dont le gamin a ratiboisé cette famille », devait-il penser.

Bien que je l'aie seulement aperçu, je lui donnais environ trente-cinq ans. Cheveux courts, coupe militaire, tête ronde, cou épais. À peu près de ma taille, peut-être moins, mais bâti comme une armoire à glace. Il avait probablement joué au football dans sa jeunesse. Il le faisait peut-être encore, pour ce que j'en savais.

Alors que je terminais ma tâche chez les Blenheim, un peu groggy et désorienté par la chaleur, je conduisis le motoculteur à l'arrière de la remorque, dont la rampe était déjà déployée dans la bonne position. J'allais la grimper lorsque quelque chose d'énorme et de rouge parut surgir de nulle part, à quelques dizaines de centimètres de moi.

Je tournai la tête pour voir de quoi il s'agissait, et j'imagine que mes bras, ainsi que le volant, suivirent un peu le mouvement de mon corps. Un fourgon rutilant, affichant quatre grosses lettres suivies de deux autres : « TV ». Une équipe d'informations locales. Le fourgon pila dans un crissement de pneus, effectuant une entrée si théâtrale et cacophonique que je fis braquer le motoculteur un peu trop sur la gauche, et la roue avant glissa par-dessus le bord de la rampe métallique.

La machine s'inclina à quarante-cinq degrés et je fus obligé de lâcher le volant. Peut-être que si le manque de sommeil m'avait moins ramolli, j'aurais été plus prompt à réagir. Ce n'était pas le cas, du coup je dégringolai sur la chaussée. Le motoculteur vrombissait toujours, la roue arrière droite tournoyait follement dans l'air, cherchant une prise. Alors apparut un homme vêtu d'un costume bien ajusté qui s'écria : « Oh merde ! » Il s'était précipité hors du fourgon et tentait de saisir le volant, mais ce crétin ne réussit qu'à pousser davantage le motoculteur, qui tomba carrément. Le compartiment à lames atterrit sur ma jambe, entre mon genou et ma cheville.

— Nom de Dieu ! hurlai-je.

Me tordant sous la douleur, j'aperçus mon joueur de football qui observait la scène entre les buissons, une expression stupéfaite sur le visage.

— Aidez-moi à me tirer de là ! lui criai-je.

Il traversa la rue d'un bond et dut plus ou moins m'enjamber pour atteindre l'engin. Il prit le volant dans sa main gauche, agrippa la tôle de l'aile arrière et souleva le tout.

Le motoculteur aurait aussi bien pu être un jouet ; il le souleva sans effort. Je rampai assez à l'écart pour que si la machine retombait ce ne soit pas sur moi.

L'homme la fit doucement redescendre, les roues à moitié à cheval sur la chaussée et sur la rampe. Il tourna la clef de contact, et le motoculteur devint silencieux. Le type en costume, que je reconnus comme un journaliste de la chaîne d'infos locale, était à présent accompagné d'un jeune homme à cheveux longs, en jean. Son chauffeur et cameraman, probablement.

— Ça va ? demanda-t-il.

— Putain de merde ! À cause de vous, j'ai failli perdre une jambe !

— J'essayais seulement de vous aider.

— C'est ce que vous faisiez quand vous avez déboulé à toute allure en me flanquant une trouille bleue ?

Je secouai la tête avec fureur, puis me tournai vers l'homme qui m'avait libéré du motoculteur :

— Merci.

— Vous pouvez marcher ?

Il avait la voix très douce pour un gars de son gabarit.

— Je ne sais pas encore.

Il vint à côté de moi, le chauffeur de la camionnette se mit de l'autre. Ma jambe m'élançait, mais rien ne semblait cassé.

Ils reculèrent pour voir si j'étais capable de me relever seul. Ça allait. Je me penchai pour vérifier ma jambe. Malgré un gros bleu en formation, la peau était intacte.

— Eh, c'est génial, reprit le journaliste. Écoutez, on aimerait vous poser quelques questions sur votre fils.

Je ripostai aussi sec :

— Si vous fichez le camp tout de suite, peut-être que je ne m'arrêterai pas chez un avocat sur le chemin du retour afin de coller un procès à votre foutue chaîne pour m'avoir presque envoyé à l'hôpital.

Il décocha un coup d'œil à son cameraman, puis me regarda.

— Désolé. On pourrait remettre ça à une autre fois.

Il me tendit une carte de visite professionnelle, que je ne pris pas. Puis tous deux remontèrent dans le fourgon et partirent.

— Connards, lâcha le footballeur.

— Jim Cutter. Merci beaucoup. Vous avez la force d'un ours, dis-je en lui tendant la main.

— Drew, répliqua-t-il en me la serrant vigoureusement. Drew Lockus.

— Eh bien, merci encore, Drew.

Il prit un air penaud.

— Je n'avais pas l'intention de vous espionner, tout à l'heure.

— C'est pas grave.

— Vous avez dû trouver bizarre que je vous observe derrière les buissons. C'est juste que j'avais vu le nom sur le camion et que je me demandais si vous étiez de la famille de ce garçon, celui qui a été inculpé. On en parlait aux infos.

Drew s'exprimait avec une lenteur délibérée, comme s'il réfléchissait à chaque mot avant de le prononcer.

— Oui, répondis-je. C'est mon fils.

Drew émit un sifflement muet.

— Ça doit être dur.

— Ce n'est pas lui, rétorquai-je, soucieux de le souligner dès le départ, que Drew se décide à poser la question ou non.

— D'accord. Je n'en doute pas. Les flics, vous savez, ils accusent toujours les gens à tort.

Il donnait l'impression de parler d'expérience, mais j'avais assez de problèmes pour ne pas l'interroger sur les siens.

— Votre motoculteur, reprit-il en le désignant. Il est toujours hors des rails. Si vous voulez un coup de main.

Je répondis que je lui en serais reconnaissant, et chacun de nous se plaça d'un côté de la machine afin de la remettre sur la rampe. Je voyais les muscles saillir sous sa chemise. En m'appuyant sur ma jambe pour soulever l'engin, je sentis une douleur fulgurante.

— Merde, fis-je avec une grimace. Ça brûle.

J'éprouvai le besoin d'expliquer pourquoi je me trouvais quand même là, compte tenu des circonstances.

— La journée a été rude, jusqu'ici. Mon fils m'aide, d'habitude. On travaille en équipe, ajoutai-je.

— C'est une bonne bécane, fit remarquer Drew à propos du motoculteur. Je les réparais, avant.

— Ah bon ? Et quel genre de travail vous faites, maintenant ?

Drew haussa les épaules.

— Je suis un peu entre deux boulots.

Ensuite, comme s'il venait de se rappeler où il était, il indiqua la maison derrière lui, entourée de ses hautes haies, et poursuivit :

— En ce moment, je m'occupe de ma mère. La maison est grande pour elle toute seule.

Je jetai un coup d'œil à la bâtisse.

— Elle est magnifique, en tout cas.

Drew acquiesça.

— Bon, si vous allez bien…

Je fis signe que oui, pris quelques inspirations. Une pensée traversa mon esprit, que je repoussai. Puis elle revint.

— Vous cherchez du travail ? demandai-je.

— Oh, plus ou moins. Pourquoi ?

— Quelqu'un d'autre bossait pour moi aujourd'hui. Du court terme. Un gamin. Mais ça n'a pas marché.

Il hésita.

— Euh, je ne sais pas. Il faudrait que j'en parle à ma mère, que je voie si elle serait d'accord pour que je m'absente une partie de la journée.

— À vous de décider, répliquai-je.

Si Drew ne voulait pas de ce job, aucune importance. J'étais certain de trouver quelqu'un. Il y avait un genre de bureau pour les sans-emploi à la mairie. J'aurais sans doute la chance de dénicher un candidat là-bas.

J'inscrivis néanmoins mon numéro de portable au dos d'une de mes cartes de visite et la lui remis.

— Si vous êtes intéressé, essayez plutôt sur ce téléphone. Nous ne décrochons pas beaucoup le fixe ces temps-ci.

— J'espère que votre jambe ira mieux, dit-il à voix basse, comme s'il craignait, en parlant trop fort dans la rue, de réveiller sa mère.

— Merci encore, Drew.

Puis je remontai dans le camion. Dans le rétroviseur, je le vis qui se tenait sur le trottoir, me regardant m'éloigner jusqu'à ce que j'aie tourné l'angle, et que nous nous perdions de vue.

23

N'importe quel autre jour, il aurait été temps d'arrêter là et de prendre le chemin du retour. Ellen m'appela sur le portable pour m'annoncer qu'elle avait enfourné un poulet une heure plus tôt et que le dîner serait prêt le temps que j'arrive.

— Je vais essayer de caser un client de plus, dis-je.

Je n'étais qu'à quelques rues de chez les Putnam. Leur propriété faisait presque un hectare, mais je pensais qu'en poussant un peu le Deere je pourrais la terminer avant la tombée de la nuit, même sans aide.

— Jim, rentre, objecta Ellen.

— Mets-moi simplement une assiette de côté. On a plus que jamais besoin d'argent. Je ne gagne pas beaucoup, mais c'est mieux que rien. Toi qui connais nos finances, explique-moi comment on va payer Natalie Bondurant, sinon ?

— Oui, soupira Ellen d'une voix démoralisée. Il va falloir liquider nos économies.

— Tu vois, il vaut mieux que je continue à tondre des pelouses. Je rentre quand je rentre.

— À plus, répliqua Ellen avec lassitude.

Je m'arrêtai le long du trottoir devant la maison des Putnam. Une grosse baraque à un étage flanquée d'un double garage, avec une Porsche garée d'un côté de l'allée, une Lexus de l'autre. Leonard Putnam était, autant que je sache, un ponte du conseil financier, et sa femme une psychiatre très respectée. Je tombais rarement sur l'un ou l'autre. La dernière fois remontait sans doute au jour où ils m'avaient engagé pour m'occuper de leur propriété pendant la saison. C'était un samedi, deux étés auparavant. Je n'avais pas besoin de les croiser si ma seule tâche consistait à tondre leur pelouse. Je faisais le boulot – ou Derek et moi faisions le boulot – et chaque mois, un chèque arrivait par la poste. Un balèze, vu la taille de leur jardin.

Mais puisque j'étais en retard et que j'arrivais chez eux à une heure où ils avaient des chances d'être là, je ne fus pas surpris de voir Leonard Putnam sortir par la porte principale tandis que je contournais la remorque pour décharger le motoculteur.

— Monsieur Cutter ! me héla-t-il.

Ce n'était pas franchement un salut chaleureux. Le ton annonçait un savon imminent. L'homme avait les cheveux gris et portait un pantalon blanc surmonté d'un pull jaune pâle. Par ses vêtements, son apparence, il respirait la richesse. S'il tachait de gazon ce pantalon, jamais ça ne partirait.

— B'soir, fis-je.

— Je peux vous parler ?

C'était nouveau. Leonard Putnam n'était pas du genre à s'adresser aux employés. Peut-être était-il fumasse que je vienne si tard. Le bruit de la tondeuse allait perturber son apéritif.

— Bien sûr, répondis-je en remontant l'allée.

Il me rejoignit à mi-chemin, près de sa Porsche.

— Monsieur Cutter, désolé, mais nous allons faire appel à quelqu'un d'autre.

— Pardon ?

— Une autre entreprise d'entretien de pelouses.

— Il y a un problème ? Si quelque chose ne vous satisfait pas, je suis sûr de pouvoir y remédier. Je n'avais pas conscience que vous ou le Dr Putnam étiez mécontents.

— Oh non, il ne s'agit pas de cela, répliqua-t-il. Vous avez toujours fait du bon travail.

— Mes tarifs sont compétitifs. Renseignez-vous, si vous ne me croyez pas.

— Il ne s'agit pas de cela non plus, monsieur Cutter. Albert Langley était mon avocat, vous comprenez ?

Après l'avoir dévisagé, je hochai lentement la tête.

— Je vois. Et quel rapport avec le fait que je m'occupe de votre pelouse ?

Il faillit éclater de rire.

— Votre question est sérieuse, monsieur Cutter ?

— Oui.

— Je ne peux pas, en toute conscience, maintenir notre relation, compte tenu de ce qu'a fait votre fils. Ma femme est bouleversée à l'idée qu'il est venu ici avec vous semaine après semaine, qu'elle s'est parfois même trouvée à la maison quand vous et votre garçon vous trouviez ici, qu'il aurait pu entrer. Dieu sait ce qui se serait passé. Ma femme est complètement affolée. Sinon elle serait près de moi pour vous annoncer cette nouvelle. Elle connaissait également assez bien Donna Langley, personnellement et professionnellement, en fait, bien que je n'aie certainement pas le droit d'en parler. Elle est dévastée par ce drame, tout comme moi.

Je sentais les cheveux se hérisser sur ma nuque.

— Mon fils est innocent.

— Ma foi, je ne vais pas lui reprocher de plaider non coupable, rétorqua Leonard Putnam. C'est la règle du jeu. Albert Langley le savait mieux que quiconque, je suppose. Je ne me serais pas attendu à ce qu'il en aille autrement, et ceci n'est une critique ni de votre garçon ni de vous-même. J'imagine que si je devais d'une façon ou d'une autre ne plus me contrôler et commettre un acte de violence, je clamerais sans aucun doute mon innocence, moi aussi.

— Je n'ai pas dit qu'il plaidait non coupable. J'ai dit qu'il était innocent.

Putnam réprima de nouveau un petit rire.

— Non, mais regardez-moi, en train de discuter de ça avec *vous*. C'est inouï, franchement. Nous n'avons plus besoin de vos services, c'est aussi simple que ça. Néanmoins, je vous enverrai un chèque qui couvre le mois complet. Je suis un homme correct.

Plus encore que de le tuer, j'avais envie de le flanquer par terre et de traîner son cul habillé de blanc à travers l'herbe grasse de son jardin. Quand je l'aurais bien dégueulassé, alors peut-être que je le tuerais.

Au lieu de quoi, je tournai les talons et repartis vers mon camion, quasi aveuglé par la rage. C'est peut-être pour cela que je ne vis pas Lance Garrick à temps.

En contournant la remorque, j'aperçus fugitivement quelque chose caché derrière. Lorsque cette ombre se leva d'un bond et me sauta dessus, il était trop tard pour réagir.

Je n'eus que le temps d'esquiver légèrement vers la droite, donc le poing qui arrivait sur moi ne me cogna pas en plein dans le nez, mais me cueillit à la joue. Malgré sa trajectoire un peu déviée, le coup fit quand même un mal de chien et m'empêcha de voir l'autre poing arriver une fraction de seconde après, à la même vitesse. Celui-ci me frappa sous les côtes et me coupa complètement le souffle.

Je m'écroulai sur la chaussée, plié en deux, gémissant de douleur. Je levai les yeux vers le chauffeur de Randall Finley, debout au-dessus de moi, un rictus aux lèvres.

— Alors, pas marrant de se faire tabasser par surprise, hein ? demanda-t-il. Qui c'est qui rigole, maintenant, connard ?

Je haletais, cherchant ma respiration.

Lance s'était agenouillé, et je sentis son haleine brûlante sur mon oreille tandis qu'il poursuivait :

— Sale coup pour ton gosse, pas vrai, enfoiré ? Je suppose qu'il a le même genre de problèmes que toi. Si on ne le condamne pas à la chaise électrique, peut-être que vous pourrez suivre ensemble des cours de gestion de la colère quand il sortira, dans vingt ans.

Sur ce, il cracha dans mon oreille.

Depuis le sol, perpendiculaire au monde, je le regardai s'éloigner en sifflotant dans la rue, avant de monter dans une Mustang bleue et démarrer.

Tout en roulant vers la maison, souffrant davantage du ventre que du coup à la figure, j'appelai Natalie Bondurant. Non pas pour réclamer une mesure d'éloignement contre Lance, mais pour lui poser une question. Comme je tombai sur sa messagerie, j'y laissai ma question et lui demandai de me rappeler dès qu'elle en aurait l'occasion.

Ellen m'accueillit à la porte d'entrée.

— Hé, salut, je vais te réchauffer ton dî...

Puis elle vit mon visage. Je lui racontai ce qui s'était passé. Pas uniquement ma rencontre avec Lance, mais aussi ma discussion avec Leonard Putnam. Je n'aurais su dire ce qui la mit le plus en colère. Putnam, je pense. Elle savait que j'avais une part de responsabilité dans l'incident avec Lance. Je l'avais frappé en traître quelques jours plus tôt, et il m'avait rendu la monnaie de ma pièce.

Elle enveloppa un pack de glace dans une serviette pour mon visage. Je m'efforçai de le maintenir en place pendant que je dînais. Bien qu'il soit douloureux de mâcher, j'avais assez faim pour le supporter. Ellen était en train de me verser une tasse de café quand on toqua doucement à la porte de la cuisine.

Nous échangeâmes un regard méfiant. Au moins savions-nous qu'il ne s'agissait pas de Conrad. Lui aurait tenté d'entrer directement.

— Reste là, dis-je à Ellen avant de me lever de table.

En écartant le rideau, je reconnus Penny Tucker. Je déverrouillai la porte, que nous fermions si rarement auparavant.

— Penny. Entre.

C'était une jolie fille, au teint légèrement olivâtre, indiquant probablement des origines méditerranéennes.

— Merci, répondit-elle. Comment va Derek ?

— Pas terrible. Il est en prison. Le juge a refusé de le libérer sous caution.

— Comment es-tu passée devant le policier ? demanda Ellen.

Je m'imaginais qu'elle s'était faufilée, comme l'autre fois, mais elle expliqua :

— Je lui ai parlé. Il m'a laissée venir.

Ellen et moi échangeâmes un nouveau regard.

— En fait, il est là pour protéger une scène de crime, commentai-je, pas pour nous défendre des importuns.

— Qu'est-ce qu'on peut faire pour toi, Penny ? reprit Ellen, d'un ton un peu froid.

Elle n'avait pas oublié, ni moi non plus, la manière dont ses parents avaient traité notre fils la dernière fois qu'il était allé la voir.

— Écoutez, répondit-elle. Je ne suis pas censée être ici, et mes parents me tueront… (elle s'interrompit, comme pour jauger le choix du terme)… quand ils s'apercevront que j'ai filé en douce.

Je lui désignai le téléphone.

— Tu devrais les prévenir. Ils vont se faire un sang d'encre.

— Derek a dû vous raconter ce qui s'est passé quand il est venu chez moi, non ?

— Oui.

— J'en étais malade, je vous assure. Mais ce policier, l'inspecteur Duckworth, c'est ça ? Il s'est pointé à la maison un peu plus tôt ce jour-là, au sujet des coups de téléphone. Il a découvert que Derek m'avait appelée de chez les Langley, et ensuite il est venu nous voir… bon, me voir, *moi*, et il m'a obligée à tout raconter. Mes parents étaient là et ont dit que je devais le faire, alors je lui ai expliqué que Derek avait été dans la maison juste avant qu'ils se fassent tuer.

Elle parlait si vite qu'elle commençait à manquer de souffle.

— Du calme, Penny, intervins-je. Prends ton temps.

— Ce n'est pas lui !

— On le sait, répliqua Ellen. On sait que Derek en serait incapable.

— L'inspecteur, il croit que je couvre Derek pour qu'il n'ait pas d'ennuis, et mes parents insistent, genre : « Tu ferais mieux de dire la vérité, sinon tu auras des ennuis aussi. » Mais je dis la vérité ! Derek m'a rappelée plus tard, en pleine nuit, de chez vous, de la cuisine, ici même, il flippait. Il m'a raconté qu'il avait entendu les coups de feu et quelqu'un marcher dans la maison, et qu'ensuite il a dû enjamber Adam pour sortir, et après je suis passée le voir le soir suivant, vous vous rappelez ?

— Oui. Tu as répété tout ça à la police ?

Penny acquiesça avant de poursuivre :

— Derek m'a dit qu'il voulait vous en parler, mais il avait peur. Il avait peur que le tueur apprenne qu'il était là-bas, parce que, à son avis, ça pouvait finir dans les journaux ou aux infos, vous comprenez ? Et il s'inquiétait de votre réaction si vous découvriez son plan, utiliser la maison pendant l'absence des Langley.

Elle détourna les yeux, gênée. J'aurais pu lui fournir des anecdotes du temps où Ellen et moi sortions ensemble pour qu'elle se sente moins honteuse, sauf que le moment semblait mal choisi. Elle continua :

— Je n'avais pas très envie de déballer tout ça à M. Duckworth, pas devant mes parents, mais j'ai pensé que s'il savait la vérité, même si c'était franchement embarrassant pour Derek et moi, il comprendrait pourquoi Derek ne s'était pas manifesté, et il verrait bien qu'il n'avait pas tué les Langley.

— Ça n'a pas marché, fis-je remarquer.

Penny s'énerva au point de taper du pied.

— Ce policier, il refusait tout simplement d'écouter.

Cela amena presque un sourire sur mon visage meurtri et douloureux.

— Eh bien, on sait ce que tu ressens, va, dis-je.

— Et si j'allais parler au juge ? suggéra Penny. Si je lui précisais que j'étais avec lui après, que je lui répétais tout ce que Derek m'a dit, et que je sais qu'il ne l'a pas fait ?

— Tu ne peux pas parler au juge, par contre, à l'avocate de Derek, si. Elle sera plus intéressée par ce que tu as à dire pour le défendre que Barry. Lui croit qu'il a élucidé toute l'affaire.

— Et si mes parents ne me laissent pas aller la voir ? objecta Penny.

— Ils ne peuvent pas faire ça, assura Ellen avant de me regarder. N'est-ce pas, Jim ?

— Pourquoi ils te l'interdiraient ? demandai-je à Penny.

— Ils n'ont jamais vraiment approuvé que je sorte avec Derek, vous savez ?

— Non, rétorqua Ellen, essayant de garder une voix égale. Nous ne savions pas. Et pourquoi donc ?

— J'imagine qu'à leur avis on passait trop de temps ensemble, que je ne travaillais pas assez à l'école, ce qui est totalement faux, parce que j'ai d'aussi bonnes notes qu'avant...

Je l'interrompis d'un geste.

— C'est bon. Je pense que la plupart des parents regardent le petit ami de leur fille d'un œil suspicieux. C'est comme ça depuis des milliers d'années.

— Après la venue de l'inspecteur, ils ne voulaient même pas me laisser lui parler. Parce qu'il était suspect.

— Penny. Tu devrais appeler tes parents, leur dire où tu es. On peut te ramener chez toi, ou ils peuvent venir te chercher.

— J'ai pris la voiture de maman. Elle est garée sur la route.

— Laisse-moi te poser une question, avant que tu partes.

— OK.

— Est-ce que Derek t'a parlé de l'ordinateur que lui a donné Agnes Stockwell, celui avec le roman ? Le roman qu'Adam et lui étaient en train de lire ?

— Ouais, répondit Penny. Il le trouvait très bizarre.

— Tu l'as lu ?

— Non. Ça ne m'intéressait pas vraiment, vous savez.

— Tu as parlé de ce livre à quelqu'un, du fait que Derek et Adam l'avaient trouvé ? À un de tes copains, à tes parents ?

Elle réfléchit un instant.

— Je n'en suis pas certaine. Je veux dire, je leur ai parlé du hobby de Derek. Une fois, mon père a même demandé à Derek de faire redémarrer son ordinateur, qui était bloqué. Je croyais qu'il l'aimerait mieux après, j'ai été déçue.

— Donc, tu es en train de dire que tu pourrais l'avoir évoqué ?

— Eh bien, si c'est le cas, je leur ai certainement pas dit de quoi ça parlait.

— Oui, je comprends. Très bien. Merci. C'est chic de ta part d'être passée. On dira à Derek que tu as demandé de ses nouvelles.

Penny hocha la tête, renifla, écrasa une larme sur sa joue, puis prit congé. Alors qu'Ellen la raccompagnait à la porte, mon portable sonna.

— Oui ?

— Salut, fit une voix masculine. C'est Drew. Drew Lockus.

Il me fallut quelques secondes pour le remettre. L'homme qui m'avait débarrassé du motoculteur.

— Oui, Drew. Comment ça va ?

— Écoutez, j'en ai discuté avec ma mère, et elle estime que si je peux gagner quelques biftons en tondant des pelouses, ça lui pose pas de problème, alors si vous voulez toujours de moi, c'est d'accord.

— Ça marche.

Tant que d'autres clients n'annulaient pas mon contrat, comme les Putnam, songeai-je, avant d'ajouter :

— Mettons que je passe vous prendre devant chez vous demain matin, huit heures ?

— OK. À demain, alors, répliqua-t-il.

Il semblait plus résigné qu'emballé par cette perspective.

J'avais à peine reposé le téléphone sur le comptoir qu'il se remit à sonner.

— Oui ?

— Monsieur Cutter, Natalie Bondurant. Je vous rappelle.

Je pris une seconde pour rassembler mes pensées.

— Merci de le faire. À propos, Penny Tucker, la petite amie de Derek, était ici à l'instant. Je pense qu'elle a des choses à raconter qui pourraient aider Derek.

— Elle figure déjà sur ma liste. Je vais organiser ça. Concernant votre question, celle que vous avez laissée sur ma messagerie, la réponse est oui.

Mon cœur s'emplit de plomb.

— Officiellement, oui, la peine de mort existe dans l'État de New York, compléta Natalie, mais les tribunaux l'ont déclarée anticonstitutionnelle en 2004, alors même si elle existe dans les textes, on ne la pratique plus.

— Je vois.

Depuis que Lance avait soulevé la probabilité que mon fils encoure la peine de mort, je n'avais pas été capable de me sortir ça de l'esprit. Une inquiétude que je n'avais toutefois pas confiée à Ellen.

— Sur ce point-là, poursuivit Natalie, vous pouvez dormir tranquille.

— Comment ça, sur ce point-là ? Il y a autre chose ?

— La police a trouvé une boucle d'oreille. Toute petite, un signe de la paix.

— Et alors ?

— Est-ce que Derek en a perdu une, récemment ?

— Oui. C'est exact.

Ellen articula silencieusement : « Quoi ? » Je la fis patienter d'un geste.

— La police l'a dénichée dans la maison des Langley, expliqua Natalie.

Je tentai de ne pas céder à la panique.

— Bon. Il a déjà reconnu avoir été là-bas. Comment la découverte d'une boucle d'oreille peut-elle aggraver les choses ?

— Pour commencer, il n'est pas encore confirmé que ce soit la sienne. Ils sont en train d'effectuer une analyse ADN.

— On peut faire ça ? À partir d'une boucle d'oreille ?

— Ils travaillent dessus, en tout cas.

— Je ne comprends toujours pas. Qu'est-ce que ça change s'ils prouvent qu'elle appartient à Derek ? Il a admis sa présence dans la maison.

Natalie Bondurant marqua une pause avant d'annoncer :

— C'est l'endroit particulier où on l'a trouvée.

Je sentis mon pouls s'accélérer.

— Continuez.

— Dans la chambre de Donna et Albert Langley. Entre les plis du couvre-lit. Et il y a les empreintes de Derek sur la commode de la chambre.

J'étais abasourdi.

— Si le résultat du test indique qu'il s'agit de la boucle d'oreille de Derek, conclut Natalie, le procureur va se demander comment elle est arrivée là. Et avant qu'on ait le temps de dire ouf, ils auront un mobile sacrément plus crédible que celui qu'ils ont pour le moment.

24

— Qu'est-ce que ça peut bien vouloir dire, nom d'un chien ? demanda Ellen lorsque je la mis au courant des propos de Natalie Bondurant.

— J'en sais rien.

— Ça n'a aucun sens. Cette boucle d'oreille n'est sans doute même pas à lui.

— On dirait la sienne, pourtant.

— Qu'est-ce qu'elle aurait fichu dans la chambre d'Albert et de Donna ? Peut-être que Derek l'a perdue dans un endroit de la maison, que Donna l'a trouvée, emportée dans sa chambre et l'a ensuite laissée tomber ou mal rangée.

— Elle était en plein milieu des draps ou je ne sais quoi, le couvre-lit.

— Le couvre-lit ? Comment c'est possible ? Quelqu'un a dû la mettre là, voyons.

— Je ne sais pas, admis-je, conscient du sentiment de défaite dans ma voix.

Je n'arrêtais pas d'avoir envie, instinctivement, de me planter au pied de l'escalier et d'appeler Derek pour qu'il descende s'expliquer. Mais il nous fallait attendre la prochaine occasion de lui rendre visite pour l'interroger, ou que son avocate ait de plus amples informations à nous donner.

— Et si le résultat ADN prouve que cette boucle

est à Derek ? demanda encore Ellen. Qu'est-ce qui se passera, alors ?

— Ne brûlons pas les étapes.

— Tu sais ce qu'ils vont dire ? Barry ? Et ce procureur ? Sans doute que Mme Langley a attiré notre fils dans son lit, ou une connerie de ce genre. Que c'est pour *ça* que Derek s'est disputé avec les Langley, et non parce qu'il se cachait chez eux.

Je sentis le désespoir s'abattre sur moi. Mais j'étais censé être le pilier.

— Ils ne penseraient pas une chose pareille, si ? reprit Ellen. Personne ne penserait sérieusement que Donna aurait couché avec notre fils ?

Je me remémorai ce que m'avait dit Barry, ce que Donna était censée avoir avoué à sa sœur. Qu'elle avait couché avec le voisin. Elle n'avait peut-être pas exagéré, après tout.

Ellen sortit deux bouteilles de vin blanc du frigo, les posa sur le comptoir. Puis elle s'empara du tire-bouchon et les ouvrit toutes les deux. Seigneur tout-puissant, songeai-je, elle a l'intention de boire tout ça ?

Elle ôta les bouchons, les balança en travers du comptoir, ensuite elle renversa les deux bouteilles au-dessus de l'évier et les vida.

— J'ai besoin de garder l'esprit clair pour tenir le coup, déclara-t-elle.

Si elle voulait désormais tenir le rôle du pilier, ça m'allait très bien.

Elle reposa les bouteilles vides, se retourna vers moi.

— Je crois qu'on est punis, lança-t-elle.

— Quoi ?

— Pour ce que nous avons fait, ou pas fait, par le passé. Ce qui nous arrive est une sorte de châtiment. On doit payer.

— Je ne te suis pas. Pour des choses que nous avons faites dans cette vie, ou dans des vies antérieures ?

Elle quitta la cuisine sans répondre.

Ce fut une nouvelle nuit blanche, du moins pour moi. J'en passai la plus grande partie à fixer le plafond, incapable d'une autre vision que celle de mon fils dans une cellule. C'était sa troisième nuit derrière les barreaux, loin de nous, et j'avais encore du mal à admettre que toute cette histoire était arrivée à notre famille.

Je passais d'un sujet d'inquiétude à l'autre, incapable de me focaliser sur un seul aspect de nos ennuis, tant ils paraissaient nombreux.

Derek, évidemment, constituait mon principal souci. Mais puisque je restais convaincu qu'il n'était pas responsable de la mort des Langley, mes pensées revenaient sans cesse à ce qui avait vraiment pu se passer ce soir-là, et à l'individu qui avait appuyé sur la détente.

Un point me tracassait : je me demandais si le meurtre des Langley n'était pas une erreur. Non pas dans le sens qui coulait de source. Bien sûr que c'en était une ; une tragédie, un événement horrible.

Je pensais à une autre sorte d'erreur.

À notre boîte aux lettres. Avec notre nom dessus. À l'absence de boîte aux lettres portant celui des Langley.

Et si le ou les assassins des Langley s'étaient trompés de porte ? Notre maison aurait-elle pu être la cible ? Auquel cas, pourquoi ?

L'ordinateur. Je revenais tout le temps à cet ordinateur. On l'avait donné à Derek, et maintenant il avait disparu. Peut-être que les assassins des Langley, quels qu'ils soient, supposaient avoir trouvé la bonne maison, car ce qu'ils cherchaient y était.

Et peut-être aussi que tout ça n'était que des conneries. J'aurais aimé être certain que si j'allais voir Barry pour lui exposer mon raisonnement, il le prendrait au moins en considération. Mais les chances qu'il en soit ainsi à présent se situaient quelque part entre zéro et le néant.

Les lumières une fois éteintes, Ellen posa la tête sur son oreiller, et quelques instants plus tard je l'entendis tirer des mouchoirs en papier de la boîte sur sa table de chevet. Elle s'endormit en pleurant, et je la tins contre moi jusqu'à ce qu'elle s'arrête. Puis je roulai de l'autre côté et enfouis mon visage dans l'oreiller, espérant ne pas la réveiller si j'étouffais mes larmes.

La priorité pour nous deux le lendemain matin était de voir Derek et son avocate, et d'essayer de savoir ce qui se tramait. Il se révéla que l'écart entre l'objectif fixé et sa mise en œuvre était de taille. Nous nous répartîmes les tâches. Ellen prit le téléphone dès la première heure pour tenter d'organiser une visite et contacter Natalie Bondurant.

Elle ne put joindre personne de la prison ayant l'autorité nécessaire pour arranger une entrevue, et Natalie n'était pas disponible pour prendre son appel.

Par conséquent, soit nous pédalions dans la choucroute toute la journée, soit nous tentions de faire d'autres choses.

Je décidai d'aller travailler. Ellen pouvait appeler mon portable en cas de besoin. Elle ferait un saut à la banque et entamerait la procédure pour liquider certains de nos plans d'épargne-retraite, voire tous. Nous n'avions pas des centaines de milliers de dollars de côté. Comme la plupart des gens, nous devions souvent nous démener pour régler nos dépenses hebdomadaires et imaginions financer notre retraite par l'achat d'un billet de loterie gagnant.

— Ça va s'arranger, dis-je à Ellen au moment de quitter la maison.

Avant de monter dans mon pick-up, je vérifiai que j'avais bien tout ce qu'il me fallait. Les réservoirs d'essence étaient pleins, les tondeuses et les outils se trouvaient à l'arrière, mon portable était allumé. J'avais ma glacière avec un sandwich, un fruit et plusieurs bouteilles d'eau. Pas de l'eau minérale sophistiquée du commerce, de l'eau du robinet. Pour finir, j'ajoutai un arrosoir métallique dans la remorque, un objet que j'emportais rarement mais qui pourrait m'être utile aujourd'hui.

J'avais promis à mon nouvel employé de passer le prendre à huit heures, donc l'autre halte que je voulais faire ce matin-là, et dont je n'avais pas parlé à Ellen, devrait intervenir après. Je tenais à la faire avant d'être en nage et couvert de résidus de gazon.

Drew Lockus se tenait là où je m'y attendais, debout à l'angle de la maison de sa mère, un sac en papier à la main. S'il avait été un auto-stoppeur, j'aurais sans doute hésité à le prendre. Trapu et solide, avec ses gros bras qui tendaient ses manches de chemise, les yeux profondément enfoncés sous une épaisse arcade sourcilière, il avait un peu une allure d'homme de Cro-Magnon.

J'espérais ne pas être en train de commettre une erreur. Lui demander s'il voulait du travail avait été une décision impulsive. Mais quels étaient les risques qu'il soit pire que Stuart Yost, l'Allergique à la Chaleur ?

En ce qui me concernait, Drew s'était trouvé au bon endroit au bon moment. Je ne suis pas vraiment de ceux qui croient que rien n'arrive jamais par hasard, qu'une sorte de puissance supérieure est aux manettes et nous dirige tous comme si nous participions à quelque gigantesque tournée théâtrale. « C'est la vie », voilà grosso modo ma philosophie. J'adhère plutôt au concept de cause à effet. Je pense que chaque chose en entraîne une autre.

Cela dit, si je ne croyais pas au destin, j'étais reconnaissant aux dieux, si fâchés contre moi ces derniers temps, d'avoir décidé de me lâcher la grappe et de placer Drew à proximité lorsque le motoculteur avait atterri sur ma jambe. Ce n'était certainement pas ce connard de journaliste qui m'aurait porté secours, ni son chauffeur.

Lorsque j'avais raconté la veille à Ellen comment j'avais rencontré Drew, elle avait évoqué le sort. Peut-être avions-nous été réunis pour m'éviter de perdre une jambe. Ou alors nos chemins s'étaient croisés afin qu'il nous sauve d'un péril plus grave encore.

« Cette fois, c'est toi qui débloques », lui avais-je rétorqué.

J'avais mal un peu partout, ce matin-là. Ma jambe m'avait élancé toute la nuit, et mon visage ainsi que mon ventre étaient encore douloureux des coups de Lance. Mais je ne pouvais pas y faire grand-chose. Impossible de me téléphoner pour me dire que j'étais malade. Je devais gagner ma croûte. Je devais aider mon fils.

Drew monta dans le camion.

— Salut, dit-il.

— Bonjour. Je vois que vous avez apporté un déjeuner. Si vous voulez, mettez-le dans ma glacière, derrière le siège.

Derek s'exécuta, avant de boucler sa ceinture.

— Vous pourrez partager mon eau, aussi, ajoutai-je.

— Merci. J'aurais dû y penser.

— Pas grave. De toute façon, si on a soif, la plupart des maisons ont un tuyau d'arrosage sur le côté. Et certains clients, du moins ceux qui ne sont pas des sales cons, et s'ils se trouvent chez eux, offrent un coup à boire, surtout un jour aussi chaud qu'aujourd'hui.

— C'est sympa, répliqua Drew, qui me dévisagea. Qu'est-ce qui vous est arrivé ?

— Oh, une petite dispute avec un ancien collègue.

Puis je pris la direction du centre-ville.

— Sacré œil au beurre noir que vous avez là, remarqua-t-il.

— Disons que je ne m'y attendais pas.

Je pensais que Drew réclamerait des détails, au lieu de quoi il demanda :

— Où est notre premier chantier ?

— Sur Culver. Mais je dois faire un arrêt avant. À l'hôtel de ville.

— Vous avez oublié de payer votre taxe d'habitation ?

— Pas exactement.

Promise Falls, une trop grosse ville pour être qualifiée de pittoresque, n'en est pas moins charmante, pleine de bâtiments historiques et traversée par une rivière qui descend des chutes dont elle tient son nom. Plus on s'approche du centre, plus ça devient joli, avec des réverbères et des enseignes rétro, des trottoirs en brique. La plupart des magasins possèdent des devantures de style colonial. L'hôtel de ville est un mélange d'un peu tous les genres. La façade comporte plusieurs séries de portes et de colonnes à trois niveaux qui rappellent le Fanueil Hall de Boston, mais flanquées d'ajouts modernes.

Je me garai devant et annonçai à Drew :

— Je n'en ai que pour quelques minutes. Si le camion gêne, faites le tour du pâté de maisons.

— Ça marche.

Je pris l'arrosoir dans la remorque et franchis d'un bon pas les portes d'entrée, la rotonde, puis grimpai le long escalier de marbre jusqu'au premier étage. Je savais où j'allais.

Le bureau du maire se compose en fait de plusieurs pièces. Il y a la réception, le bureau de l'adjoint à gauche, et d'autres plus petits pour les assistants administratifs à droite. La porte de celui de Randall Finley se trouvait juste en face, et lorsque la femme assise derrière le comptoir de la réception me vit m'y diriger, un sourire éclaira son visage.

— Sacré nom d'une pipe, je rêve ! Jim Cutter ! s'exclama-t-elle.

— Salut, Delia, fis-je en lui retournant son sourire, sans ralentir pour autant.

— C'est pour quoi, cet arrosoir ? demanda-t-elle. Ne me dis pas que tu travailles pour des services d'entretien et que tu empêches les plantes des bureaux de mourir de soif ? Encore que ce soit toujours un meilleur boulot que trimballer Son Honneur, ajouta-t-elle avec un clin d'œil.

Je souris sans répondre.

— Bon sang, Jim, reprit-elle. Qu'est-ce qui t'est arrivé ? Tu t'es cogné dans une montagne ou quoi ?

— C'est rien.

— Si tu veux voir le maire, il est dans son bureau, mais là, il est plutôt occupé avec cette dame qui l'aide à élaborer sa campagne pour le Congrès. Tu en as entendu parler, j'imagine ?

— Oh oui.

— Tu peux croire à une chose pareille ?

Je me contentai de hausser les épaules.

— Tu sais, Delia, les électeurs n'ont que celui qu'ils méritent.

— Tu veux que je le prévienne de ta présence ?

— Non, je voulais juste savoir s'il était là. Dans ce cas, je suppose que Lance traîne dans les parages.

— Je l'ai vu il y a quelques minutes. Je pense qu'il est allé prendre un café dans la salle au bout du couloir. Je peux le prévenir que tu es ici.

— Non, non, merci. Je vais dans cette direction, de toute façon, répondis-je très vite en brandissant mon arrosoir.

Delia me retint par la manche.

— Je suis désolée pour ton garçon, Jim. Pour Derek.

Je fis un signe de tête, touché par sa sollicitude.

— Je ne le crois pas un instant coupable, poursuivit-elle avant de me lâcher.

En m'éloignant dans le couloir, j'affermis ma prise sur la poignée de l'arrosoir en acier galvanisé. Il était important que je le tienne bien en main.

Je poussai la porte de la salle de détente. Elle était assez spacieuse pour contenir une dizaine de tables, ainsi que des distributeurs de boissons et autres le long d'un mur, une machine à café à côté d'un évier et un réfrigérateur.

La pièce était vide, hormis un homme. Lance était assis à une table, la main droite autour d'un gobelet de café en carton, la gauche tournant les pages sportives du journal.

— Hey, fis-je.

Tandis que Lance pivotait pour voir qui l'appelait, je pris mon élan et lui balançai l'arrosoir de toutes mes forces en pleine figure. Il y eut un grand *bang* sonore au moment de l'impact. Lance culbuta en arrière et s'écroula en tas par terre.

— Tu n'aurais pas dû me cracher dans l'oreille, dis-je avant de faire demi-tour et de rejoindre mon pick-up.

Drew n'avait guère besoin de consignes. L'entretien de jardin n'était pas bien sorcier, comme on dit, mais de toute façon il savait quoi faire sans qu'on le lui dise. À chaque halte, je prenais le Deere, Drew mettait une des tondeuses en marche et s'occupait des endroits que je ne pouvais atteindre avec le motoculteur. Quand il avait terminé, il s'emparait du coupe-bordure, ensuite du souffleur puis nettoyait allées et trottoirs des résidus d'herbe.

Après notre troisième maison, je lui tendis une bouteille d'eau, qu'il vida d'un trait.

— Faisons une pause déjeuner, suggérai-je.

Il y avait un parc au bord de la rivière, pas loin des chutes, où nous pourrions trouver plein d'ombre et, avec un peu de chance, une petite brise. Je dénichai une place suffisamment longue pour le pick-up et la remorque, et invitai Drew Lockus à me suivre vers une table de pique-nique.

— Quand vous êtes sorti de l'hôtel de ville, observa-t-il, vous aviez, comment dire, une drôle de tête. Un sourire un peu bêcheur. Béat.

— Ouais, « béat » colle bien, répondis-je en ébouriffant mes cheveux pour me débarrasser de quelques brins d'herbe. J'ai été pas mal sous pression ces derniers temps, et je cherchais à me défouler.

Drew n'insista pas.

— Votre maman, repris-je. Vous vous occupez d'elle, c'est ça ?

Drew acquiesça, mordit dans son sandwich au beurre de cacahouètes.

— J'ai cru comprendre qu'elle n'allait pas bien ?

Il enfourna d'autres bouchées, opina encore. Puis attendit que sa bouche soit moins pleine.

— Elle est vieille. Elle a un cancer.

Nouvelle bouchée.

— Désolé, fis-je.

Drew avait déjà terminé son premier sandwich et en prenait un deuxième dans son sac.

— On doit tous mourir de quelque chose, je suppose, rétorqua-t-il avant d'attaquer hâtivement son second sandwich.

— Prenez votre temps. On n'est pas pressés. Ça fait du bien de recharger un peu les batteries, surtout avec cette chaleur.

Il mastiquait sans interruption.

— Pardon. Je mange toujours très vite, j'imagine.

— Alors, quel genre de travail vous faisiez ?

— Réparation de petites machines, atelier d'usinage, des choses comme ça, répondit Drew. Mais, comme je vous disais, je ne travaille plus beaucoup depuis quelque temps. Quand ma mère est tombée malade, je suis venu m'occuper d'elle.

— Votre père vit toujours ?

— Non. Il est mort il y a longtemps. Crise cardiaque.

— Pas de chance. Des frères ou des sœurs ?

— Je suis fils unique.

— C'est dur de n'avoir personne pour partager le fardeau. Vous êtes marié ?

— Plus maintenant. Depuis un bon moment. Et on vivait ensemble. Sans être réellement mariés.

— Des enfants ?

Drew hésita avant de répondre.

— Pareil. Plus maintenant.

— Désolé, répétai-je. Je ne voulais pas être indiscret. Cela ne me regarde pas.

— Y a pas de mal. Le fait est que je n'ai pas eu une vie très heureuse. Et je ne la vois pas se diriger vers une quelconque amélioration.

D'abord, je songeai : Super, je suis tombé sur le gars parfait pour me remonter le moral. Puis je vis les choses de son point de vue. Avec tous les ennuis qu'il semblait avoir, il fallait qu'il soit embauché par la seule personne susceptible d'en avoir encore plus que lui, en tout cas pour l'instant.

Peut-être que mes dilemmes lui fourniraient une occasion de s'estimer heureux. Ça pouvait être pire. À moins que je ne finisse par le démoraliser davantage encore.

Nous profitâmes quelques instants de la brise en silence. Puis Drew demanda :

— Comment ça se passe, pour votre fils ?

Je pris une gorgée d'eau.

— Ça pourrait aller mieux. J'espère juste qu'une fois qu'on commencera à rassembler plus d'informations la police se rendra compte de son erreur et lèvera l'inculpation.

Il hocha la tête.

— La prison, c'est un mauvais endroit.

— Vous avez l'air d'en parler d'expérience, dis-je, soupesant le sens caché de sa remarque.

— Je le répète, je n'ai pas eu une vie très heureuse. Un jour je vous la raconterai, si vous avez envie de vous ennuyer – il marqua un temps d'arrêt et enchaîna : J'ai remarqué que vous fixiez beaucoup le haut de la rivière.

— Je regardais simplement les chutes. Observer l'eau dégringoler, l'écume et la brume s'élever, ça frise l'hypnose.

— C'est joli, convint Drew.

— Ouais.

J'imaginais Brett Stockwell basculer par-dessus la glissière qui surplombait les chutes.

Je voyais très bien la scène. Le garçon tombait, son corps heurtait les rochers en contrebas.

Ce n'était pas tout. En haut, sur le pont, je voyais Conrad Chase qui regardait en bas, agitait la main en signe d'adieu, le visage souriant, tous ses problèmes résolus.

En quittant le centre-ville, nous passâmes à côté du restaurant Clover, un établissement assez chic où un bon petit dîner pour deux coûtait à l'aise cent dollars, un déjeuner probablement la moitié. Ce qui attira mon œil sur le parking fut une Mazda, exactement semblable à celle d'Ellen.

— On dirait la voiture de ma femme, dis-je en ralentissant.

Un coup d'œil à la plaque minéralogique confirma qu'il s'agissait bien de la sienne.

— Peut-être qu'elle est en rendez-vous avec l'avocate de Derek et que je devrais…

Juste au moment où j'allais entrer dans le parking, j'aperçus une autre voiture familière. Une Audi TT gris métallisé, garée quelques véhicules plus loin que celui d'Ellen.

Je redressai le volant et poursuivis ma route.

— Eh bien ? fit Drew. Si vous voulez y faire un saut, ça ne me dérange pas d'attendre dans le camion.

— Je me suis trompé. Ce n'est pas sa voiture.

Environ deux heures plus tard, alors que je me préparais à descendre le motoculteur de la remorque, mon portable sonna. Je le mis si vite à mon oreille que je n'eus pas le temps de voir qui appelait.

— Allô ?

— Salut, Jimmy. Il paraît que tu étais dans nos murs. Tu aurais dû passer me saluer.

Le maire, Randall Finley.

— Désolé. Delia m'a dit que tu étais en réunion avec la conseillère en stratégie de ta campagne.

— Ouais. Maxine Woodrow. Un vrai canon, et en plus elle a un cerveau. Pas le genre d'association qui m'attire d'habitude.

Et il éclata de rire.

— Qu'est-ce que je peux faire pour toi, Randy ?

— Écoute, Lance a dû prendre un jour de congé maladie parce que tu lui as défoncé la moitié de la figure. Ce n'était pas si grave que ça, je suis sûr qu'il sera revenu demain, mais putain, j'aimerais vraiment que tu évites ce genre de truc. Ça me complique la vie.

— J'avais un compte à régler.

— J'en doute pas. Certains jours, je lui collerais bien moi-même une poêle à frire dans la tronche. Tu t'es servi de quoi, à propos ? Delia prétend que tu avais un arrosoir.

— C'est exact.

— Bordel de merde. Maintenant, les cocos vont vouloir que tout le monde déclare son arrosoir. Tout ce que je voulais dire, c'est que si tu fais un concours de raclées avec Lance, fais-le en dehors de mon terrain de jeux. Tu me suis ?

— Compris.

— T'as jamais envisagé que tu puisses avoir un petit problème ? Tu gardes tout pour toi, tu t'exprimes par monosyllabes, et de temps en temps tu pètes un câble. Je suis bien placé pour le savoir, ajouta Randall en gloussant.

— Je vais m'inscrire à un groupe de parole.

— Bravo.

Puis, adoucissant le ton :

— Dis donc, Cutter, à propos de ton gamin.

— Oui ?

— C'est une sacrée poisse. J'ai vu que tu as pris Bondurant. Bonne avocate, paraît-il, et plutôt un joli petit lot, aussi, même si ça ne t'intéresse pas particulièrement, toi.

— Pas vraiment, non.

— Écoute, tiens bon, d'accord ? Ce n'est pas possible que ton fiston ait pu faire ça.

Randall me prenait totalement au dépourvu. Il me fallut un moment pour trouver mes mots.

— Eh bien, merci.

— Bon. À plus, Jim.

Et le maire raccrocha.

— Qui c'était ? demanda Drew, qui avait rempli d'essence le réservoir d'une des tondeuses, et s'était donc trouvé à portée d'oreille durant tout ce temps.

— Le maire.

— On est censés tondre sa pelouse aussi ?

Avant que je puisse répondre, mon portable sonna de nouveau. Cette fois, je consultai le petit écran. C'était Ellen.

— On peut voir Derek, annonça-t-elle. Une demi-heure, à trois heures et demie.

— Tu as parlé à Natalie ? Elle en sait un peu plus sur cette boucle d'oreille ?

— Je l'ai vue rapidement, mais je n'ai aucune nouvelle. Elle nous rejoindra quand on ira voir Derek.

— Rien d'autre ?

Je me demandais si elle mentionnerait son déjeuner au Clover.

— Non, sauf qu'il va rester à peu près huit cent cinquante dollars sur notre plan d'épargne-retraite.

Je jetai un coup d'œil à ma montre.

— Je serai là-bas dans un quart d'heure environ, dis-je avant de raccrocher.

Drew assura qu'il pouvait se charger de ce jardin pendant que je me rendais à la prison de Promise Falls avec le pick-up. J'avais une allure à faire peur, mais personne ne sembla y prendre garde. Ellen et Natalie Bondurant m'attendaient déjà. On nous conduisit dans une petite pièce et on nous ordonna d'attendre qu'un gardien aille chercher Derek.

J'eus toutes les peines du monde à retenir mes larmes quand il entra. Pâle, de grands cernes sous les yeux, il avait les épaules voûtées, et un pansement sur le menton.

Ellen le serra en premier dans ses bras, puis je l'étreignis à mon tour avant que l'employé de la prison debout près de la porte nous réprimande, signalant que les contacts personnels étaient interdits.

Ellen désigna le pansement.

— Qu'est-ce qui t'est arrivé ?

— Un type m'a balancé contre un mur, répondit Derek.

— Un gardien ? demanda Natalie.

— Non. Un des prisonniers. Je me suis pas écarté assez vite de son chemin.

Je me tournai vers l'avocate.

— Qu'est-ce qu'on peut faire pour ça ? On ne peut pas réclamer une sorte de mesure de protection ou…

Elle m'interrompit d'un geste :

— Je vais m'en occuper. J'aimerais qu'on commence, maintenant. On a plein de choses à voir. Derek, déclara-t-elle en se penchant par-dessus la table étroite. Il y a quelques points qu'il nous faut régler.

— Comme quoi ?

— La police a trouvé une boucle d'oreille. Un signe de la paix. Ils sont en train de faire un test ADN, mais dis-moi tout de suite. Elle t'appartient ?

— Probablement.

— Tu l'as perdue quand ?

Il parut un peu perplexe.

— Je ne sais pas. Il y a deux ou trois semaines, je pense.

— Pas le soir où tu t'es caché au sous-sol ? Quand les Langley ont été assassinés ?

Il secoua la tête. Sur ce point, il semblait sûr de lui.

— Non, avant. Où est-ce qu'ils l'ont trouvée ?

Natalie, Ellen et moi échangeâmes des regards avant que l'avocate réponde.

— Dans la chambre des Langley. Entre les plis du couvre-lit.

Le regard de Derek vacilla.

— De plus, poursuivit-elle, on a découvert tes empreintes sur la commode.

— Bon, attendez. Il se peut que j'aie touché la commode le soir du meurtre.

Je pris la parole :

— Tu n'as pas dit à Barry que tu étais entré dans cette chambre.

Derek soupira, leva brièvement les yeux vers le plafond carrelé.

— Merde, j'y suis resté qu'une seconde. Je faisais juste un tour dans la maison, et je pense avoir touché ce meuble.

— Tu es sûr que tu n'as pas perdu la boucle à ce moment-là ? demanda Ellen.

Il garda un instant le silence.

— Non, pas à ce moment-là.

— Alors, à ton avis, comment est-elle arrivée dans cette pièce ? insista Natalie.

Les yeux de Derek commencèrent à s'emplir de larmes. Il jeta un coup d'œil à sa mère.

— Il faut vraiment qu'on aborde ça ?

— Oui, lui répondit Natalie.

— C'est que... c'est franchement dur d'en parler.

Ellen fit de son mieux pour lui adresser un sourire rassurant.

— Me Bondurant ne peut pas t'aider si tu n'es pas totalement honnête avec elle. Je sais que certaines choses peuvent être difficiles à dire en notre présence, et si tu préfères qu'on sorte...

— Non. Pas la peine. Et puis merde, de toute façon, vous le découvrirez bien tôt ou tard, au train où ça va ces derniers temps.

Attachez vos ceintures, songeai-je.

— Je... j'ai comme qui dirait couché avec Mme Langley, lâcha Derek.

Si Ellen et moi avions été seuls, il y aurait sans doute eu un long silence stupéfait. Mais Natalie enchaîna aussitôt avec ses questions :

— C'était quand, Derek ?

— Il y a trois semaines, à peu près.

— Une fois, ou plusieurs ?

— Une seule.

— Raconte-nous comment c'est arrivé.

Derek prit une grande inspiration.

— J'étais passé voir Adam. En fait, il était parti avec son père, au cinéma, je crois. Mme Langley m'a invité à entrer quand même. Ça lui arrivait souvent, comme si elle voulait quelqu'un avec qui bavarder, vous voyez ? Elle était toujours très gentille avec moi. Alors j'ai accepté, et elle m'a préparé un sandwich, a ouvert un paquet de chips, ensuite elle s'est assise avec moi à la table, à discuter de tout et de rien, et puis elle m'a interrogé sur ma petite amie, Penny, d'accord ?

Hochement de tête général.

— Après, Mme Langley a commencé à parler des gamins d'aujourd'hui, comme quoi ils sont plus éveillés sexuellement, et elle m'a demandé si je faisais attention à ce que la fille tombe pas enceinte, aux maladies et tout ça, et je lui ai dit que bon, techniquement parlant, euh, je ne l'avais encore jamais vraiment fait. (Il me regarda en coin, comme si je risquais d'être déçu, allez savoir.) J'ai dit que j'avais juste fait deux, trois trucs, hein, mais pas la chose réelle.

— OK, fit Natalie.

— Elle m'a demandé si ça m'angoissait, la façon dont la première fois se passerait, et j'ai dû répondre que oui, un peu, alors elle a dit qu'elle pourrait m'aider à me débarrasser de cette angoisse... (Il marqua une pause, comme s'il touchait au but.) Elle a dit que si je n'en parlais jamais à personne, elle... euh... pourrait me donner une leçon, que ce serait notre secret.

Nous avions été les voisins de Mrs Robinson[1].

— Alors vous êtes montés dans sa chambre, compléta Natalie Bondurant.

— Oui. Et elle... m'a montré.

— Elle t'a violé, corrigea Ellen.

Derek fit une grimace.

1. Référence à la chanson éponyme de Simon et Garfunkel, bande originale du film *Le Lauréat* (1968), dans lequel une femme mûre, Mrs Robinson, offre à un jeune homme sa première expérience sexuelle.

— Euh, pas vraiment, maman.

Natalie reprit :

— Derek. As-tu parlé de ceci à qui que ce soit ? Avant aujourd'hui ? Avant cet instant même ?

— Non. À personne. Absolument personne.

— Crois-tu que Mme Langley en aurait parlé à quelqu'un ? À ton avis, est-il possible que M. Langley l'ait appris d'une façon ou d'une autre ?

Il secoua la tête.

— Je pense qu'il m'aurait fait une réflexion.

— Ce n'est pas quelque chose qu'on peut prouver, observa Natalie. Et à présent on sait quel sera le résultat du test ADN sur cette boucle d'oreille. On aurait pu fournir une explication quelconque sur la manière dont elle est arrivée là, mais avec tes empreintes sur la commode, on sait que tu es allé dans cette pièce. L'accusation est probablement déjà en train de bâtir une théorie : Albert Langley a découvert que tu as couché avec sa femme, et il y a eu ce soir-là une sorte de confrontation, qui s'est terminée par la mort de toute la famille. La bonne nouvelle, c'est que...

— Parce qu'il y a une bonne nouvelle ? l'interrompis-je.

— C'est que ça reste fondé sur des présomptions, un tas d'hypothèses. Cela ne procure pas moins à l'accusation un bien meilleur mobile que nous ne le pensions.

— Je suis cuit, déclara Derek.

— Non, riposta Natalie Bondurant. On a du pain sur la planche, c'est tout.

Les yeux rougis, Derek se tourna vers sa mère :

— Je regrette, maman.

— On fait tous des erreurs, répliqua Ellen.

À qui le dis-tu, songeai-je.

— Je ne sortirai jamais d'ici, ajouta-t-il.

— Tu ne dois pas penser comme ça, protestai-je. Me Bondurant sait ce qu'elle fait. Chacun d'entre nous fait tout ce qu'il peut. J'ai besoin que tu sortes d'ici. Je ne peux pas tondre toutes ces pelouses sans toi.

Moi qui espérais lui arracher un sourire, c'était raté.

— Je suis désolé d'être un taré pareil, murmura-t-il.

— Tu n'es pas un taré, objectai-je.

Mais il hocha lentement la tête, le regard dans le vide.

— J'ai toujours été un taré. Je me suis mis dans ce merdier parce que je suis un taré. Même si, d'une façon ou d'une autre, maman et toi arrivez à me tirer de là, je finirai par faire une autre connerie, parce que c'est ce que je fais tout le temps. Des conneries, je suis bon qu'à ça.

Derrière nous, une porte grinça.

— C'est l'heure, annonça le gardien.

Natalie Bondurant sauta sur ses pieds, promit de nous tenir tous au courant et se dirigea vers la porte. Après quelques embrassades furtives, Ellen et moi l'imitâmes. Ellen était déjà sortie lorsque Derek me rappela :

— Papa ?

Je me retournai et nos yeux se croisèrent.

— Tu sais, tes tableaux ?

Interloqué, je fis :

— Ouais ?

— Je sais que tu as pensé à t'en débarrasser, mais je ne veux pas que tu le fasses.

— D'accord.

— Je les trouve vraiment très bons, poursuivit Derek. Je me demande si je te l'avais déjà dit.

Je ne savais que répondre.

— Si je dois rester ici, s'ils me gardent longtemps en prison, par exemple, pendant quelques années ou plus, tu crois qu'on me laisserait en accrocher un dans ma cellule ?

Je réussis à me retenir jusqu'au moment de remonter dans mon pick-up, hors de la vue d'Ellen.

25

Ce soir-là, ils vinrent pour nous.

Après notre visite à Derek, la journée en elle-même se termina sans histoires. Drew me demanda comment ça s'était passé, mais je ne pus me résoudre à en parler.

Sur notre dernier chantier, Drew eut du mal à faire démarrer une des tondeuses à bras. Il s'escrima à tirer sur le cordon, à pousser le bouton d'amorce, tira encore, et finit par se demander s'il n'avait pas noyé ce fichu moteur avant de tirer une dernière fois.

Si fort qu'il se retrouva soudain avec un bon mètre de cordon dans la main.

— Ah, merde ! s'exclama-t-il tandis que je m'approchais.

— Pas grave.

Il fit tournoyer le cordon comme une corde à sauter.

— Je suis désolé. Ç'a tout simplement lâché.

— Ne vous inquiétez pas.

— Je pourrais la réparer. Démonter le mécanisme, voir ce que j'ai cassé, enfin, si j'avais les bons outils.

— Il y a ce qu'il faut dans la remise, dis-je. Je peux m'en occuper.

— Si vous voulez, je pourrais passer ce soir, après... après avoir fait dîner ma mère. Vous avez assez de soucis comme ça, Jim, pour ne pas avoir à réparer mes bêtises en plus.

— Bon, alors d'accord.

Je lui indiquai notre adresse, mais j'estimai qu'il avait le droit d'être prévenu.

— Il y a un véhicule de police, juste avant, qui garde la maison des Langley. Il se peut qu'on vous interroge avant de vous laisser passer jusque chez nous.

Encore qu'ils n'aient pas été fichus d'intercepter Penny lorsqu'elle était venue – à deux reprises.

— Aucune importance, assura Drew.

— Si vous y arrivez, super. Sinon, ne vous inquiétez pas pour ça.

Plus tard, alors que je le déposais, il me rappela son projet.

— Je passerai, si maman n'a pas besoin de moi. Ça risque d'être bien après le dîner.

— Drew, de toute façon, c'est sympa de votre part.

Il resta sur le trottoir à me suivre des yeux tandis que je m'éloignais, et en tournant à l'angle, je le vis dans le rétroviseur me faire un petit signe d'adieu.

Lorsque je m'engageai dans notre allée, le ruban jaune autour de la maison des Langley avait été retiré, et le véhicule si longtemps en faction devant était en train de partir.

Je baissai ma vitre pour parler au flic. C'était le même jeune homme, ou presque, depuis les meurtres.

— C'est terminé ?

— Je n'ai plus à garder l'endroit en tant que scène de crime, répondit-il. L'affaire est plus ou moins bouclée. Avec l'arrestation qu'il y a eue et tout ça.

Il évitait de croiser mon regard.

— Bon, OK, fis-je avant de continuer jusque chez moi.

Je dus déverrouiller la porte. Ellen restait sur ses gardes, tout comme moi, et fermait à clef. Elle était rentrée quelques minutes plus tôt avec une pizza pepperoni-fromage, encore chaude dans son carton. Je me laissai tomber sur une des chaises de la cuisine, totalement vidé.

— Tu as disparu assez vite après qu'on a quitté Derek, lança-t-elle.

Impossible de lui avouer que j'étais sur le point de m'effondrer et que je ne voulais pas qu'elle voie ça.

— Il fallait que je retourne auprès de Drew, me défendis-je.

Ellen sortit des assiettes. Quels qu'aient été les chambardements dans notre vie ces derniers temps, il n'était pas question de manger notre pizza à même la boîte.

— J'ai appris que tu avais fait un saut à l'hôtel de ville aujourd'hui, reprit-elle.

Je relevai les yeux.

— Qu'est-ce que tu as entendu dire, exactement ?

— Que tu as cabossé notre arrosoir.

— Je peux le redresser en quelques coups de marteau.

— Jim, franchement, faire ça, essayer de rendre la monnaie de sa pièce à Lance, ne va pas arranger les choses.

— Tu as sans doute raison. N'empêche que je me suis senti mieux un bref instant.

— Et s'il décide de porter plainte ?

— Sûrement pas après ce qu'il m'a fait. Mais il pourrait tenter de prendre sa revanche.

— Super, commenta Ellen en enlevant un morceau de poivron vert échoué par erreur sur notre pizza.

— Et toi ? Qu'est-ce que tu as fait avant qu'on voie Derek ?

La question sous-jacente était où elle avait déjeuné, si elle avait rejoint quelqu'un.

— Principalement j'ai été à la banque ou ici, répondit-elle. Ensuite, j'ai fait deux, trois courses après l'avoir vu, et j'ai pris la pizza sur le chemin du retour. Je n'avais pas la tête au dîner.

Sans compter, complétai-je in petto, qu'elle avait fait un bon déjeuner en compagnie de Conrad. Enfin, vraisemblablement en compagnie de Conrad. Il arrivait à Illeana de conduire l'Audi.

Je décidai de laisser courir, du moins dans l'immédiat. Peut-être qu'une partie de moi-même n'avait pas envie de savoir. Des complications supplémentaires étaient au-dessus de mes forces. Après tout, elle travaillait toujours pour lui, et si elle avait le droit de le retrouver à Thackeray, je suppose qu'elle avait aussi celui de le retrouver au Clover.

Ellen picorait sa pizza.

— Je n'ai pas faim, déclara-t-elle. Je n'arrête pas de penser à Donna Langley. Je n'arrive pas à croire ce qu'elle a fait.

Même si Donna avait une fois, longtemps auparavant, tenté de m'attirer dans son lit, moi aussi je trouvais son comportement avec notre fils difficile à comprendre.

— Je... je ressens une telle colère à son égard, poursuivit Ellen. Tu vois, j'aurais aimé pouvoir me précipiter là-bas, lui dire ce que je pense d'elle.

— Quels que soient les péchés qu'elle a pu commettre, elle a payé, à présent.

Après le repas, je m'assis sur le canapé, mis les infos et m'endormis sans m'en rendre compte. J'étais K-O. C'était le prix de trois nuits quasi blanches.

Je rouvris les yeux vers vingt heures. Ellen, installée en face de moi, me sourit, pour la première fois depuis plusieurs jours.

— Tu as ronflé comme un sonneur, m'apprit-elle.

Je me levai avec précaution.

— Mince, je me suis éteint comme une bougie qu'on a mouchée.

— J'ai moi-même piqué du nez un moment. On devrait aller se coucher tous les deux, faire une bonne nuit de sommeil.

— D'accord. Mais je vais d'abord sortir vérifier la remise, que tout est bien fermé. On n'a plus de flics dans l'allée, tu sais.

— Ah bon ? s'étonna Ellen, visiblement inquiète.

— Ils ont plié bagage.

— Le gars était pourtant là quand je suis rentrée.

— Il est parti juste après. Pour la police, l'affaire est réglée, tu comprends.

— Non, rétorqua Ellen sur un ton de défi, elle ne l'est pas.

Après lui avoir montré un pouce renversé, je sortis par la porte de la cuisine, la verrouillant derrière moi afin qu'Ellen soit en sécurité. Mon pas manquait de ressort, tandis que je marchais jusqu'à la remise. Je traînais des pieds. Le jour déclinait, la nuit tomberait dans environ une demi-heure. Cela me laissait le temps de faire certaines choses, préparer du matériel, établir des factures, mais je n'avais que la force de tout fermer à clef.

Ils me tombèrent dessus au moment où je franchissais le seuil. Surgissant de ma droite, une ombre, puis le coup de poing.

Suivi d'un trou noir.

Je ne dus pas rester dans les pommes si longtemps, car lorsque je revins à moi, il restait encore un peu de lumière dehors. Le monde au-delà de la remise était d'un gris frisant le noir. Cela n'avait peut-être duré qu'une minute ou deux. Assez pour qu'on me ligote dans un vieux siège de bois qui se trouvait là.

Même avant de commencer à évaluer ma situation, j'étais conscient d'avoir les doigts de la main droite très douloureux. D'autres parties de mon corps faisaient mal, bien sûr. La tête m'élançait. Mais j'éprouvais une sensation de pincement et de gêne aux doigts de cette main.

Je fis tourner ma tête, voulus parler, et je me rendis compte que ma bouche était bloquée par du scotch. En baissant les yeux, je m'aperçus qu'un épais ruban adhésif m'enveloppait juste sous les épaules, ainsi qu'autour du torse. Comme je ne pouvais pas bouger les jambes, ni les voir en dessous des genoux, je supposai qu'elles avaient été fixées au siège de la même façon.

De l'adhésif maintenait également ma main gauche à un barreau du dossier. Il me fallut cligner deux ou trois fois des yeux avant de comprendre ce que l'on avait fait à ma main droite.

Elle n'était pas attachée à la chaise. Elle était scotchée à mon taille-haie, lequel était posé sur mes genoux. Impossible de distinguer mes doigts ni ma main, tant il y avait d'adhésif autour.

J'étais à présent pleinement conscient de ce qui m'attendait.

Mes doigts avaient été coincés dans les ouvertures de l'outil, celles que les lames traversent à la vitesse de l'éclair quand on presse la manette. Puis entourés de scotch pour les maintenir en place. En une fraction de seconde, ils seraient tranchés probablement au ras des premières jointures. Les lames avaient beau ne pas être conçues pour traverser de l'os, je ne doutais guère qu'elles y parviendraient. J'avais taillé beaucoup de buissons avec cette machine, hachant des petites branches de plus d'un centimètre de diamètre.

Ces lames pénétreraient dans la chair comme dans du beurre.

Une fois ma situation évaluée, je suivis des yeux la rallonge jaune fichée à l'arrière du taille-haie. Elle courait sur le sol, d'où elle s'élevait d'une énorme bobine, tel un serpent devant son charmeur. De la base sortait un fil électrique allant vers le mur. De ma position, il était impossible de voir s'il était branché ou pas.

— Eh, la Belle au bois dormant est réveillée, constata quelqu'un.

— Aaah, chouette, renchérit quelqu'un d'autre.

Les voix venaient de derrière moi, et je tournai la tête d'un côté, puis de l'autre, pour tenter d'apercevoir à qui elles appartenaient. Ce n'était pas la peine. Leurs propriétaires vinrent se poster devant moi.

Leur visage était dissimulé par des bas en nylon. À mon avis, ils ne les avaient enfilés qu'en me voyant remuer, car tous deux étaient en train de tirer dessus. Leurs visages étaient écrasés et déformés sous le collant, je remarquai néanmoins que l'un avait les cheveux sombres, bruns ou noirs, tandis que l'autre était complètement chauve.

— Merde, râla le brun. Fait trop chaud pour ces sales trucs.

— Essaye de tenir le coup, rétorqua le chauve, avant de s'adresser à moi : Alors, trouduc, comment tu te sens ? T'as pas dormi tant que ça, hein.

Je levai la tête afin de déceler l'expression de leurs yeux cachés. Je me demandai s'ils lisaient la peur dans les miens.

Sentant la panique m'envahir, je songeai soudain : Où est Ellen ? Je ne sais pas si, même sans ce scotch sur la bouche, je leur aurais posé la question, au cas où ils auraient ignoré qu'elle se trouvait dans la maison.

À ce moment-là, comme s'il était capable de traduire mes regards inquiets en paroles, le chauve annonça :

— Ta meuf va bien, Cutter. Elle est à la maison, ligotée comme toi, sauf qu'elle a pas la main attachée à un taille-haie.

— Ç'aurait été plus facile, pourtant, observa le brun. Ses doigts sont plus petits, donc moins durs à coincer dedans.

Le chauve haussa les épaules.

— Pas grave. On devrait pouvoir tirer ce qu'on veut de celui-ci.

Ils m'avaient sans doute pris mes clefs, ou avaient entourloupé Ellen d'une façon ou d'une autre pour qu'elle leur ouvre. Je tentai de situer les voix, de savoir si je les avais déjà entendues, sans avoir l'impression de les reconnaître. Les deux hommes pétaient la forme. Minces, un bon mètre quatre-vingts, vêtus de tenues décontractées en bon état. Jeans visiblement coûteux, chemise Lacoste ornée du petit crocodile vert pour le chauve. L'autre type portait un T-shirt noir tout simple, aux manches assez courtes pour révéler des biceps bien toniques et le bas d'un tatouage, sur le bras droit, qui ressemblait à l'extrémité d'une lame de poignard.

J'essayai de me rappeler si j'avais déjà vu Lance torse nu – c'était a priori peu probable – et, si oui, s'il avait un tatouage de ce genre. Si je l'avais vu, je m'en serais sûrement souvenu. Ce type avait à peu près la même taille et la même carrure que Lance, et si son visage était abîmé par une collision avec un arrosoir, le collant sombre m'empêchait de le distinguer. Les quelques mots qu'il avait prononcés ne me faisaient pas penser sur-le-champ au chauffeur du maire mais, pour des raisons évidentes, je l'avais à l'esprit.

— Tu as remarqué qu'on a l'avantage sur toi, reprit le chauve.

Il se pencha vers le taille-haie et le souleva, ce qui entraîna également ma main. Je voulus reculer le bras, mais ne réussis qu'à tirer l'outil avec.

— Ttt-ttt, tu ferais mieux de rester tranquille, me conseilla l'homme.

Il saisit la poignée, fit voleter son doigt au-dessus de la manette.

— Alors, je t'explique. Je touche ce machin, ne serait-ce qu'une fichue fraction de seconde, et tous tes bouts de doigts se détachent.

Je sentais des gouttes de sueur dégouliner sur mon front. L'une d'elles atteignit mon œil droit, et le sel me brûla horriblement. Je battis plusieurs fois des cils.

— Ça va tout dégueulasser, poursuivit le chauve. Et je serai franc avec toi : je déteste la vue du sang. Le bon côté de la chose, c'est que tu as tellement de scotch autour de la main que je le verrai pas gicler partout.

— Putain ! s'exclama le brun, qui avait observé ma main mais détourna alors les yeux. Ça fera un mal de chien.

Il glissa un doigt sous le nylon et se gratta la nuque.

— La vache, qu'est-ce que ça tient chaud ! On pouvait pas juste lui bander les yeux pour éviter de porter ces trucs ?

— Je pense que ce sera plus facile de persuader M. Cutter de nous aider s'il peut voir ce qu'on a l'intention de lui faire.

J'émis des sons sous mon bâillon adhésif.

— Qu'est-ce que tu dis ? railla le chauve. Tu sais pas encore ce que je vais te demander, mais t'es déjà prêt à parler ?

J'opinai lentement. Il lâcha la poignée du taille-haie et arracha le scotch de ma bouche. Ce fut une véritable torture, mais je retins le cri entre mes dents serrées.

— Espèce de sale ordure, lançai-je. Si tu as touché à un seul cheveu de ma femme, je jure devant Dieu que je te buterai.

La bouche difforme du chauve sembla se muer en rictus.

— Allô, la Terre ? Tu piges dans quelle situation tu te trouves ou quoi ? Tu crois que t'es en position de menacer ? Je dois peut-être te mettre tout de suite les points sur les *i*.

Et il agrippa de nouveau la poignée, plaça ses doigts sur la manette et appuya.

— Mortie, merde ! s'écria le brun au tatouage.

— Non ! hurlai-je en même temps.

Par réflexe, je tentai de reculer ma main, ce qui ne fit que rapprocher le taille-haie. Le chauve maintenait toujours solidement l'outil, les doigts sur la détente.

Il ne se passa rien.

Le taille-haie ne produisit aucun son. Mes doigts, hormis la douleur due au fait d'être coincés entre les dents de la machine, ne sentirent rien.

Le chauve laissa tomber l'appareil sur mes genoux et éclata de rire.

— Oh, putain ! gloussa-t-il en faisant un pas en arrière, plié en deux, les mains sur ses cuisses, sans cesser de se gondoler. Ça valait le coup ! Tu aurais dû voir ta tronche !

— Nom d'un chien, tu m'as flanqué une sacrée trouille aussi, protesta son complice.

Le chauve réussit à se calmer, poussa encore deux ou trois mugissements excités, puis s'avança vers le mur, où la rallonge jaune disparaissait derrière des cartons. Il les écarta à coups de pied, exposant la prise électrique aux regards, ce qui me permit de constater que le fil n'avait pas été branché.

Il s'agenouilla, saisit l'extrémité du câble et la fourra d'un geste ferme dans la prise.

Ensuite, il revint vers moi en se frottant les mains, toujours hilare sous son masque. Il empoigna le taille-haie, le souleva, ainsi que ma main, à hauteur de sa ceinture, et déclara :

— La prochaine fois, ce sera pour de vrai.

26

— Maintenant, revenons à nos moutons et causons, dit le chauve, celui que je savais désormais se prénommer Mortie, à en croire son acolyte. J'ai deux ou trois trucs à te demander.

— Quoi ?

Mes doigts transpiraient sous l'adhésif.

— Tu as une copie d'un certain bouquin. Sur une disquette. Je me trompe ?

Je ne répondis rien.

— Je sais pas si tu en as fait une sortie papier depuis, ou si ça se trouve sur une disquette, ou deux disquettes, je m'en fous, mais on la veut.

— OK, fis-je, réfléchissant à toute vitesse. Vous pouvez l'avoir. Mais je veux d'abord vérifier que ma femme va bien. Je ne vous dirai pas où est cette disquette avant d'avoir constaté qu'elle est saine et sauve.

Mortie s'esclaffa :

— Ah non, mon pote, tu vois, parce que…

Je l'interrompis au milieu de sa phrase :

— Je. Veux. Voir. Ma. Femme.

— Ce que j'essaye de t'expliquer, connard, répliqua-t-il en déplaçant le taille-haie, c'est que t'es pas en position de négocier.

Je rassemblai tout le courage que je pus, compte tenu des circonstances.

— Je me fiche que vous me coupiez tous les doigts et tous les orteils. Vous pouvez me couper la bite et la bouffer si ça vous chante, je ne vous dirai rien tant que je n'aurai pas vu si ma femme va bien.

Mortie pesa le pour et le contre puis se tourna vers son comparse.

— Va chercher sa bonne femme, ordonna-t-il.

— Faut que je retire ce truc de ma tête, prévint l'autre. Juste une minute ou deux. Après j'irai la chercher.

Il quitta la remise et mon champ de vision tout en ôtant le collant de son visage.

— Oh, punaise, l'entendis-je s'exclamer.

Sa voix ne me rappelait pas Lance. De plus, pourquoi Lance aurait-il voulu cette disquette ?

— Vous devez commencer à avoir chaud aussi, fis-je remarquer à Mortie.

— La chaleur ne me dérange pas.

— Alors comme ça, c'est Conrad qui vous envoie.

— Ta gueule.

— Je n'aurais jamais cru qu'un président d'université sache où trouver des gens qui font votre genre de boulot.

— Ta gueule, je t'ai dit. Tu veux que j'appuie sur ce machin ? ajouta-t-il en agitant son index autour de la manette du taille-haie. Laisse-moi te poser une question. Tu veux que je rassemble tes bouts de doigts dans un sachet à sandwich, par exemple, pour que tu puisses les emporter à l'hosto par la suite ?

Je n'avais rien à répondre. Et durant près de deux minutes, aucun de nous n'adressa la parole à l'autre. Finalement, Mortie soupira :

— Nom d'un chien, je commence quand même à avoir chaud !

Il sortit et fit quelques pas sur le côté du bâtiment, sans doute pour ôter son bas sans que je puisse le voir.

Je parcourus des yeux l'endroit où je me trouvais, ma propre remise, cherchant une inspiration quelconque, une idée pour parvenir à me libérer. Mais ils m'avaient solidement attaché au siège, et même si mon bras droit n'était pas fixé dessus, il ne me servait à rien, avec ma main scotchée au taille-haie.

Lorsqu'il devint clair que je ne pouvais pas m'échapper, je me mis à réfléchir à d'autres plans. En supposant qu'ils amènent Ellen et qu'elle aille bien, que ferais-je ensuite ?

Parce que je n'avais pas la disquette. Je l'avais confiée à Natalie Bondurant.

Quelle était la meilleure façon de jouer cette partie ? Leur dire que je n'avais pas la disquette mais que je pouvais aller la leur chercher ? Cela me ferait-il gagner du temps ou bien nous tueraient-ils simplement tous les deux ? En tout cas, les Langley n'avaient pas réussi à s'en sortir vivants, eux, et, pour autant que j'avais pu l'établir, ils avaient remis l'ordinateur.

Ce qui m'inquiétait vraiment, c'était que nous connaissions le contenu de la disquette, et j'étais certain que Mortie et son copain le savaient, parce que j'avais ramené ma grande gueule auprès de Conrad. Donc, même si nos ravisseurs parvenaient à partir avec la disquette, nous risquions encore de parler. Nous pouvions toujours nuire à la réputation de Conrad, dire aux gens qu'il avait volé son best-seller à l'un de ses étudiants.

Sans preuve, quelle crédibilité aurions-nous ?

Je pouvais prétendre que la disquette se trouvait sur le bureau de Derek, près de son ordinateur. Il devait y en avoir des dizaines là-haut. Ils n'auraient qu'à les emporter toutes, avec l'illusion qu'ils avaient ce qu'ils voulaient. Mais rien ne garantissait qu'ils ne nous tueraient pas malgré tout.

Mortie revint à l'intérieur, le visage camouflé.

Je lui lançai :

— Je suppose qu'en prenant l'ordinateur chez les Langley vous avez cru vos problèmes réglés. Vous n'avez pas besoin de nous supprimer comme eux. On ne dira rien. On s'en fiche. Parole d'honneur, on n'en a plus rien à foutre.

Mortie me lorgna du coin de l'œil, comme s'il était perplexe.

— La ferme. Ta femme arrive dans deux secondes.

Au-dehors, j'entendis la porte de la cuisine claquer, puis des pas sur le gravier. Quelques instants plus tard, le brun apparut sur le seuil, masque en place, traînant Ellen derrière lui.

Elle était vivante. Ce fut un sacré soulagement. Il ne dura pas, lorsque je vis à quel point elle avait peur.

Ils lui avaient lié les poignets par-devant, puis attaché le corps avec du ruban adhésif au niveau des coudes et autour de la tête, par-dessus la bouche. Des bouts de scotch étaient collés sur son jean à hauteur des chevilles, manifestement déchirés pour lui permettre de marcher jusqu'ici.

La terreur lui agrandissait les yeux, et je pouvais jurer qu'elle avait pleuré.

— Tout va bien, mon cœur, lui dis-je. Ils t'ont fait du mal ?

Elle secoua nerveusement la tête d'un côté et de l'autre.

— Tant mieux.

Je la voyais observer ma main, la manière dont elle était attachée au taille-haie, et son regard parut s'élargir davantage encore. Elle suivit des yeux le fil électrique jusqu'à la prise sur le mur.

— Bon, enchaîna Mortie. Ta bonne femme est là, et comme tu peux le constater, elle est en pleine forme. Alors, où est la disquette ?

— Tout d'abord, il existe quelques pages imprimées du truc que vous cherchez. Je suis presque sûr qu'elles sont en haut, dans notre chambre. Sur la table de chevet. Pas vrai, chérie ?

Ellen opina.

— OK. Va voir, ordonna Mortie à son acolyte.

— D'ac ! fit celui-ci, visiblement ravi de cette occasion d'enlever le collant étouffant de sa tête. Et elle, qu'est-ce qu'on en fait ?

— Elle est très bien ici avec moi, répliqua Mortie, qui indiqua à Ellen d'aller se mettre contre le mur du fond. Reste là. Si tu bouges, je te tombe dessus dans la seconde.

J'entendis une porte s'ouvrir et se refermer. Le brun était à présent dans notre maison.

Ellen se plaça dos au mur. Mortie se posta à peu près à mi-chemin entre elle et moi.

— Et maintenant, la disquette ? demanda-t-il.

— Je ne l'ai pas, admis-je.

Il inclina sa tête masquée.

— Pardon ?

— Je ne l'ai pas. Pas ici.

— Me raconte pas de salades, tu veux.

— Mais je peux la récupérer, ajoutai-je précipitamment. Elle est en sécurité. Je l'ai donnée à quelqu'un.

— En sécurité où ça ?

Dehors, dans l'obscurité, il me sembla voir une ombre bouger entre la remise et la maison. Si le copain de Mortie se trouvait chez nous, de qui s'agissait-il ?

— Je l'ai confiée à une personne.

— Qui ?

Mortie avait l'air totalement fumasse.

— Je l'ai confiée à l'avocate de mon fils, répondis-je, supposant qu'au point où on en était la vérité valait aussi bien. Simplement pour qu'elle la mette en sécurité. Je ne pense pas qu'elle l'ait examinée. Je ne lui ai pas dit de le faire. Si je la lui demandais, elle me la rendrait tout de suite.

Mortie tapota le sommet de son crâne, réfléchissant.

— Comment on est censés se démerder avec ça ?

— Relâchez ma femme. Vous me gardez ici. Elle peut aller voir notre avocate, récupérer la disquette, et une fois de retour avec, on vous la remet et vous reprenez la route.

— Alors c'est ça, ton plan, railla Mortie. On laisse ta femme faire le coursier. Et pendant son absence, elle appelle la police.

En mon for intérieur, je l'espérais de toutes mes forces.

— Tu ne ferais jamais cela, n'est-ce pas, chérie ? lançai-je en regardant Ellen.

Elle secoua la tête.

— Ah ! me voilà convaincu, riposta Mortie. Et qu'est-ce que tu penses de ça, plutôt : on la garde, et on t'envoie chercher la disquette. Je suis certain que tu ne voudrais pas qu'il lui arrive quoi que ce soit. On pourrait lui scotcher la main au taille-haie aussi facilement qu'à toi.

À l'extérieur, j'aperçus de nouveau l'ombre traîner autour de mon camion. Puis elle disparut. Mon pouls s'accéléra.

— Quoi ? fit Mortie en jetant un coup d'œil par-dessus son épaule. Il est déjà revenu ?

Lui au moins avait assez de jugeote pour ne pas citer le prénom de son comparse, mais il ne s'était manifestement pas aperçu que le sien avait été prononcé plus tôt.

Mortie s'avança vers la porte, scruta l'obscurité, puis haussa les épaules et rentra. Cette fois, au lieu de se mettre entre Ellen et moi, il se rapprocha nettement de moi. Après tout, j'étais celui dont il attendait des réponses.

— Euh, je trouve ton plan pas, comment on dit déjà ? reprit-il. Pas viable. Une fois que j'aurai lâché ta femme, quoi qu'elle en dise, elle rameutera les flics. Sauf si c'est la plus grosse abrutie de la terre. J'ai une meilleure idée. Donne-moi le nom de l'avocate.

Je voulais éviter ça. Et je me rendais compte que j'avais déjà commis une erreur en lui révélant que la disquette était en sa possession. Même s'il ne lui faudrait pas longtemps pour découvrir son nom – on ne parlait que de ça aux infos depuis deux jours –, je craignais, si je le lui communiquais maintenant, qu'il ne se précipite chez Natalie Bondurant au cœur de la nuit et, au besoin, la tue pour obtenir cette disquette.

Du coin de l'œil, je vis qu'Ellen se déplaçait petit à petit le long de la paroi de la remise. Si lentement que c'était quasi imperceptible. Elle se tenait dos au mur, gardant en permanence les yeux sur nous. Toutes les cinq secondes, Mortie regardait dans sa direction, mais comme elle ne faisait aucun mouvement rapide, il ne remarqua pas qu'en deux minutes, elle avait parcouru cinquante centimètres.

— Je t'ai posé une question, trouduc, me relança-t-il.

— Puisque je vous dis qu'on peut récupérer la disquette. Peu importe qui est l'avocate.

— Bon. J'en ai marre.

Et il s'empara du taille-haie posé sur mes genoux, une main sur la poignée, l'autre sur la manette de démarrage.

— Ce qui va être coton pour toi, poursuivit-il, c'est de trouver des gants. Il va falloir t'en dégotter une paire avec l'un plus court que l'autre. J'imagine que tu pourrais juste enfiler le gant, remettre ta main dans cette bécane, l'allumer, et il sera taillé sur mesure.

— Attendez ! hurlai-je, tortillant mes doigts sous l'adhésif, essayant de les dégager des rainures pour éviter que les lames ne les happent. Écoutez-moi !

— Ras le bol, riposta Mortie, qui s'apprêtait à presser la manette.

Je retins mon souffle, espérant qu'Ellen atteindrait la prise à temps. Juste au moment où il resserrait les doigts, je la vis du coin de l'œil se laisser tomber au sol. Si elle avait eu les mains liées dans le dos, il lui aurait fallu chercher la prise à tâtons, ou tenter de l'arracher avec les pieds, mais elles étaient attachées devant. Lorsqu'elle fut à genoux, elle se pencha tout près du mur, posa les doigts sur la prise et tira.

Elle coupa le courant à l'instant précis où il se transmettait aux lames du taille-haie. Je les sentis se mettre à vibrer, mais elles s'arrêtèrent avant d'entamer leur cycle de va-et-vient. Les extrémités de mes doigts se trouvaient encore plus pincées qu'auparavant, mais j'étais pratiquement certain qu'elles étaient toujours accrochées au reste de mon corps.

— Qu'est-ce qui… ? protesta Mortie.

Il pressa deux ou trois fois la manette, puis pivota et découvrit l'origine du problème.

— Espèce de salope ! vociféra-t-il d'une voix pleine de rage.

Il rejeta le taille-haie sur mes genoux et avança vers Ellen, toujours agenouillée au pied du mur, la mine terrifiée.

— Laissez-la tranquille ! criai-je. Stop !

C'est alors que Drew Lockus se rua dans la remise.

Il brandissait une pelle, un des outils que je laissais à l'arrière du camion, et en s'approchant de Mortie, il la balança comme une batte de base-ball sur le côté de sa tête.

La plaque de la pelle résonna tel un diapason.

Mortie tomba aussitôt, s'écroulant par-dessus la tondeuse que Drew avait cassée l'après-midi.

— Drew ! m'exclamai-je. Mon Dieu, Drew !

Je pensais que Mortie tenterait de se relever, au moins de remuer un tantinet. Mais il ne bougeait pas. De là où je me trouvais, il ne semblait même pas respirer.

Drew se tint au-dessus de lui, l'air un peu sidéré, comme s'il avait du mal à croire ce qu'il venait de faire à Mortie et à l'absence de réaction de celui-ci.

— Nom de Dieu, murmura-t-il, sans quitter sa victime des yeux.

— Drew ! Il y en a un autre dans la maison !

Voilà qui le réveilla. Alors qu'il détournait le regard de Mortie, le brun s'encadra dans la porte de la remise, une liasse de feuilles à la main. Malgré le bas tiré sur son visage, il se rendit compte sur-le-champ que les choses, de son point de vue, avaient pris une mauvaise tournure.

Il lâcha les feuilles et détala comme un lapin. Drew se redressa précipitamment et agrippa la pelle dont il s'était servi pour cogner Mortie, mais en se retournant, la plaque se prit dans la poignée de la tondeuse et s'arracha de sa main. Il trébucha, puis se pencha pour la ramasser, mais à ce moment-là, l'autre gars avait disparu dans la nuit.

Drew lui courut après malgré tout.

Gigotant avec frénésie, je tordis mes doigts emprisonnés dans tous les sens et réussis à les extraire des dents du taille-haie. Je devais maintenant essayer de me débarrasser du ruban adhésif.

En même temps, je tentais de libérer ma main gauche fixée au siège. La première que je parviendrais à dégager m'aiderait pour l'autre.

À présent debout, Ellen vint se placer devant moi. Les doigts de ses mains entravées étant libres, elle s'en servit pour décoller l'adhésif sur le taille-haie. Bien qu'il fût désormais débranché, elle paraissait craindre qu'il ne se mît en route par magie. Et j'éprouvais moi aussi la même peur irrationnelle.

Drew revint quelques instants plus tard.

— Je n'ai pas pu le rattraper, annonça-t-il, hors d'haleine. Il est monté dans sa voiture et a fichu le camp.

Ellen délivra enfin ma main et je la tendis vers son visage afin de détacher avec douceur le scotch de sa bouche.

— Oh, Jim, gémit-elle. Oh, mon Dieu.

Drew nous aida tous deux à ôter le reste du ruban adhésif. Je mis mes bras autour d'Ellen, l'étreignis un moment, puis je tapai sur l'épaule de Drew.

— Je suis venu réparer la tondeuse, dit-il.

27

Mon premier geste fut de vérifier qu'Ellen n'avait rien. Lorsque je lui fis part de mon intention d'appeler une ambulance, elle refusa, assurant que c'était inutile. Elle était secouée, mais pas blessée physiquement. Mon état l'inquiétait davantage. Si ma main était intacte, j'avais tout de même pris un coup sur la tête. Je ne comptais cependant pas déranger la police pour si peu.

— Comme j'allais m'engager dans votre allée, j'ai remarqué qu'une voiture en bloquait l'accès au bout, expliqua Drew. J'ai pensé que c'était le flic dont vous m'aviez parlé, mais ça ne ressemblait pas à un véhicule de police. Alors j'ai laissé ma bagnole sur le bas-côté et je suis venu à pied. À ce moment-là, j'ai vu l'autre type, celui qui a fichu le camp, qui faisait traverser le jardin à cette dame, ligotée, et j'ai compris qu'il se passait quelque chose de louche.

Je me rendis compte que nous n'avions pas vraiment eu le temps de faire les présentations.

— C'est Drew, dis-je à Ellen. Le gars qui travaille avec moi depuis aujourd'hui. Drew, voici ma femme, Ellen.

Ils se serrèrent la main, puis Ellen le prit en toute simplicité dans ses bras.

— Merci, articula-t-elle d'une voix tremblante.

Par-dessus l'épaule d'Ellen, Drew baissa les yeux vers Mortie. Du sang avait coulé de son crâne à travers son masque de nylon et dégoulinait sur la tondeuse.

— Je crois que je l'ai tué, constata-t-il.

Ellen le relâcha et regarda l'homme à son tour.

— Mon Dieu, je l'espère, répliqua-t-elle.

— Non, murmura Drew. Ce serait très grave.

Je m'agenouillai à côté de Mortie, glissai un doigt hésitant sous le bas imbibé de sang et le retirai de son visage. Puis je me rapprochai. Ses yeux, bien qu'ouverts, étaient vides, et je ne percevais aucune respiration.

— Chérie, tu devrais quand même appeler une ambulance. Il est mort à mon avis, mais il vaut mieux téléphoner.

— Je dois partir d'ici, annonça Drew.

— Inutile de vous inquiéter. Vous nous avez sauvé la vie. Vous avez fait ce qu'il fallait.

— Vous ne comprenez pas, répliqua-t-il calmement. Je sors tout juste.

— Pardon ? fit Ellen.

— Je sors tout juste de prison. Avec un truc pareil, on va m'y renvoyer à coup sûr.

— Certainement pas lorsque j'aurai expliqué à la police ce qui s'est passé, objectai-je. Vous avez deux témoins. Ellen et moi leur dirons ce que vous avez fait. Drew, vous êtes un héros. Vous avez dégommé celui-ci, et chassé l'autre.

Il écoutait, sans avoir l'air convaincu.

— Les flics s'en ficheront pas mal, avec un casier judiciaire.

Ellen lui effleura le bras.

— Drew, vous avez bien agi. Nous vous soutiendrons à cent pour cent.

Toujours sceptique, il rétorqua :

— Vous ne les connaissez pas. Si les flics ont une excuse pour vous coffrer de nouveau, ils le font. (Il se tourna vers moi.) Vous ne pourriez pas prétendre que c'est vous ? Que vous vous êtes libéré, et comme il attaquait votre femme, vous avez pris la pelle pour le frapper ? Ils le comprendraient. Et votre femme témoignera. Sans casier, ils vous en feront pas voir de toutes les couleurs, comme à moi.

Il nous avait sauvé la vie. Cela rendait la situation deux fois plus difficile.

— Drew, les policiers finiront par découvrir la vérité. Ils trouveront une faille quelconque dans notre récit, et ensuite, quand ils auront reconstitué la scène, compris que vous étiez impliqué, et qu'on a essayé de le cacher, ce sera encore pire pour vous. Pour nous trois, mais surtout pour vous, avec votre casier judiciaire et tout le reste.

Il eut beau acquiescer, l'air grave, je savais que nous ne l'avions pas persuadé.

— Je ne sais pas quoi dire, soupira-t-il.

— Et il y a plus, Drew. Il me paraît assez évident que ces deux types sont ceux qui ont tué les Langley. Je veux dire, ça tombe sous le sens. Ils cherchaient la même chose. Vous ne nous avez pas seulement sauvé la vie, vous avez aidé à épingler un assassin, et la police a désormais de bonnes chances de rattraper son complice.

Une lueur sembla s'allumer pour Drew.

— Peut-être.

— Et par-dessus le marché, vous nous avez sans doute aidés à sortir notre fils de prison.

Un coup d'œil à Ellen m'indiqua qu'elle pensait la même chose, mais qu'elle craignait d'exprimer cet espoir à haute voix, de peur que cela ne nous porte la poisse. Elle annonça qu'elle allait appeler les urgences et retourna à la maison en courant, comme si chaque seconde gaspillée était une seconde supplémentaire que Derek passerait en cellule.

— Merci, Drew, répétai-je.

— Je ne sais pas. Je ne sais vraiment pas.

Et il se dirigea vers la porte.

— Drew, où allez-vous ?

— J'en sais rien.

Il commença à s'éloigner dans l'allée.

Je tentai de le retenir.

— Drew, vous devriez rester. La police n'a aucune raison de vous arrêter. Vous ne transgressez pas votre liberté conditionnelle en sauvant des vies. Ils comprendront pourquoi vous avez fait ça.

Mais il continua en direction de la route et de sa voiture, et bientôt la nuit l'avala.

Je n'allais pas lui courir après et le ramener de force. Il se doutait forcément que je raconterais ce que je savais à la police, qu'il ne serait pas difficile à retrouver.

Je rejoignis la maison, vis au passage mon trousseau de clefs suspendu à la serrure et le remis dans ma poche. Ellen raccrochait le téléphone de la cuisine.

— Ils sont en route, indiqua-t-elle.

Elle vint se blottir dans mes bras.

— C'est lui qui a dû les envoyer, lui dis-je, la serrant contre moi.

Elle s'écarta, me dévisagea.

— Quoi ?

— Conrad. Il les a envoyés.

— Non. Non, c'est impossible.

Je posai les mains sur ses épaules et pris un ton ferme :

— Ellen. Tout colle. Ces types voulaient la disquette de son livre. Ils étaient sans doute prêts à nous tuer pour l'obtenir. Le mort, dans la remise ?

Il était au minimum prêt à me couper tous les doigts pour ça.

— Non, Jim, ça ne colle pas, maintint Ellen. Ça ne rime à rien.

— Qui d'autre que Conrad voudrait cette disquette ? Il a volé le roman à ce gosse, et toutes ces années plus tard, il continue à brouiller ses traces. Je ne serais pas surpris qu'il ait tué ce gamin, à l'époque, qu'il l'ait jeté du haut des chutes, et maquillé ça en suicide. Est-ce qu'il avait le choix ? Comment pouvait-il risquer que Brett Stockwell aille raconter partout qu'il était l'auteur de ce bouquin, que Conrad Chase n'était qu'un gigantesque salopard d'escroc ?

— Jim. Tu dois m'écouter.

— Non, toi, tu dois m'écouter. Je ne sais pas pourquoi tu continues à défendre ce mec. Je sais qu'il est ton patron, sauf qu'il semble aussi être un assassin à présent. S'il n'a pas tué les Langley, alors il a chargé ces deux types de le faire. Et en apprenant qu'il restait une disquette du livre, il les a envoyés ici pour la récupérer.

— Je lui ai donné la disquette, lâcha Ellen.

Je la fixai un instant, incapable d'analyser ce qu'elle venait de me dire.

— Quoi ?

— La disquette. Celle que tu as confiée à Natalie Bondurant. Je lui ai demandé de me la rendre aujourd'hui. Je lui ai expliqué qu'elle n'avait plus à s'en préoccuper. Et je l'ai remise à Conrad. Je l'ai vu à l'heure du déjeuner.

— Je ne comprends pas. Pourquoi tu as fait une chose pareille ? Pourquoi tu as fait ça sans m'en parler avant ?

— Jim, ce n'est pas un meurtrier. Un sale con arrogant, oui, je te l'accorde. Pas un assassin. Il n'aurait pas pu envoyer ces deux hommes ici ce soir. Il n'avait aucune raison de le faire. La disquette était en sa possession.

Le mal de tête qui me labourait déjà le crâne empira.

— Cela ne tient absolument pas la route.

Alors Ellen, qui regardait dans la direction générale de la porte de derrière, poussa un hurlement.

Je fis volte-face, vis une ombre debout sur le seuil, dehors. Un homme. Un homme baraqué.

Alors qu'il s'avançait dans la lumière, je reconnus Drew.

Il ouvrit la porte.

— Excusez-moi, je n'avais pas l'intention de vous effrayer. Mais j'ai décidé que vous aviez raison, Jim. Je suis revenu. Je vais raconter à la police ce qui s'est passé.

28

Une minute après, nous entendions les sirènes.

L'ambulance arriva beaucoup trop tard pour Mortie. Mal à l'aise, Drew observa depuis la porte de la remise les auxiliaires paramédicaux évaluer son état. Après avoir conclu qu'il était bel et bien mort, ils le laissèrent sur place.

Le temps que Barry Duckworth arrive à son tour, il y avait une demi-douzaine de véhicules de police sur les lieux. Je pensais que les équipes de télé ne tarderaient pas à débarquer aussi. Au moins n'auraient-elles pas besoin de demander leur chemin. Ce serait la deuxième fois en une semaine qu'elles viendraient dans cette partie de Promise Falls.

Ellen mit une grande cafetière en route. Non parce qu'elle souhaitait être la meilleure hôtesse qu'une scène de crime ait connue. Elle avait simplement besoin de s'occuper. Il fallait sans doute se réjouir qu'elle ait déjà décidé de vider ses bouteilles de bibine.

Drew et moi revînmes nous asseoir à la table de la cuisine. Ellen étudiait le contenu du réfrigérateur et du freezer, en quête de quelques douceurs à nous offrir.

— Laisse tomber, va. Du café, c'est parfait.

— Bingo ! fit-elle.

Du fin fond du freezer, elle extirpa un gâteau surgelé. On aurait cru une découverte archéologique.

— C'est bien que vous soyez revenu, dis-je à Drew.

— On verra.

Barry s'encadra alors dans la porte.

Tout d'abord, nous lui fîmes un compte rendu succinct des événements. Lorsque Barry comprit qu'un de nos assaillants courait toujours, il demanda à Drew, qui l'avait poursuivi et avait vu monter l'homme dans sa voiture, une description du véhicule.

— Une General Motors, précisa-t-il. Une Buick, ou une Pontiac. Quatre portes, blanche. Avec de la boue sur les roues.

Barry transmit l'information afin que la police surveille la région.

Il prit un siège, accepta le café et un morceau de gâteau que lui offrait Ellen, puis nous réclama un exposé plus détaillé.

Je lui rendis compte de ma partie de l'histoire. L'apparition des deux hommes qui m'avaient ensuite ligoté dans la remise, les doigts scotchés au taille-haie. Ellen raconta l'autre moitié, le brun surgissant dans la maison, puis la laissant là attachée à une chaise. Et revenant plus tard pour la conduire dans la remise lorsque j'avais exigé de savoir si elle allait bien.

Ce qui nous amena à Drew.

Barry posa sur lui un regard méfiant.

— Je vous connais d'où ?

— J'ai braqué une banque, répondit Drew d'un ton désinvolte.

— Un enfoiré, voilà ce que vous êtes, répliqua Barry.

— Il y a cinq ans, ajouta Drew. Celle de Saratoga.

— Ça n'a pas très bien marché, je crois.

— Si par « pas très bien marché » vous voulez dire que je me suis fait prendre au moment où je sortais, c'est exact. J'ai passé un peu trop de temps à l'intérieur, quelqu'un a déclenché l'alarme silencieuse, et vous autres m'attendiez dehors.

— Vous n'étiez pas fait pour ce métier.

— En effet.

— Et vous êtes sorti de prison ?

— Depuis près de six semaines. M. Cutter m'a embauché pour tondre des pelouses.

— Voyez-vous ça, si c'est pas chic de sa part, railla Barry en me lançant un coup d'œil. Et qu'est-ce que vous fichiez ici ce soir ?

— J'ai bousillé une des tondeuses de M. Cutter et je passais la réparer pour qu'on puisse s'en servir demain.

Barry me demanda confirmation du regard. Je fis un signe affirmatif.

Ellen et moi lui racontâmes ensuite ce qui s'était passé après l'arrivée de Drew. À savoir qu'il avait vu le brun emmener Ellen dans la remise, puis constaté la situation fâcheuse dans laquelle je me trouvais. Que lorsque Ellen avait réussi à débrancher le taille-haie, celui que je savais s'appeler Mortie avait bondi sur elle, et que Drew était alors entré et l'avait frappé avec une pelle prise à l'arrière de mon camion.

— Il nous a sauvé la vie, Barry, conclus-je.

— Ces types, vous aviez déjà vu l'un ou l'autre avant ?

Nous expliquâmes que nous n'avions pu jeter qu'un coup d'œil à Mortie, et uniquement quand il était mort, mais que nous ne le connaissions pas. Et ni Ellen ni moi n'avions la moindre idée de qui était l'autre.

— Il avait un tatouage, indiquai-je. Sur le bras. Un poignard. Et, comme j'ai dit, il avait l'air d'être brun.

Barry se tourna vers Ellen.

— Ça te paraît juste ?

Elle acquiesça.

— Vous n'avez pas du tout entendu son nom ?

— Mortie était assez futé pour ne pas le prononcer à voix haute, répondis-je.

— Peut-être qu'il n'avait pas l'intention de vous tuer. Sinon, pourquoi faire attention à ça ?

— Je ne sais pas, admis-je.

— Et tu dis qu'ils étaient venus chercher une disquette ?

— La disquette d'un livre. Je t'en ai parlé il y a quelque temps, mais ça ne t'a pas intéressé, souviens-toi. Il s'agit de la copie d'un roman qui figurait dans un ordinateur appartenant à Brett Stockwell, un ancien étudiant de Conrad Chase quand il était encore professeur, et non président de Thackeray.

Barry griffonnait dans son calepin.

— Et pourquoi cette disquette serait intéressante, déjà ?

— Parce que Conrad a publié par la suite un livre presque identique à celui-ci.

Il fronça les sourcils.

— Et alors, tu sous-entends quoi ? Que le président de l'université de Thackeray a envoyé deux malfrats te torturer pour t'extorquer la disquette, voire te tuer ?

— Non, intervint Ellen, ce n'est pas ce qu'il dit. Ça ne tiendrait pas debout parce que Conrad a déjà la disquette. Je la lui ai remise aujourd'hui.

Je lui lançai un nouveau regard perplexe.

Un policier en civil entra dans la cuisine pour s'adresser à Barry :

— On a cherché les papiers d'identité du mort. Rien sur lui, à part du liquide dans ses poches de pantalon. Pas mal, d'ailleurs. Deux mille dollars, à vue de nez.

— D'accord.

Le policier ressortit, et Barry releva le nez de son calepin.

— Bon, alors qui d'autre pourrait bien vouloir cette fichue disquette ? Qui d'autre savait que vous l'aviez, ou pourrait penser que vous l'aviez encore ?

— Aucune idée, répondis-je. Illeana, la femme de Conrad, s'en doutait, mais si Conrad savait que nous ne l'avions plus, elle le savait évidemment aussi.

— Quelqu'un d'autre ?

Je tentai de réfléchir. Penny avait admis avoir pu mentionner l'existence du livre trouvé par Derek dans l'ordinateur, mais avait-elle parlé d'une disquette ? Il me semblait que non.

Barry prit quelques notes supplémentaires, puis reposa son stylo afin de pouvoir attaquer son gâteau et enfourna un morceau.

— Tu sais, Jim, je te connais depuis longtemps, et tu es plutôt un bon gars avec la tête sur les épaules, mais franchement, là, ça dépasse l'entendement.

— Barry, demanda Ellen, tu ne penses pas que les hommes de ce soir pourraient être ceux qui ont tué les Langley ?

Il reposa sa fourchette.

— Je n'en sais rien, Ellen.

— Quelle que soit la raison de leur venue, quoi qu'ils soient venus chercher, n'est-il pas un peu exagéré de croire que ce qui s'est passé ici ce soir n'a aucun lien avec ce qui s'est passé chez les Langley il y a quelques jours ?

Barry finit lentement de mâcher son gâteau avant d'avaler.

— Les Langley sont assassinés, un ordinateur disparaît, et quelques soirs plus tard, deux hommes nous terrorisent, réclamant une disquette en rapport avec cet ordinateur. Ça ne signifie rien pour toi ? poursuivit-elle.

— Je vois où tu veux en venir, Ellen, répliqua Barry.

— Notre fils, Derek, n'est certainement pour rien dans l'épisode de ce soir, tu es d'accord ? Il est en prison. Et a priori, il n'enverrait personne torturer ses parents. Il n'est pas plus responsable de ce qui a eu lieu ici que de ce qui est arrivé aux Langley. Barry, tu dois relâcher Derek. Il est innocent.

Un éclair scintilla dans les yeux du policier, comme s'il le savait aussi, peut-être. J'espérais qu'il n'était pas du genre à sacrifier la vie d'un innocent pour protéger sa réputation. Depuis deux jours, l'arrestation de notre fils constituait une plume à son chapeau, et arracher ce trophée allait être embarrassant.

— On verra, Ellen, rétorqua-t-il sans se prononcer. Tu sais bien que la relation de Derek avec les Langley va au-delà des apparences.

Tout le monde resta un moment silencieux, puis Ellen se pencha tout près de Barry, le fixa droit dans les yeux et déclara :

— Il ne l'a pas fait, et tu le sais parfaitement. Tu le sais au fond de ton cœur.

Barry écarta son assiette.

— Je veux parler à chacun de vous trois individuellement. Vous d'abord, ajouta-t-il à l'intention de Drew.

Et il l'emmena hors de la pièce.

— Un braqueur de banques ? me lança Ellen.

— Mon entreprise d'entretien de pelouses n'est pas encore dotée d'un processus de sélection très poussé pour l'embauche.

— Non, non, je ne te critique pas pour ça. C'est juste que, comment dire, je crois n'avoir jamais croisé de braqueur de banques avant.

— À ce stade, je me fiche même qu'il soit l'Étrangleur de Boston. J'espère simplement que Barry n'est pas en train de faire la connerie de l'inculper.

Je me levai, puis m'appuyai contre le frigo, totalement fourbu. L'agression infligée par nos deux visiteurs aurait suffi à me lessiver, mais les questions relatives à l'ensemble de ces événements se révélaient tout aussi épuisantes. Certaines s'adressaient à ma femme.

— Ellen, pourquoi as-tu donné la disquette à Conrad ?

— Je trouvais qu'il le fallait, pour des raisons compliquées à expliquer.

— Parfois, je me demande si tu n'as pas encore des sentiments pour lui.

Elle me regarda d'un air fatigué, presque triste.

— Ça t'échappe, n'est-ce pas ?

— Quoi donc ?

— Je méprise cet homme, déclara-t-elle. Je le méprise plus que tu ne le sauras jamais.

— Alors pourquoi tu l'aides ? Tu ne comprends pas ce qui se passe, là ? Tu ne relies pas les éléments entre eux ? Tu ne vois pas ce qu'il a fait ?

— Tu ne vois que ce que tu as envie de voir, Jim.

— Non, c'est toi qui fermes les yeux ! Même si Conrad ne nous a pas envoyé ces deux voyous, il est impliqué. D'une façon ou d'une autre, il a appris qu'un ordinateur appartenant à son étudiant, celui dont il a volé le roman, avait refait surface. Il s'est rendu compte de ce qu'il contenait, et soit il est allé lui-même chez les Langley, soit il a envoyé quelqu'un le récupérer. Les choses ont tourné au vinaigre, et tout le monde est mort.

— Non, riposta Ellen. Il avait déjà l'ordinateur.

— Quoi ?

— Il me l'a dit. L'autre jour, le vendredi où les Langley ont été assassinés, Albert Langley l'a appelé.

— Attends une seconde. Langley lui a remis l'ordinateur ?

— Adam a parlé à son père de la bécane avec laquelle Derek et lui s'amusaient, du texte qu'ils avaient trouvé dedans. Albert a immédiatement identifié de quoi il s'agissait ; il connaissait le livre, savait que c'était le même que celui de Conrad. Alors il lui a téléphoné, et Conrad est venu prendre l'ordinateur à son cabinet. Albert était l'avocat de Conrad. Et son ami. Depuis très longtemps.

Je me mis à arpenter la cuisine, songeur.

— Il t'a raconté ça ? demandai-je.

— Oui.

— Et tu le crois ?

Ellen réfléchit une seconde.

— Oui.

— Bon Dieu, tout ça est totalement... ça me prend complètement le chou, merde ! Si les types qui sont venus ce soir ignoraient que Conrad avait la disquette, alors ils ignoraient forcément, le soir où ils sont allés chez les Langley, qu'il avait déjà l'ordinateur aussi.

— Je ne sais pas, répliqua Ellen. Et je m'en fiche. Ça m'est vraiment égal. Tout ce qui m'intéresse, maintenant, c'est sortir Derek de prison. Je veux qu'il sorte, et ensuite je veux qu'on oublie toute cette histoire. Je me fiche de ce satané bouquin, je me fiche de Conrad. Je n'ai strictement rien à foutre de tout ça. Rien n'a d'importance tant que Derek se trouve en prison.

Je m'approchai d'elle, d'abord d'un pas hésitant, puis je la pris dans mes bras.

— Je sais. Je comprends.

Des interrogations demeuraient cependant. Ainsi, peut-être que Conrad n'avait rien à voir avec ce qui nous était arrivé ce soir. Et peut-être qu'il n'avait rien à voir avec le meurtre des Langley. Il restait la question de son livre. Et de qui l'avait écrit.

Si l'auteur était Brett Stockwell et que Conrad ait voulu lui piquer son roman, comment, à moins d'avoir négocié un dédommagement quelconque avec lui, pouvait-il bien laisser ce garçon vivre et espérer s'en tirer en toute impunité ?

Lorsque Barry eut fini d'interroger Drew, il passa un moment dans le séjour en compagnie d'Ellen. Du coup, je me retrouvai seul avec Drew dans la cuisine.

— Alors comme ça, dis-je en souriant, vous avez été braqueur de banques.

— Je n'étais pas très doué, avoua Drew. Mon premier hold-up, et je l'ai raté.

— Pourquoi vous l'avez fait ?

Il me regarda comme si j'étais une sorte d'abruti.

— Par besoin d'argent. J'avais un gosse à charge.

Je me souvins de sa remarque, comme quoi il n'avait plus d'enfant. Plutôt que de poursuivre dans cette voie, je demandai :

— Comment ça s'est passé avec l'inspecteur Duckworth ?

Il haussa les épaules, leva par hasard les yeux sur la pendule au mur. Il était presque minuit.

— On travaille toujours demain ?

Je souris avec lassitude.

— Si je vous prenais à neuf heures au lieu de huit ?

— Ça marche, à condition qu'ils ne me coffrent pas.

J'avais envie de lui dire quelque chose d'encourageant, mais je n'avais pas la moindre idée de ce qu'avait donné sa discussion avec Barry.

— Vous auriez pu dire que vous l'aviez tué, reprit-il, les sourcils froncés. Les flics vous auraient cru sans se poser de questions. Mais pas moi. Pas avec un casier judiciaire. Je commençais à penser que vous étiez quelqu'un de bien, au fond.

Si j'avais fait une mauvaise impression à Drew lors de notre première rencontre, je me demandais comment. De plus, fallait-il en passer par là pour mériter le statut de type bien aux yeux de Drew ? Prétendre avoir tué quelqu'un alors que c'était faux ? N'était-ce pas beaucoup me demander, même s'il m'avait sauvé la vie ? ainsi que celle d'Ellen ? Peut-être que non, après tout. En réalité, j'aurais pu le faire si j'avais cru que la police gobe-rait l'histoire. Mais le complice de Mortie courait toujours, et si peu recommandable qu'il puisse être, sa version des événements risquait de griller la mienne. Il me semblait préférable de coller à la vérité. J'espérais juste qu'en fin de compte Drew ne se ferait pas avoir.

Enfin, j'eus un tête-à-tête avec Barry, mais nous finîmes par aborder de nouveau les mêmes sujets, et s'il trouva des incohérences dans nos récits, il n'en montra rien.

La dernière chose que je lui dis fut :

— Vous n'allez pas l'inculper, hein ? Ellen et moi serions probablement morts si Drew n'avait pas débarqué.

Barry secoua lentement la tête, comme pour dire non.

— Comment va ta main ? se contenta-t-il de lâcher.

Mes doigts portaient des marques à l'endroit où ils avaient été coincés entre les dents du taille-haie, la peau, elle, était intacte.

— Ça va, répondis-je.

— Tu as été sacrément veinard.

— Ouais. J'ai une veine de cocu.

Nous retournâmes ensemble dans la cuisine. Ellen et Drew bavardaient dehors, sur la terrasse. Un autre policier en civil, qui tenait quelque chose sur le côté, hors de vue, se faufila derrière eux et entra dans la pièce.

— Inspecteur ?

Et il présenta à Barry un sachet à preuve en plastique. Il contenait un pistolet.

— Un Glock 19, commenta Barry. Du neuf millimètres. Les Langley ont été tués par une arme de même calibre.

Je sentis mes sourcils se hausser.

— Où est-ce que tu l'as trouvé ? demanda Barry au flic.

— Le long du chemin, près de l'herbe. On a marqué l'endroit.

— Alors ? intervins-je. Tu es en train de dire que c'est le pistolet qui a servi à abattre les Langley ?

— Non, personne n'affirme ça. Pas encore. Si c'est la même arme, elle fait une réapparition étonnante. Chaque centimètre carré de terrain a été exploré après le meurtre.

Il ordonna au policier de ne pas laisser voir le pistolet et appela Drew.

— Oui ?

— Vous avez bien dit avoir suivi le second type ?

— Ouais, mais il avait une tête d'avance. Je n'ai pas pu l'attraper. J'ai beau être costaud, je suis mauvais coureur.

— Vous avez remarqué quelque chose de bizarre quand il est arrivé à sa voiture, s'il a fait tomber un truc ?

Drew réfléchit.

— Il venait de monter dedans et la portière se fermait, ensuite il l'a rouverte, mais comme je me rapprochais, il l'a claquée et a reculé comme un dingue sur les chapeaux de roues.

— Venez me montrer où se trouvait précisément la voiture, dit Barry.

Tout le monde prit l'allée en file indienne ; Barry, Drew et le flic qui avait apporté le pistolet en tête, Ellen et moi derrière.

— Bon, expliqua Drew. Il faisait sombre, comme maintenant, mais la voiture était garée juste là, à une quinzaine de mètres de la route, vous voyez ?

Barry acquiesça. Le policier éclairait le chemin avec une grosse lampe torche. Drew pointa du doigt la route principale.

— J'ai dû laisser la mienne là-bas, parce que l'autre m'empêchait de passer.

En scrutant l'obscurité, je vis un véhicule à l'endroit qu'indiquait Drew, une vieille Ford Taurus, me semblait-il, peut-être une Mercury Sable.

Drew s'arrêta.

— Je crois qu'elle était pile ici.

— Avec l'avant dirigé vers l'intérieur ? précisa Barry.

— Exact.

— Donc, quand le pote de notre mort est monté dedans, ç'a dû être par là, sur le côté droit du chemin.

Le flic éclaira cette partie.

— Ouais, fit Drew.

La lumière du flic avait accroché un petit drapeau que je supposais avoir été placé là pour indiquer où avait été trouvé le pistolet.

— C'est quoi ? demanda Drew.

— L'endroit où notre copain a lâché son flingue, répondit Barry. Le salaud.

29

Il était presque une heure du matin quand la police en termina avec nous. D'ordinaire, j'aurais considéré que c'était un peu tard pour appeler quelqu'un, mais lorsque Ellen suggéra de contacter Natalie Bondurant pour lui apprendre ce qui s'était passé, et comment ces récents événements pourraient aider Derek, je fus d'accord.

Si l'avocate fut fâchée d'être dérangée, elle n'en laissa rien paraître.

— Je veux savoir quelles preuves ils tirent de ce pistolet, commenta-t-elle. Illico.

Malgré ce que nous venions de vivre, notre sommeil cette nuit-là fut meilleur que prévu. Sans doute parce que, pour la première fois depuis l'arrestation de Derek, nous avions un sentiment d'espoir.

— J'ai bien récupéré, aujourd'hui, déclara Ellen au petit déjeuner. Je vais aller voir Natalie, et essayer de rendre visite à Derek.

Lorsque je m'engageai dans sa rue, je fus rassuré d'apercevoir Drew sur le trottoir devant chez sa mère. Barry n'avait manifestement pas changé d'avis au cours de la nuit, et Drew n'avait pas été placé en garde à vue.

— Salut, lançai-je, tandis qu'il montait dans le camion.

— Bonjour.

— Comment ça va ?

— Fatigué. Vous savez, cet inspecteur ? Plus tard, alors que je prenais ma voiture pour rentrer, il m'a reposé toutes ses questions. Deux fois.

— Et ça s'est bien passé ?

— Je pense qu'il a fini par être convaincu qu'on disait tous la vérité.

— Et sinon, vous allez bien ?

La question semblait un peu ridicule. Il avait tout de même tué un homme la nuit précédente. Même si son acte avait été justifié, ôter la vie à quelqu'un n'était pas le genre d'expérience que j'aurais été capable d'évacuer facilement.

— En fait, je me demandais si vous viendriez ce matin, avoua Drew.

— Pourquoi ?

— À cause de mon casier judiciaire. Parce que vous avez appris que j'avais été en prison.

— Après ce que vous avez fait pour Ellen et moi cette nuit, je serais un vrai connard de vous virer.

Il fixa la route.

— Et vous ? demanda-t-il. Ça va ?

— Ouais.

J'éprouvais le besoin d'essayer de nouer un lien avec Drew, de le faire sortir de sa coquille. Je discernais une telle tristesse en lui.

— Ça doit pas être facile, sortir de prison, repartir de zéro.

— Non, admit-il. C'est un peu comme une naissance. On est balancé dans le monde sans être vraiment prêt. Pas de boulot, pas d'argent, pas de moyen de se déplacer.

— Au moins, vous avez votre maman.

— Oui. Et je suis tombé sur un ancien copain, un gars nommé Lyle, qui m'a prêté une voiture.

On ne peut rien faire sans voiture. Je m'en suis servi pour aller chez vous hier soir.

— Hier soir, vous avez mentionné avoir eu un enfant. Que vous aviez besoin d'argent.

— Ouais.

— Plus maintenant ? Il y a eu un problème de garde ?

— Non. Elle est morte.

Que dire ? « C'est dur » était la seule chose qui me venait à l'esprit.

— Je ne peux pas imaginer perdre mon enfant. Quand est-ce que ça s'est passé ?

— Il n'y a pas si longtemps, répondit-il. Elle aurait eu dix-huit ans quelques semaines plus tard. J'y pense sans arrêt. Ça sera toujours le cas, je suppose.

— Et sa mère ?

Drew secoua la tête.

— Aux abonnés absents. Depuis un bout de temps. C'était une tarée. Elle a foutu le camp il y a des années.

— Alors, qui s'est occupé de votre fille quand vous étiez en prison ? Votre mère ?

Il me jeta un regard en coin.

— Ouais, ma mère. C'est pour ça que, maintenant qu'elle vieillit, je lui dois bien un coup de main.

— Je comprends.

J'attendis une seconde avant de demander :

— Qu'est-ce qui est arrivé ?

— Hein ?

— À votre fille ?

Drew hésita, fit rouler sa langue à l'intérieur de sa joue.

— Elle est tombée malade, finit-il par expliquer. Personne ne l'a aidée quand elle en avait besoin.

— Les médecins ? Ils ont loupé quelque chose ?

Il haussa les épaules. Visiblement, il n'avait pas envie d'en parler. Je supposai que c'était trop douloureux, et que mes questions devenaient trop personnelles.

— Pardon, mon vieux, dis-je, avant d'abandonner le sujet.

Nous commençâmes la journée par la maison de Walter Burgess, l'ancien professeur retraité de Brett Stockwell. C'était la première fois que je venais depuis qu'il m'avait demandé de m'occuper de son jardin.

Il sortit pour m'accueillir, tandis que son compagnon, Trey Watson, nous observait derrière la porte-moustiquaire.

— Bonjour, fit Burgess. Vous avez besoin de précisions avant d'attaquer ?

— En principe, non. Sauf si vous avez une requête particulière.

— Faites juste attention aux plants de tomates contre la maison. Trey piquera une crise s'il leur arrive quoi que ce soit.

— Ne vous inquiétez pas.

Il s'éclaircit la gorge, comme s'il se préparait à aborder une question délicate.

— Votre famille a été salement secouée depuis que vous êtes passé l'autre jour.

— En effet.

Tout le monde était certainement au courant de la situation de Derek. Par contre, l'incident survenu chez nous la veille au soir n'était pas encore de notoriété publique.

— Je suis navré. Dites-moi, quand vous étiez ici, vous m'avez interrogé sur Brett. Vous parliez d'un livre. Que contenait un de ses anciens ordinateurs.

— C'est exact.

— Vous avez tiré tout ça au clair ?

— Pas vraiment.

— C'était tout ce qu'il y avait dans cet ordinateur ? poursuivit Burgess.

— Je ne sais pas très bien. Pourquoi cette question ?

Il secoua la tête, comme si cela n'avait pas grande importance.

— Trey était curieux, tout simplement. Alors je vous l'ai demandé, mais c'est sans intérêt.

Quelque chose fit tilt à l'arrière de mon esprit. Une allusion de Derek, la première fois qu'il m'avait parlé de la disparition de l'ordinateur dans la chambre d'Adam, et de son contenu. Il avait évoqué des lettres à un professeur que Brett avait eu au lycée.

— Des lettres.

— Pardon ? fit Burgess.

— L'ordinateur contenait des lettres. Écrites à un professeur. Je me souviens que Derek me l'a raconté.

Burgess inspira un grand coup.

— Elles m'étaient adressées ? Qu'est-ce qu'elles disaient ?

— Aucune idée. Vous pensez qu'elles étaient pour vous ?

Il se passa nerveusement la langue sur les lèvres.

— C'est possible. Il m'en a écrit quelques-unes à l'époque. Elles étaient… il semblait s'être entiché de moi, si vous voulez savoir la vérité.

Il secoua la tête, essayant d'écarter toute l'affaire.

— Je suis certain que cela n'aurait pas eu d'importance, de toute façon, reprit-il. Ces choses-là inquiètent Trey. Qu'est-ce que ça peut faire, maintenant ? Ce n'est plus comme si j'avais un poste à perdre. Si par hasard vous tombiez dessus, vous pourriez me tenir au courant ?

— J'ouvrirai l'œil, promis-je.

Il me remercia et rentra dans la maison. Je rejoignis Drew, lui signalai les plants de tomates, et nous nous mîmes au boulot. Je pris le motoculteur pour couper l'herbe des jardins de devant et derrière, tandis que Drew se chargeait des surfaces étroites avec la tondeuse.

Lorsque nous eûmes terminé et rangé notre matériel, je crus que Walter Burgess ressortirait, au moins pour dire que le travail le satisfaisait, mais la porte resta close.

— C'est quoi, leur problème ? me demanda Drew alors que nous nous éloignions dans le camion.

— Comment ça ?

— Eh bien, je me suis rendu compte que c'était un couple de pédales, et j'ai rien contre, hein.

— Pour sûr.

— En tout cas, ils y allaient fort, là-dedans.

— Continuez.

— J'avais arrêté le coupe-bordure quelques instants pour rallonger un peu le fil, et vous étiez assez loin avec le Deere, derrière, je pense, donc, vous ne faisiez pas trop de boucan, et ces deux-là étaient en train de se disputer comme des chiffonniers.

Je remontai un peu la clim.

— Ah bon. À propos de quoi ?

— Au début, des bêtises sans queue ni tête. L'autre type – pas celui qui est sorti nous saluer – déblatérait sur les plants de tomates et si on avait été prévenus d'y faire gaffe ou pas, ensuite ils sont passés à autre chose, et alors, celui aux tomates a dit : « Peut-être que tu serais plus heureux avec un de tes petits minets, au lieu de moi. » Et un truc comme : « On n'est jamais trop prudent, ces choses-là peuvent finir par vous rattraper. »

— Il a dit ça ?

— Ouais.

— Alors, qu'est-ce que Walter – celui qui est venu nous voir – a répondu ?

— Que l'autre réagissait de manière excessive, et après, il l'a envoyé se faire foutre.

— Chacun a son lot d'emmerdes.

— Sans blague, répliqua Drew.

Nous arrivions chez notre deuxième client de la journée lorsque mon portable sonna. Je ne m'attendais pas à avoir de nouvelles d'Ellen si vite, mais on ne sait jamais. Je décrochai donc sans regarder qui appelait.

— Allô ?

— Est-ce qu'il s'est passé *autre* chose entre Lance et toi ? demanda une voix d'homme.

Il me fallut une seconde pour me rendre compte que le maire était à l'autre bout du fil.

— De quoi tu parles, Randy ?

— Écoute, tous les deux, vous allez arrêter ces conneries, hurla-t-il dans le téléphone. Il est revenu travailler hier, après s'être fait recoudre le visage, en affirmant qu'il pouvait conduire, mais ensuite, le soir, il était censé m'emmener à un truc caritatif à l'hôpital et il s'est pas pointé. Ni ce matin non plus.

— Pourquoi tu m'appelles, Randy ? Tu me demandes de laisser tomber ce que je fais pour jouer le chauffeur à sa place aujourd'hui ? Je peux passer te prendre dans mon camion, mais il faudra que tu voyages à l'arrière, avec le motoculteur.

— Toujours à faire le guignol, hein, riposta-t-il. Je veux juste que tu me dises si tu sais où il est.

J'ai appelé chez lui, sur son portable, des gens qui le connaissent, personne ne l'a vu.

— Pourquoi tu crois que je serais au courant, moi ?

— Je voulais savoir si tu t'étais encore bagarré avec lui. Si tu lui as rectifié le portrait, dis-le-moi, que j'arrête de l'attendre.

— Je ne lui ai pas rectifié le portrait, Randy.

— Tu ne l'as pas vu ? Pas depuis la visite que tu lui as rendue hier ?

— Exact.

Sauf si le complice de Mortie, la veille, c'était lui. À ce moment-là, je n'avais pas pensé qu'il s'agissait de Lance, et je ne le pensais toujours pas. De plus, ça ne collait pas. Et si ce type brun avait été Lance, n'aurait-il pas trouvé une excuse pour me casser la gueule ? Moi, attaché sur un siège, incapable de rendre le moindre coup. Lance n'aurait jamais résisté à une cible aussi facile, pas plus que moi si les rôles avaient été inversés.

— Ça ne ressemble pas à Lance, souligna le maire. Il a beau être un connard, il est fiable, en général.

— Je regrette de ne pouvoir t'aider, Randy, j'ai du boulot qui m'attend.

— Tu es où ?

— Hein ?

— Avec ton camion. Là tout de suite. Tu es où ?

— Dans le nord de la ville. Bethune Street.

— Mince, c'est pas loin de là où vit Lance. Fais un saut chez lui, regarde s'il y est.

— Randy, tu te fiches de moi ?

— Tu sais où il habite, non ?

En effet. Lorsque nous travaillions tous les deux pour Finley, il m'était arrivé de passer le prendre ou le déposer avec la Grand Marquis.

— Oublie ça, Randy. Envoie un coursier.

— Écoute-moi bien, Cutter. Hier, tu as déboulé à l'hôtel de ville et agressé un employé municipal. Et à ma connaissance, personne ne t'a envoyé les flics. Ni moi, ni Lance. Donc, tu me dois une faveur. Par-dessus le marché, si cet abruti est clamsé dans la nuit d'une quelconque commotion cérébrale à retardement à cause de toi, alors...

— D'accord, je vais passer chez lui. S'il y est et qu'il m'envoie chier, je t'en voudrai à mort.

— Merci. Téléphone-moi après.

Finley raccrocha. Plus de deux ans que j'avais quitté son service, et j'avais l'impression d'avoir eu davantage de conversations avec lui pendant cette dernière semaine que lorsque je travaillais pour lui tous les jours.

— Qu'est-ce qu'on fait ? demanda Drew.

— Un arrêt sur le chemin.

Je quittai Bethune, suivis Raven jusqu'à Mountainside, pris ensuite la rue à gauche. Lance vivait au dernier étage d'une maison divisée en appartements, accessible par une cage d'escalier extérieure. Je me garai le long du trottoir et vis la Mustang de Lance dans l'allée.

— Dites, lançai-je à Drew, ça vous rappelle la voiture dans laquelle le type est parti hier soir ?

La question parut le surprendre, puis il répondit :

— Non. Elle n'était pas comme ça. Je l'ai dit au flic. C'était une Buick ou un modèle de ce genre, à quatre portes.

Je l'avais oublié.

— C'est vrai. Bon, je reviens tout de suite.

Je grimpai jusqu'à l'appartement, tambourinai à la porte.

Je voulus regarder à l'intérieur par la vitre, mais un rideau m'en empêchait. Je tambourinai de nouveau, puis, repérant un bouton de sonnette, le pressai. Personne.

Je redescendis, pris mon portable, rappelai Randy.

— Sa voiture est là, mais il ne répond pas.

— Tu as essayé d'ouvrir la porte ? demanda-t-il.

— Non. Je ne vais pas débarquer chez lui comme ça. Lance adorerait. Il m'attend sans doute là-dedans avec un fusil à pompe.

— Putain, Cutter, la façon dont ton esprit fonctionne !

— Randy, tu as une idée des vingt-quatre heures que je viens de vivre ?

— Non, pourquoi ? Il s'est passé quelque chose ?

— Écoute, je te raconterai un jour. Quand ta campagne pour le Congrès aura échoué. Tu auras du temps libre. Et...

— Excusez-moi, m'interrompit une voix.

Un petit Chinois en short et chemise à fleurs se tenait à côté de moi.

— Oui ?

— Vous étiez là-haut ? demanda-t-il en désignant l'appartement de Lance.

— Oui. Enfin, non. J'ai frappé, mais il n'y a personne.

— Quelque chose fuit, déclara le petit bonhomme. J'habite juste en dessous. Quelque chose traverse le sol.

— Ne quitte pas, dis-je à Randall Finley avant de reprendre, à l'intention du Chinois : Montrez-moi.

Il me conduisit à l'appartement situé sous celui de Lance et pointa le doigt vers le plafond. Il y avait un cercle sombre, d'une dizaine de centimètres de large.

— Ça pas hier, précisa le petit homme.

— Vous avez une chaise ou quelque chose sur quoi je peux monter ?

Il m'apporta un escabeau, qu'il déplia sous la tache.

— Peu importe c'est quoi, le propriétaire devoir payer réparation, continua-t-il. J'ai appelé, j'ai laissé message, après vous êtes arrivé. Je veux pas une tache comme ça sur mon plafond. C'est dégueulasse.

— Vous avez entendu quelque chose de bizarre là-haut ?

— J'étais sorti hier soir, répondit-il avec un grand sourire. Danser. Je regarde ces émissions de télé, et je décide que je veux apprendre à danser.

— Super.

Je touchai la tache du bout de l'index. Puis je rapprochai mon doigt de mes yeux, le frottai contre mon pouce, évaluant la texture.

— C'est quoi ? demanda le Chinois. Essence ?

— Non, pas de l'essence.

Je remis le portable contre mon oreille.

— Tu es toujours là, Randy ?

— Ouais. Merde, tu m'avais oublié ou quoi ?

— Randy, tu ferais mieux d'envoyer les flics ici. Et pendant que tu y es, tu devrais envisager de chercher un autre chauffeur.

30

Le décès n'était pas dû à un arrosoir.

— Une balle, déclara Barry. En plein cœur, on dirait.

— Ben merde alors, commenta le maire.

Randall Finley et Barry Duckworth avaient les yeux baissés sur Lance, qui gisait à plat ventre sur le sol, uniquement vêtu d'un caleçon et d'un T-shirt blanc. Je regardai ses bras avec attention. Pas de tatouage. Le sang s'était étalé sous lui et avait peu à peu traversé les lattes du plancher jusqu'à l'appartement du dessous.

J'attendais à l'écart, près de la porte. J'avais récemment vu un mort, le corps de Lance ne constituait donc pas une nouveauté pour moi.

Barry ordonna aux flics en civil qui poireautaient de commencer à frapper aux portes des voisins. Que le voisin du dessous n'ait rien entendu ne signifiait pas qu'il en allait de même pour les autres.

— Si quelqu'un avait entendu un coup de feu, fis-je remarquer, pourquoi n'aurait-il pas appelé la police ?

Barry me jeta un regard las.

— Personne n'appelle jamais les flics pour un coup de feu. Les gens se disent : hé, c'était quoi ? Ils en guettent un second, et quand ça n'arrive pas, ils pensent que ce devait être une voiture, et ils retournent à leur télé.

Ça ressemblait bien au monde dans lequel nous vivions.

— Tu as une idée de qui aurait pu faire ça ? reprit Barry.

— Non. Mais tu vas vite apprendre que lui et moi, on ne s'entendait pas bien. On a eu quelques prises de bec cette semaine. Dont l'une à l'hôtel de ville.

— Ah ouais ? fit Barry.

— Oui.

— J'ai l'impression de tomber tout le temps sur toi en ce moment. Ça te paraît pas bizarre ?

— Un peu.

— Tu restes dans le coin, d'accord ?

— Pas de problème. Je descends juste à mon camion.

Après la découverte du sang, j'avais déjà averti Drew que nous serions bloqués là un bout de temps. Lorsque je retournai le voir, il était adossé au pick-up.

— Qu'est-ce qu'il se passe ?

Je lui expliquai.

— Je commence à penser que vous portez la poisse, constata-t-il.

Il n'y avait pas la moindre trace d'ironie dans sa voix.

Le maire s'approcha de nous. Il m'adressa directement la parole, sans même un signe de tête à Drew. Quel tact.

— Je peux te parler une minute ?

Je le suivis à quelques mètres sur le trottoir.

— Sale truc, lança-t-il.

— Ouais. Imagine, quelqu'un qui trouvait Lance antipathique.

— Oh, merde, Cutter. Si être un trouduc suffisait pour se faire buter, toi et moi serions morts depuis longtemps.

J'étais d'accord avec la moitié de son raisonnement.

— Barry m'a mis au courant de ce qui s'est passé chez vous hier soir, poursuivit-il. Ellen va bien ?

Son inquiétude semblait presque sincère.

— Oui, répondis-je.

— Tu crois que ces types voulaient vous tuer ?

— Ça ne m'étonnerait pas.

— Tout ça, plus ton gamin toujours en prison, fit observer Randy. Un malheur n'arrive jamais seul, c'est pas ce qu'on dit ?

— De quoi tu voulais me parler, Randy ?

— J'ai besoin d'un chauffeur, annonça-t-il tout à trac.

— Tu as déjà d'autres gars du personnel municipal qui remplaçaient Lance lors de ses congés. Prends l'un d'eux.

— Je veux que tu reviennes travailler pour moi, Jim.

— Je ne pige pas. Tu sais que je ne te respecte pas. Je t'ai quand même collé un coup de poing dans le nez.

— Je l'avais bien cherché. À l'époque, je traversais une mauvaise passe.

La vie de Randall Finley n'était qu'une longue mauvaise passe.

— En fait, je crois que c'est ce que j'apprécie chez toi, continua-t-il. Tu es un type solide, qui se laisse pas emmerder. Il me faut plus qu'un chauffeur à la noix. Tu m'aides à me discipliner. Si tu avais été avec moi la semaine dernière, quand je suis allé dans ce foyer de filles-mères et que j'ai fait le con, tu aurais trouvé le moyen de me ramener dans la voiture avant que je fasse trop de dégâts. Lance n'était pas très doué pour ce genre de choses. Il me léchait les bottes et faisait ce que je lui disais, c'est tout. Il ne savait pas m'empêcher de franchir la ligne blanche.

— Je n'ai pas toujours réussi non plus. Ce soir-là, avec cette fille, c'était un truc moche, Randy. Elle n'était qu'une gamine.

— Tiens, voilà un exemple parfait. C'est Lance qui avait combiné ça. Il se l'était tapée aussi, je suppose. Tu vois, jamais tu n'aurais organisé ça pour moi, d'abord. Tu as des, comment on dit ? Des principes. Et de la morale. Lance cédait à mes faiblesses, tandis que toi, tu sais les contrôler.

— Alors tu as besoin d'un ange gardien. Pas d'un chauffeur.

Randy sourit.

— Si ça te fait plaisir de le voir comme ça.

— J'espère que cette gosse s'est tirée d'affaire, repris-je.

— Qui ça ?

Un soupir m'échappa.

— Celle à qui tu as flanqué ton pied dans la figure quand elle t'a mordu la queue.

Le maire éluda d'un geste.

— Écoute, Cutter, le fait est que j'ai appris une leçon utile cette nuit-là. J'ai arrêté de fricoter avec les putes. Tu vois de quoi je parle ? C'est toi qui m'as enseigné ça. Je veux dire, j'étais fumasse contre toi, pour le nez et tout, mais tu m'as ouvert les yeux sur mes erreurs. Et je t'en suis reconnaissant.

Je ne pus m'empêcher d'éclater de rire.

— Tu fais le bon métier, Randy, pas de doute. Tu peux en rajouter plus que n'importe qui !

Il sourit de nouveau.

— Je t'aime bien, Cutter, même si tu peux pas me sentir. Je te payerai le double d'avant. Le conseil municipal ne l'acceptera jamais, mais je trouverai bien le pognon. Ça devrait faire sacrément plus que ce que tu gagnes en poussant ta tondeuse.

Cela me donna à réfléchir. J'ignorais combien de temps continueraient les problèmes de Derek avec la justice. Et même s'ils ne duraient pas trop longtemps, Natalie Bondurant allait nous coûter un sacré paquet. L'entretien de pelouses marchait bien, mais ça ne paierait jamais autant que mon ancien salaire multiplié par deux.

— Laisse-moi étudier la question avant de te répondre, dis-je.

Randy me lança un immense sourire, puis me tapa du poing sur l'épaule.

— On en rediscute plus tard.

— Ouais. Tu as besoin de temps pour faire ton deuil.

Il me donna un autre coup de poing.

— Tu es un drôle de zigoto, répliqua-t-il. Vraiment.

Si une partie de moi s'en fichait, je ne pouvais m'empêcher de penser malgré tout à Lance, et à la cause de sa mort. Je ne le voyais en rien mêlé au meurtre des Langley ou à la disparition de l'ordinateur.

Je sentais une migraine pointer lorsque Barry descendit me parler. Une fois de plus à l'écart de Drew, afin que notre échange reste privé.

— Qu'est-ce que tu fabriques avec ce type ? me demanda-t-il en désignant mon nouvel employé du menton.

— Il s'est trouvé plus d'une fois au bon endroit au bon moment. Tu ne t'es jamais dit que les choses arrivent pour une raison ? Moi non, pourtant je n'en suis plus si sûr. J'ai eu un accident devant la maison de sa mère, il m'a aidé à m'en tirer, j'ai appris qu'il cherchait du travail et je lui en ai donné.

— Il a braqué une banque, argua Barry.

— En effet. Mais je n'ai pas l'intention de lui confier le règlement de mes impôts ou mes dépôts bancaires.

Barry haussa les épaules.

— C'est tes oignons. (Il s'éclaircit la gorge, signe qu'il allait changer de sujet.) Parle-moi de ta bisbille avec Lance.

— L'autre jour, le maire m'a emmené faire un tour, et au retour, comme Lance poussait le bouchon trop loin, mon coude a rencontré son estomac. Il est repassé me voir deux jours plus tard. Il s'est planqué derrière ma remorque pendant que je turbinais et m'a cogné par surprise, me laissant roulé en boule sur le bitume. Après je lui ai rendu la pareille alors qu'il lisait les pages sportives de son journal.

— Vous ne vous êtes jamais entendus, tous les deux, constata Barry.

— Non.

— Une femme, dans l'appartement voisin, affirme avoir entendu quelque chose hier, en fin d'après-midi, peu avant six heures. Elle se préparait à regarder les infos, a perçu un coup de feu, pas d'autre ensuite, et n'y a plus pensé.

— Exactement ce que tu disais, fis-je remarquer.

— Je suppose que tu peux justifier de ta présence ailleurs à ce moment-là ?

— J'ai un témoin qui peut établir que j'étais chez moi pile dans cette tranche horaire.

— Pas le mort que j'ai trouvé dans ta remise, j'espère.

— Non, il est arrivé plus tard. Un de tes flics. Celui qui surveillait la maison. Il partait à peu près à cette heure-là, et m'a parlé en quittant l'allée.

Barry hocha la tête.

— Bon, voilà, fit-il.

Je crus qu'il en avait terminé, mais il ajouta :

— La dame qui regardait les infos... elle a fait plus que la plupart des gens. Elle s'est levée, est allée à sa porte et a sorti la tête, juste pour être sûre.

— Elle n'a pas entendu de second coup de feu, alors elle est retournée s'asseoir.

— Ouais, en gros. Par contre, elle a cru entendre une voix d'homme. Elle a cru l'entendre dire un mot.

J'attendis la suite.

— Elle a entendu quelqu'un dire « honte ».

Je laissai le mot rebondir un instant à l'intérieur de mon crâne. Je repensai à ce que Natalie nous avait raconté après avoir interrogé notre fils.

— Derek. C'est aussi ce qu'il a entendu chez les Langley.

— Je sais, confirma Barry.

Je passai une main lasse sur mon front.

— Barry, il se passe trop de choses, là. Tout se mélange dans ma tête.

— Pour moi aussi.

Il m'annonça que j'étais libre de partir et tournait les talons quand il s'arrêta et me regarda de nouveau.

— Il pourrait y avoir une bonne nouvelle au sujet de ton fils aujourd'hui, lâcha-t-il.

J'ouvris la bouche pour demander quoi, mais Barry leva la main.

— Je n'ai rien d'autre à te dire.

— Alors laisse-moi *te* poser une autre question, répliquai-je en me rapprochant de lui. Il doit bien exister un rapport quelque part, n'est-ce pas, sur le plongeon de Brett Stockwell dans les chutes de Promise Falls ?

— Il y a dix ans ?

— Ouais.

— Je suppose que oui.

— J'aimerais le lire.

Barry me scruta quelques instants avant de répondre :

— Je vais voir ce que je peux faire.

31

Nous réussîmes malgré tout à caser un autre jardin avant le déjeuner. Drew se jeta dans le travail. Je ne pus m'empêcher de penser que s'il avait consacré la même énergie à braquer des banques qu'il en mettait à tondre des pelouses, il aurait eu à présent un monceau d'argent planqué quelque part. J'étais sur le point de téléphoner à Ellen pour lui parler de Lance, mais décidai qu'elle n'avait pas besoin d'être distraite par des nouvelles supplémentaires pendant qu'elle s'occupait avec Natalie Bondurant de sortir notre fils de prison.

Pour déjeuner, nous retournâmes au bord de la rivière, au pied des chutes, retrouvant qui plus est la même table de pique-nique.

— Alors c'était le maire ? demanda Drew en buvant une gorgée d'eau. Finley.

— Oui.

— Et vous avez travaillé pour lui ?

— Exact. Je ne suis pas particulièrement fier de cette période, mais il nous arrive à tous de devoir parfois faire des choses qui ne nous plaisent pas beaucoup. En fait – les mots se coincèrent dans ma gorge tandis que je les prononçais –, il veut que je revienne travailler pour lui, maintenant que son chauffeur habituel est mort. Et à vrai dire, cet argent me serait bien utile.

— Par conséquent…

Drew s'interrompit, les yeux posés sur moi. Voilà, c'était son deuxième jour de travail, et il semblait en passe d'être viré. Après tout ce qu'il avait fait pour sauver la vie de son patron. Et celle de la femme de celui-ci.

— Écoutez, je n'ai pas encore pris ma décision.

Drew mordit dans son sandwich.

— C'est bon, assura-t-il. Quoi que vous décidiez.

— Ellen ne voudra pas le croire. Si je retourne travailler pour lui, ça sera forcément temporaire. Jusqu'à ce qu'il trouve un remplaçant à Lance.

— Lance était son chauffeur ?

— Oui. Il faisait partie de l'équipe du maire depuis longtemps, occupant la même fonction que moi avant que je démissionne.

— Pourquoi vous êtes parti ?

Je pris une grande inspiration.

— Oh, il y avait un tas de raisons. Mais un soir, elles ont atteint un point critique. Tout a plus ou moins dérapé.

— Comment ça ?

— Le mariage n'est pas une institution si sacrée que ça aux yeux de ce type, et à vrai dire, dans une certaine mesure, si vous voulez batifoler dans le dos de votre femme, ça ne me regarde pas, d'accord ? Je ne suis pas obligé d'apprécier, mais bon, je ne suis pas non plus le gendarme de la moralité. Cela dit, quand il s'agit d'une gosse…

Drew tiqua aussitôt.

— Une gosse ?

— Vous savez, une de ces gosses des rues. J'ai regardé sa carte d'identité. Même s'il ne le savait pas avec certitude, il aurait pu deviner qu'elle était mineure, il n'avait aucune excuse.

Puis je me souvins que j'étais censé garder pour moi les impairs de mon ancien patron.

— Écoutez, je ne devrais pas parler de ça. C'est du passé. Et peut-être, allez savoir, qu'aujourd'hui il n'est plus le même gros enfoiré qu'avant.

— Alors vous avez tout simplement démissionné ?

— Après lui avoir flanqué mon poing dans le nez, ç'a été plus fort que moi.

— Cette gamine, elle faisait le tapin ?

— Oui. Je lui ai laissé mon nom et mon numéro de téléphone pour qu'elle me contacte, elle ne l'a jamais fait.

— Vous saviez qui elle était, insista Drew. Vous aviez vu sa carte d'identité.

— Exact.

— Vous n'avez jamais essayé de la retrouver, de l'aider à remettre sa vie sur les rails ?

— Non. Je ne l'ai pas fait.

Je sentais les yeux de Drew fixés sur moi.

— Je me souviens de son nom, poursuivis-je. Sherry. Sherry Underwood.

— Et vous allez retravailler pour cet homme ? Un type pareil ?

— Les gens peuvent changer, assurai-je, même si je ne croyais pas, au fond de moi, que Randall Finley fût devenu vraiment différent de ce qu'il était à l'époque – un peu plus prudent, à la rigueur. Vous-même avez changé, n'est-ce pas ? Vous avez essayé de braquer une banque. Vous le feriez aujourd'hui ?

Drew considéra la question.

— Peut-être bien.

Le fait était que, si je retournais travailler pour Randy, ce serait pour Derek. Pour payer son avocate. Je conduirais Satan lui-même au bureau si cela me permettait d'aider mon fils.

Nous avions presque terminé notre journée. Nous étions en nage et maculés de poussière. Mon portable sonna.

— Il se passe quelque chose, annonça Ellen. Natalie vient d'appeler et m'a demandé de la rejoindre au tribunal. Viens le plus vite possible.

Je déposai Drew devant chez sa mère avant de foncer vers le centre-ville. Drew avait été plutôt silencieux tout le reste de l'après-midi, du moins pendant les rares moments où nous n'utilisions aucun engin. Une fois dans le centre, je dus faire trois fois le tour du pâté de maisons avant de trouver une place assez longue pour y caser le pick-up et sa remorque.

J'avais une allure épouvantable, mais au ton d'Ellen, ce n'était pas le moment de rentrer prendre une douche. Je la retrouvai en compagnie de Natalie Bondurant près de l'entrée principale du tribunal. Ellen me gratifia d'un rapide coup d'œil et sourit.

— Tu as une brindille collée dans le cou, dit-elle en levant la main pour m'en débarrasser.

— Ils laissent tomber l'inculpation, nous informa Natalie. Ils le relâchent.

— Oh, mon Dieu ! m'exclamai-je en prenant Ellen dans mes bras.

Nous demeurâmes cramponnés l'un à l'autre tandis que Natalie poursuivait :

— Le dossier était déjà en train de s'effondrer. Il aurait pu suffire pour passer en jugement, mais l'accusation savait qu'elle ne gagnerait jamais. Ce qui a tout réglé, c'est le pistolet.

— Le pistolet ?

— Celui trouvé chez vous hier soir. Il a été soumis à un examen balistique, et on a déterminé qu'il s'agissait de la même arme que celle utilisée sur les Langley.

— Nom d'un chien, fis-je en lâchant Ellen. Alors ces deux mecs, Mortie Machinchouette et son pote, ont tué Albert, Adam et Donna ?

— Eh bien, ça reste encore à prouver, répliqua Natalie. En tout cas, c'est le pistolet qu'ils ont laissé derrière eux. Difficile de monter un dossier contre votre fils alors que le pistolet dont il est censé s'être servi échoue entre les mains de ces deux-là pendant que lui-même se trouve en prison. Non que cela n'ait pu arriver d'une manière ou d'une autre, mais il faudrait que les flics relient des éléments, or il n'y a pas d'éléments à relier.

Ellen m'agrippa le bras.

— Cela signifie également, continua l'avocate, qu'on rattache à présent les hommes venus chez vous aux deux homicides précédents survenus à Promise Falls. Ces types se sont déchaînés.

— Plus Lance, ajoutai-je.

— Lance ? s'étonna Ellen.

— Il est mort. Il a été découvert dans son appartement ce matin, tué par balle.

Ellen blêmit.

— Seigneur, je n'étais même pas au courant.

— Une voisine a entendu quelqu'un dire « honte » après le coup de feu. Exactement ce que Derek a entendu pendant qu'il se cachait dans le sous-sol des Langley. Je parie que quand on retirera la balle du corps de Lance, on s'apercevra que c'est le même pistolet qui l'a descendu.

— Mais pourquoi ? demanda Ellen. Quel est le rapport ?

— Aucune idée. Et je crois même que je m'en fiche, maintenant.

— L'un d'eux est toujours dans la nature, rappela Ellen. Le brun.

Natalie acquiesça.

— Lorsque la police le retrouvera, on obtiendra peut-être la réponse à certaines de ces questions.

— Et Derek ? Quand est-ce qu'on le verra ?

— Ils sont en train de le faire monter, annonça l'avocate.

Alors, parfaitement à propos, il apparut. Vêtu des mêmes habits que la dernière fois, il était escorté d'un fonctionnaire du tribunal, et dès qu'il nous vit il s'élança vers nous. Ellen me devança et le prit la première dans ses bras, et je finis par les enlacer tous les deux ensemble. Chacun pleurait, tandis que nous restions ainsi accrochés les uns aux autres durant un très long moment.

Nous lui proposâmes de l'emmener dîner au Preston, le meilleur restaurant de steaks de la ville. Mais Derek n'avait qu'une envie, celle de rentrer à la maison, ce qui était tout aussi bien, vu que j'avais besoin d'une douche. Il apparut que c'était ce qu'il désirait également, et il s'attarda si longtemps dessous qu'il ne restait plus que de l'eau froide quand je pris la mienne.

Je ne me plaignis pas. Il n'y avait probablement pas assez d'eau chaude au monde pour le laver de la prison.

Nous fîmes livrer deux grandes pizzas, et la soirée se déroula dans la cuisine, tous les trois réunis, à discuter et rire et pleurer. J'étais incapable de me rappeler un seul moment où nous nous étions sentis plus proches. Nous éprouvions un sentiment de renaissance, comme si on nous avait rendu nos vies. Nous formions de nouveau un tout.

— Ça va être différent, maintenant, affirmai-je à Derek.

— Je sais. Je dois arrêter de semer la pagaille.

— Ce n'est pas ce que je pensais. Je voulais dire qu'on doit être francs les uns vis-à-vis des autres.

— OK. Promis.

— Si tu as des ennuis, tu dois venir nous voir, ta mère et moi. Tout de suite. Dès que ça se produit. Plus de secrets. D'accord ? ajoutai-je avec un regard à Ellen.

Elle battit des cils.

— Oui. C'est ça. Plus de secrets.

Un policier vint nous avertir que l'inspecteur Duckworth l'avait chargé de passer devant la maison environ toutes les demi-heures. L'acolyte de Mortie courait toujours, après tout, et pouvait très bien décider de revenir nous rendre visite.

Je lui offris une part de pizza.

— Avec anchois ? fit le flic.

— Non.

— Alors d'accord.

De retour à table, tout en grignotant une croûte de pizza, j'annonçai à ma famille :

— Randy m'a demandé de retravailler pour lui.

— Hein ? s'exclama Ellen. Randy ?

— Ouais. Il y a un poste vacant, expliquai-je avec une grimace.

— Je croyais que tu détestais ce type, remarqua Derek.

— Je ne suis pas à proprement parler le président de son fan-club. Mais l'argent supplémentaire nous serait utile. Au moins à court terme. Le temps de finir de payer l'avocate, ensuite je dirai à Randy de se chercher quelqu'un d'autre. Un mois ou deux, peu importe ce que ça prendra.

— Et la boîte ? souligna Derek. Tu vas la laisser tomber ? Et mon boulot ? Je vais devoir trouver autre chose pour le restant de l'été.

— Voilà mon idée, répondis-je. Toi, tu fais tourner la boîte. Tu connais le topo. Et les clients

– on en a un nouveau, mais tu peux oublier les Putnam. Ils nous ont virés.

— Pourquoi ?

— Aucune importance. Mais tu sais tout ce qu'il faut faire.

— Je ne peux pas m'en sortir seul, objecta Derek. C'est trop de boulot pour une seule personne.

— Je sais. Drew t'aidera. À vous deux, vous y arriverez.

— Drew ? Celui qui a tué le type dans la remise ?

Nous l'avions mis au courant des événements survenus durant son absence et de la façon dont ils avaient écarté les charges contre lui.

— Oui, ce Drew-là.

Il me vint soudain à l'esprit que ce n'était peut-être pas une si bonne idée. Derek risquait d'avoir des appréhensions à l'idée de faire équipe avec un homme capable d'une chose pareille, même si cet acte avait sauvé la vie de ses parents.

Mais Derek assura :

— Super. Pas de problème.

Je passai un coup de fil à Randy.

— Bon, voilà le marché. Tu peux m'avoir pendant quelques semaines, jusqu'à ce que j'aie terminé de payer Natalie. Donc, je te présente déjà ma démission. Ça devrait te laisser assez de temps pour dégotter quelqu'un d'autre que tu puisses supporter sur le long cours.

— J'étais sûr que tu accepterais, répliqua-t-il. Tu sais pourquoi ?

Je n'en avais aucune idée.

— Non. Pourquoi, Randy ?

— Parce que ma présence te rappelle en permanence à quel point tu vaux mieux que moi.

L'enfoiré, d'habitude étranger à la vérité, semblait sur une piste intéressante.

Derek parla brièvement au téléphone avec Penny, dont les parents écourtèrent l'appel. Leur accordant le bénéfice du doute, je conclus qu'ils ne croyaient plus notre fils coupable de meurtre. Simplement, ils n'avaient pas envie que leur fille sorte avec un garçon qui avait monté une combine pour dégotter une piaule où s'envoyer en l'air pendant une semaine.

Vers dix heures, après avoir tous dégusté de la crème glacée, Derek déclara vouloir se coucher. Il avait à peine dormi depuis son arrestation. Il ne nous avait pas raconté grand-chose de la vie dans la prison de Promise Falls. Ces journées n'étaient manifestement pas une expérience qu'il avait envie de revivre pour le moment. Une autre fois, peut-être.

En éteignant ce soir-là, nous avions l'impression de voir un peu de lumière au bout du fameux tunnel.

C'est fou comme on peut se tromper sur ces choses-là.

32

— Concrètement parlant, c'est toi le patron, dis-je à Derek avant que nous partions chercher Drew le lundi matin – et après un dimanche passé à retrouver notre souffle et à en faire le moins possible. C'est le camion et le matériel de ton père, tu es le fils du patron. Mais ne va pas te mettre à donner des ordres à Drew. Tu es un gamin – et même si tu deviens chaque jour plus intelligent, tu n'en restes pas moins un gamin. C'est un peu délicat de commander à un type plus âgé. Tu comprends ?

— Ouais, répondit Derek, je dois pas jouer au con.

— Bravo ! Maman et moi allons prendre la voiture, tu nous suivras avec le pick-up, et quand on aura récupéré Drew et que je vous aurai présentés, ta mère me déposera à l'hôtel de ville.

— J'arrive pas à croire que tu retournes vraiment travailler pour ce type. Je veux dire, c'est pas une critique, je suis juste surpris.

— Moi aussi. Mais aux grands maux les grands remèdes.

— Je peux te rembourser. Je travaillerai gratuitement, ça économisera de l'argent. C'était ma faute. Ma présence dans la maison. C'est ce qui m'a fichu dans le pétrin. Maman et toi ne devriez pas avoir à payer pour ma bêtise.

— Allez, monte dans le pick-up.

Ellen s'installa au volant de la Mazda, et je lui indiquai comment rejoindre Drew, qui se tenait à sa place habituelle sur le trottoir. Ellen se gara, je descendis de voiture, attendis que Derek en fasse autant.

— Drew, voici mon fils Derek. Derek, je te présente Drew.

Ils échangèrent une poignée de main.

— Je vous aurais bien appelé pour vous expliquer la situation, repris-je, mais je me suis rendu compte que je n'avais même pas votre numéro de téléphone.

— Je n'ai pas de portable, dit Drew. Ni vraiment les moyens pour, dans mon budget actuel. Alors, te voilà sorti, ajouta-t-il à l'adresse de mon fils. Félicitations.

— J'ai décidé d'accepter ce boulot pour le maire, poursuivis-je, n'osant prononcer le nom de Randy après le jugement catégorique de Drew la veille. Derek me remplacera durant cette période. Il connaît le topo, les clients, tout le bazar.

— D'accord.

— Bon, je dois y aller. À ce soir, Derek.

Après une étreinte rapide qui ne l'embarrassa pas trop, je repartis vers la voiture. Ellen était descendue le serrer elle aussi dans ses bras, puis avait repris sa place derrière le volant.

La dernière chose que j'entendis fut Derek lançant à Drew :

— Alors comme ça, vous avez braqué une banque ? C'est mon père qui me l'a dit.

Mes conseils avaient peut-être été un peu légers.

Je ne portais pas tout à fait la même tenue de travail aujourd'hui. Pantalon noir, chaussures noires, chemise blanc cassé, veste de sport grise. J'avais une cravate roulée au fond de la poche, en cas d'urgence, mais vu que la canicule continuait, je comptais essayer de m'en tirer avec un col ouvert.

J'avais oublié qu'on passait beaucoup de temps à poireauter dans ce boulot, et c'est ainsi que se déroula la majeure partie de la matinée. Je repris des nouvelles de certains membres du personnel, qui se montrèrent à la fois compatissants et réjouis que notre situation familiale s'améliore.

Peu après le déjeuner, Randy m'annonça que le planning de l'après-midi ne comportait pas grand-chose. Il tentait d'alléger son emploi du temps, étant donné que le lendemain avait lieu la conférence de presse durant laquelle il comptait annoncer officiellement qu'il briguait le Congrès.

Le premier point du programme était l'inauguration d'une concession automobile, où le maire coupa un ruban, mangea du gâteau, serra des mains avec effusion et fut photographié en faisant mine de refermer une portière sur sa main. Pour ma part, je me tins à côté de la Grand Marquis, préférant rester aussi éloigné que possible de ce genre de cinoche, même si je réussis à me procurer une saucisse grillée gratuite.

Ensuite, direction Swanson House, le foyer où les jeunes mères célibataires pouvaient trouver refuge et soutien. Il s'agissait de la seconde visite du maire depuis son irruption-surprise ce fameux soir de la semaine précédente. Il avait déjà fait nettoyer le tapis sur lequel il avait vomi, mais à présent il venait remettre un chèque de 5 000 dollars à la directrice, Gillian Metcalfe.

J'étais quasiment certain que la ville dotait Swanson House de plus que 5 000 dollars par an – ça devait plutôt tourner autour de 50 ou 100 000 –, mais donner tout d'un seul coup limitait le nombre de séances photo. Mieux valaient dix ou vingt visites avec un chèque de 5 000 dollars à chaque fois.

Randy était visiblement furax tandis que nous suivions le trottoir vers le foyer.

— Il n'y a aucun média. Tu vois un de ces médias à la con, toi ?

Non. Il n'y avait ni fourgon de télé, ni véhicule avec le logo du journal local sur la portière. Se pouvait-il que la remise par le maire de 5 000 misérables dollars au foyer de filles-mères ne soulève pas d'intérêt médiatique particulier ?

Je me souvenais que dans ma période antérieure avec lui, il était arrivé que Randall Finley se pointe à un événement qui s'annonçait moins rentable en publicité que prévu, et qu'il tourne les talons. Il avait ainsi un jour été invité à la remise de diplômes d'un lycée. Lorsque les responsables de l'école lui avaient appris que, pendant que les élèves monteraient recevoir leurs diplômes, il serait assis non pas sur la scène mais au premier rang, donc pas en vue des parents présents durant l'intégralité de la cérémonie, il avait fichu le camp.

« J'ai laissé tomber deux autres manifestations qui m'offraient une meilleure couverture que celle-ci, et vous, vous me collez avec les gens ordinaires, avait-il déclaré. Puisque vous ne me mettez pas sur la scène, je parviendrai peut-être encore à rejoindre à temps l'une des deux. »

À ce moment-là, je m'étais glissé vers lui pour chuchoter :

« Les gens ne l'oublieront jamais si tu les snobes comme ça. »

Il m'avait rétorqué :

« Et où t'as été maire, déjà, toi ? »

Randy n'allait pas faire un plan pareil à Gillian Metcalfe. Elle était très calée en médias. Larguer le tapis maculé de Swanson House sur les marches de l'hôtel de ville le prouvait. Alors, même si aucun journaliste ne se montrait, Randy ferait en sorte qu'elle soit contente, du moins autant qu'il soit possible de la rendre avec un chèque de 5 000 dollars. Si Gillian était maligne – et elle l'était –, elle poserait sur ce chèque un regard d'approbation assez réticent pour garantir qu'un autre suivrait bientôt.

Comme le maire lui serrait la main et tentait de papoter, et qu'elle répondait avec un sourire forcé, je partis me balader du côté de la cuisine, laquelle faisait bien deux fois la taille de n'importe quelle cuisine ordinaire. Il y avait deux cuisinières, deux frigos gigantesques, plusieurs fours à micro-ondes, des tas de plans de travail ainsi qu'une demi-douzaine de chaises hautes et des biberons en plastique dans tous les coins. J'entendais un, voire deux bébés pleurer à l'étage, mais le bambin installé dans l'une de ces chaises hautes affichait une mine absolument ravie, tandis que sa maman le nourrissait d'une mixture blanche et gluante que je supposai être de la bouillie Pablum.

— Salut, lançai-je, ne voulant ni la déranger, ni me montrer grossier.

La mère tourna les yeux vers moi, m'adressa un sourire rapide, mais elle devait se concentrer pour introduire la petite cuiller en plastique dans la bouche de son bébé, qui me semblait âgé d'une dizaine de mois.

Quelque chose chez elle me poussa à l'observer plus attentivement. Vingt ans, peut-être, mais il y avait des chances que ce fût moins. Cheveux blonds cendrés aux épaules, yeux marron, un piercing minuscule, quasi invisible, dans le nez. Quelques boutons sur le front, le teint pâle, pas de rouge à lèvres, une profonde fossette au menton.

J'essayai de la situer, presque sûr de l'avoir croisée quelque part. Sa tenue – jogging et sweat-shirt – ne collait pas. Ce n'était pas l'accoutrement dans lequel je l'avais vue auparavant.

— Votre bébé est superbe, dis-je en m'approchant.

La jeune femme rayonna de fierté.

— Merci. Il s'appelle Sean.

— Salut, Sean.

Un peu de Pablum jaillit de sa petite bouche et tomba sur la tablette de la chaise. Il baissa les yeux, fourra sa main dedans.

— Et moi, c'est Linda, ajouta la mère.

Je lui tendis la main.

— Bonjour, Linda. Jim. Jim Cutter.

Nous échangeâmes une poignée de main. Un peu de bouillie adhéra à ma paume.

— Salut, Jim. Alors, vous travaillez pour le maire ?

En se rendant à la cuisine avec son bébé, elle avait vu Randy faire du plat à Gillian Metcalfe.

— Je le conduis ici et là, répondis-je. En fait, c'est mon premier jour avec lui depuis deux ans. Je fais un remplacement, en quelque sorte. Son autre chauffeur est comme qui dirait indisponible.

— Il est venu ici la semaine dernière et a vomi sur le tapis, rapporta Linda. Le maire, pas le chauffeur.

— J'en ai entendu parler. C'est un peu sa spécialité.

— De vomir ?

— De se comporter comme un con. Il dispose d'un vaste répertoire en la matière.

Linda sourit, reprit une cuillerée de bouillie.

— Sans blague.

La façon dont elle le dit laissait entendre que le style de Finley lui était assez familier.

— Vous avez l'air de vouloir me poser une question, reprit Linda. Vous voulez savoir pourquoi je suis ici, pourquoi je n'ai pas de mari ?

C'était vrai, je m'apprêtais à lui demander quelque chose. Pas ça.

— Je ne crois pas que cela me regarde, répliquai-je.

— Oh, c'est bon. Ce gars, Eric, m'a mise enceinte. Il m'aurait peut-être épousée, mais il a été envoyé en Irak. Je pensais que quand il rentrerait, il serait un père pour ce petit garçon, même s'il ne voulait pas se marier avec moi, tout compte fait, mais ensuite, il a été tué.

— Je suis navré.

— Son hélicoptère s'est crashé.

— Je suis vraiment désolé

— C'est une guerre stupide.

— C'est l'avis de beaucoup de gens.

— Et comme je n'avais ni travail ni argent, on me laisse rester ici avec mon bébé, le temps de retomber sur mes pieds, vous comprenez ?

— Bien sûr, fis-je avant une petite pause. En fait, vous avez raison, j'allais vous poser une question. Mais pas celle-ci. Une autre.

— Ah bon ?

— Votre visage m'est familier. J'ai l'impression qu'on s'est déjà rencontrés quelque part.

Elle détourna les yeux de Sean assez longtemps pour me scruter, puis continua à lui donner à manger.

— Ouais, admit-elle, il se peut que je vous aie croisé un jour. C'est possible. J'ai croisé un tas de gens – elle hésita une seconde et précisa : un tas d'hommes.

Alors je me souvins. Il s'agissait de la fille qui se trouvait dans le couloir de l'hôtel, le soir où j'avais surpris Randall Finley en compagnie de la pute mineure. Linda, avais-je supposé, gagnait sa vie de la même manière que Sherry Underwood, du moins le top ajusté, la minijupe et les talons hauts le suggéraient à l'époque.

— Avant, vous... Je veux dire, je crois me rappeler que vous...

Comment formuler cela à une jeune mère en train de nourrir son bébé ?

— Que je couchais avec des mecs pour du pognon ? compléta Linda, qui désigna Sean. Ne vous inquiétez pas, il sait encore à peine dire « maman ».

Elle me dévisagea de nouveau, puis ajouta :

— Jamais avec vous, il me semble.

— Non, en effet.

Je m'assis à l'une des tables pour lui éviter de se dévisser le cou en me regardant.

— Alors vous avez réussi à quitter le trottoir ?

— Eh oui – elle engloba la pièce d'un geste –, je suis passée à ça. Un foyer pour ados en cloque.

Je lui souris.

— Ne vous dévalorisez pas.

— Presque toute ma vie a été une pagaille, reconnut-elle. Mais je veux vraiment m'en sortir, surtout maintenant – ses joues s'arrondirent de fierté, tandis qu'elle contemplait son petit garçon. J'aimerais terminer le lycée et faire des études.

— Pour faire quoi ?

— Du journalisme, ça me plairait bien, répondit-elle. J'ai vu beaucoup de trucs glauques, des vies que les gens ne devraient pas avoir, dont on devrait parler plus souvent. Je pense que la plupart de gens ne s'intéressent pas vraiment aux gosses des rues ou à ce qui leur arrive. Croyez-moi, je sais de quoi je parle. J'aimerais essayer de changer ça.

— Ce serait bien pour vous, dis-je, m'efforçant d'éviter le ton condescendant, parce que j'étais sincère.

Durant un moment, chacun garda le silence. Je finis par reprendre la parole :

— Vous connaissiez une fille nommée Sherry, n'est-ce pas ?

— Sherry ?

— Sherry Underwood. À l'époque, quand vous étiez une… comment vous appelez ça… une professionnelle ?

— Une putain, rectifia Linda.

— Une putain, répétai-je en souriant. À l'époque, vous la fréquentiez ? Vous avez travaillé ensemble, non ?

Elle fouilla sa mémoire.

— Ouais. Sherry. Mince, ça fait un bout de temps que j'ai pas pensé à elle. Elle avait un an ou deux de moins que moi. Un peu jeune pour zoner dehors, mais qu'est-ce que vous voulez faire, hein ? Il faut bien manger.

— Donc vous la connaissiez.

— Un peu.

— Vous savez ce qu'elle est devenue ?

— Pourquoi ? demanda Linda.

J'hésitai un instant. Comment expliquer ?

— Eh bien, je me trouvais dans les parages un soir où elle a eu des petits ennuis. Elle aurait dû se rendre à l'hôpital. Elle avait reçu un coup de pied dans le nez. J'ai essayé de la convaincre d'aller voir un médecin, mais elle ne voulait pas.

— Ah oui, je me rappelle, répliqua Linda. Vous étiez là. Et ce type, là-bas, qui refile le chèque, aussi, ajouta-t-elle en jetant un coup d'œil par la porte de la cuisine.

— Tiens, vous vous souvenez de lui ?

— Vous seriez surpris du nombre de gens dont je me souviens. Dont certains plus importants que lui. Enfin, je peux vous expliquer pourquoi elle refusait d'aller à l'hôpital. On y reste planté toute la nuit, on perd une tonne d'argent, et en plus, comme on n'a aucune assurance…

— D'accord. Elle est toujours dans le coin ? Sherry fait encore le trottoir ?

— J'en sais rien, avoua Linda. J'ai quitté tout ça avant elle. Alors nos chemins ne se sont pas croisés si longtemps que ça. Mais je l'ai vue, une fois, pas longtemps après que je suis tombée enceinte, dans le centre, au Kelly, vous savez – un autre resto de Promise Falls –, elle n'avait pas l'air en forme.

— C'est-à-dire ?

— Je ne sais pas. Elle semblait franchement mal fichue. À quoi, seize ou dix-sept ans, elle en faisait cent. Certains gosses supportent la rue, d'autres, ça les ronge, ils sombrent dans la drogue, parfois même le cristal. Ou ils chopent le sida ou un truc comme ça.

Linda exposait cela d'un ton très détaché.

— Alors ça n'allait pas très bien pour elle. Vous croyez qu'elle traîne toujours par ici ?

Linda nettoyait le visage de Sean avec un linge humide.

— Ben j'en doute, répondit-elle. Vu à quoi elle ressemblait la dernière fois. À moins que quelqu'un soit venu l'aider à reprendre sa vie en main, elle était fichue.

— Morte ? Vous pensez qu'elle est morte ?

Linda haussa les épaules.

— Merde, comment savoir ? Sauf si elle a réussi toute seule à complètement changer de vie, ce qui est peu probable. Parce que bon, quelles sont les chances que quelqu'un prenne le temps d'aider une stupide gamine à remettre sa vie en ordre ? Comme je disais, la plupart des gens n'ont vraiment pas envie d'avoir affaire à des personnes comme nous.

33

Le maire, qui me cherchait, passa la tête par la porte de la cuisine.

— Hé, on se casse, lança-t-il, sans même un regard à Linda et son bébé, exactement comme lorsque j'avais Drew à côté de moi, devant chez Lance. Si Randy n'avait pas besoin de vous parler ni de savoir qui vous étiez, il ne voyait aucun intérêt à reconnaître votre existence.

— Autant retourner au bureau, décida-t-il une fois dans la voiture. J'ai une réunion de comité à deux heures, et à trois heures et demie je dois planter un arbre dans une école.

— C'est chouette.

— Super-chiant, oui, rétorqua-t-il. Chaque fichue école de cette ville est branchée écolo, tu vois ? Ils interdisent aux gamins d'apporter des sacs en plastique, et du coup ils croient avoir réglé le problème du réchauffement de la planète. Et après, les mères viennent chercher leurs lardons à la sortie de l'école dans leurs Hummer à la noix.

De temps à autre, Randall Finley faisait preuve d'une réelle perspicacité.

— Alors, à ton avis, qui l'a fait ? reprit-il.

— Hein ?

J'étais en train de penser à Derek et Drew, me demandant comment se déroulait leur première journée de travail ensemble, comment Derek vivait sa deuxième journée hors de prison.

— Lance. Qui a buté Lance ?

— J'en sais rien.

— Un mari jaloux ? suggéra Randy. Un dealer ? Un maquereau qu'il aurait essayé de rouler ? Une dette de jeu, peut-être ? Ou encore ceci, poursuivit-il en se penchant avec un air de conspirateur, comme s'il y avait quelqu'un d'autre que nous dans la voiture. Un amant pédé, peut-être ?

— Aucune idée.

Le maire se carra de nouveau dans son siège.

— En fait, malgré tout le temps qu'on a passé ensemble, reconnut-il, je ne savais pas grand-chose de lui.

— Pourquoi, à ton avis ?

Dans le rétroviseur, je le vis hausser les épaules.

— Je suppose que je m'en tapais complètement. Pour te dire la vérité, Cutter, la vie des autres ne m'intéresse pas vraiment.

Je me fis la réflexion que ça ressemblait presque à un slogan de campagne. Puis mon portable sonna.

— C'est Barry, annonça l'inspecteur. Tu veux pas un café vite fait ?

— D'accord. J'ai un créneau cet après-midi. Le maire ne doit sortir qu'à quinze heures, pour aller planter un arbre.

Le Kelly, où Linda disait avoir vu Sherry Underwood pour la dernière fois, me trottait dans la tête. Il se trouvait près de l'hôtel de ville. Je donnai le nom à Barry.

— Dans une demi-heure, dit-il avant de raccrocher.

Le temps que je dépose Randy et que je gare la voiture dans le parking souterrain, la demi-heure s'était écoulée. Barry m'attendait déjà dans un box, avec des cafés et deux parts de tarte aux cerises sur la table. Il n'avait pas encore touché à la sienne.

Je m'assis en face de lui.

— C'est quoi ? demandai-je en désignant mon assiette.

— Cadeau de réconciliation.

— Il n'y a pas de crème fouettée.

Barry claqua des doigts. La serveuse s'approcha.

— Vous pourriez noyer ça sous de la chantilly, s'il vous plaît ?

Elle emporta l'assiette et revint après trente secondes, le gâteau largement dissimulé par un nuage de mousse blanche.

— Alors ? fit Barry.

— C'est mieux.

— Je suis désolé pour ton fils. Sur le moment, ça se tenait. Il était présent dans la maison, nous l'avait caché, et j'ignore quoi, mais il se passait un truc bizarre entre ton garçon et Mme Langley.

Je gardai le silence.

— Par contre, impossible de tirer une trace d'ADN de cette boucle d'oreille. Ça, plus le débarquement de ces types chez vous, le pistolet. Bref, le dossier s'est effondré. Je faisais mon boulot, Jim. Mais je me suis planté.

Il me regardait droit dans les yeux.

— Si c'était moi que tu avais collé en prison par erreur, répliquai-je, je t'aurais pardonné tout de suite. C'est mon fils, ça va prendre plus de temps.

Barry hocha la tête.

— Je l'admets. Alors comme ça, enchaîna-t-il après un instant, tu es retourné travailler avec Randy. Je ne m'y attendais pas. Il veut de nouveau se faire casser le nez ou quoi ?

— Je ne l'ai jamais réellement cassé.

— Ha ! Tu reconnais tout de même l'avoir frappé.

Je poussai un soupir.

— J'ai des frais juridiques à payer, Barry. Voilà pourquoi je travaille avec lui.

Barry eut la décence de rougir.

— D'accord.

— J'ai promis de lui accorder à peu près un mois. C'est tout.

— Bon. Reparle-moi de cette histoire de livre et de Conrad.

Je repris tout, point par point. Lui expliquant que les types qui nous avaient agressés, Ellen et moi, voulaient la copie du disque dur trouvé par Derek. Par conséquent, j'avais pensé que c'était forcément ceux qui étaient également venus chez les Langley, pour emporter l'ordinateur qu'Agnes Stockwell avait donné à notre fils.

Sauf que depuis, j'avais appris que le jour du meurtre, Albert Langley avait remis cet ordinateur à Conrad Chase. Du moins c'était ce que celui-ci avait raconté à Ellen. Albert savait que le contenu du disque dur intéresserait Conrad, et qu'il devait en être l'unique possesseur.

— Alors les Langley n'ont peut-être pas été tués à cause de l'ordinateur, conclut Barry. Car ils ne l'avaient pas.

— Eh bien, Ellen et moi avons failli être tués à cause de la disquette, et on ne l'avait pas non plus, fis-je observer.

Barry enfourna une bouchée de tarte.

— Alors, si ces types se trompaient en pensant que vous aviez la disquette, ils auraient pu se tromper en pensant que les Langley avaient l'ordinateur.

— C'est possible.

— Comment tu sais qu'Albert Langley a donné l'ordinateur à Conrad ? demanda Barry.

— Conrad l'a dit à Ellen quand elle lui a remis la disquette.

— Conrad pourrait avoir menti, suggéra-t-il en mâchant pensivement son gâteau. Il a peut-être récupéré l'ordinateur *après* l'assassinat des Langley, en fait. Ou bien Ellen ment quand elle affirme que Conrad lui a dit avoir déjà l'ordinateur.

— Tu penses qu'Ellen me mentirait ?

— Je ne dis pas que je le pense, j'évoque simplement cette possibilité. Écoute, j'adore ta femme. Son pain perdu est sensationnel. Si je parvenais à faire partir la mienne et qu'Ellen vienne vivre avec moi, je serais un homme heureux.

— Je croyais que tu aimais ta femme.

— Je l'aime, mais son pain perdu vaut pas un clou.

— Purée, Barry, à mon avis, tu es à côté de la plaque en supposant qu'Ellen me mentirait.

— Je ne fais que réfléchir tout haut. Bon, admettons que Conrad le lui ait dit, mais qu'il n'ait pas dit la vérité. Laisse-moi te poser une question. Qui connaissait l'existence d'une copie de ce prétendu livre sur une disquette ?

— Moi, Ellen, et Derek, bien sûr. Peut-être sa petite amie, Penny. Éventuellement ses parents. Conrad a fini par le comprendre. Et il y a aussi Illeana.

— L'ancienne actrice. Tu l'as déjà vue dans *Partie en vrille* ?

— Non, répondis-je.

— Le seul film de sa courte carrière qui lui ait valu un peu d'attention, et c'était surtout parce qu'elle montrait ses nénés. Tu peux le louer au magasin de vidéos.

— Je m'en passerai, répliquai-je, mordant dans ma tarte à travers la crème fouettée.

— Tu penses quoi de cette Illeana ? demanda Barry.

— Une goule vorace.

— Je l'ai croisée qu'une fois ou deux à des raouts, à Thackeray, sans qu'elle ni son mari m'adressent la parole. Je suis bien trop bas dans la chaîne alimentaire.

— Gagne ta vie en tondant des pelouses, et tu verras ce que ça donne.

— J'imagine. Bon, si je t'interroge sur elle, c'est qu'on a découvert l'identité du mort dans ta remise, celui que ton nouveau copain Drew a descendu, et qu'il s'appelait Morton DeLuca. De New York. Et bien qu'on n'ait pas encore retrouvé son comparse, on le soupçonne d'être un gars dénommé Lester Tiffin. Ils travaillaient beaucoup ensemble, du moins d'après la police de New York.

— Tiffin ?

— Ouais, confirma Barry.

— Le nom de jeune fille d'Illeana est Tiff.

— Je sais. Elle l'a raccourci.

— Et ce type serait de sa famille ? Un ex-mari, un frère ou je ne sais quoi ? Elle aurait engagé des gens – un parent – pour récupérer la disquette ? Elle ne savait pas que Conrad l'avait déjà ?

J'essayais d'assembler les éléments.

— Là, tu vas plus vite que moi en besogne, enchaîna Barry. J'irai voir Conrad et Illeana aujourd'hui. Pas un mot de ce Tiffin à personne, compris ? Je n'aurais sans doute même pas dû t'en parler, mais comme je t'ai un peu emmerdé ces derniers temps…

— Sans blague. Ça va être marrant d'interroger le président de la fac et son épouse.

— C'est pour ça que je gagne des tas de sous.

Sur ce, Barry fit descendre son gâteau avec du café. Puis il tendit la main vers le distributeur de serviettes en papier, qui étaient si tassées à l'intérieur que tout se déchira sous ses doigts. Il en sortit une poignée en pestant et s'essuya les coins de la bouche.

— J'ai jeté un œil sur le dossier de Brett Stockwell, annonça-t-il ensuite. Le môme qui a basculé dans les chutes. Comme tu m'avais demandé.

— Ah oui ? fis-je, étonné qu'il s'en soit souvenu.

— Pas grand-chose dedans. Il est tombé, sa tête a heurté un rocher, la nuque a été brisée, il a dû mourir sur le coup.

— Ç'a été qualifié de suicide.

— Il n'y avait pas de mot d'adieu, si c'est ta question. Mais aucun signe évident d'acte criminel non plus. Personne n'a rien vu ni rien entendu. On pense que ça s'est passé le soir, il devait y avoir peu de monde autour, bien que l'allée qui surplombe les chutes soit un endroit plutôt apprécié des joggeurs et des cyclistes. On a interrogé plein de gens, sa mère, ses profs, même Chase, et apparemment, c'était un gamin un peu perturbé. Passionné, lunatique. Et créatif. Cela ne signifie pas forcément suicide, certains facteurs existaient cependant.

— Y a-t-il le moindre élément dans le rapport qui prouve qu'il n'a pas pu être jeté, poussé par-dessus la rambarde ?

— Non, répondit Barry. Je suppose que ç'aurait pu se passer de cette manière, mais rien n'exclut non plus que des aliens soient venus le balancer par-dessus bord.

— C'est tout ?

— À peu près.

— Pourquoi ? Il y a autre chose ?

— Des fibres seulement, sur le garde-fou. Il y a ces piliers en béton échelonnés le long du pont au-dessus des chutes et reliés par une rambarde métallique. Sur l'un de ces piliers, on a trouvé quelques fils.

— Provenant de quoi ?

— Une chemise, ou une blouse, ne correspondant à aucun vêtement que portait le fils Stockwell. Et ces fibres pouvaient être là depuis un moment. Rien n'indique un rapport quelconque entre les deux.

Je réfléchis un instant avant de déclarer :

— Voilà comment je vois les choses, Barry. Conrad Chase a lu le bouquin de ce garçon. En a été très impressionné. Il s'est rendu compte que le gosse était un génie littéraire en herbe. Alors il a peut-être offert de lui acheter son texte et de le faire passer pour son propre roman. Ou bien il a carrément décidé de le voler. En tout cas, soit le petit Stockwell a refusé, soit, s'il ignorait ce qu'avait fait Conrad, il serait fumasse lorsqu'il s'apercevrait, à la sortie du bouquin, qu'il s'agissait du sien. Donc il fallait que Conrad règle cette situation. Il devait tuer Brett Stockwell. Je pense qu'il a poussé ce garçon dans les chutes. Qu'il l'a assassiné. Je ne sais pas quel était le rapport avec les Langley, mais il y a de sacrées chances que tout cela soit lié à l'irruption de ces deux voyous chez nous l'autre soir. Ce dont je suis le plus certain, c'est qu'il a tué Brett.

— Quasi impossible à prouver. Même si tu as raison, qu'il ait effectivement piqué le bouquin de ce garçon, et qu'on puisse l'établir d'une manière ou d'une autre, ça ne prouvera pas qu'il a précipité Brett dans les chutes. Le mieux que tu puisses espérer est sa ruine professionnelle, si l'affaire du roman sort au grand jour.

Ce serait déjà ça.

— Dis donc, fis-je, changeant de sujet, si je voulais retrouver une gamine qui se trouvait dans une mauvaise passe il y a un an ou deux – elle devait avoir dans les quinze ans à l'époque, et faisait le trottoir –, où est-ce que j'irais chercher ?

— Tu as un nom ?

— Sherry Underwood.

Barry l'inscrivit dans son calepin.

— Elle est quoi pour toi ?

Je me recueillis une seconde.

— C'est compliqué à expliquer. Une fille que j'ai laissée tomber, je crois. Le fait d'avoir récupéré Derek, de l'avoir sorti de prison, comment dire ? J'ai le sentiment qu'on a été à deux doigts de le perdre, qu'il a échappé in extremis à la catastrophe. Je me demande s'il n'est pas trop tard pour sauver quelqu'un d'autre.

Barry me fixa un moment, puis il annonça :

— Je vais vérifier ce nom tout à l'heure, si j'ai l'occasion. J'adore effectuer toutes ces recherches pour ta pomme. Entre-temps, tu pourrais tenter ta chance aux Saules.

Ce nom me rappelait quelque chose, mais je ne savais pas quoi. Barry me renseigna :

— Un centre portes ouvertes pour mômes, sur Lambton. Il y a un gars là-bas, Art, demande à lui parler, dis-lui que je t'envoie. En fait, c'est quoi l'histoire ?

Je le gratifiai d'un sourire en coin.

— Celle du coup de poing dans le nez du maire.

Lambton Street n'étant pas très éloignée du restaurant, je décidai de m'y rendre à pied. Les Saules se trouvaient entre une boutique de T-shirts et de posters pour jeunes, et un magasin de perles tenu par une Coréenne, pour les gens qui désiraient confectionner leurs propres bijoux.

Une petite dizaine de gosses grouillaient autour du centre. Deux ou trois d'entre eux étaient habillés tout en noir, leurs chevelures sombres striées de mèches roses ou mauves, les lèvres et les sourcils ornés d'anneaux et de clous en argent. Les autres ne paraissaient pas avoir adopté de look particulier. On aurait plutôt dit qu'ils avaient quitté la maison avec pour seuls vêtements ceux qu'ils avaient sur le dos. Jeans déchirés, T-shirts, baskets. Une des filles était pieds nus. La seule chose qu'ils semblaient avoir en commun était un air d'abandon, d'être là parce que personne ne voulait d'eux.

Je franchis le seuil. L'intérieur était équipé d'une dizaine de tables type cafétéria, de deux flippers, d'un jeu vidéo, d'un panneau d'affichage recouvert d'annonces sur les endroits où l'on pouvait dormir pour une nuit ou dégotter un petit boulot. Une ouverture dans le mur du fond permettait de passer de la nourriture depuis la cuisine.

Sur le côté se dressait également un comptoir surélevé, une sorte de meuble de réception d'hôtel tout délabré, derrière lequel j'aperçus un homme d'une cinquantaine d'années, penché sur de la paperasse. Il n'avait presque plus de cheveux sur la tête mais une barbe d'au moins deux jours, et avant même de parler, il donnait une impression de lassitude.

— Excusez-moi, dis-je en m'approchant. Je cherche Art.

Il leva les yeux, toujours appuyé sur ses coudes.

— Vous l'avez trouvé. Qu'est-ce qui se passe ? Les mômes bloquent le trottoir ?

— Non. D'après Barry Duckworth, vous seriez peut-être à même de m'aider.

— Vous êtes flic ? demanda Art en se redressant.

— Pas du tout. J'essaye de savoir ce qu'est devenue une jeune fille. Elle aurait pu venir dans un lieu comme celui-ci.

— Laissez-moi deviner. Vous essayez de retrouver votre fille.

— Non. Pas la mienne.

— Alors vous êtes détective ? Vous cherchez la gosse d'un autre ?

Je commençais à m'énerver.

— Mais non. Ce n'est pas ça du tout. C'est une fille sur laquelle je suis tombé il y a un an ou deux, une personne que j'ai tenté d'aider, sans doute pas suffisamment.

— Vous avez un nom ?

— Sherry. Sherry Underwood.

Art hocha aussitôt la tête. Je m'attendais à ce qu'il réfléchisse un moment, ce ne fut pas le cas.

— Ouais, bien sûr. Je me souviens d'elle.

— Elle vient dans ce foyer ?

— Elle y est venue pendant un moment. Ensuite elle est partie. Les gens passent un peu de temps ici puis s'en vont. Ça arrive sans arrêt. Personne ne fait suivre son courrier chez nous.

— Qu'est-ce que vous savez d'elle ?

— Écoutez, répondit-il. Je dirige cet endroit pour aider ces gamins à s'en sortir, pas pour les balancer à des parents ou autres qui les ont fait chier avant de leur tourner le dos.

— Il ne s'agit pas de ça. J'ai juste besoin de savoir.

— Voilà tout ce que je peux vous dire : elle avait une mère nulle et un père absent, et elle taillait des pipes ou se laissait baiser par de vieux types pour gagner de quoi manger. La dernière fois que je l'ai vue, elle était défoncée, ce que ces gosses sont la plupart du temps, parce que si vous deviez vivre comme eux, vous auriez aussi envie de passer un max de temps défoncé. J'aimerais pouvoir vous dire que son cas est unique, mais il ne l'est pas. Je peux autre chose pour vous ?

— Vous savez ce qu'elle est devenue après avoir arrêté de venir ici ?

— Elle a épousé un prince et vécu heureuse jusqu'à la fin de ses jours, répliqua Art. Écoutez, j'en sais rien, et bonne chance pour la retrouver. On est une équipe de quatre et on fait ce qu'on peut face à ce défilé permanent de désespoir.

— Je comprends. Et les hommes qui auraient pu être ses clients ? Vous connaîtriez l'un d'eux ? Vous en avez déjà vu un par ici ?

— Si jamais elle avait essayé de faire le tapin dans les parages, on l'aurait flanquée dehors. Mais je l'ai souvent vue ici après, en train de compter son argent, d'écrire des trucs dans son petit carnet.

J'étais quasiment certain de connaître ce carnet. Celui où j'avais noté mon nom et mon numéro de téléphone.

34

Le maire planta son arbre en manquant flanquer le tranchant de sa pelle dans le pied d'un bout de chou de sept ans. Sur le chemin du retour à l'hôtel de ville, il me confia :

— Demain, c'est le grand jour.

— Ouais, fis-je.

— Je garde un emploi du temps dégagé dans la journée. J'ai deux bricoles le matin, mais qui se passent dans le bâtiment, ensuite je laisse l'après-midi entièrement libre pour me préparer à ma déclaration. Tu es d'accord pour travailler demain soir ?

— Tes désirs sont des ordres, Randy.

— Finalement, remarqua-t-il, une fois qu'on a prévenu son patron qu'on va le lâcher à la première occasion, ça laisse les coudées sacrément franches, pas vrai ?

— T'as raison.

Comme il n'avait rien d'autre de prévu pour la soirée, Randall Finley déclara que je pouvais aussi bien rentrer avec la Marquis. Cela m'évitait d'appeler Ellen pour qu'elle vienne me chercher, ou de demander à Derek de passer me prendre avec le pick-up si Drew et lui avaient terminé leur journée.

Alors que j'émergeais du parking, une femme mince aux cheveux argentés, qui se trouvait près de la sortie, me fit signe de m'arrêter en me voyant derrière le volant. Je baissai ma vitre et reconnus Elizabeth Hunt, l'agent de Conrad Chase. Celle qu'il nous avait présentée après la messe d'enterrement des Langley.

— Monsieur Cutter, je suis si contente de tomber sur vous. On m'a dit que j'avais des chances de vous trouver à l'hôtel de ville.

— Vous me cherchiez ?

— Vous m'accorderiez un petit moment ? demanda-t-elle, presque sur un ton d'excuse.

Comme je bloquais la rampe du parking et qu'il n'y avait aucun endroit visible où se garer, je lui proposai de monter du côté passager. Elle s'installa près de moi.

— Je vais m'arrêter un peu plus loin, indiquai-je.

— Oh, faites simplement une fois ou deux le tour du pâté de maisons. Ensuite vous me redéposerez ici.

— Bien.

— Alors vous travaillez pour le maire, maintenant ? J'ai cru comprendre par Conrad que c'était un poste que vous occupiez avant.

— À une époque, oui, répondis-je. Et vous, vous êtes toujours là. Je vous ai vue à l'enterrement, je croyais que vous seriez repartie à New York depuis.

— Je séjourne encore dans ma maison au bord du lac. C'était censé être des vacances, mais Conrad a trouvé le moyen de les rendre studieuses. Il a presque terminé son manuscrit, expliqua-t-elle avec un sourire embarrassé, et il s'angoisse un peu à l'approche de la fin du processus. Je ne sais pas si vous connaissez les écrivains – je suis certaine que oui, grâce à votre femme –, mais ils ont parfois besoin qu'on leur tienne la main.

Difficile à imaginer de la part de Conrad, mais je me tus.

— Je voulais seulement vous dire ceci : j'espère que votre femme et vous allez bien, après cet affreux incident, chez vous, l'autre soir, reprit Elizabeth Hunt.

Je lui jetai un regard en coin.

— Oui.

— Quant à votre fils, toutes les charges contre lui ont été abandonnées ?

Je hochai la tête, bifurquai à droite.

— Vous devez vous demander ce que je peux bien vouloir, poursuivit-elle.

— J'imagine que vous allez y venir.

— Pour commencer, je dois vous avouer que je suis ici parce que Conrad me l'a demandé. J'ai beau lui avoir recommandé de laisser tomber, il peut être très obstiné. Et un peu casse-pieds, ajouta-t-elle en reniflant.

Je ne voyais pas du tout où cela nous menait et me contentais de conduire.

— Conrad pense le plus grand bien de vous, continua Elizabeth. Il éprouve un immense respect à votre égard.

Je lui coulai un nouveau regard.

— Vous vous fichez de moi.

— Manifestement, votre opinion compte pour lui.

Quelque chose dans son ton laissait entendre que cela l'étonnait autant que moi. Je hochai la tête.

— Eh bien, il a de drôles de façons de le montrer.

— D'après lui, vous ne croyez pas qu'il a écrit son premier livre, lâcha-t-elle à brûle-pourpoint.

Comme elle n'ajoutait rien, je supposai qu'elle attendait une réponse.

— C'est exact.

— Et pourquoi cela ?

— Il ne vous l'a pas expliqué ?

— Non.

— Alors je ne vois aucune raison d'entrer dans les détails. Disons simplement que oui, c'est vrai, je pense qu'il ne l'a pas écrit.

— C'est une allégation très grave.

— Alors intentez-moi un procès.

— Il y a une rumeur importante autour de son nouveau roman. Ce n'est pas très sympa de lancer le bruit que cet homme serait un imposteur.

— Parce que vous croyez vraiment qu'on va écouter les propos d'un chauffeur-tondeur de gazon ? rétorquai-je avec un haussement d'épaules.

— Peut-être pas.

Je commençais à en avoir marre et j'avais envie de rentrer, de voir comment s'était passée la première journée de travail de Derek avec Drew.

— Bon, madame Hunt. Allez droit au but, s'il vous plaît.

— Il veut que vous lisiez son nouveau livre, annonça-t-elle. Vous et votre femme Ellen, vous surtout.

Une fois de plus, je la regardai en biais.

— Il avait vaguement évoqué ça, mais je pensais qu'il blaguait.

— Pas du tout. Selon moi, il a le sentiment de devoir vous prouver quelque chose. Il souhaite que vous le lisiez, et ensuite, je suppose, vous croirez qu'il a écrit *La Part manquante*.

— Je suis certain que le dernier est vraiment de lui, et je m'en fiche.

Elizabeth Hunt soupira. À ce moment-là, je ressentis une certaine compassion pour elle. Ce n'était pas sa faute si Conrad Chase était un enfoiré.

— Je pourrais vous passer le roman sur disquette, proposa-t-elle, ou vous l'envoyer par mail, ou encore vous donner une copie papier du manuscrit.

— Ça ne m'intéresse pas.

— Bon, très bien. Au moins j'aurai posé la question.

Je lui adressai un bref sourire.

— Vous pouvez lui dire que vous avez fait de votre mieux.

Durant quelques instants, nous poursuivîmes notre route en silence, en direction du parking.

— Vous le méprisez réellement, n'est-ce pas ? reprit-elle. Vous pensez que c'est un imposteur ?

Je réfléchis tout en me garant le long du trottoir.

— Je pense qu'il est plus qu'un imposteur, répondis-je. Je pense que c'est un assassin.

Elizabeth Hunt battit des cils. Elle ne savait que dire. Nous étions revenus à notre point de départ. Elle déboucla sa ceinture et quitta la voiture.

— Il ne parle pas beaucoup, constata Derek lors du dîner, constitué de poulet rôti et de riz. Enfin, Drew est un gars sympa et tout, qui travaille vraiment très bien, j'avais même du mal à le suivre, mais il n'est pas très bavard.

— J'avais remarqué, admis-je. Je crois qu'il n'est pas très heureux.

— Je pensais qu'on aurait un tas de points communs, précisa Derek, parce qu'on a tous les deux fait de la taule.

— Derek ! protesta Ellen. Tu n'as pas « fait de la taule ».

— J'ai été en prison, rappela Derek. Pas aussi longtemps que Drew, n'empêche.

— Tu n'as jamais été reconnu coupable de quoi que ce soit, plaida Ellen. Tandis que Drew, si. C'est une sacrée différence. Il a fait quelque chose de mal. Pas toi.

— Mais si. J'ai fait plein de mauvaises choses.

— Je n'ai plus envie de parler de ça, trancha Ellen.

Et j'étais plus que d'accord.

— Je lui ai demandé ce que ça faisait de tuer ce type, celui qui vous a terrorisés l'autre soir, poursuivit Derek.

— Nom d'un chien, Derek, gémis-je. Ne lui pose pas des questions pareilles. Il a sans doute lui-même du mal à s'y faire.

Après un moment de silence général, Ellen reprit la parole :

— Et alors, qu'est-ce qu'il a dit ?

— Rien, en fait. Il m'a demandé un truc, à la place : comment c'était de se trouver chez les Langley quand ils se sont fait assassiner ?

Si Derek pouvait poser des questions aussi indélicates, je supposais que Drew avait le droit d'en faire autant.

— Et qu'est-ce que tu as répondu ?

— Que je ferai probablement des cauchemars jusqu'à la fin de mes jours.

Ellen serra le bras de notre fils. J'allais l'imiter, mais la sonnerie du téléphone m'arrêta.

Nous avions ignoré notre ligne fixe ces derniers jours, peu désireux de parler aux journalistes ou de subir les commentaires insultants des cinglés au numéro masqué de Promise Falls. À présent que toutes les charges contre Derek étaient tombées et que la nouvelle se propageait, nous étions moins angoissés chaque fois que nous décrochions.

— Allô ? fis-je.

— C'est Barry.

— Salut.

Je préférai ne pas prononcer son nom tout haut, craignant qu'il ne déclenche des grimaces furieuses d'Ellen, ou de Derek.

— Ellen et toi êtes occupés ? demanda-t-il.

— On finit de dîner.

— J'ai besoin que vous veniez au poste. J'ai un suspect à vous faire identifier.

— Qui ?

— Peut-être le comparse du type qui a fini mort dans ta remise. Dans une heure, ça irait ?

— On y sera.

Après avoir raccroché, je mis Ellen au courant. Elle devint livide. L'idée de se retrouver à proximité de notre second agresseur l'emplissait d'appréhension, même si une vitre sans tain nous séparerait de lui.

— Je ne suis pas sûre d'en être capable, avoua-t-elle.

— Tout ira bien. Ce sera comme à la télé. Il ne pourra pas nous voir. Nous seuls pourrons le voir, lui.

— Il portait tout le temps ce bas, objecta-t-elle.

— Les flics lui feront prononcer quelques mots. On l'a beaucoup entendu parler. Et il avait ce tatouage au bras.

Ellen acquiesça. Je me penchai pour l'embrasser sur la nuque.

— Ça va aller. Je file prendre une douche, changer de vêtements.

— D'accord, soupira-t-elle. Je vais ranger la cuisine.

Sur le point d'entrer dans la douche, j'entendis de nouveau le téléphone, mais quelqu'un décrocha dès la première sonnerie, aussi me mis-je sous l'eau, que je laissai couler sur moi pendant cinq bonnes minutes. Lorsque je sortis, la salle de bains était pleine de vapeur, le miroir embué. Je me servis d'une serviette pour en dégager un coin et me regarder. J'avais le visage encore contusionné de ma bagarre avec le défunt Lance, des poches sous les yeux, et mes pommettes paraissaient plus saillantes que deux semaines auparavant.

— Toi, dis-je à mon reflet, tu as besoin de vacances.

Sur le trajet vers le poste de police, je voulus savoir qui avait appelé.

— Un de ces téléprospecteurs à la noix, répondit Ellen. Pour des fenêtres.

Barry nous accueillit à l'entrée, puis nous fit suivre un couloir, monter quelques marches, parlant tout du long.

— Les flics de New York l'ont arrêté et nous l'ont expédié ici pour que vous puissiez le voir.

— Qui est-ce ? demanda Ellen. Comment s'appelle-t-il ?

— Je préférerais ne rien dire pour le moment. Je voudrais que vous examiniez le groupe à froid.

Barry m'avait déjà appris qu'ils s'intéressaient à un coéquipier de Mortie dénommé Lester Tiffin, que l'on croyait être le frère d'Illeana Tiff, la femme de Conrad. Jusqu'à présent, je n'avais pas partagé cette information avec Ellen ; je craignais que lancer ce genre de détail non confirmé dans la conversation ne revienne à jeter de l'huile sur le feu.

On nous fit entrer dans une salle vraiment semblable à celles des films, avec un mur vitré qui donnait sur une petite estrade assez vaste pour contenir une demi-douzaine de personnes. Barry se trouvait dans la salle, ainsi qu'un inconnu en costume bien coupé. Un avocat, je pariai.

Barry décrocha un téléphone suspendu au mur.

— C'est parti, annonça-t-il à son correspondant.

Six hommes entrèrent dans la pièce de l'autre côté de la vitre. Tous blancs, tous bruns, tous d'environ un mètre quatre-vingt-cinq. Trois d'entre eux portaient des manches courtes, les trois autres, des manches jusqu'aux poignets.

— Tournez-vous vers l'avant, aboya une voix.

— Regardez avec attention, nous recommanda Barry.

Je scrutai les six visages, et n'en reconnus aucun.

— Tu sais qu'il portait un masque, déclarai-je. Un bas.

— Je sais, répliqua Barry. Je comptais leur faire dire à tous quelques mots.

— Oui, approuva Ellen. Ça pourrait nous aider.

— Vous voudriez qu'ils disent quoi ?

— « Ce masque tient salement chaud », répondis-je.

Barry acquiesça avec un sourire et transmit mes instructions par le téléphone intérieur.

À tour de rôle, chacun des six hommes répéta la phrase.

Il y avait quelque chose dans la manière de l'énoncer du quatrième, qui portait des manches longues.

— Ce type-là, indiquai-je.

— Peut-être, je ne suis pas sûre, objecta Ellen.

Le type en costume émit un grognement.

— Ce serait possible qu'ils enfilent tous un bas sur leur tête ? demandai-je.

Le gars en costard me lorgna comme si j'étais un imbécile.

— Je pensais juste que la façon dont leurs visages seraient écrasés pourrait nous évoquer quelque chose, poursuivis-je.

— C'est ridicule, rétorqua M. Costard. Ils ressembleront tous au suspect, y compris mon client. Je ferai de vous la risée du comté d'Albany tout entier.

— Ça va pas marcher, Jim, admit Barry.

— Bon. Et leurs bras ? Il avait le tatouage d'un poignard sur le bras. Le droit.

Barry parla de nouveau dans le combiné, puis la voix de l'autre côté de la vitre ordonna aux hommes aux manches longues de les relever.

Le quatrième zigoto, celui dont la voix me semblait familière, s'exécuta très lentement.

— Allez, aboya quelqu'un.

Il enroula la manche, et lorsqu'elle dépassa son coude, la pointe d'un poignard apparut. Il l'enroula plus haut, révélant davantage la lame bleue, puis le manche.

Mon pouls s'accéléra.

— Voilà ! C'est le tatouage que j'ai vu sur le gars.

— Tu le reconnais ? demanda Barry à Ellen.

Qui secoua doucement la tête.

— Non, répondit-elle.

Je fis volte-face.

— Quoi ?

— Je ne le reconnais pas.

— Qu'est-ce que tu racontes ? Tu as même passé plus de temps que moi avec lui. Il est revenu te chercher à la maison, il t'a amenée dans la remise.

— Il faisait sombre, plaida-t-elle. Et j'avais tellement peur, je ne sais pas.

Barry se faufila près d'elle et lui chuchota :

— Il nie absolument tout, on n'a personne qui puisse le ranger avec son pote Mortie, alors si tu ne...

— Inspecteur Duckworth, un élément dont vous aimeriez faire profiter le reste de la classe ? intervint M. Costard.

Je revins à la charge :

— Ellen, comment peux-tu ne pas reconnaître... ?

— Je pense qu'on a terminé, coupa l'avocat. Il est évident que cette femme n'est pas capable d'identifier qui que ce soit, inspecteur.

— Ellen, tu es sûre que ce n'est pas ce type ? insista Barry. Jim reconnaît le tatouage.

— Non, répéta-t-elle. Il est totalement différent. Ce n'est pas du tout le souvenir que j'en ai. Il était bien plus long, et plus fin. Ça lui arrivait sous le coude.

— Ellen, dis-je, m'efforçant de maîtriser mon ton. À quoi tu joues, nom d'un chien ?

Tout en se dirigeant vers la porte, M. Costard lança :

— Je compte sur vous pour relâcher mon client sous peu.

Sur ce, il disparut.

Je continuais de fixer Ellen, qui, elle, fuyait mon regard.

35

Une fois sur le parking, je saisis Ellen par le bras et la forçai à me regarder.

— Tu peux m'expliquer ce qui vient de se passer ?

L'obscurité était tombée pendant que nous étions au poste de police, mais à la lumière des réverbères je voyais quand même des larmes sur les joues d'Ellen. Elle se débattait pour se libérer de mon emprise.

— Laisse-moi tranquille ! protesta-t-elle.

— Mon cul, oui ! Tu as laissé filer ce type ! Son pote et lui ont failli m'arracher les doigts, putain ! Et ils allaient probablement nous tuer !

— Arrête !

— Tu as une idée de qui il s'agissait ? continuai-je, incapable de m'empêcher de hurler. Moi oui. Je parie que c'était Lester Tiffin. Et tu sais qui est ce Lester Tiffin, nom d'un chien ? Le frère d'Illeana. Un truand de New York. On ne peut pas dire qu'elle venait de la crème des familles avant d'atterrir à Hollywood et d'épouser ton Conrad.

— Ne l'appelle pas comme ça. Ce n'est pas *mon* Conrad.

— Qui a téléphoné ce soir pendant que je prenais ma douche ? Illeana ? Conrad ?

— C'était une erreur ! cria Ellen. Toute cette histoire était une erreur !

— Quoi ? Qu'est-ce qui était une erreur ?

— Qu'ils viennent chez nous. Qu'ils viennent pour la disquette. Rien qu'une erreur stupide.

— Pour toi, quand on te scotche la main sur un taille-haie, c'est une boulette ?

— Un problème par ici ? Madame, ça va ?

Un policier s'approchait de nous.

Je lâchai Ellen, laissant retomber mon bras sur le côté.

— C'est bon, répondit-elle. Tout va bien, merci.

Il resta encore un instant pour s'en assurer, puis tourna les talons et repartit vers un véhicule de patrouille.

— J'exige de savoir ce qui se passe, tu entends ? sifflai-je.

— C'était bien lui, admit Ellen à voix basse.

— Là-bas ? Dans la file de suspects ? C'était le type ? Tu l'as reconnu ?

— Son bras, du moins. Et à l'entendre parler ç'avait tout à fait l'air d'être lui.

— Alors pourquoi tu ne l'as pas identifié ? Tu sais que du coup, il ne payera pas pour ce qu'il nous a fait ? Ça ne t'empêchera pas de dormir, de le savoir en liberté ?

— Il ne nous embêtera plus, rétorqua Ellen. J'en suis sûre.

— Oh. Eh bien, ça fait plaisir de le savoir. Je dormirai sur mes deux oreilles cette nuit. Ellen, poursuivis-je en secouant la tête, écœuré, tu ne comprends pas ? Ces types, celui que Drew a tué et le mec que tu viens de laisser partir, il y a toutes les raisons de croire qu'ils ont assassiné les Langley.

— Non. Je suis certaine que ce n'est pas le cas.

— *Certaine* ? Qu'est-ce que tu sais que j'ignore ?

— Enfin, quasi certaine, rectifia-t-elle en reniflant. J'ai besoin d'un kleenex.

Essayant de maîtriser ma déception et ma colère, j'en dégottai un intact dans ma poche et le lui tendis. Un moment s'écoula sans que nous parlions, tandis qu'Ellen se mouchait, tamponnait ses larmes. Puis elle reprit la parole :

— D'accord, écoute-moi jusqu'au bout. C'est Conrad qui a téléphoné. L'idée venait d'Illeana. Elle ne savait pas que j'avais donné la disquette à Conrad. Elle a appelé son frère et…

— Monte dans la voiture.

— Quoi ?

— Monte dans cette fichue bagnole.

Elle obéit. Je pris le volant de la Mazda et sortis du parking à toute allure, faisant crisser les pneus en tournant en direction de Thackeray.

Le président de la faculté habitait une vaste demeure qui me rappelait systématiquement Wayne Manor dans *Batman*. Peut-être pas tout à fait aussi grande, mais imposante. Le genre de baraque qui proclamait : « Je vis ici et pas vous. »

Je suivis l'allée en demi-cercle à une telle vitesse que je faillis mordre sur la pelouse manucurée. Puis je freinai à mort devant le porche, obligeant Ellen à projeter ses mains vers le tableau de bord. Nous n'avions pas échangé un mot en cours de route. Ellen se doutait de notre destination et se rendait sans doute compte qu'elle avait peu de chances de me faire changer d'avis.

Je m'étais préparé à devoir la tirer hors de la voiture, mais elle avait ouvert sa portière sans me laisser le temps d'arriver de son côté, et grimpa les marches de pierre avec moi. Avant que je puisse tambouriner sur la porte ou débouler direct, façon Conrad, celle-ci s'écarta.

Le bonhomme se tenait devant nous.

— Illeana et moi vous attendions, déclara-t-il. Donnez-vous la peine d'entrer.

Pendant tout le trajet, je m'étais imaginé pénétrant en trombe dans la maison, tout feu, tout flamme, mais les manières de Conrad me déstabilisèrent. Ellen et moi franchîmes donc le seuil, et il nous guida vers le spacieux salon.

Illeana s'y trouvait, debout. Elle avait l'air secouée. Ses yeux étaient injectés de sang, ses cheveux habituellement impeccables, mal coiffés, et sa main tenait un grand verre de ce qui se révéla être du whisky.

— Ellen, Jim, nous salua-t-elle, sans s'approcher.

Elle avait peur. De nous, de Conrad, ou des deux.

— L'avocat de son frère Lester vient d'appeler à l'instant, annonça Conrad. Il a été relâché. Merci beaucoup, ajouta-t-il à l'intention d'Ellen.

Celle-ci ne répondit pas.

Puis Conrad se tourna vers sa femme :

— Dis-leur.

— Conrad, ce ne serait pas mieux si tu leur...

Alors, d'une voix soudain tonitruante, Conrad rugit :

— Dis-leur ! Dis-leur ce que tu as fait, pauvre conne !

Si je n'avais guère été attentif jusque-là, je l'étais à présent.

Illeana, sa main tremblante faisant cliqueter les glaçons dans son verre, obtempéra.

— Je suis vraiment désolée. Je ne sais pas ce qui m'a pris. J'essayais... j'essayais juste de protéger mon mari.

Ellen et moi attendions. Ellen, je le soupçonnais, connaissait déjà l'essentiel de l'histoire.

— Quand je t'ai entendu te disputer avec Conrad à propos de cette disquette, m'expliqua Illeana, le jour où on est passés chez vous, ça n'a pas arrêté de me tracasser. Je me demandais ce qu'elle contenait, s'il pouvait réellement s'agir du livre de Conrad. Peu importait comment il était arrivé sur cette disquette, je pensais que ça risquait de lui faire du tort, surtout avec la sortie de son nouveau roman, et…

— Viens-en au fait, la coupa Conrad.

— Ensuite je suis allée te voir, pour te réclamer cette disquette, et tu as refusé de me la donner. Alors, j'ai décidé de trouver un autre moyen de la récupérer.

Elle détourna un instant les yeux, but une gorgée de whisky.

— J'ai besoin de m'asseoir, murmura-t-elle avant de se laisser choir dans l'un des nombreux fauteuils moelleux qui parsemaient la pièce. J'ai donc appelé mon frère. Il… il sait, et il a des amis qui savent traiter ce genre de situation. Il a proposé de venir de New York avec son copain Mortie et d'obtenir que tu leur remettes la disquette.

— Nom de Dieu, soufflai-je.

— Ils n'étaient pas censés vous faire du mal. Juste vous effrayer. Selon lui, si quelqu'un était capable de te pousser à dire où se trouvait la disquette, c'était Mortie.

Levant les doigts de ma main droite, je fis remarquer :

— Si ma femme n'avait pas débranché la prise à temps, je n'en aurais plus un seul.

— Je suis vraiment désolée, répéta Illeana.

— Désolée ?

— Elle ne savait pas, précisa Conrad. Elle ignorait qu'Ellen m'avait donné la disquette plus tôt dans la journée. Elle l'avait reprise à votre avocate.

— Conrad n'était pas du tout au courant de ce que je faisais, ajouta Illeana. Jusqu'à ce que l'inspecteur Duckworth vienne ici se renseigner sur mon frère, connu pour fréquenter Mortie DeLuca, le gars que ton ami a tué dans votre garage.

Une nouvelle larme coula sur sa joue.

— Oh, mon Dieu, gémit-elle, je n'aurais jamais imaginé que ça finisse par la mort de quelqu'un.

Je devais avoir l'air stupéfait. C'était en tout cas ainsi que je me sentais. Je pris la parole :

— Alors quoi, on est censés oublier toute cette histoire ? Parce que quoi ? Parce qu'on est de si bons amis ? Parce que ma femme bosse pour toi, Conrad ? Tu lui passes un coup de fil, tu lui ordonnes de ne pas identifier le suspect, et le satané frère d'Illeana ressort libre ?

— Ce n'est pas aussi simple que ça, rétorqua Conrad.

— Rien à foutre. Je vais tout raconter à Barry. Absolument tout. Tu as causé la mort de ce type, dis-je en pointant un doigt vers Illeana. Non que ce soit une grande perte. Mais c'est toi, en décidant de faire intervenir ton frère, de fourrer ton nez là-dedans, qui as fait tuer ce mec.

— Jim, s'il te plaît, me glissa Ellen. Laisse Conrad élucider le…

D'un geste, je lui imposai silence. Je n'en avais pas terminé avec le couple Chase.

— Et je suppose que vous voudriez me faire croire que cela n'a rien à voir avec les Langley ?

— Rien, assura Illeana. Absolument rien, je le jure.

— Vraiment ? Alors comment tu expliques le pistolet ? Le pistolet trouvé au pied de la voiture de ton frère, celui qu'il a jeté en remontant dedans quand Drew le pourchassait ?

Illeana tourna ses yeux rougis vers son mari, puis les reporta vers moi.

— Je n'étais pas au courant pour le pistolet, dit-elle.

— Il devait déjà se trouver là, suggéra Conrad.

— Non, répliquai-je. Le terrain avait été fouillé avant.

— C'est impensable, maintint Illeana. Lester ne peut pas avoir le moindre rapport avec ça. Aucun. Peut-être, je ne sais pas, que la personne qui a assassiné les Langley lui a vendu cette arme, ou la lui a donnée.

Je la regardai fixement.

— Et qui ça pourrait bien être, Illeana ? Toi, par exemple ? Tu connaissais l'existence de cet autre livre, celui dans l'ordinateur de Brett Stockwell, dès le départ ? C'est toi qui voulais faire disparaître cet ordinateur de la maison des Langley avant qu'il compromette ton mari ?

— Non, impossible, objecta Conrad. Albert m'a téléphoné à ce sujet plus tôt ce jour-là. Je suis allé le prendre. L'ordinateur ne se trouvait pas chez eux la nuit où ils ont été assassinés.

— Tout ça, c'est des foutaises, conclus-je. Mais je n'ai pas besoin de le tirer au clair. Barry s'en chargera.

Conrad fit un pas vers moi et s'efforça de prendre un ton raisonnable, presque aimable.

— Jim, je comprends que tu veuilles mêler la police à ça. Si j'étais à ta place, j'aurais envie d'appeler Barry, de tout lui raconter, de m'assurer que le frère d'Illeana sera traduit en justice, puni pour ce que son ami et lui vous ont fait, à Ellen et toi.

J'attendis la suite.

— Illeana, poursuivit-il en jetant un regard méprisant à sa femme, a fait de gros efforts pour essayer de s'éloigner de son passé, du genre de personnes avec lesquelles elle a grandi, de sa propre famille, dont beaucoup ne sont pas ce qu'on appellerait des citoyens respecta...

— Eh, protesta-t-elle.

— La ferme ! beugla-t-il de nouveau, le visage soudain écarlate.

Il s'accorda un instant pour se calmer avant de continuer.

— Il arrive qu'elle ne puisse s'empêcher de faire appel à ces gens quand elle se trouve dans la panade, comme cette semaine.

— Je ne vois pas le...

Conrad m'interrompit.

— Écoute-moi jusqu'au bout, Jim. Je sais que tu ne me croiras pas, mais je te dis tout ça en tant qu'ami. Parce que je tiens à vous, Ellen et toi.

Je retins ma langue.

— Les gens qu'il y a derrière Mortie et Lester ne sont pas de braves gens. Il ne s'agit pas de personnes... sensées. Ils ne sont pas très heureux de ce qui est arrivé à Mortie. Ni de ton amitié avec Drew. Et ils n'étaient pas ravis à l'idée qu'Ellen identifie le frère d'Illeana chez les flics ce soir. Qu'elle ne l'ait pas fait a atténué leur... contrariété.

Conrad baissa une seconde les yeux vers le sol, comme s'il avait honte de ce qu'il devait me dire.

— On nous a clairement demandé, à Illeana et moi, de te passer le message : si tu ne laisses pas tomber immédiatement, votre sécurité ne sera pas garantie.

Je sentis les poils de ma nuque se hérisser.

— Quoi ? Ils nous menacent ? Ils essayent de nous intimider pour qu'on la boucle ?

Conrad acquiesça d'un hochement de tête.

— Eh bien, bordel de merde, si c'est ce qu'ils croient...

— Jim, me coupa encore Conrad d'un ton très calme. Ça ne me plaît pas plus qu'à toi, mais tu ne saisis pas aussi bien que moi les intentions de ces gens. Je t'expose la situation : si tu vas plus loin, tu dois connaître les risques courus. Pour toi et les autres. Drew, bien évidemment. Il a tué un des leurs. Continue, et tu transformes aussi Ellen et Derek en cibles.

— Nom d'un chien…

— Lâche le morceau et ils vous tiendront quittes.

Je me tournai vers Illeana.

— Qui es-tu, bon sang ?

Elle ne répondit rien, mais ses yeux avaient changé d'expression. Alors que j'avais vu la colère de Conrad l'effrayer par moments, elle avait également eu ce regard qui disait : « Gaffe à pas trop me chercher, à pas trop chercher les miens. »

Conrad poursuivit :

— Bien que Mortie soit mort, alors que normalement ils réclameraient vengeance, ils se rendent aussi compte de la gravité de la situation dans laquelle vous étiez. Tout comme ils sont conscients du mauvais jugement dont a fait preuve Illeana. Et ils vous seraient reconnaissants de voir les choses s'arrêter là.

— Reconnaissants ? répétai-je.

Ellen me toucha le bras.

— On laisse tomber. On en a assez bavé comme ça. Je sais à quel point tu trouves injuste de laisser le frère d'Illeana s'en tirer à bon compte, mais on n'a pas le choix. Pour nous-mêmes. Pour Derek. Surtout pour Derek. Si quelque chose lui arrivait, je ne me le pardonnerais jamais.

— Pourquoi tu ne m'as pas mis au courant, tout simplement ? demandai-je. En allant à la séance d'identification ?

— J'avais peur que tu n'essaies de me pousser à changer d'avis, ou que tu racontes tout à Barry.

Peur que ta fierté, ton satané sens de la justice fassent obstacle au bon sens. Je n'aime pas plus que toi garder le silence là-dessus, mais je le ferai si ça nous protège. Parce que c'est terminé. Cette histoire de disquette et de tentative pour la récupérer est totalement terminée.

Personne ne pipa mot durant une minute ou deux. J'éprouvai une brusque lassitude et, traversant la pièce, pris appui sur le dessus de la cheminée. Je me tins là un moment, les yeux fixés sur les cendres froides dans l'âtre, vestiges de l'hiver passé.

— Bon, très bien, conclus-je.

Ellen me rejoignit et posa une main dans mon dos.

— Merci, souffla-t-elle.

— Oui, renchérit Conrad en s'avançant vers moi. Merci. Vraiment, Jim, de tout mon cœur.

Puis il s'éclaircit la gorge avant d'ajouter :

— Pourrais-je te parler un moment, en tête à tête ?

— Hein ?

— Viens avec moi dans mon bureau.

Je le suivis le long d'un couloir recouvert de moquette et dans son sanctuaire, une pièce aux murs tapissés d'étagères de livres, où trônait un vaste bureau en chêne jonché de papiers où il y avait un ordinateur. Il empoigna l'un des fauteuils de cuir disposés face au meuble, me fit signe de prendre l'autre. Je m'assis.

— Encore une fois, merci, répéta-t-il. Le fait est qu'il aurait pu y avoir d'autres répercussions si Ellen avait identifié Lester. Pas aussi graves que celles que j'ai laissées entendre, néfastes tout de même.

L'espace d'un instant, j'ignore pourquoi, le petit mot qu'il avait écrit à Ellen et que j'avais découvert dans son sac me revint à l'esprit, et j'eus une vision éclair des cuisses de ma femme autour de sa tête.

— Il y a des choses que tu ne comprends pas, poursuivit Chase. Des choses susceptibles d'avoir des conséquences pour Ellen et toi, si tout sortait au grand jour.

— Comment ça, si tout sortait au grand jour ?

Il s'éclaircit de nouveau la gorge, baissa les yeux sur son pantalon, y cueillit une peluche qu'il laissa tomber sur le tapis.

— Je sais que tu ne le crois pas, Jim, mais je t'aime bien. J'espère qu'Elizabeth te l'a bien fait savoir quand elle est allée te voir. Il faut reconnaître que tu m'as vraiment déconcerté, ces jours-ci, avec tes accusations et tes insinuations. Alors je me suis épanché auprès d'Elizabeth, je lui ai demandé de te parler, vu qu'avec moi ça ne marchait pas. D'après ce que j'ai compris, elle n'a pas eu beaucoup plus de chance.

Je restai silencieux.

— Ce qu'il y a, continua Conrad, et je crains que cela ne paraisse hypocrite ou condescendant, c'est qu'en dirigeant Thackeray ces dernières années j'ai eu l'occasion de rencontrer des gouverneurs, des sénateurs, et même deux présidents. En plus, lors du festival annuel que monte Ellen, j'ai croisé quelques-uns des plus éminents esprits littéraires du pays. Et pas mal d'entre eux ont émis des avis très flatteurs à mon propos. Ils pensent que je suis un écrivain de grand talent. En revanche, toi, tu me considères comme un imposteur.

Je me demandai ce que j'aurais fait si j'avais eu un arrosoir à ce moment-là.

— En vérité, tu es un type brillant, reprit Conrad. Bien plus brillant que tu ne le prétends, je pense. Et un artiste. À mon avis, tu sais en quoi consiste le processus créatif. Tu ne crois pas que j'aie écrit *La Part manquante*, admit-il avec un sourire piteux. Il y a peu de gens au courant, pour l'ordinateur de Brett Stockwell, donc peu de gens pour remettre d'emblée en question l'authenticité de ma paternité littéraire. Tu fais partie d'un groupe très fermé.

— Je suis flatté, répliquai-je.

— Voilà pourquoi j'ai voulu qu'Elizabeth te persuade de lire mon nouveau roman.

Il tendit la main et tapota un paquet de feuilles épais de sept bons centimètres sur son bureau.

— Le voici, dit-il. Je voulais te montrer que je suis *capable* d'écrire un livre.

— Même si tu as écrit ce tas-là, ça ne change rien pour le premier bouquin.

Conrad se mordilla les lèvres quelques instants.

— Oui, bon. Admettons, de façon tout à fait hypothétique, juste une lubie, qu'il y ait du vrai dans tes doutes à propos de mon premier livre. Et si celui-ci visait justement à rattraper ça ? Cela ne signifierait rien ?

Une fois de plus, je me trouvais à court de mots.

— Ce n'est pas le bon moment pour te redemander de le lire. Il s'est passé beaucoup de choses, il est clair que tu ne me dois aucune faveur.

— Et quand crois-tu que ça pourrait changer, Conrad ?

Il gloussa.

— Bien vu.

— Tiens, une idée de roman, lançai-je. Pourquoi tu n'écrirais pas un livre sur un président de fac tellement imbu de sa personne que, même après avoir reconnu la complicité de sa femme dans une tentative de meurtre, il persiste à penser que la victime en puissance aimerait lire sa prose ?

Conrad hocha lentement la tête.

— Eh bien, j'ai cru que ça valait le coup d'essayer. Peut-être qu'Ellen le lira. Je passerai le lui déposer un de ces jours.

— Ouais, ça serait super.

Puis je frottai mon visage las, inspirai un bon coup. À mon tour de poser une question :

— Qu'est-ce que tu as fait de l'ordinateur, Conrad ?

— J'ai sorti le disque dur, je l'ai écrabouillé à coups de masse, ensuite j'ai pris la voiture jusqu'au lac Saratoga, loué un bateau et j'ai jeté les débris dans la flotte.

Sa manière de me le raconter sans détour m'épata presque.

— Et tu as regardé ce qu'il y avait dessus avant de faire tout ça ?

— Rapidement, répondit-il.

— Tu as remarqué d'autres documents ? Des lettres, par exemple ?

Conrad inclina la tête et me fixa avec curiosité.

— Des lettres ?

— Ouais.

— Non, je n'ai pas remarqué. Pourquoi ?

Je fis un geste évasif de la main.

— Ça n'a plus d'importance.

Il se cala dans son siège, croisa les doigts devant son menton.

— Tu es un type bien, Jim, et je comprends l'opinion que tu as de moi. Et ta colère à propos de ce qu'Ellen et toi avez subi est parfaitement justifiée. Vous étiez terrorisés. Ce qu'a déclenché ma femme est impardonnable. Mais il y avait une raison pour que je demande à Ellen de ne pas identifier Lester, le frère d'Illeana, pendant la séance de tout à l'heure. Étaler ce qu'a fait Illeana et ses motivations – peu importe à quel point elles étaient erronées et déplacées – risque de m'exposer davantage au feu des projecteurs, et au bout du compte cela rejaillira sur Ellen. (Il marqua une nouvelle pause avant d'ajouter :) Et cela aura des conséquences sur toi. Et sur ton fils.

— Je ne vois pas où tu veux en venir.

Conrad se pencha plus près de moi.

— Il faut que tu parles à ta femme, déclara-t-il.

36

— Je dois commencer par le début, annonça Ellen, assise à la table de notre cuisine.

En quittant le bureau de Conrad, je m'étais dirigé droit vers Ellen et avais simplement dit « Allons-y » avant de revenir à la maison, sans échanger un mot durant le trajet. À notre arrivée, Derek était dans le séjour. Malgré la télé branchée sur MTV, il dormait à poings fermés. Tondre des pelouses toute la journée sous le soleil produit cet effet-là.

Comme je le poussais un peu du coude, il se réveilla en sursaut.

— Quoi ? bafouilla-t-il en se gratouillant la tête. Je suis où ? Ah, oui, d'accord.

— Hé, mon pote. Ta mère et moi devons discuter. Si tu allais te pieuter ?

— Ouais, bonne idée.

Un peu groggy, et au prix d'un gros effort, il gagna l'étage. Quand la porte de sa chambre claqua, Ellen et moi nous retrouvâmes dans la cuisine, à nous déplacer du plan de travail au frigo, du frigo à la table, comme si nous tournions l'un autour de l'autre.

— Asseyons-nous, dis-je, et chacun prit place de part et d'autre de la table. Conrad m'a conseillé de te parler. Tu aurais des choses à me dire.

D'autres choses, qui ne concernent pas les agissements d'Illeana.

— Je ne vois pas très bien. À propos de quoi ?

— De tout, répondis-je. La façon dont tout ça a commencé. Il n'a pas été très précis.

Après un petit silence, Ellen prit une grande inspiration, et lorsqu'elle la relâcha, on aurait dit qu'elle tremblait.

— Bon, je suppose qu'il est temps. Ç'a toujours été le cas, à vrai dire. J'ai si souvent voulu te le raconter, mais sans jamais m'en sentir capable. Peut-être parce que en parler ne changerait rien, sauf ta vision de moi, sans doute – elle rit doucement pour elle-même. À moins que non. Ta dernière impression s'est peut-être forgée quand tu as découvert ma liaison avec Conrad.

— J'ai surmonté cet épisode.

— Non, c'est faux, répliqua-t-elle.

— Ça date d'il y a longtemps.

— Aucune importance. Je t'ai fait du mal, et tu n'as jamais cicatrisé. Et j'ignore si ce que j'ai à te dire maintenant arrangera ou aggravera les choses entre nous. C'est pour cette raison que j'ai reculé le moment de le faire.

— J'ai besoin de savoir ce qui se passe.

C'est alors qu'elle expliqua qu'elle devait commencer par le début.

— Quand j'ai décroché ce poste ici, attaqua-t-elle, et qu'on a déménagé d'Albany, j'ai fait équipe avec Conrad à peu près depuis le début.

— Je sais, oui.

Comme si j'avais pu l'oublier…

— Toi et moi traversions une mauvaise passe, à l'époque, poursuivit Ellen. Je ne te reproche rien. C'était ma faute aussi. Je me jetais dans mon travail, tu étais déprimé à cause du tien. Ton art, tes boulots de surveillance nuls.

— Quel rapport avec… ?

— Laisse-moi parler, me coupa-t-elle. C'est difficile.

Elle inspira de nouveau à fond avant de continuer.

— Conrad me conseillait, proposait des noms de participants au festival. Il lisait un large panel de bouquins, du très littéraire aux romans dits populaires. Et moi aussi, bien que n'étant pas titulaire d'un doctorat en littérature. Mais à nous deux, on était capables de pondre une liste d'auteurs qu'on souhaitait inviter, et une fois fixés sur ceux qu'on espérait attirer, on commençait à les approcher, ou du moins leurs agents.

J'avais beau continuer à ne pas saisir le rapport, j'écoutais sagement.

— C'est comme ça que Conrad a connu Elizabeth Hunt. Elle représentait un tas de gens, depuis le véritable homme de lettres jusqu'à ce type qui a écrit sur le tueur en série qui collectionnait les cœurs de ses victimes. Tu sais, on en a fait un film ? Bref, ils se sont plutôt bien entendus, et elle a déclaré à Conrad que s'il écrivait un jour, il devrait absolument lui montrer le résultat. Et à vrai dire, il travaillait justement sur quelque chose. Depuis des années. Le Roman (Ellen prononça ces mots comme s'ils étaient entre guillemets), et en apprenant à mieux le connaître, je me suis rendu compte que son projet, ce livre qui comptait tant pour lui, n'allait nulle part.

— Aïe, fis-je.

Ellen releva brusquement la tête.

— Je ne peux pas raconter si tu réagis comme ça à chaque phrase.

Rappelé à l'ordre, je me tus.

— Il se sentait absolument obligé de produire quelque chose, de laisser son empreinte de membre de la faculté de Thackeray. D'autres avaient publié non pas des best-sellers, mais des ouvrages universitaires bien accueillis dans la communauté. Ils avaient un truc personnel à transmettre. Conrad, lui, ne voulait pas pondre un essai quelconque qui serait lu par cinquante personnes avant de finir sur une étagère de bibliothèque. Il voulait mieux que ça. Et là – elle respira un bon coup – il a rencontré Brett Stockwell.

— Son étudiant.

— Oui. Un étudiant doué, prometteur. Homo, torturé, instable, et plus mûr que son âge. Surtout pour son talent d'écriture. Conrad, qui n'avait habituellement rien de bon à dire sur aucun de ses étudiants, qui se sentait tellement supérieur à eux, parlait tout le temps de lui.

— Laisse-moi deviner. Brett lui a montré le roman sur lequel il travaillait.

— Il ne travaillait même plus dessus. Il l'avait terminé. Il voulait que Conrad le lise, lui dise ce qu'il en pensait. Il vénérait Conrad, ajouta-t-elle en hochant la tête, les yeux de nouveau baissés. Il tenait absolument à avoir l'avis de son professeur préféré sur son roman, tellement il l'admirait.

— Et Conrad l'a trahi.

Ellen me lança une fois encore ce regard. Celui qui m'intimait de la fermer et de la laisser parler.

— Brett lui a donc donné son roman à lire. Il lui a expliqué qu'il avait passé des mois dessus, ne l'avait jamais montré à personne, ni même n'avait eu le courage de dire à qui que ce soit sur quoi il travaillait. Au début, Conrad était très sceptique, parce que même s'il considérait Brett comme un excellent étudiant, il doutait qu'il ait la matière pour écrire un roman à son âge – du moins un bon roman. Brett avait le livre sur une disquette, qu'il a confiée à Conrad et que celui-ci a lue sur son propre ordinateur. Il en est resté sidéré. Il s'agissait d'une œuvre forte, satirique, provocatrice, drôle. Largement supérieure au bouquin sur lequel lui-même besognait depuis des années.

Ellen s'interrompit.

— J'ai besoin d'un verre.

Elle se leva, ouvrit le frigo, et je m'attendis à ce qu'elle sorte une bouteille de vin. Je supposais qu'après avoir vidé celles de l'autre jour dans l'évier, elle avait changé d'avis et reconstitué son stock. Mais elle en extirpa une bouteille de jus de fruits et m'en proposa d'un geste. Je fis signe que oui.

Elle se rassit, déboucha la bouteille et poursuivit son récit.

— En réalité, le roman de Brett abordait un thème similaire à celui sur lequel travaillait Conrad. Enfin, c'était loin d'être exactement le même sujet, celui d'un homme qui se réveille un matin et découvre que son identité sexuelle a complètement changé, mais une satire des comportements sexuels de notre époque, et je pense qu'en lisant ce livre, Conrad s'est en quelque sorte persuadé que c'était celui qu'il avait toujours essayé d'écrire, que Brett et lui étaient à bien des égards sur la même longueur d'onde. À ce stade, Conrad a souhaité une opinion professionnelle. Il voulait savoir s'il était le seul à penser que le roman était brillant. Alors il l'a envoyé à Elizabeth Hunt.

— Il lui a dit qui l'avait écrit ?

— Non.

— Tu as une idée de ce qu'il avait en tête à ce moment-là ? Quand il l'a envoyé à Elizabeth ? Est-ce qu'il pensait : si elle l'aime et réussit à le publier, je pourrai m'attribuer le mérite d'avoir lancé la carrière de Brett Stockwell ? Ou bien : si elle l'aime, je lui dirai qu'il est de moi ?

— Je ne sais pas ce qu'il pensait, reconnut Ellen. Je ne sais même pas s'il le savait lui-même. Inconsciemment, il avait sans doute une arrière-pensée. Peut-être qu'une partie de lui espérait qu'Elizabeth trouverait le livre épouvantable, impubliable, parce que ça aurait mis un terme à l'affaire. Il aurait pu cesser d'y penser.

— Ça n'a pas été l'avis d'Elizabeth, n'est-ce pas ?

— Non. Elle aussi l'a trouvé brillant. Nécessitant encore un peu de travail, mais brillant. Elle a dit qu'elle voulait essayer de le vendre, qu'elle voulait représenter l'auteur. Et elle a demandé à Conrad : « Qui est-ce ? C'est toi, l'auteur ? » À ce jour, je pense qu'il n'arrive toujours pas à croire qu'il a répondu oui.

— Comment tu sais tout ça ?

— C'était quand…

La voix d'Ellen mourut.

— Quand vous couchiez ensemble, complétai-je pour elle, mais elle garda le silence. Il te racontait tout le déroulement des événements ?

— Jusqu'au moment où Elizabeth a déclaré que le livre devait être publié. Là, il a arrêté de m'en parler.

— Conrad ne voulait pas admettre devant toi ce qu'il envisageait de faire.

— Non. Je sais qu'il a reçu Brett dans son bureau. Je venais le voir pour un truc, et la porte était entrouverte, ce qui m'a permis d'entendre qu'il était en rendez-vous avec un étudiant. Alors je suis restée dans les parages en attendant qu'ils terminent, jusqu'à ce que je me rende compte qu'il parlait à Brett de son livre.

— Et qu'est-ce que Conrad disait ?

— Que le roman n'était pas très bon.

— Tu plaisantes.

— Que c'était amateur, pas crédible, cliché. Il a amoncelé tous les adjectifs négatifs qui lui sont venus à l'esprit.

De tout ce que je savais et imaginais des malversations de Conrad, celle-ci me semblait la pire. Écartant un bref instant mes propres litiges, je voyais dans cet acte une trahison bien plus grave que le fait de coucher avec ma femme.

— J'ai regardé Brett quitter ce bureau, son ordinateur portable à l'épaule. Il était complètement démoli, reprit Ellen. Des larmes coulaient sur ses joues. Tu imagines ? Tu passes ton livre – ta vie – à un homme que tu tiens en si haute estime, dont l'opinion signifie tout pour toi, et il le réduit en bouillie, il t'anéantit littéralement. On pourrait *éventuellement* défendre l'attitude de Conrad si le livre avait été vraiment nul, si cela n'avait rimé à rien de faire croire à tort à un gosse qu'il avait du talent, mais le problème, c'est que Conrad mentait.

Le chagrin de Brett, son immense déception, traversa presque une décennie pour s'emparer de moi.

— Je n'arrive pas à croire qu'on puisse faire ça, dis-je.

— J'ai affronté Conrad, je lui ai expliqué que j'avais tout entendu, demandé à quoi il jouait, parce que je savais qu'il adorait le roman. Et il était totalement décontenancé, dans tous ses états, cherchant à tout prix à se justifier. Il a prétendu que le livre contenait de bons passages, mais qu'il n'était pas si génial que ça, que ce garçon ne réussirait jamais comme écrivain si tout le monde devenait gaga du moindre truc qu'il pondait. Je me suis aperçue à ce moment-là de ma terrible erreur, de l'ignoble personnage qu'était Conrad, et je me suis détestée d'avoir couché avec lui, de t'avoir trahi.

Je ne fis aucun commentaire.

— J'ai demandé à Conrad ce qu'il manigançait, pourquoi il avait dit ça à Brett alors qu'Elizabeth avait trouvé le livre tellement prometteur, je le savais. Je lui ai demandé s'il avait la moindre idée de ce qu'il venait de faire à ce garçon, qui avait quitté son bureau l'air prêt à se suicider.

Ce fut comme si une ampoule s'allumait dans ma tête.

— Oh, mon Dieu ! m'exclamai-je. Donc, pendant tout ce temps où je croyais que Conrad l'avait tué, ce gosse s'était vraiment suicidé. Bien que, en un sens, Conrad l'ait effectivement tué. En lui mentant, en prétendant que son livre était merdique. C'est ce qui a poussé Brett à sauter du haut de Promise Falls.

— Non, répliqua doucement Ellen. Ce n'est pas ce qui s'est passé. Ce n'est pas du tout ce qui s'est passé.

— Alors, attends une seconde. Alors j'ai raison. Conrad l'a quand même tué. Il a balancé Brett dans les chutes pour pouvoir lui escroquer son roman sans être inquiété ?

— Non, répéta Ellen. Ce n'est pas ce qui s'est passé non plus.

37

— Je ne pige pas, dis-je.

Ellen me toucha le bras.

— Laisse-moi raconter le reste, d'accord ?

— Vas-y.

— J'ai donc demandé à Conrad ce qu'il fabriquait, pourquoi il soutenait à Brett que son livre ne valait pas un clou alors que je savais qu'il le trouvait brillant. Tout comme je savais qu'Elizabeth l'avait lu et aimé. Et soudain, j'ai compris ce qu'il avait en tête. Alors je lui ai demandé s'il projetait de faire passer le livre de Brett pour le sien.

— Qu'est-ce qu'il a répondu ?

— À peu près ce qu'on pouvait prévoir. Il s'est montré offusqué, outré, a assuré que je perdais la boule. J'ai continué à le harceler et finalement il s'est plus ou moins mis à esquiver, affirmant qu'il n'allait pas voler le roman, mais qu'il pouvait peut-être trouver une forme d'arrangement avec Brett. Lui expliquer que comme il était si jeune, un simple étudiant, aucun éditeur ne regarderait jamais son truc, en revanche que s'il présentait le roman à sa place, il pourrait l'aider à être publié, et qu'ils partageraient les royalties. Ou alors acheter l'idée du livre à Brett, lui faire tout de suite une offre puis signer un papier quelconque, une renonciation de propriété. Il débitait toutes sortes d'absurdités, mais je voyais dans ses yeux ce qu'il avait décidé : il voulait le livre de ce môme, ce serait son sésame pour obtenir enfin la consécration à Thackeray. Je l'ai poussé à me répéter ce qu'il avait dit à Elizabeth. Lui avait-il appris que Brett était l'auteur ? Pas exactement, a-t-il répondu. Je lui ai avoué ne pas croire qu'il envisage seulement une chose pareille, surtout après avoir assené à Brett que son roman était mauvais. Que Conrad fasse ça... Je me suis posé des questions...

— Quel genre ?

— Je... je ne savais pas trop.

— Tu pensais à ce moment-là que Conrad pourrait réellement le tuer ?

— Je ne sais pas. Je ne crois pas. J'ignore ce que je pensais. Mais ensuite il a contourné son bureau, il est venu droit sur moi et a dit : « Ne me bousille pas ça, Ellen. » Il me tenait par les épaules, et il avait l'air si..., comment dire... comme si quelque chose s'était emparé de lui. Il avait ce regard. Ça m'a fait peur.

J'avais vu ce même regard le fameux jour, dans la remise, où je lui avais parlé de l'ordinateur disparu et de ce qu'il contenait. Et plus tôt dans la soirée, quand il s'était mis tellement en colère contre Illeana.

— Mais il ne m'a pas effrayée au point de m'ôter l'envie de faire quelque chose, ajouta Ellen, avant de hocher tristement la tête. Si seulement j'avais laissé tomber.

— Quoi ? Qu'est-ce que tu as fait ?

Elle couvrit son visage de ses mains, comme si elle s'armait de courage pour le restant de son récit.

— J'ai contacté Brett. Chaque étudiant a un cagibi, alors je lui ai laissé un mot lui demandant de me retrouver dans le centre-ville, le soir suivant, au Kelly.

Le resto où j'avais mangé de la tarte avec Barry, où la jeune maman célibataire Linda avait vu Sherry Underwood pour la dernière fois.

— Je trouvais qu'il valait mieux se rencontrer en dehors du campus, poursuivit Ellen, dans un endroit où on risquait moins de nous voir. Je précisais dans mon mot qu'il était capital que je lui parle, que ça concernait son livre. Il savait à peine qui j'étais, juste que je travaillais avec Conrad. On s'était salués deux ou trois fois, c'est tout. Pourtant, j'avais l'impression de connaître ce garçon du fait que Conrad avait si souvent parlé de lui, et après l'avoir vu sortir de ce bureau, humilié et brisé, je ne pouvais m'empêcher de penser à lui. Je me sentais d'une certaine façon complice, à cause de ma relation avec Conrad, et je détestais ce sentiment.

— Vous vous êtes retrouvés ?

— Je suis arrivée au Kelly à neuf heures, ne sachant s'il viendrait ou non, ni même s'il avait trouvé mon mot. Mais vers neuf heures cinq il est entré, portant un petit sac à dos et son ordinateur, et je lui ai adressé un signe parce que je n'étais pas sûre qu'il fasse le lien avec le nom sur le mot. C'était inutile ; il savait qui j'étais, et il s'est assis en face de moi. Il avait une mine épouvantable. C'était un gamin tellement adorable. D'apparence fragile. On aurait dit qu'un vent fort aurait pu l'emporter, tu vois ? Il était si innocent. Je veux dire, dans sa façon d'écrire. Il était très mature, mais c'était encore un petit bonhomme naïf perdu dans un monde impitoyable.

Ses yeux commençaient à s'emplir de larmes.

— Continue, dis-je doucement.

— Il a sorti mon mot, l'a posé sur la table, m'a demandé comment j'étais au courant pour son livre. Je lui ai expliqué que Conrad était un ami – elle évita mon regard en disant cela – et qu'il m'avait parlé du bouquin, de sa grande qualité.

— Ç'a dû le surprendre.

— Tu penses bien. Il a rétorqué : « Eh bien, ce n'est pas du tout ce qu'il m'a dit. Moi, il m'a dit que ce livre était un tas de merde. » Je lui ai assuré que ce n'était pas un tas de merde. Il a répondu que je ne l'avais pas lu, que je ne savais pas de quoi je parlais. Alors je lui ai annoncé qu'une personne qui, elle, savait ce qui était bon, un agent littéraire de New York, en avait été très impressionné. Il n'en revenait pas. Comment un agent de New York avait-il pu avoir son manuscrit ? voulait-il savoir. Je lui ai appris que Conrad l'avait donné à lire à Elizabeth Hunt.

— Il ne devait pas savoir quoi penser de ça.

— Il répétait tout le temps qu'il ne comprenait pas pourquoi Conrad débinait son livre s'il l'aimait, et l'avait même montré à un agent. Et d'un coup, ça a fait tilt ; il m'a regardée, bouche bée, comme s'il avait saisi sans arriver à se résoudre à prononcer les mots.

— Tu l'as fait à sa place.

— Je lui ai dit : « Brett, je crois que Conrad veut faire passer votre roman pour le sien. » Et là, il a commencé à se disputer avec moi, affirmant que c'était impossible. Que Conrad Chase était son professeur préféré, le meilleur qu'il ait jamais eu, qu'il était impensable qu'il fasse une chose pareille. Je lui ai demandé si Conrad lui avait proposé une forme d'arrangement quelconque, par exemple l'aider à écrire la version définitive, partager les royalties, n'importe quoi de ce genre, parce que je me disais : d'accord, laissons au moins à Conrad le bénéfice du doute, il avait évoqué ces possibilités devant moi. Mais Brett a répondu que non, le professeur Chase n'avait discuté d'aucune de ces choses avec lui.

— L'enfoiré, m'indignai-je.

Cette fois, Ellen ne m'incita pas d'un regard à la boucler.

— Ouais. Mais Brett continuait à répéter que je devais me tromper, que Conrad ne trahirait jamais sa confiance. La raison même pour laquelle il lui avait montré son manuscrit était sa confiance en lui, en son jugement. Mais plus on restait assis là, plus Brett se rendait compte, peu à peu, qu'il s'était complètement planté et commençait à convenir que je lui disais la vérité.

— Au moins, il savait que son livre n'était pas mauvais, fis-je valoir. Que les propos tenus par Conrad étaient des mensonges, qu'il avait une idée derrière la tête.

Ellen acquiesça, puis haussa légèrement les épaules.

— Oui, sauf que ça ne semblait pas avoir d'importance. Il était tellement effondré que le côté bonne nouvelle lui échappait. Il s'est mis à pleurer, puis à vider son cœur, à me révéler que son père était mort l'année d'avant, qu'il vivait seul avec sa mère, se sentait complètement déboussolé par son homosexualité qu'il ne pouvait avouer à sa mère, et qu'il avait pensé trouver en Conrad quelqu'un à qui se fier et parler.

— Putain…

— Et ce que j'avais envie de lui dire – ce dont je me suis bien gardée –, c'est que je ressentais un peu la même chose. Que je m'étais moi aussi fait avoir par Conrad, par sa personnalité, sa prétendue confiance, son intelligence, et que j'avais commis une épouvantable erreur. Que j'avais mis mon mariage en danger pour quelqu'un d'aussi superficiel, égocentrique et monstrueux.

— Tu t'en serais moins voulu si tu avais risqué ton mariage pour quelqu'un de meilleur ? demandai-je.

Elle leva les yeux vers moi en se mordant la lèvre.

— Celle-là, je la mérite, reconnut-elle.

Après avoir essuyé quelques larmes, elle continua.

— J'ai dit à Brett qu'il ne pouvait pas laisser Conrad s'en tirer comme ça. Il devait montrer son livre à d'autres personnes, peut-être même envoyer une copie à Elizabeth Hunt. Je me porterais garante pour lui. Je lui ai demandé qui d'autre avait lu le manuscrit. Il a serré son ordinateur dans ses bras comme s'il s'agissait d'un nourrisson et a répondu : « Personne. » Il avait confié une copie sur disquette à Conrad, c'était tout.

— Donc, il n'existait qu'un seul autre exemplaire du livre ? Sur l'ordinateur portable ?

— C'est ce que j'ai cru à l'époque. Mais quand tu m'as parlé de ce que Derek et Adam avaient découvert dans l'ordinateur provenant de chez la mère de Brett, je me suis rendu compte pour la première fois qu'il devait aussi en avoir une copie sur son matériel personnel, à la maison. Et c'est également la seule fois où Conrad s'est aperçu qu'il restait une autre copie du roman.

— Et pourtant, tu as collaboré avec lui. Tu lui as remis cette disquette. Tu l'as aidé à étouffer l'affaire. Je ne comprends pas.

— J'ai presque terminé, répliqua Ellen.

Elle se prit un instant la tête entre les mains, puis continua.

— Brett n'en voulait pas à Conrad, il était trop blessé pour être en colère. De toute façon, disait-il, tout le monde ne cherchait qu'à lui faire des vacheries. C'était l'histoire de sa vie. Il a déclaré qu'il s'en tapait complètement, de son foutu bouquin. Conrad n'avait qu'à le prendre, pour ce qu'il en avait à cirer. Plus rien n'avait d'importance, maintenant. Et d'un coup, il s'est levé et a quitté le Kelly.

— Alors, qu'est-ce que tu as fait ?

— D'abord j'ai hésité. Il était tellement bouleversé, je ne savais pas s'il valait mieux le laisser tranquille ou le suivre. J'ai préféré le suivre, au cas où il déciderait de faire une bêtise.

— Pourquoi, tu avais l'impression qu'il risquait de se suicider ?

— Je ne pensais pas vraiment à ça. Je m'inquiétais simplement pour lui. Je me suis levée à mon tour et je lui ai couru après, mais en sortant du resto, j'ignorais de quel côté il était parti, ensuite je l'ai aperçu allant vers le nord, en direction de la route qui surplombe les chutes.

— D'accord.

— J'ai couru derrière lui en l'appelant, mais il faisait la sourde oreille, complètement inflexible. Alors j'ai continué. Je l'ai rattrapé sur le pont, à peu près au milieu, et je lui ai pris le bras en lui ordonnant de s'arrêter.

— Il a obéi ?

— Oui. Il m'a regardée, et il avait beau faire déjà assez sombre, j'ai vu qu'il avait pas mal pleuré. Il n'y avait pas un chat, personne sur le pont, presque aucune circulation. J'ai demandé à Brett si ça allait, je voulais me rassurer, être sûre qu'il ne commettrait pas de folie, parce qu'il m'avait toujours donné l'impression d'être un gamin sensible, instable, tu vois ?

J'attendais la suite en silence.

— Et il a répondu que oui, il allait faire quelque chose. Il allait permettre à Conrad de réaliser son vœu. Il pourrait avoir son satané bouquin. Brett a répété qu'il n'en avait plus rien à battre. Alors il a fait glisser la bandoulière de la housse de son ordinateur, s'est avancé vers la rambarde, et j'ai compris qu'il allait jeter son ordinateur dans les chutes.

— Quoi ?

— J'ai crié : « Non, ne faites pas ça ! » Je lui ai expliqué que cet ordinateur constituait sa preuve. Bien sûr, je me rends compte maintenant qu'il en restait une autre sur celui qu'il avait chez lui. Je suppose qu'il s'agissait d'un simple geste de colère, une manière d'exprimer à quel point il se sentait trahi. Mais je ne le savais pas, je lui répétais que c'était lui qui avait écrit ce livre, qu'il ne pouvait pas se débarrasser de l'ordinateur, mais il ne m'écoutait pas, et je me disais : il ne peut pas faire ça, il ne peut pas laisser Conrad s'en tirer comme ça, et alors qu'il lâchait la bandoulière, et que l'ordinateur passait par-dessus la rambarde, j'ai essayé de l'attraper.

À cet instant, il me semble que je retenais ma respiration.

— J'ai tendu le bras sous la rambarde pour prendre la bandoulière, poursuivit Ellen, et j'ai cru que je l'avais, je l'ai juste touchée, mais elle a glissé de ma main et est retombée sur l'avancée qui longe le bord du pont, de l'autre côté de la rambarde. La bandoulière s'était accrochée à un boulon, et l'ordinateur pendait dans le vide.

— Nom de Dieu !

— J'essayais de l'atteindre entre les glissières du garde-fou, mais Brett était en train de s'éloigner, et même s'il disait qu'il n'en avait rien à cirer, j'étais déterminée à récupérer le portable. Alors j'ai essayé en passant le bras par-dessus la rambarde et non à travers, et comme je n'y arrivais toujours pas, je l'ai enjambée.

— Non ! m'écriai-je, comme si je pouvais, des années plus tard, l'empêcher de faire une chose aussi dangereuse.

— Je pensais qu'en me mettant debout sur le rebord, en me tenant d'une main à une des glissières, je pourrais m'accroupir et attraper la bandoulière.

Rétrospectivement inquiet, je secouais lentement la tête.

— J'ai réussi à l'atteindre, je l'ai enroulée autour de mon poignet, et d'une façon ou d'une autre, en essayant de me relever, j'ai un peu glissé, mon pied a quitté le rebord, ma tête est retombée au-dessous de la rambarde, et je suppose que j'ai crié. C'est à ce moment-là que Brett, qui était presque arrivé au bout du pont, s'est retourné, a vu ce que je faisais, et est revenu en courant.

— Continue.

— J'avais la bandoulière serrée autour du poignet, par contre l'ordinateur était tombé en dessous du rebord et s'était accroché à quelque chose, donc je ne pouvais pas monter le bras, ni me mettre debout, et je me tenais à peine de l'autre main à une des glissières. Brett a vu le pétrin dans lequel je me trouvais, m'a crié : « Tenez bon ! Tenez bon ! » tout en balançant ses jambes par-dessus la rambarde pour m'aider, mais il l'a fait trop vite, et quand ses pieds ont touché le rebord, il a perdu l'équilibre.

Ellen s'interrompit. Les coudes sur la table, elle enfouit le visage dans ses mains et commença à sangloter.

— Ellen...

Je rapprochai ma chaise, posai la main sur son épaule.

— Ellen, répétai-je.

— Tu vois, il a essayé de me tendre le bras, de m'aider, presque instinctivement. Mais il n'a pas pris le temps de se remettre d'aplomb. Et alors j'ai vu ses yeux quand il s'est rendu compte qu'il chancelait en direction des chutes, ajouta-t-elle en pleurant. Il a essayé d'atteindre la rambarde, et il a failli l'attraper mais c'était un garçon si léger, il avait de si petites mains...

Ellen détourna le regard une seconde.

— L'élan l'emportait. Il n'a pas réussi à la saisir. Et ensuite il a disparu.

Elle me fixa de ses yeux rouges et gonflés.

— Et tu sais quoi ?

— Non ?

— Il n'a pas émis le moindre bruit. Il s'est juste volatilisé dans le rugissement de l'eau. Je ne l'ai jamais entendu arriver en bas.

38

— J'ai réussi, Dieu sait comment, à me hisser de nouveau sur le pont, reprit Ellen. Je devais être plus ou moins sous le choc. J'avais toujours l'ordinateur. J'ai regardé en bas, espérant apercevoir une trace de Brett, il n'y avait rien. J'ai couru au bout du pont, où il y a un escalier qui descend tout en bas, tu sais ?

Je fis signe que oui, je connaissais cet escalier.

— Je l'ai dévalé aussi vite que possible, j'ai observé toute la surface de l'eau, même si je savais au fond de moi que personne ne pouvait survivre à une chute pareille. Pas avec tous ces rochers au pied de la cataracte. Et puis il m'a semblé voir Brett, en partie, son dos et une de ses jambes, sur un rocher, l'eau dégringolait sur lui, et j'ai su qu'il était mort – elle s'interrompit. Ce que j'avais fait était épouvantable.

— Tu essayais d'agir comme il le fallait. Ce qui est arrivé était un accident. Tu as eu raison de le mettre en garde contre Conrad, contre ce qu'il allait faire. Pour autant que tu le saches, Conrad projetait de le zigouiller lui-même. Et peut-être que si tu n'avais pas suivi Brett sur le pont, il se serait suicidé. Peut-être qu'il se serait jeté à l'eau en même temps que son ordinateur.

— Si je ne l'avais pas suivi, objecta Ellen, je pense qu'il serait toujours vivant.

J'aurais bien continué à tenter d'apaiser son sentiment de culpabilité, mais je devinais que l'histoire n'était pas terminée.

— Qu'est-ce qui s'est passé ensuite ?

— Je ne voyais pas qui aller trouver, hormis Conrad.

— Pourquoi tu ne t'es pas tournée vers moi ?

Elle me lança un regard implorant.

— Seigneur, j'en avais envie ! Par quoi j'aurais commencé ? À ce moment-là tu ne savais pas que je... voyais Conrad. T'en parler aurait signifié tout confesser, en fin de compte, et, Jim... je n'en ai pas eu le courage, reconnut-elle en me frôlant le bras.

J'indiquai d'un hochement de tête que je comprenais.

— Mais je sentais que je devais le dire à quelqu'un, et que ça devait être Conrad, car ce que j'avais fait, je l'avais fait à cause de lui – non pas *pour* lui, à cause de ce qu'il s'apprêtait à faire. J'avais beau avoir royalement merdé, j'étais en colère contre lui, je voulais qu'il partage la faute, parce que c'était lui qui avait tout déclenché. Je suis allée chez lui. Il avait une maison juste à côté de la fac, où il vivait seul, pas celle qu'il a maintenant, bien sûr. Je suis carrément entrée. Il était assis à la table de la cuisine, en train de corriger des copies. J'ai jeté l'ordinateur portable sous son nez et il a demandé : « C'est quoi, bon sang ? » Je lui ai tout raconté. Que j'avais voulu prévenir Brett, lui apprendre que son professeur l'avait trahi, et il est devenu tout rouge, comme s'il allait exploser. Ensuite je lui ai expliqué ce qui s'était passé, que Brett avait voulu jeter son ordinateur par-dessus la rambarde, que je m'étais précipitée derrière, que j'avais failli faire une chute fatale, et que Brett était mort en essayant de m'aider.

— Comment a-t-il réagi ?

— Quand je suis arrivée à la partie où Brett se tuait, Conrad a changé d'un coup. Il s'est complètement calmé. Il m'a demandé si je le faisais marcher. Si cet ordinateur était bien celui de Brett, s'il contenait bien le roman de Brett. Je supposais que oui, mais je n'avais pas vérifié, alors Conrad l'a sorti de la housse, l'a allumé pour y jeter un coup d'œil, et même s'il n'a rien dit, j'ai bien vu qu'il faisait défiler un texte, il hochait la tête. Ensuite il a refermé le portable, et s'est borné à proférer : « Je vais garder ça. »

— Il a compris à ce moment-là qu'il pouvait se l'approprier en toute impunité.

— En effet. Et je le lui ai dit. Je l'ai averti que s'il le publiait sous son nom, je révélerais au monde entier ce qu'il avait fait. Alors il m'a balancé son sale petit sourire et rétorqué : « Dois-je révéler au monde entier comment j'ai obtenu les copies existantes de ce livre ? Dois-je révéler au monde entier pourquoi le véritable auteur de ce roman est dans l'incapacité d'en revendiquer la paternité ? Dois-je révéler au monde entier que tu l'as poussé du haut de Promise Falls, que tu l'as fait pour moi ? »

— Il ne pouvait pas s'attendre à ce que les gens croient ça.

— C'est ce que je lui ai répondu : « Vas-y, essaye de faire gober cette histoire ; à mon avis, les gens me croiront quand je leur raconterai tout. » Alors il a demandé : « Qu'est-ce qu'ils penseront quand ils apprendront que tu as quitté les lieux ? Que tu as laissé Brett Stockwell mourir sans appeler la police ? »

Je dus faire une grimace.

— Ça n'aurait pas été bon pour toi.

— Je sais. J'étais malgré tout sûre de parvenir à l'expliquer. Comme quoi j'étais sous le choc, ce qui était vrai. J'avais failli mourir moi-même. J'étais prête à prendre le risque, de toute manière. Pourtant, j'étais consciente que les éléments que Conrad possédait sur moi risquaient d'être compromettants. Je pouvais l'accuser d'avoir volé le livre de ce garçon, mais il pouvait aussi bien renverser le truc et affirmer ne jamais en avoir eu l'intention, que j'avais agi de moi-même pour son compte.

— Comme l'a fait Illeana.

— Oui, c'est un peu pareil. Il prétendrait que pousser Brett Stockwell du haut du pont avait été une sorte de cadeau de ma part pour lui permettre de voler son livre sans être inquiété.

— C'est tiré par les cheveux, mais certains auraient pu l'avaler.

— J'étais tellement paumée, expliqua Ellen. Terrifiée. Et j'avais honte. J'avais peur. Si des gens croyaient Conrad, quelles seraient les conséquences pour moi ? pour nous ? et pour notre fils ? On serait tous embarqués là-dedans.

Elle hocha la tête d'un air résigné avant de continuer.

— Me manifester, dénoncer Conrad, cela aurait voulu dire que tu apprenais notre liaison. Elle était terminée quand tu as trouvé ce mot, mais à ce moment-là il était trop tard pour témoigner, révéler la vérité sur les manigances de Conrad. Mon silence a eu pour effet de confirmer sa version des événements. Je t'aime, tu sais, ajouta-t-elle en me touchant à nouveau le bras. Je t'aime maintenant et je t'aimais à l'époque. J'ai gardé le silence, en espérant que tu ne saurais jamais rien de tout ça.

Je me levai, fis les cent pas dans la cuisine, puis, penché au-dessus de l'évier, en contemplai pensivement le fond.

— Donc, dis-je, tout ce que j'ai tenté ces derniers jours pour démontrer ce qu'avait fait Conrad il y a des années, tu l'as saboté parce que ça se serait retourné contre nous deux. Tu ne voulais pas que je lui parle, tu préférais t'en charger toi-même. Tu as récupéré la disquette chez l'avocate de Derek et tu la lui as donnée.

— Plus ou moins.

— Et Albert Langley ? Il devait être au courant de ce qu'avait fait Conrad autrefois, pour l'avoir tuyauté sur l'ordinateur que Derek et Adam bricolaient.

— Oui, répondit Ellen. Conrad avait confessé ses péchés à Albert. Non par sentiment de culpabilité, pour se couvrir en cas de rebondissements imprévus. Juste avant la sortie du livre, il s'est mis à devenir parano et est allé en discuter avec Albert ; il voulait connaître ses recours si quelqu'un l'accusait de plagiat. Est-ce qu'il pourrait intenter un procès ? Il lui a fait jurer le secret, ce qui n'était pas nécessaire, vu qu'Albert était son avocat. Langley lui a conseillé de ne pas s'inquiéter.

— Albert savait certainement aussi que la seule autre personne au courant, c'était toi.

— Je suppose. Durant toutes ces années, Conrad et moi avons eu cette emprise malsaine l'un sur l'autre. Quand le livre est sorti, que les critiques ont été fabuleuses et que ça l'a rendu riche, j'étais obligée de sourire. J'avais envie de démissionner, de quitter Thackeray, de m'éloigner de lui, mais il voulait que je reste : je faisais du bon boulot, et on pouvait oublier tout ça. Il devait avoir peur qu'en partant, en n'étant plus sous sa coupe, j'aie le courage de le dénoncer. Il affirmait que je ne trouverais jamais de travail nulle part ailleurs, qu'il connaissait du monde. Il n'était peut-être pas fichu d'écrire son propre bouquin, mais je le croyais tout à fait capable d'inventer des mensonges à l'intention d'un futur employeur.

Ellen inspira, puis termina son récit :

— En tout cas, Conrad n'a jamais parlé de Brett ni du livre à Illeana. Donc, lorsqu'elle a eu vent de quelque chose la semaine dernière, appris que tu essayais, en un sens, de salir la réputation de son mari, peu lui importait à ce stade si c'était vrai ou non. Elle ne voulait tout simplement pas que l'histoire éclate au grand jour et que ça fiche en l'air sa vie parfaite avec le président de l'université. Alors elle a demandé à son frère et un autre voyou de récupérer la disquette. Quand Conrad l'a découvert, il est devenu fou furieux, il n'arrivait pas à croire qu'elle ait fait une chose pareille et il m'a appelée. Il a mis les points sur les *i*, dit que si je désignais son frère à la séance d'identification, non seulement tout irait à vau-l'eau, mais aussi que les gens du clan d'Illeana étaient très dangereux. Il m'a assuré qu'ils tueraient Derek s'il le fallait.

— Bordel, quel merdier !

Je me rassis à la table, pris ses mains entre les miennes.

— À ta place, j'aurais agi de la même façon, Ellen. Je n'aurais pas balancé le frère d'Illeana. Il vaut mieux sauver les meubles maintenant.

— Tu te souviens de ce que j'ai dit l'autre jour ? demanda-t-elle. Quand Derek a été arrêté, qu'il était en prison, et j'ai dit qu'on était punis ? C'était pour les choses affreuses que j'ai faites, pour avoir laissé mourir ce garçon.

— Non, répliquai-je en lui serrant les mains. Non.

Ce que je ne pouvais me résoudre à ajouter, c'était que si nous étions punis pour ce genre de choses, j'allais moi aussi devoir assumer ma part de responsabilité.

39

Le lendemain matin, je retins Derek au moment où il montait dans le pick-up, prêt à partir récupérer Drew et tondre les pelouses de la journée.

— Salut !

— Il va encore faire chaud, constata Derek.

— Est-ce que ça te va de reprendre le boulot si tôt et avec Drew, sans moi ? Parce que je me disais que c'était peut-être une erreur de te remettre en selle aussi vite, de te confier la boutique, après tout ce que tu as encaissé, la prison, tout ça.

— C'est bon, répondit Derek. Je pense même que c'est la meilleure chose. Ça me change les idées, tu comprends ?

— Ouais. C'est un peu ce que j'espérais.

— Et toi ? Ça te fait quoi de recommencer à trimballer cette enflure ?

Je me mis à rire.

— Oh, ça va. Je ne sais pas si j'ai changé, ou si c'est Randy, en tout cas il ne me casse plus les pieds comme avant. C'est toujours un trouduc, évidemment, mais je ne le laisse pas me prendre la tête. Peut-être parce qu'il m'a sous la main seulement pour une courte période. À mon avis, tu as tiré la meilleure carte, en travaillant avec Drew.

— Sûr, fit Derek. J'essaye de pas faire le zozo avec lui, comme poser encore des questions sur les braquages de banques. Je lui fiche plutôt la paix, tu vois ? J'essaye de pas la ramener.

— Ça vaut sans doute mieux.

— Il bosse vraiment bien ce type, tu sais. J'ai presque du mal à suivre. Bon, je ferais bien de filer.

Je ne sais pas si cela nous prit tous les deux en même temps, mais chacun jeta ses bras autour de l'autre, lui donna quelques tapes dans le dos, puis Derek grimpa dans le pick-up et s'en alla.

Tandis que je le regardais passer devant chez les Langley, il me vint à l'esprit que, malgré toutes les révélations des vingt-quatre dernières heures, tous ces secrets dévoilés, je ne savais toujours rien de plus qu'avant sur ce qui s'était passé dans cette maison.

Quelques minutes plus tard, Ellen sortit pour se rendre à Thackeray.

Je la pris par les épaules.

— Tu te souviens quand on a appris l'assassinat des Langley et que tu étais prête à déménager d'ici ? Eh bien aujourd'hui j'y songe aussi, mais pour un tas de raisons différentes. Tu as maintenant un super-CV, tu devrais pouvoir trouver du travail à peu près partout. Et là où tu dégotteras quelque chose, je le pourrai aussi.

Ellen hésita.

— Je ne sais pas…

— Conrad n'a plus aucune emprise sur toi. Si quelqu'un tient désormais la carte maîtresse en main, c'est toi. À cause de ce que nous a fait Illeana. Parce que tu n'as pas désigné son frère à la séance d'identification.

— Je me suis mise à réfléchir cette nuit, confessa Ellen. À propos du pistolet.

— Le pistolet ?

— Celui qu'on a trouvé le soir où Mortie et le frère d'Illeana ont débarqué, au pied de la voiture de Lester. Si vraiment c'était l'arme qui a servi à tuer les Langley, alors...

— Alors quoi ?

— Alors ? Et si, en quelque sorte, j'avais permis à Lester et son pote de passer à travers les mailles du filet pour protéger tous ces secrets, si les assassins des Langley restaient en liberté ?

— J'ai eu l'impression qu'Illeana n'a pas fait intervenir son frère avant de m'avoir entendu parler à Conrad de l'ordinateur disparu et de la disquette que possédait Derek. Or, c'était bien après le meurtre des Langley.

— C'est vrai, reconnut Ellen.

— Peut-être que Drew s'est trompé en croyant voir Lester laisser tomber ce pistolet de la voiture. Il faisait sombre, on était tous sacrément secoués.

Ellen réfléchit quelques instants.

— Mon Dieu, j'espère que j'ai agi comme il le fallait à cette séance d'identification. Le matin, au réveil, on commence à voir les choses autrement.

— Voyons ce qu'elles donnent telles qu'elles sont à présent. On s'écrase et on essaye de tenir bon.

— Je ne sais pas, répliqua-t-elle d'une petite voix en me fixant dans les yeux. Je ne sais pas quoi faire. Tu as peut-être raison. On devrait repartir de zéro. Ailleurs.

Je la pris dans mes bras.

— On en discutera ce soir.

— D'accord.

Puis, tout en m'enlaçant, elle ajouta :

— Partout où je pose le regard, ça me rappelle des drames et des choix horribles. La maison des Langley, ta remise, les chutes, l'université. Je veux m'éloigner de tout ça avant qu'autre chose de grave n'arrive.

— Il n'arrivera plus rien, promis-je. Plus rien.

Il était inutile de me dépêcher de me rendre à l'hôtel de ville. Randall Finley se gardait un emploi du temps plutôt dégagé, et ses rares rendez-vous de la journée étaient des réunions de commission qui se tenaient dans le bâtiment. Il n'avait donc pas besoin de mes services. Il économisait ses forces pour la grande annonce de sa candidature au Congrès, prévue en début de soirée.

Je pensais y aller vers midi, peut-être faire un tour du côté de l'hôtel Walcott, à l'ouest de la ville, où les stratèges de la campagne de Finley avaient loué une salle, qu'ils étaient en train de décorer de banderoles et de panneaux et où ils disposaient boissons et amuse-gueules.

Par conséquent, j'avais le loisir de faire ce dont j'avais rarement l'occasion : traînasser, boire un petit café, prendre le temps de lire le journal. Bien entendu, dès qu'une opportunité pareille se présente, en général quelque chose vient la gâcher.

Cette fois, ce fut le véhicule de Barry Duckworth empruntant notre allée. Impossible de le voir arriver sans appréhension. J'allai à sa rencontre.

— Salut, Barry.

— Salut.

— Ça va encore être de mauvaises nouvelles ?

— Bah, je passais juste dans le coin.

— Ça ne t'arrive jamais.

— Comment ça va aujourd'hui ? demanda-t-il.

— La semaine a été rude. Pour toi aussi, j'imagine.

— C'était vraiment quelque chose, hier soir. (Barry devait faire allusion à l'incapacité d'Ellen à identifier Lester Tiffin.) Je pensais qu'une fois qu'elle aurait vu le tatouage l'affaire serait pliée.

Je me contentai de hausser les épaules. Peut-être Ellen changerait-elle sa version ; ça devait venir d'elle, pas de moi.

Barry hocha tristement la tête.

— Écoute, Jim, je ne sais pas. J'ai l'impression que quelque chose cloche. Je ne pense pas que tu sois en train de couvrir quelqu'un. Ellen, si par contre. Et c'est pas très sympa pour moi.

— Désolé, Barry. Certains trucs que tu nous as faits la semaine dernière n'étaient pas très sympas non plus.

Il poussa un long soupir.

— Je n'ai pas envie d'entamer un bras de fer avec toi, Jim. Je veux simplement comprendre ce qui se passe. Trois personnes se font assassiner au bout de cette allée, Ellen et toi êtes terrorisés par deux voyous, ton vieux pote Lance est tué. Ça fait beaucoup, et je ne peux pas m'empêcher de penser que tout est lié.

— Et le pistolet, au fait ? Celui qui a été retrouvé là-bas ?

— Oui, il a servi à tuer les Langley.

— Est-ce qu'il portait les empreintes de Lester Tiffin ?

Barry me regarda sans un mot, une façon de répondre non.

— Il serait possible que ce pistolet ait été là depuis tout ce temps, que tes gars l'aient raté, d'une manière ou d'une autre, quand ils ont fouillé la propriété après le meurtre des Langley ?

— Non, affirma Barry.

— Je me rappelle avoir lu un article sur une affaire, au Canada, les flics fouillaient la maison d'un tueur en série. L'équipe a retourné la maison de fond en comble à la recherche de preuves, arraché le plancher, le papier peint, sans rien trouver. Les recherches terminées, l'avocat du tueur s'est pointé et, en se basant sur un tuyau fourni par son client, il a sorti une cassette vidéo de derrière une suspension électrique. Le gars filmait ses meurtres.

— Tu es en train de faire une critique, là ? demanda Barry.

— Je dis juste que même les meilleurs flics peuvent parfois passer à côté d'un truc.

Il continuait de hocher la tête.

— Si c'est exact et si ce pistolet se trouvait bien là depuis l'assassinat des Langley, explique-moi comment il a réussi à arriver tout seul chez Lance et le descendre.

— Ah, fis-je.

— Ouais, ah. Même arme. Drôle de farce, hein ?

— Ça...

— J'en ai pas fini avec cette histoire, et j'en découvrirai le fin mot, que ta femme et toi vouliez coopérer ou non.

— Pigé.

— Et malgré la conviction que vous me cachez quelque chose, je t'ai rendu un autre service, annonça Barry.

— Lequel ?

— Tu m'avais demandé de vérifier un nom. Celui de cette fille. Sherry Underwood.

— Très juste. Tu l'as fait ?

— Oui. Elle est morte. Il y a un mois environ. À l'hôpital.

— Qu'est-ce qui lui est arrivé ?

Barry fit une moue désabusée.

— Elle était malade. Abus de drogues, sida, malnutrition, toute la panoplie de la camée. Son cœur a lâché.

Je sentis mes épaules s'affaisser.

— Mince, ce n'était qu'une gamine.

— Bienvenue dans mon monde, dit Barry.

Puis il regagna sa voiture, baissa la vitre et ajouta :

— Ne m'embobine pas, Jim.

Je me rendis en ville avec la Marquis du maire vers une heure de l'après-midi. Un carton de tracts ainsi que des copies agrafées du discours de Finley à distribuer aux médias attendaient d'être déposés au Walcott. Je me portai volontaire. Non par désir d'aider pour la campagne, mais parce qu'il me fallait quelque chose à faire. Et j'étais toujours payé à l'heure. Or, Randy n'avait besoin d'être conduit nulle part avant la fin de l'après-midi, quand il passerait dire quelques mots à un dîner du Rotary avant de continuer vers sa conférence de presse.

Je parcourus le discours des yeux et constatai qu'il s'agissait d'un bricolage de toutes les platitudes, tous les clichés et promesses creuses de l'aspirant politicien. Randy s'en sortirait probablement très bien. Il avait rédigé quelques attaques contre les groupes d'intérêt, en particulier les syndicats, qui seraient favorablement accueillies par l'électorat de Randall Finley ; elles restaient cependant plutôt modérées, comparées à tout ce qu'il avait dit au fil des années sur les travailleurs municipaux de Promise Falls, qu'il avait souvent qualifiés de feignasses absolues. Avec sa candidature au Congrès, Finley devait subodorer qu'il ne pouvait pas s'aliéner totalement la main-d'œuvre syndiquée. Vous pouviez sortir deux ou trois choses négatives sur le syndicat d'un mec et néanmoins compter sur son soutien, tant que vous faisiez passer votre adversaire pour une tapette pro-coco.

Une demi-douzaine de personnes s'activaient au Walcott, et elles tentèrent de m'enrôler pour installer des banderoles, mais je déclinai l'invitation, arguant que le maire me voulait à disposition en ville, pour l'emmener à tout moment n'importe où. Accrocher des banderoles exigeait un enthousiasme dont j'étais incapable.

Vers cinq heures, il monta à l'arrière de la limousine afin que je le conduise à l'événement Rotary.

— Alors, Randy, nerveux pour ce soir ?

— Pourquoi le serais-je ? rétorqua-t-il. Ils vont m'adorer.

Comme je m'arrêtais devant les portes du Holiday Inn, au moment où Randy attendait que je me précipite pour lui ouvrir sa portière, mon portable sonna.

— Je te rejoins à l'intérieur dans une minute, dis-je, l'obligeant à sortir tout seul.

À mon sens, l'expérience lui serait salutaire.

— Salut, fit Ellen à l'autre bout du fil. Tu as des nouvelles de Derek ?

Je répondis en jetant un coup d'œil à la pendule du tableau de bord. Il était dix-sept heures cinq.

— Non, pour quelle raison j'en aurais ?

— Aucune. Simplement, d'habitude il rentre avant cinq heures. Je me demandais s'il était en retard, ou quoi. Il n'a pas laissé de message, alors j'ai pensé qu'il t'avait peut-être contacté.

— Ben non, répliquai-je, me sentant vaguement inquiet. Tu ne l'as pas appelé ?

— J'ai essayé son portable mais je suis tombée directement sur la messagerie.

— Il est peut-être dans une zone qui capte mal, ou bien il a oublié de le recharger. Je ne m'affolerais pas. Écoute, on a honoré notre part du marché avec les mecs d'Illeana. Je suis sûr que tout va bien. Il faut que j'entre au Holiday Inn. Randy se coltine le Rotary avant son autre numéro.

— OK, on se parle plus tard.

Randy ne dînait pas avec les rotariens, il leur présentait ses compliments avant qu'ils s'installent à table. Il s'agissait d'une sorte d'annonce anticipée. Quelques blagues, un soupçon de propagande électorale ; en répondant aux questions de l'auditoire, il esquiva celles sur ses intentions politiques d'un « Je pense que vous aurez la réponse à cette question dans une heure ou deux ».

Il récolta une jolie salve d'applaudissements. Pas aussi emballés qu'il l'avait espéré, pourtant.

— C'est quoi, leur problème, à ces cons ? râla-t-il en traversant avec moi le hall de l'hôtel pour retourner à la voiture. Je pensais avoir fait un malheur là-dedans.

— Public coriace.

Cette fois, pris d'un accès de générosité, je lui ouvris sa portière. Il s'installait à l'arrière lorsque mon téléphone se remit à sonner.

— Toujours aucun signe de lui, annonça Ellen.

Je percevais la tension dans sa voix. En consultant de nouveau la pendule, je vis qu'il était à présent six heures.

— Ni sur son portable ?

— Rien.

Je m'efforçai de rester positif :

— Tu sais comment c'est, ce boulot. Il y a plein de choses qui peuvent les retenir. Le motoculteur tombe en panne, ils se retrouvent à court d'essence, et s'ils sont en train de manier les machines, Derek n'entendra pas sonner le téléphone, de toute façon.

— Oui, bien sûr. C'est juste que… je ne sais pas. Et si ces gens changeaient d'avis ? Et s'ils voulaient quand même se venger de Drew ?

— Tu as l'annuaire près de toi ?

— Ne quitte pas… C'est bon, je l'ai.

— Cherche Lockus. C'est le nom de famille de Drew. Il n'a pas de portable, mais sa mère a sans doute le téléphone. Essaye chez lui, pour voir si Derek l'a déjà déposé.

— Une seconde… Il n'y a pas de Lockus, indiqua-t-elle.

— La maison se trouve dans Stonywood Street.

— Il n'y a rien.

— Merde. Alors, soit sa mère porte un nom différent, soit elle est sur liste rouge.

— Hé, Cutter, intervint le maire depuis la banquette arrière. On va rester plantés ici ou quoi ?

Levant la main, je lui réclamai le silence. Je réfléchissais : quel jour était-on ? Puis je repris à l'intention d'Ellen :

— Bon, je sais où ils sont passés aujourd'hui, je connais les propriétés que Derek et moi devions faire cet après-midi. Je vais faire un crochet devant chacune, pour voir s'ils s'y trouvent, et je te rappelle.

— Merci, Jim.

Après avoir raccroché, je me tournai vers Randy.

— Tu as quoi entre maintenant et sept heures ?

— Purée, Cutter, je pensais me dégotter une nana, me faire tailler une petite pipe. Trêve de plaisanterie, tu crois que je veux fiche quoi ? Rentrons au bureau, je vais m'envoyer un remontant bien tassé, ensuite on mettra le cap sur le Walcott vers sept heures moins dix, pour ma grande entrée.

— J'ai deux ou trois bricoles à régler. Pourquoi tu ne restes pas tranquillement assis à te détendre pendant que je t'offre une petite balade dans Promise Falls ?

— C'est quoi, Cutter ? Une blague ?

— Randy, relaxe-toi. C'est important. Mon fils n'est pas rentré.

Finley soupira.

— Et alors ? Il est probablement en train de sauter une minette de son âge. C'est pas ce qui se passe quand un gars sort de taule ?

J'avais déjà démarré et pris la direction opposée au centre-ville. Nous regroupions autant que possible nos clients par quartier, nous rendant dans la partie nord un jour, sud un autre, et ainsi de suite, au lieu de sillonner quotidiennement Promise Falls dans tous les sens. Ce jour-là en particulier, il s'agissait surtout de propriétés situées dans le nord-est de la ville.

— Cutter, franchement ! protesta Finley.

Mais sa voix était plus résignée qu'en colère, il allait visiblement faire preuve d'indulgence à mon égard.

Je passai à toute allure devant les jardins de quatre clients que nous avions dans ce coin de la ville, sans avoir besoin de frapper chez personne pour vérifier si le travail avait été fait. Je pouvais le constater moi-même. Toutes les pelouses avaient été tondues, les bordures soigneusement taillées, les allées débarrassées des résidus.

Je redonnai un coup de fil à Ellen.

— Des nouvelles ?

— Non.

— Tu as essayé d'appeler Penny ?

Ça me gênait de le suggérer, sachant qu'Ellen serait mal reçue si elle téléphonait chez les Tucker et tombait sur l'un ou l'autre des parents.

— Je l'ai déjà fait, répondit-elle. J'ai eu Penny. Derek n'est pas là-bas.

— Je continue à chercher aussi longtemps que possible, dis-je, avant de couper la communication.

— Ton gamin, observa Randy, il commence à me donner l'impression d'un enfant à problèmes, non ? Vous avez pensé à le faire suivre par un psy ou un truc de ce style ?

Je feignis de ne pas avoir entendu.

Peut-être Derek et Drew étaient-ils allés boire un verre après le boulot. Derek était trop jeune pour entrer dans un bar, mais rien n'excluait qu'ils soient passés dans un fast-food quelconque afin de se rafraîchir un peu d'une journée étouffante.

Dans ce cas, pourquoi il ne décrochait pas son portable ?

J'étais inquiet. Carrément inquiet. Je tenais cependant à faire un autre arrêt avant de tirer les sonnettes d'alarme.

— Dis donc, Cutter, lança Randy. Il est presque six heures vingt. J'aimerais au moins pouvoir pisser un coup avant ce raout au Walcott.

— Encore une halte, répliquai-je en faisant demi-tour pour reprendre la direction d'où nous venions. Ne t'énerve pas, va. Il est peu probable que ça commence sans toi. Que tu arrives avec deux minutes de retard fera juste monter le suspense.

— Tu as sans doute raison, admit Finley d'un ton songeur.

Je m'efforçais de ne pas imaginer dans quelle sorte d'ennuis auraient pu tomber Derek et Drew. Mais s'ils avaient été traqués par le genre de personnes qui trouvait normal de vous scotcher les doigts dans un taille-haie, alors...

Non, mieux valait ne pas trop gamberger là-dessus.

Le dernier endroit auquel je pouvais penser était la maison de Drew, pour vérifier s'il avait déjà été ramené. Si oui, cela signifiait sans doute que

Derek se trouvait quelque part entre chez Drew et chez nous.

Ou que quelque chose était arrivé à Derek entre chez Drew et chez nous.

Je me garai devant la maison de Stonywood, toujours à moitié dissimulée par les grands arbustes qui enserraient le trottoir.

— Deux minutes, fis-je à Randy, quittant la Marquis avant qu'il puisse protester, et laissant le moteur tourner, afin qu'il profite de la clim.

Je remontai au petit trot l'allée entre les haies, escaladai le perron et sonnai à la porte. Au bout de dix secondes, j'écrasai de nouveau le bouton. Cette fois, j'entendis des pas s'approcher à l'intérieur.

La porte s'ouvrit en grand sur un homme. Non pas Drew, un homme d'une cinquantaine d'années, avec des cheveux gris, des lunettes, une chemise blanche, un pantalon brun bien repassé et des pantoufles. Il tenait un journal à la main.

— Que puis-je pour vous ? demanda-t-il.

J'étais un peu surpris de voir ce type et non la mère de Drew. Celui-ci ne m'avait-il pas dit que son père était mort ? Peut-être s'agissait-il d'un oncle. Mais j'étais quasiment certain que Drew avait dit s'occuper seul de sa mère.

— Je cherche Drew, répondis-je à l'homme.

— Qui ça ?

— Drew, répétai-je.

Il était peut-être dur de la feuille.

— Drew ? Ah non, il n'y a pas de Drew ici.

— Si, si. C'est sa maison. Je cherche Drew Lockus. Il habite ici, avec sa mère.

— Ça m'étonnerait, objecta l'homme. Je m'appelle Harley, et je vis seul ici. Ma femme est décédée il y a quelques années.

Je reculai d'un pas, jetai un coup d'œil à la façade, insistai :

— Un grand gars ? Avec une allure de footballeur ? Des cheveux courts ?

Le visage de Harley s'éclaira.

— Ah oui. On dirait le type qui attendait sur le trottoir, tous les matins, qu'un pick-up d'entretien de pelouses passe le prendre. C'est ce mec-là que vous cherchez ?

40

— Qu'est-ce qui t'arrive ? demanda Randy en baissant sa vitre tandis que je revenais à pas lents vers la voiture. On dirait que tu viens de voir un fantôme.

J'avais un très mauvais pressentiment. Quelque chose clochait vraiment, vraiment sérieusement.

— Alors ? brailla le maire. Merde. Allô, la Terre à Cutter !

— La ferme, Randy.

— Quoi ?

— Ferme ta gueule une seconde, tu veux ?

Je restais là, debout près de la voiture, à réfléchir, à essayer de rassembler les morceaux. Si Drew n'habitait pas là, si cette maison n'était pas la sienne…

Je me remémorai les fois où je l'avais déposé. Comment je l'apercevais dans le rétroviseur, planté sur le trottoir, me regardant m'éloigner. Songeai que je ne l'avais jamais vu entrer dans cette maison ou en sortir. Que la toute première fois où je l'avais remarqué, il se planquait derrière les haies.

Lorsque cela fit tilt, je sentis mes genoux faiblir.

Drew m'avait filé. M'avait raconté qu'il vivait ici avec sa mère. C'était du pipeau, pour que je ne me rende pas compte qu'il m'avait suivi à la trace.

S'il me retrouvait ici tous les matins, il fallait bien qu'il s'y rende, d'une manière ou d'une autre.

— Où tu vas ? me cria Randy.

J'étais en train de me ruer vers le croisement de Stonywwod et de Pine Street. La maison que Drew avait prétendu habiter faisait l'angle. Je jetai un coup d'œil des deux côtés de Pine, vide de voiture, hormis une vieille Ford Taurus à la peinture décolorée et aux enjoliveurs rouillés, garée deux numéros plus bas dans la rue. Je me rappelais en avoir vu une semblable au bout de notre allée, le soir où Ellen et moi avions été agressés. Je courus à la voiture, tentai d'ouvrir la portière, verrouillée hélas ! Les vitres étaient toutes remontées, et je regardai au travers. L'intérieur recelait le bazar habituel. Emballages de fast-food et gobelets de café, sacs en papier ou plastique, un petit carnet à spirale, un plan sommairement plié de ce qui semblait être Promise Falls.

Je voulais voir les papiers du véhicule.

Après avoir essayé les quatre portières, toutes fermées, je me mis à chercher de quoi briser la vitre. Le jardin le plus proche avait des pierres décoratives incrustées dans la terre, de la taille d'un pamplemousse. J'en arrachai une et la projetai contre la fenêtre côté passager.

Je m'attendais à déclencher une alarme, mais ce modèle de Taurus était manifestement trop ancien pour être pourvu d'un système antivol, ou, s'il en possédait un, il ne fonctionnait plus. Je dégageai assez de verre pour pouvoir déverrouiller et ouvrir la porte, puis j'entrepris de fouiller la boîte à gants. Elle contenait un manuel du propriétaire tout abîmé, quelques stylos, de vieilles cartes routières, un paquet de mouchoirs en papier. Je découvris aussi une pochette en plastique, dans laquelle je trouvai les papiers d'immatriculation.

La Taurus était au nom de Lyle Nadeau. Merde. Je venais de forcer la voiture d'un inconnu.

Puis je me souvins d'un truc que m'avait dit Drew au cours d'un de nos déjeuners, à savoir qu'un vieux copain appelé Lyle lui avait prêté une voiture. Un type sortant de prison n'aurait pas eu les moyens d'acheter un véhicule, de l'immatriculer ni de l'assurer. Je sentis que ma première intuition était juste. Drew venait ici chaque jour en voiture, afin de maintenir l'illusion qu'il habitait le quartier et ne m'avait pas pisté.

J'examinai le fatras jonchant le poste de conduite. Un plan de Promise Falls, avec plusieurs endroits encerclés.

Dont le coin de ma maison.

Ma main toucha le petit carnet, et je ne sais quoi à son sujet titilla ma mémoire. Je me mis à le feuilleter. Il y avait toutes sortes de bricoles inscrites dedans. Listes de courses, de choses à faire, de ce qui paraissait être des numéros de plaques d'immatriculation, colonnes de chiffres, initiales et numéros de téléphone.

Je poursuivis mon survol jusqu'à la page que je redoutais à présent autant que je l'attendais. Et elle se trouvait là. Avec mon nom. Mon numéro de téléphone. Écrits de ma main. Le soir où j'avais trouvé Randall Finley dans une chambre d'hôtel avec une prostituée mineure.

Qu'est-ce que Drew avait dit ? Qu'il avait eu un enfant, une fille, rien de plus.

Sherry Underwood.

Je tenais son carnet à la main.

Des dizaines de questions se bousculaient dans mon esprit, mais certaines passaient de force en première ligne : où était Drew actuellement ? Où était Derek ? Et qu'est-ce que j'avais foutu, en envoyant mon fils travailler avec lui ?

Le maire s'approchait, soufflant comme un bœuf.

— Tu sais l'heure qu'il est ? demanda-t-il en tapotant sa montre. Tu en as la moindre idée, nom d'un chien ?

Je pris mon portable dans ma poche, mais avant que je puisse l'ouvrir pour contacter Ellen, il sonna. L'écran m'indiqua que l'appel provenait de la maison.

Je mis l'appareil à mon oreille.

— Ellen. Derek est rentré ? Tu l'as vu ?

— Jim, répondit Ellen d'un ton trop mesuré, comme si elle s'obligeait au calme. Drew voudrait te parler.

J'entendis du cafouillis tandis qu'elle passait le téléphone.

— Jim ?

C'était Drew Lockus.

— Drew, qu'est-ce qui se passe, bon sang ?

— Salut, Jim, répliqua-t-il d'une voix lasse. Je suis vraiment navré de tout ça.

— Navré de quoi, Drew ?

— Vous avez l'air d'un chic type, vous savez, dans l'ensemble ? Bien que vous ayez laissé tomber ma fille.

— Drew, qu'est-ce qui se passe chez moi ?

— Je comptais le faire hier, mais il me fallait un nouveau pistolet. J'ai dû laisser l'autre chez vous l'autre soir. Une opportunité s'est en quelque sorte présentée.

Le pistolet dans l'herbe, tout près de l'endroit où s'était garé Lester Tiffin… Drew nous avait quittés en donnant l'impression de ne pas vouloir rester parler aux flics, puis il était revenu. Il était sans doute retourné à sa voiture prendre l'arme qui avait tué les Langley, Lance, ainsi que ces deux types dont les noms m'échappaient pour l'instant, et l'avait jetée par terre pour que la police la trouve. Après quoi, il avait laissé les flics se mettre à renifler autour des deux hommes qui nous avaient terrorisés et leur coller l'affaire Langley sur le dos.

— Drew, dis-je pour la troisième fois en essayant de garder une voix calme, même si je ne l'étais pas, qu'est-ce qui se passe chez moi en ce moment ?

— Je suis simplement avec Derek et Ellen. On attend, c'est tout.

— Formidable, répliquai-je platement. Alors c'est quoi, le problème avec le pistolet ?

— Eh bien, je vais m'en servir pour leur tirer dessus si vous ne me donnez pas un coup de main.

— Ellen et Derek vont bien, Drew ?

— Oh oui, répondit-il avec désinvolture, tout le monde va bien. On est tranquillement assis à la table de la cuisine. Je les ai mis à peu près au courant de tout, voyez. Et j'étais en train de m'excuser auprès de Derek de lui avoir fait subir ce sale quart d'heure l'autre nuit.

— Chez les Langley, complétai-je.

J'avais l'impression qu'on venait de me fourrer un glaçon dans le cou au souvenir de ce que j'avais craint plus tôt : on s'était trompé de cible.

— C'était une énorme erreur, admit Drew. À cause de la boîte aux lettres, j'ai cru qu'il s'agissait de votre maison. Je n'ai même pas remarqué qu'il y en avait une seconde, la vôtre, plus loin dans l'allée. Je m'en veux à mort, je vous le jure. C'est affreux ce qui leur est arrivé, surtout au garçon, comment il s'appelait, déjà ? Adam. Ils ne le méritaient pas, mais parfois, les choses arrivent comme elles arrivent.

— Oui. C'est épouvantable.

— Je veux dire, même si ç'avait été la bonne maison, hein ? Si j'étais allé chez vous comme j'en avais l'intention au départ, je n'aurais pas voulu tuer votre femme et votre fils. Mais je n'ai pas vraiment eu le choix chez eux, parce que c'étaient des témoins, vous comprenez, et je n'avais pas terminé ce que j'avais à faire.

— Bien sûr, Drew, je vous suis très bien.

— Je n'ai même su qu'un ou deux jours plus tard que j'avais tout foiré. Quand j'ai appris ça aux infos, je me suis senti mal. Parce que M. Langley ne figurait pas dans le carnet.

— Le carnet de Sherry, complétai-je.

— Ouais, exact. Vous voyez duquel je parle ?

— Je l'ai en ce moment même sur moi, Drew. Je suis passé chez vous pour essayer de vous trouver. Sauf que ce n'était pas chez vous.

— Ben non, je ne vis pas réellement là, reconnut-il, comme à regret. Et ma mère est morte depuis des années. C'était un bobard. Je vous ai filé le train après m'être planté pour l'autre truc. J'ai dû réfléchir à toute vitesse quand vous m'avez vu. Vous êtes fâché ?

— Non, Drew, c'est pas grave. Écoutez, ça vous ennuie que je parle un instant à Ellen ?

— Dans deux minutes, Jim. Je ne vous ai pas encore dit ce que j'attends de vous.

Randy Finley me tira par la manche, désigna sa montre.

— Hé, ho, lança-t-il, tu pourrais papoter un peu plus tard ? J'ai ce rendez-vous pour le Congrès, tu te rappelles ?

— C'est lui ? me demanda Drew.

— Lui qui ?

— Le maire.

— Oui.

— Super, ça tombe bien, parce que c'est pour lui que j'ai besoin de votre aide.

— Qu'est-ce que vous voulez, Drew ?

— Vous savez ce qu'il a fait, pas vrai ? Entre ce que Sherry m'a dit avant de mourir, et Lance avant que je le bute, et vous, de l'époque où vous avez travaillé pour lui, j'ai compris qu'il était l'un d'eux. L'un de ceux qui ont tué ma fille. Ils ont tous tué ma fille, vous savez. Tous les types qui se sont servis d'elle, qui l'ont payée pour du sexe.

— Je comprends votre point de vue, Drew.

— Mais je ne crois pas vous en fassiez partie, même si votre nom était dans le carnet. Au début, si, je le pensais. Mais vous l'aviez écrit pour que Sherry puisse vous appeler à l'aide, c'est bien ça ? Vous me l'avez raconté un jour, pendant le déjeuner. Et c'était un beau geste, qui n'a pas servi à grand-chose, non ? Un geste vain. Vous auriez dû faire plus, Jim. Vous étiez là, pas vrai, quand le maire la sautait. Et pourtant vous ne lui avez pas porté secours à ce moment précis, comme vous auriez dû. Vous auriez dû agir contre cet homme, appeler la police, le faire arrêter, aider ma petite fille. Je veux dire, vous êtes quelqu'un de bien, et même *vous* n'avez rien fait. Je parie que Sherry n'a jamais été plus près de recevoir de l'aide que quand elle est tombée sur vous.

— Et vous, Drew ? Vous faisiez quoi ?

— Hein ? fit-il – et pour la première fois, il semblait en colère. Où j'étais ? En taule, merde. Voilà où j'étais. À compter chaque fichu jour avant ma sortie, pour pouvoir aider ma petite fille ! Sa mère, ce n'était qu'une pauvre conne inutile, vous le savez ? Elle n'a jamais bougé le petit doigt pour Sherry, ne lui a jamais donné quoi que ce soit, à part son nom de famille parce qu'elle refusait de m'épouser. C'était une ivrogne, une camée. Elle doit être morte aujourd'hui, et je le souhaite. J'ai fait de mon mieux pour Sherry. J'ai essayé, je jure sur ma tête que j'ai essayé, je suis même allé jusqu'à braquer une banque à la con pour avoir un peu de fric et pouvoir l'élever comme il faut. Et vous savez comment ça s'est terminé. On m'a éloigné d'elle, et il n'y avait plus personne pour s'en occuper. Plus personne pour la guider, plus personne pour lui montrer la bonne direction. Tout ce que je pouvais espérer, c'est qu'il y aurait des gens, des gens dotés d'un minimum de morale, qui lui donneraient un coup de main jusqu'à ce que je puisse sortir et le faire moi-même. Et vous êtes peut-être celui qui en a été le plus proche, mais vous n'en avez pas fait assez.

— Voilà donc pourquoi vous êtes venu me tuer.

— Ouais, acquiesça Drew d'une voix désormais plus douce. Ensuite, quand je me suis planté de maison, j'ai choisi d'y aller mollo, de vous observer d'abord, et puis vous m'avez proposé ce boulot, et j'ai appris à vous connaître un peu, d'accord ? Du coup, j'ai décidé de ne peut-être pas vous tuer. En tout cas d'y réfléchir avant, vous voyez ? Mais tous les autres dans le carnet, les clients de Sherry, ils ne l'ont pas volé.

— Lance, par exemple. Et les deux types, il y a quelques semaines.

— Il y en a d'autres dans le carnet, que je ne suis pas encore allé trouver. Je risque de ne pas tous les avoir, ajouta-t-il d'un ton où je percevais le regret, la résignation et la lassitude. Je ne sais pas combien de temps je vais pouvoir continuer.

— Vous devriez vous rendre, Drew. Prendre un avocat. Vous avez de bons arguments. Ces hommes ont tous fait des choses monstrueuses à votre petite fille.

— Quelle petite fille ? demanda le maire. De quoi tu parles, nom d'un chien ?

— Celui que je veux, reprit Drew, c'est le mec qui est avec vous. Sauf que je n'ai pas envie de le tuer, je vais plutôt lui faire quelque chose de pire que ça.

— Quoi, Drew ? Quoi donc ?

— C'est ce soir, pas vrai ?

— Quel soir ?

— Le soir où il annonce à tout le monde sa candidature à un truc. Un gros truc. Derek m'a mis au courant.

— Ouais, admis-je.

— Et c'est bientôt, non ?

— Très bientôt.

— Alors dites au maire que quand il montera sur scène, il devra raconter à tout le monde qu'il a couché avec une gamine. Une mineure innocente. Une gamine qui se vendait pour s'en sortir, et qu'il a profité de la situation. Il doit expliquer à tout le monde ce qu'il a fait.

— Ça va être duraille, Drew. Je ne suis pas sûr qu'il accepte.

— Vous avez bien un de ces nouveaux portables, pas vrai ? Qui peuvent faire des petits films ?

— Oui. Très courts.

— Vous allez le prendre en vidéo en train de faire ce discours, en présence de tous ces gens. Il doit leur dire qu'il a payé une petite fille, une enfant, qu'il a payé une enfant pour coucher avec elle. S'il refuse, je crains d'être obligé de tuer votre garçon, Jim. Je tuerai votre fils et je tuerai votre femme. Ça m'embête vraiment, parole d'honneur, mais j'y serai forcé si le maire ne fait pas ce que je demande, et si vous ne revenez pas ici tous les deux après. Obéissez, et je ne ferai aucun mal à votre famille. Mais ne vous mettez pas en tête de prévenir la police. Si je vois le moindre flic se pointer, si j'entends qui que ce soit approcher de cette maison, je les tue illico, que le maire s'acquitte ou pas de ce qu'il est censé faire. Vous me suivez, Jim ?

— Parfaitement, Drew.

— Expliquez-lui tout ça et rappelez-moi.

Puis Drew raccrocha.

Je refermai mon téléphone.

— Putain de merde, t'es en ligne depuis une heure, râla Finley. Tu vas me foutre en retard. Il s'agissait de quoi, en fin de compte ?

Je me tournai vers lui pour annoncer :

— Il va falloir que tu apportes quelques modifications à ton discours, Randy.

41

— T'es un cinglé complet, mon pauvre, dit Randall Finley.

— C'est ce qu'il veut, rétorquai-je, debout avec lui près de la limousine dont le moteur tournait toujours. Il assure que si tu ne le fais pas, il tuera Ellen et Derek.

— Oh, allez, Cutter ! Ça t'a pas traversé l'esprit qu'il le fera de toute façon ? Et ça n'y changera rien que je balance un tas de mensonges ? Putain, Cutter, faut que je fasse gaffe à ma réputation, moi.

Je le saisis par les pans de son costume à mille dollars et le plaquai contre la voiture.

— Randy, j'ai l'impression que tu n'as pas bien saisi la gravité de la situation. Et si ça peut te réconforter, tu n'auras pas à mentir du tout. Tu diras la stricte vérité.

Il hocha la tête comme un petit garçon.

— Je ne savais pas. Je jure que je le savais pas.

— Me raconte pas de conneries. À l'instant même où je suis entré dans cette chambre, j'ai vu que c'était une enfant.

— Je l'ai forcée à rien, protesta le maire. C'est pas moi qui l'ai obligée à choisir ce métier.

— Très juste, raillai-je, rapprochant mon visage du sien. Tu es absolument irréprochable. Tu n'es qu'un client innocent.

Un peu de salive apparut au coin de sa bouche.

— C'était Lance. C'était sa faute. C'est lui qui avait monté le coup. Il disait qu'il connaissait cette fille, qu'elle était super, alors je l'ai laissé faire. Tu vois ce que ça veut dire ? Que je m'en sortais bien mieux quand tu t'occupais de tout. Jamais tu n'aurais recruté cette nana pour moi. Tu n'aurais pas dû laisser Lance faire une chose pareille.

— C'est toujours la faute de quelqu'un d'autre, hein ? fulminai-je sans le lâcher, mon nez collé au sien. Comme tu ne sais pas maîtriser tes pulsions et qu'on devrait s'en apercevoir, si on ne t'en empêche pas, c'est nous qui sommes responsables, et pas toi.

— Je dis ça comme ça, c'est tout, glapit-il.

— Parce qu'il fallait absolument que tu tires un coup, parce que tu trouvais normal de sauter des putes mineures, je me retrouve maintenant dans une situation de merde. Il y a un gars, avec un flingue, qui tient ma femme et mon fils en otages. Les choses finissent toujours par vous rattraper, Randy, et voilà que c'est mon tour. Le père de cette fille, tu sais combien de personnes il a déjà descendues jusqu'ici, d'après moi ? Six. Sans compter le type qu'il a buté sous mes yeux l'autre soir. Si tu ne vas pas dans cette salle raconter à tout le monde ce qu'il veut que tu dises, non seulement il tuera ma famille, mais il te tuera toi aussi. Le seul truc, Randy, c'est qu'il devra le faire plus vite que moi.

— OK, OK, OK, tempéra Randy. Laisse-moi réfléchir. Laisse-moi réfléchir une seconde.

Il consulta sa montre. Il était attendu à sa propre réception dans un quart d'heure.

— Il y a peut-être un moyen pour que ça passe… tu sais, que je fasse mon grand mea-culpa, comme Jimmy Swaggart, le télévangéliste, genre confession de mes péchés... Mince, non, ça marchera jamais.

Son portable sonna. Je m'écartai juste assez pour lui permettre de l'atteindre dans sa poche.

— Allô ? Ouais... ouais... je sais... on arrive. À tout de suite – il rangea son téléphone. Ils se font du mouron parce qu'on n'est pas encore là-bas.

— Eh bien, ils ne vont pas être déçus.

Et, reculant d'un pas, j'ouvris la portière, saisis Randy par le bras et le poussai sur la banquette. Une fois que je fus installé derrière le volant, il protesta :

— Tu sais comment ça s'appelle, n'est-ce pas ? Ça s'appelle un kidnapping !

— Randy, je t'emmène à ta satanée propre conférence de presse. Écoute-moi bien, c'est une *véritable* menace de mort : si tu ne fais pas ce que réclame ce mec et si ma famille est tuée, je jure devant Dieu que je te fais la peau.

Je mis la voiture sur Drive et écrasai l'accélérateur. Finley, qui se penchait en avant pour me répliquer quelque chose, fut rejeté si violemment dans son siège que j'aperçus ses chaussures dans le rétroviseur.

Selon les instructions de Drew, je rappelai la maison.

Ellen décrocha aussitôt.

— Allô ?

— C'est moi. Vous tenez le coup ?

— On a connu mieux. Il est juste à côté, il veut te parler.

Puis la voix de Drew.

— Qu'est-ce qu'il a dit ? demanda-t-il.

— On est en route pour la conférence de presse. J'ai expliqué au maire ce qu'il doit faire.

— Génial, Jim. J'apprécie sincèrement.

Comme si je venais de lui prêter ma voiture.

— Jim, j'aimerais parler au maire, ajouta Drew.

— Pas de problème. Il veut te parler, annonçai-je à Randall dans le rétroviseur.

— Putain, non, j'ai pas envie, objecta-t-il.

— Prends ce téléphone, Randy.

Il tendit la main par-dessus le dossier et s'en empara.

— Allô ? fit-il. Oui, c'est... euh... mm-mmmh... bien sûr, je peux comprendre pourquoi vous avez cette impression... j'ai bien peur de ne pas en avoir été conscient... Bon, mais permettez-moi de vous poser une question, monsieur. Quel genre de père laisse sa fille s'embarquer dans ce métier, hein ?

J'avais beau ne pas distinguer ses paroles, j'entendis Drew se mettre alors à hurler.

Randy fit machine arrière :

— OK, OK, excusez-moi. Vous avez raison, c'était peut-être un peu déplacé... oui, bien... d'accord.

Et il me rendit le portable, que je remis à mon oreille.

— Ouais ?

— C'est un vrai connard, gronda Drew.

— Vous voyez, Drew, qu'il y a des choses sur lesquelles on peut être du même avis, tous les deux. Je voudrais parler de nouveau à ma femme, vous voulez bien ?

— Je ne sais pas, Jim. Je pense qu'il vaut mieux vous occuper de ce que je vous ai demandé.

— Drew, si le maire fait ce que vous lui réclamez, est-ce que ça réglera les choses ? Ou est-ce que vous allez lui faire pareil qu'aux autres ?

Il y eut une longue pause au bout du fil.

— Drew ?

— Je veux lui parler après, répliqua-t-il. Je veux que vous l'ameniez ici. Je veux qu'il s'explique avec moi, face à face.

Sur quoi il coupa la communication, sans promettre qu'il ne tuerait pas Randy, et sans promettre qu'il ne me tuerait pas, moi. Les seuls qu'il avait promis d'épargner, s'il obtenait ce qu'il désirait, étaient Ellen et Derek.

— Qu'est-ce qu'il a répondu à ça ? demanda Randy.

— Ta performance a intérêt à être bonne. Et toi, qu'est-ce qu'il t'a dit ?

Randall garda un instant le silence, puis :

— Un tas de trucs. Que je devais avoir honte de moi. Je trouve que c'est lui qui devrait avoir honte, c'est quand même lui qui s'est retrouvé en taule et ne s'est pas occupé de sa fille.

Je me demandai si Randy comprendrait un jour.

À notre arrivée au Walcott, Maxine Woodrow, la conseillère en communication de Finley, attendait devant les portes. Elle semblait au bord de la crise cardiaque.

Dès que la Marquis s'arrêta, elle ouvrit la portière du maire et s'exclama :

— On commençait à s'inquiéter ! Tout le monde est prêt.

Elle prit Finley par le coude et le guida vers l'entrée de l'hôtel. Je laissai la voiture là et les suivis à l'intérieur. Dans le couloir menant à la salle de conférences, nous pûmes entendre une musique entraînante – on aurait dit *Don't Stop* de Fleetwood Mac – et des gens en train de bavarder. Lorsque Randall Finley pénétra dans la salle, cinquante paires d'yeux se posèrent sur lui et les acclamations des supporters s'élevèrent : « Randy ! Randy ! »

Il y avait également deux équipes de télévisions locales. Les voyants de leurs caméras s'allumèrent, et Randy fut soudain inondé de lumière blanche. Il leva la main, s'abritant les yeux et saluant en même temps. L'enfoiré souriait. Être objet d'adoration, même si cela ne précédait que de quelques instants une humiliation totale, était un plaisir auquel il était incapable de résister.

— Tout le monde est si excité ! cria Maxine par-dessus les vivats.

— Ouais, ben moi aussi ! répliqua Randy.

« Ran-dy ! Ran-dy ! »

Je me maintins à proximité de lui. Normalement, je serais resté en arrière, j'aurais été grignoter quelques petits-fours. Après tout, je n'étais que le chauffeur. Mais cette fois, je ne comptais pas le perdre de vue. Ni le laisser s'écarter hors de ma portée. Je ne lui faisais aucune confiance pour se conformer aux instructions, une fois sur cette scène.

Les supporters agitaient des panneaux : FINLEY AU CONGRÈS, ENFIN UN HOMME COMME FINLEY et VIVE FINLEY ! La musique pulsait à travers les haut-parleurs, le genre de morceau qu'on passe lors des événements sportifs pour chauffer la foule. L'événement en question n'était pas si important, et avec sagesse, Woodrow n'avait pas loué une très grande salle. Règle numéro un en politique : toujours louer un local trop petit.

Maxine s'approcha du pupitre, leva les mains pour calmer l'assistance. Elle souffla dans le micro, et un grondement râpeux ébranla la salle.

— C'est branché ? Vous m'entendez ? demanda-t-elle.

Plusieurs personnes crièrent que oui.

— Bon, reprit-elle. J'ai l'immense plaisir de vous présenter ce soir un homme qui vous a servis avec une grande fierté depuis maintenant de nombreuses années en tant que maire, un homme qui a toujours fait passer en premier les électeurs, un homme qui connaît leurs attentes et est prêt à se battre pour qu'elles se réalisent, notre héros du moment, j'ai nommé Randall Finley !

La foule applaudit. Le maire grimpa les trois marches qui montaient à l'estrade, serra Maxine dans ses bras puis se plaça devant le micro. Il baissa les yeux sur le premier rang, y vit sa femme, Jane, et lui fit un petit signe. Il dut estimer que cela ne suffisait pas, car il redescendit de la scène, se dirigea vers elle et se pencha pour l'embrasser. Il l'enlaça, pressa sa joue contre la sienne, y déposa un baiser. Il prit aussi un instant pour lui murmurer quelque chose à l'oreille. Peut-être du genre : « Prépare-toi. »

Puis il remonta sur scène, d'un pas plutôt alerte. À le regarder, on ne se serait douté de rien.

Je me postai sur le côté de l'estrade, à moins de trois mètres, mon téléphone portable à la main. J'avais acheté ce gadget pour filmer les jardins des clients qui souhaitaient des travaux de paysagisme, sans jamais en tirer des séquences de plus de deux minutes. J'allais devoir faire mieux.

— Bonsoir, bonsoir ! clama Randy. Merci pour ce formidable accueil. C'est vraiment super d'être ici. Un véritable honneur. Nous sommes à l'aube de moments excitants !

« Excitants » n'était pas le terme que j'aurais choisi.

— Comme vous le savez, poursuivit-il, j'ai toujours essayé d'agir de mon mieux pour vous en tant que maire de Promise Falls. Mais j'ai beaucoup réfléchi ces derniers temps, et les compétences que j'ai mises au service des affaires locales, j'aimerais désormais les employer au niveau national.

Un murmure s'éleva dans l'assemblée, suivi de quelques applaudissements, puis des gens firent « Chut » pour que Randy puisse continuer.

— Ce pays se trouve dans une pagaille épouvantable. Il est en plein effondrement économique, et rongé par une décadence morale omniprésente.

Sur ce point, il avait raison.

Je n'avais pas encore pressé la touche d'enregistrement. Rien de ce que disait jusque-là Randy n'avait une chance de sauver ma famille. Ni sa peau.

— Notre pays a besoin d'être remis dans le droit chemin, et je crois que si vous m'envoyez au Congrès je pourrai y contribuer. Je suis l'homme de la situation.

Il s'interrompit, laissant au public l'occasion de l'acclamer et d'applaudir. Chacun s'exécuta avec obligeance.

— Il y a quantité de raisons pour lesquelles je pourrais être la personne idéale pour cette tâche, reprit-il. Je sais ce que signifie être sur le droit chemin, et je sais ce que signifie s'en être écarté.

Je brandis le téléphone, me tenant prêt.

— Comme vous le savez, et je parle à cœur ouvert, j'ai la réputation de dépasser parfois les bornes. Il m'est arrivé de devoir payer le nettoyage de quelques tapis.

Rires dans l'assistance.

— Je trouve qu'un véritable leader doit avoir commis quelques faux pas dans son existence pour savoir comment les éviter par la suite, déclara-t-il. Mon père, que Dieu ait son âme, était un homme sage, respectable, et il me disait toujours : « Randy, montre-moi un homme qui n'a jamais commis de fautes en cours de route et je te montrerai un homme qui n'est arrivé à rien. » C'était le genre de personne qui savait qu'épouser la vie, accepter ses défis, signifiait commettre des erreurs, parce que sans erreurs il n'y a pas de réussite possible. Sans nos erreurs et nos échecs, comment serions-nous capables de mesurer nos succès ?

S'il prenait le chemin le plus long, il semblait néanmoins aller dans la bonne direction. Maxine Woodrow me chuchota :

— Il sort de son texte, là. Qu'est-ce qu'il fabrique ?

Je la fis taire d'un geste. Randy riva son regard au mien, et je sentis qu'il m'envoyait un message. Quelque chose comme : « Si c'est ça que tu veux, tu vas l'avoir, et même plus. »

Je me mis à enregistrer.

Randy reporta les yeux sur l'assistance et continua :

— Il existe toutes sortes d'erreurs. On dessine un pont, et une erreur technique peut aboutir à une catastrophe. On renverse un dictateur avec les meilleures intentions, afin d'éliminer ses armes de destruction massive, et il se révèle qu'il n'y en avait pas. Eh bien, les erreurs de jugement de ce style ont des conséquences. Aujourd'hui je veux vous parler d'un autre type d'erreur. Un égarement du cœur. Un égarement de l'âme.

Il n'y avait pas une seule personne dans la salle qui ne fût suspendue aux lèvres de Randall Finley. Il baissa le regard sur le premier rang.

— Ma merveilleuse épouse Jane est ici ce soir, dit-il.

Jane Finley, la cinquantaine grassouillette, sa chevelure brune ramenée au sommet de la tête en ce qui ressemblait à un nid d'oiseau, rougit. Elle tenait sur les genoux un exemplaire du discours de son mari, et si elle l'avait lu à mesure qu'il parlait, elle devait être aussi perplexe que Maxine.

— Beaucoup d'entre vous connaissent Jane, et savent qu'elle a toujours été là pour moi, sans cesse à mes côtés, parfois au cours de périodes très sombres, souvent quand je ne méritais pas son soutien. Il n'est pas toujours facile de me garder son appui. Je vis dans l'excès. Je suis un homme d'appétits. Et bien trop souvent, j'ai assouvi ces appétits sans me demander comment mes actes risquaient d'affecter les autres.

— Qu'est-ce qui lui prend, bon sang ? me chuchota de nouveau Maxine.

Je l'ignorai et continuai de lever mon téléphone.

— Inutile de vous expliquer, poursuivit le maire, sous quelle surveillance permanente vivent les personnages publics. Des politiques ou des célébrités vous diraient que c'est horrible, qu'ils rêvent qu'on leur fiche la paix, que leur vie privée ne regarde personne. Eh bien, je n'en suis pas si sûr. Il me semble que si l'on vote pour moi, si l'on me fait confiance pour prendre des décisions au nom des autres, on a le droit de savoir quel genre d'homme je suis. Mes valeurs, ce que je défends, ce en quoi je crois. Par exemple quand je réussis des projets formidables, comme la nouvelle aile de l'hôpital que j'ai fait voter ce trimestre, avec son unité ultramoderne pour grands brûlés, ou la subvention que j'ai remise pas plus tard qu'hier à Swanson House afin d'aider des jeunes femmes dont la vie n'a pas démarré sous les auspices parfaits qu'elles auraient pu espérer. Mais on est également en droit de connaître mes actes nettement moins formidables, car comment avoir confiance en moi si l'on ne sait pas tout ce qu'il faut savoir à mon sujet ?

Mon téléphone cessa d'enregistrer. Je le fis repartir.

Le public devinait que Randy touchait au but, et à en juger par les expressions captivées, le suspense était total. Je savais ce qui allait venir, et je ressentais la même chose.

— Me voici donc devant vous ce soir pour vous annoncer mon intention de vous représenter dans la capitale de notre pays, afin de faire encore plus de bien que je n'en ai fait auparavant ; mais aussi pour vous parler d'une période noire de ma vie, une noirceur dont j'ai été capable d'émerger uniquement grâce à ma volonté de devenir un homme meilleur. Je n'avais encore jamais révélé ce que j'ai à vous dire, parce que je n'en suis pas fier. Je me suis laissé dominer par les plus bas instincts ; j'ai succombé à une puissance plus forte que la cupidité ou l'alcool. La luxure. J'ai été infidèle. Et, pire encore, j'ai eu une fois recours aux services d'une prostituée, et, comme si cela ne suffisait pas, j'ai appris par la suite que cette personne était mineure.

Un « oh ! » collectif s'éleva dans la salle. Jane Finley parut franchement mal en point. Quant à Maxine, elle souffla : « Mon Dieu ! »

— J'ai abusé de cette jeune femme d'une manière qui non seulement me déshonore, mais déshonore tous les hommes du monde. Pas un jour ne se passe sans que le fait d'avoir contribué à sa déchéance me tourmente. J'ai commis des actes détestables. J'ai blessé des gens. Mais que vaut un homme s'il est incapable de tirer la leçon de ses mauvaises actions ? Si un homme ne peut se racheter, même un homme comme moi, à quoi bon continuer ? Si j'étais intimement convaincu que mes fautes passées m'interdisaient à jamais de faire le bien dans l'avenir, j'en finirais tout de suite avec la vie, ici même, sur cette scène. Or ce n'est pas ce que je crois. Je pense que j'ai la capacité de rendre ce pays plus sûr, plus fort et plus attaché aux valeurs qui en ont fait la plus grande nation de la Terre ; c'est la raison pour laquelle je me tiens ce soir devant vous en homme humble, en homme qui a de nombreuses fautes à son actif, mais qui garde toujours en lui un rêve. Un homme qui vous demande votre soutien pour pouvoir porter son combat à Washington afin de faire de ce pays ce qu'il devrait être !

Au début, il y eut un silence. Puis quelques applaudissements retentirent.

— Je sais que vous êtes choqués par ce que je viens de vous révéler, continua Finley, et c'est légitime. Vous avez le droit de me juger. Et certains d'entre vous me jugeront sévèrement. Je le mérite, sans aucun doute. Dans ce cas, que celui ou celle qui ne s'est jamais égaré, qui n'a jamais péché, qui n'a jamais traversé de période sombre dans sa vie, monte tout de suite sur cette scène et me jette à terre.

Il marqua un temps d'arrêt, et tout le monde attendit que quelqu'un relève le défi. Personne ne mordit à l'hameçon.

Après un délai approprié, Randy termina :

— Laissons mes adversaires en penser ce qu'ils voudront. Seront-ils aussi honnêtes avec vous que je l'ai été ce soir ? Sont-ils prêts à dévoiler leurs péchés pour les soumettre au jugement des autres ? Si quelqu'un est disposé à se montrer encore plus franc que moi avec vous ce soir, non seulement il méritera votre vote, mais il gagnera le mien également, parce que voilà le genre d'homme que je suis, fautes comprises !

Les acclamations furent cette fois plus nombreuses.

— Je sais que cette salle est pleine de gens bien. Je sais que chacun de vous sans exception aimerait pouvoir revenir en arrière et changer au moins une chose ; la fois où vous avez fait de la peine à un proche, la fois où vous avez déçu, peut-être même la fois où vous avez violé la loi en connaissance de cause, et croyez-moi, si je possédais une telle machine à remonter le temps, je la ferais tellement turbiner qu'elle serait hors service en moins de deux.

Quelques gloussements, à défaut d'applaudissements.

— Peu importe ce que vous avez fait, peu importe vos erreurs, je vous représenterai. Je serai là-bas pour vous à l'avenir comme j'ai toujours été là par le passé, parce que je m'appelle Randall Finley, et si vous décidez de ne pas me laisser tomber, je jure devant Dieu de ne jamais vous laisser tomber non plus !

Cette fois, de vrais applaudissements se propagèrent lentement à travers la salle.

— Je vous remercie, conclut-il en saluant. Que Dieu vous bénisse tous !

À présent, presque tout le monde l'acclamait, et une bonne moitié de la salle était debout. Quelqu'un cria :

— Fais-leur-en baver, Randy !

Maxine semblait avoir avalé des crapauds.

— Merci ! répéta le maire par-dessus les applaudissements. Bonsoir !

L'ovation continuait tandis qu'il descendait de la scène en trombe, en prenant le temps de me glisser à l'oreille :

— Ça te la coupe, hein ?

42

— Alors, comment t'as trouvé ? demanda Finley en montant à l'arrière de la Marquis. Tu sais ce que je pense, moi ? Que c'est quand même dans la poche.

Sans répondre, je m'assis derrière le volant, mis le contact.

— Eh bien ? T'as rien à dire ou quoi ?

— Tu me laisses sans voix, Randy.

Il se cala contre la banquette.

— Ramène-moi à la maison, Cutter, ordonna-t-il.

— On n'a pas tout à fait fini.

— Qu'est-ce que tu racontes ? J'ai balancé tout le bazar. Tu as une vidéo de moi en train de le faire, non ? Sur ton portable ? C'est pas ce que voulait ce malade ? Tu peux pas juste lui envoyer ça de ton téléphone au sien, ou je ne sais quoi ? Ce n'est même pas la peine d'aller chez toi. Le mec voit le film, il les relâche, il rentre chez lui, affaire classée.

Je craignais que ce ne soit pas aussi simple. Et vu que la confession de Randy n'avait pas entraîné son humiliation totale, je n'étais pas certain de la façon dont Drew réagirait à son discours une fois qu'il l'aurait visionné.

— Il veut te rencontrer, dis-je. Face à face.

— Pas question.

En apercevant son visage dans le rétroviseur, il me sembla y discerner une certaine frayeur.

— Il détient toujours ma famille, Randy.

— Écoute, Cutter, n'y vois pas un manque de compassion de ma part, mais je pense vraiment que c'est un problème entre toi et lui, tu comprends ? J'ai rempli ma part du contrat, oui ou non ? J'ai pas fait ce que tu m'as demandé ? Et même si j'ai essayé de tourner ce truc à mon avantage, tu crois que mon petit laïus ne va pas finir sur CNN ? Ces sales gauchistes, cette ordure de Wolf Blitzer, attends un peu, ils verront que l'aspect négatif de mon propos.

Dans moins d'une heure, à mon avis.

— Non, tu vas simplement me ramener à la maison, poursuivit le maire. Il va falloir que je parle à Jane. J'ai trouvé qu'il valait mieux laisser Maxine la reconduire, lui donner un peu de temps pour se calmer, tu comprends. Je lui en ai fait voir des vertes et des pas mûres, mais rien de ce genre, rien d'aussi public. Tous mes autres coups, tant que ça ne se passait pas sous son nez, elle arrivait plus ou moins à les encaisser. Là...

— Randy, dans ton esprit, tout ceci tourne à cent pour cent autour de toi, mais je n'ai pas dû être assez clair sur...

Le portable de Randall sonna. Il le colla aussitôt à son oreille.

— Oui, salut, mon trésor, roucoula-t-il, manifestement à Mme Finley. Ouh là, eh, attends, attends une minute... Il ne faut pas du tout se fier aux apparences... Non, je n'ai pas perdu la tête... C'est une longue histoire, je t'expliquerai tout ça plus tard, mais nom d'un chien, mon petit cœur, en fait il s'agit d'une question de vie ou de mort, et quand tu sauras tout, tu comprendras... Si c'était vrai ? Bon, j'ai un peu enjolivé certains trucs, mais la réalité, c'est que j'ai été obligé de le faire, trésor, je te le jure. C'est compliqué. Écoute, rentre à la maison, prends un ou deux de ces cachets que le docteur t'a donnés pour les nerfs... voilà, c'est ça. À tout de suite.

Il referma son téléphone et ajouta à mon intention :

— J'espère que tu es content. Plus tôt je serai rentré, mieux ça vaudra. Il faut que j'arrange tout ça.

— Pas encore, Randy. On retourne d'abord chez moi. Ce type veut te parler. Il veut te dire tes quatre vérités. Peut-être que tu peux lui accorder ça ; il a perdu une fille.

— Non merci, répliqua-t-il, le portable toujours à la main. Il est temps de faire appel aux flics. Laissons-les régler cette affaire. J'ai déjà confessé mes péchés, alors je vois pas ce qu'on a à perdre, maintenant, hein ? C'est quoi, le numéro de Barry ? Il pourrait envoyer une équipe d'intervention spéciale ou ce qu'il voudra, un sniper qui vise par une fenêtre et le fasse sortir, que ce connard ait enfin ce qui lui pend au nez.

Je réfléchis à l'avertissement de Drew : si le moindre policier s'approchait de la maison, il tuerait Ellen et Derek. En voyant Randy rouvrir son téléphone, j'écrasai la pédale de frein et pilai contre le trottoir. Dans la seconde qui suivit, j'avais bondi hors de la voiture, ouvert sa portière et, penché par-dessus le siège, je lui arrachai le portable.

— Putain, Cutter, arrête ! s'écria-t-il en se débattant.

Je me redressai, claquai la portière et lançai le gadget aussi loin que possible sur une place de parking vide.

— Nom de Dieu, Cutter ! rugit le maire, rouvrant sa portière. Je peux pas faire ça ! Je peux pas affronter ce mec ! Le salaud va me buter ! Tu sais bien qu'il le fera !

Je le repoussai dans la voiture et m'apprêtais à claquer de nouveau la portière, mais il la bloqua du pied. Alors je plongeai sur la banquette arrière, saisis Randy par les revers de sa veste puis le fis reculer jusqu'au fond, sans qu'il cesse de battre l'air de ses bras ; lorsqu'il fut parvenu à l'autre extrémité, je le soulevai et le flanquai contre la fenêtre. L'arrière de sa tête heurta la vitre et il cessa d'un coup de se tortiller et de résister. Il battit des cils.

Merde, me dis-je, je l'ai tué.

En fait, il gémissait faiblement, au moins assez conscient pour lever la main et tâter la bosse sur son crâne tout en s'affaissant sur le cuir.

Assuré qu'il ne s'enfuirait pas dans les deux prochaines minutes, je repris ma place derrière le volant.

Alors que je démarrais, un très mauvais pressentiment m'envahit. Non seulement j'étais fort probablement en train de livrer Randall Finley à son bourreau, mais en train de me livrer aussi.

J'avais néanmoins l'intuition que Drew était loyal en disant qu'il épargnerait Ellen et Derek si je faisais ce qu'il demandait.

S'il fallait sacrifier la vie de Randy et la mienne pour sauver ma femme et mon fils, c'était ce que j'allais devoir faire.

Je m'engageais dans mon allée quand Randy prit conscience de l'endroit où il se trouvait. Il s'assit droit comme un piquet, regarda par la vitre, vit la maison des Langley.

— Nom de Dieu, Cutter, gémit-il.

Mon pick-up et la remorque étaient garés sur le chemin, à courte distance de la route, aussi allions-nous devoir marcher. Peut-être Drew avait-il calculé de faire bloquer l'accès par Derek pour que cela lui donne largement le temps de voir approcher n'importe qui, les flics en particulier.

La voiture arrêtée, je me retournai vers Randy.

— Comment va ta tête ?

— Espèce d'enfoiré, tu m'as attaqué, répondit-il en se frottant le crâne.

— Vu que tu es capable de former des phrases complètes, ton cerveau n'a pas dû subir de dégâts irréversibles.

— Je ne peux pas entrer là-dedans, déclara-t-il.

— Tu vas entrer quand même.

— Bon, bon, OK. Mais laisse-moi réfléchir une minute.

Et il fit ce qu'il faisait le mieux, à savoir, tenter de présenter la situation sous un angle favorable. J'attendis.

— Disons que je rencontre ce mec, je lui parle, je le persuade de se rendre. L'effet serait chouette, non ? Le candidat au Congrès obtient que le tueur se livre à la police… Ça marcherait.

— Pas mal, Randy.

— J'ai réussi mon coup tout à l'heure, non ? Je peux recommencer.

Cette fois, sa voix manquait d'assurance.

— T'es le meilleur, Randy.

— Et si j'y arrive, si je convaincs ce type de se rendre, la presse aura moins tendance à montrer l'autre truc sous un aspect négatif, ajouta-t-il en se passant nerveusement la main sur la bouche. Et tout s'arrangera.

— Qu'est-ce que tu veux dire ?

— Cette fille, celle du mec, tu sais ? La prostituée ?

— Oui, eh bien ?

— Elle est morte, d'accord ? Elle est tombée malade et elle est morte ? C'est pas ce que tu m'as dit ?

— Exact.

— Voilà une bonne nouvelle, non ? Elle risque pas de donner des détails sur notre petite séance. Et tu sais quoi, aussi ? Tout ce que j'ai dit dans mon discours, j'ai qu'à le nier en bloc. Qui me contredira ? J'expliquerai que j'étais forcé de faire cette déclaration pour sauver ta femme et ton gosse. Même si ce timbré s'en sort vivant, son histoire n'est basée que sur des ouï-dire, pas vrai ? Sur les propos de sa fille ? Eh bien, ça ne tiendra pas debout devant un tribunal, je me trompe ? Et Lance, il n'est plus là non plus, donc il sera pas en mesure de raconter de conneries là-dessus.

Randy parlait à tort et à travers comme un imbécile.

— En fait, ça pourrait tourner à mon avantage, continuait-il. Les gens verront ce gars, *moi*, prêt à compromettre sa carrière pour sauver la famille de son chauffeur. Ça va super-bien passer, tu crois pas ?

— Tu oublies qu'il y a un autre témoin, Randy.

Il parut perplexe.

— Ah ? Qui ça ?

— Moi. Tu te souviens, j'étais là ? Quand tu étais avec Sherry Underwood ? Et qu'elle t'a mordu la queue ? Et que je t'ai flanqué mon poing dans le nez ?

Je vis un sourire s'esquisser sur son visage.

— Oh, ça ne m'inquiète pas, Cutter. J'ai déjà ta promesse de rester discret. Tu l'as oubliée ?

Je ne répondis pas.

— J'ai une idée, reprit Randy. Pourquoi tu n'entres pas en premier ? Tu le sondes, tu lui montres ta petite vidéo, tu te fais une idée de ses intentions, ensuite tu reviens ici et tu me mets au courant, hein ?

Ce qui lui laissait le temps de repartir en stop à Promise Falls.

— Non, je ne crois pas.

Décidant cette fois d'effectuer mon travail correctement, je fis le tour de la voiture et ouvris la portière pour Randy, d'un geste très respectueux. Il resta immobile jusqu'à ce que je l'empoigne par le col de sa veste.

— D'accord, d'accord, glapit-il, tandis que je le tirais à l'extérieur.

Quand il posa les pieds par terre, je le vis lancer un coup d'œil en arrière, vers la route où une voiture ou un camion passaient de temps en temps à toute allure. Je savais ce qu'il avait en tête. Courir là-bas, faire signe à quelqu'un de s'arrêter.

— N'y pense même pas, lui dis-je.

Je le saisis de nouveau par le bras pour le pousser vers ma maison, quelques mètres plus loin. J'espérais que lorsque j'en sortirais, ce ne serait pas entre quatre planches.

43

Agrippant Randy par le bras, je montai les marches du perron et frappai à ma propre porte.

— C'est moi, Drew ! criai-je. C'est Jim Cutter ! Je suis avec le maire !

J'entendis le verrou claquer, et le battant s'ouvrit. Derek apparut.

— Salut, papa, dit-il.

Il avait l'air d'aller, bien qu'effrayé. Je franchis le seuil, vis Ellen assise dans un fauteuil en face de la télévision et Drew, dans l'encadrement de la porte de la cuisine, un pistolet à la main.

— Salut, fit-il à son tour, levant l'arme en direction de Randy et moi. Mains en l'air, tous les deux.

Nous obéîmes. Il s'approcha et, d'une main hésitante, à moitié accroupi afin que son corps et son pistolet restent aussi éloignés que possible, il vérifia, en nous tapotant de haut en bas, que nous ne portions pas d'arme. Satisfait, il recula de plusieurs pas.

— Il l'a fait ? demanda-t-il. Vous avez la preuve ?

Je sortis le téléphone – qu'il avait tâté auparavant – de ma poche de veste.

— Ouais, répondis-je. C'est en deux morceaux, et je suis certain que ça passera aussi aux infos de vingt-trois heures.

— Montrez-le-moi.

Je tendis le portable à Derek. Il me fallait toujours un temps fou pour comprendre comment accéder aux données qui se trouvaient déjà sur l'appareil, même les numéros de base. Tandis que mon fils tripotait les touches, je m'adressai à Ellen :

— Comment ça va, chérie ?

Elle esquissa un très faible sourire.

— J'ai connu mieux.

— Tu es blessée ?

Elle secoua la tête. Puis désigna Derek du menton et répondit :

— On va bien tous les deux.

Elle eut beau ne pas le prononcer, je perçus le « jusqu'ici » sous-entendu.

— Bon, je crois que je l'ai, annonça Derek, les yeux sur le téléphone.

— Donne-le-moi, ordonna Drew en allongeant sa main libre.

Mais Derek n'avait pas terminé.

Je n'avais aucune idée de ce qui allait se passer. J'espérais que Drew tiendrait parole, tout en sachant également qu'on pouvait s'attendre à tout de la part d'un homme embarqué dans une spirale meurtrière. Il était probablement naïf de croire que si je lui livrais le maire, ainsi que la vidéo de son discours, il honorerait sa promesse de relâcher Ellen et Derek. Quelque chose dans sa voix, lors de notre échange téléphonique, m'avait laissé penser qu'il était au bout du rouleau. J'essayais de me convaincre qu'il en avait fini de se venger de ceux qui avaient utilisé sa fille et abusé d'elle, qu'il se fichait peut-être pas mal de ce qui lui arriverait à présent.

Peut-être que je me gourais complètement une fois de plus.

Je cherchais des occasions. Le moyen de prendre Drew de vitesse. Ou de le distraire. Nous étions quatre, et lui tout seul.

Le seul à être armé, bien sûr.

Je me tenais non loin de la cheminée, où pendait le tisonnier que j'avais empoigné le soir où j'avais trouvé Derek et Penny sur la terrasse de derrière.

— Voilà, ça y est, déclara Derek avant de tendre le téléphone à Drew, qui le lui arracha de la main.

Il scrutait le petit écran, son regard oscillant entre l'image sous ses yeux et nous dans la pièce.

— Comment on monte le son ? demanda-t-il.

— Le petit bouton sur le côté, indiqua Derek.

Comme Drew ne trouvait pas, mon fils s'avança timidement et lui montra comment procéder, puis recula. Maintenant, nous entendions tous la voix de Randy sortir du téléphone.

— On dirait le milieu du discours, remarqua Drew.

— C'est le cas, répliquai-je. J'ai essayé de prendre les passages importants.

Drew paraissait très énervé, attendant la confession de Finley tout en gardant un œil sur nous. Aussi agité que lui, les yeux aux aguets, Derek n'arrêtait pas de serrer et desserrer les poings. Il semblait sur le point de bondir. J'essayai de capter son regard pour lui recommander le calme. La dernière chose que je voulais était qu'il se fasse descendre en jouant les héros.

Furtivement, je me rapprochai un peu du tisonnier.

La voix du maire sortait de mon portable :

« ... Il me semble que si l'on vote pour moi, si l'on me fait confiance pour prendre des décisions au nom des autres, on a le droit de savoir quel genre d'homme je suis... »

Drew hocha la tête, les yeux rivés sur le minuscule écran.

« … mais pour vous parler d'une période noire de ma vie… »

Le regard de Drew ne cessait de naviguer entre nous et le téléphone. Il craignait que nous ne tentions de lui sauter dessus.

« J'ai été infidèle. Et, pire encore, j'ai eu une fois recours aux services d'une prostituée, et, comme si cela ne suffisait pas, j'ai appris par la suite que cette personne était mineure. »

— Bien, dit Drew. On y arrive.

« … J'ai commis des actes détestables. J'ai blessé des gens. Mais que vaut un homme s'il est incapable de tirer la leçon de ses mauvaises actions ? »

Puis Drew visionna la partie où Randy commençait à jouer les prestidigitateurs, transformant des peccadilles en vertus. Quelques secondes plus tard, j'entendis les applaudissements jaillir de l'appareil et au moment où quelqu'un criait « Faisleur-en baver, Randy ! » Drew secoua très lentement la tête. Il regarda le maire.

— Ils vous aiment bien. Vous leur racontez que vous avez couché avec une jeune mineure et ils vous applaudissent.

Il n'en revenait pas.

Randy fit alors quelque chose que je l'avais rarement vu faire. Il rougit d'embarras.

Drew reporta une dernière fois les yeux sur le téléphone, comme si ce gadget lui-même constituait l'objet de son mépris. Il le referma d'un claquement sec puis, soudain, le lança violemment contre la fenêtre du séjour, qui se pulvérisa. Ellen sursauta. Drew se retourna vers nous et demanda d'une voix pleine de rage :

— Qu'est-ce qui leur prend, à ces gens ? Comment ils peuvent... comment ils peuvent acclamer un homme qui vient d'avouer une chose pareille ?

Personne parmi nous n'avait la réponse.

Randy s'adressa à Drew.

— Écoutez, mon vieux, j'ai fait ce que vous vouliez. J'ai dit ce que vous vouliez. Je suis venu ici de mon plein gré pour vous rencontrer face à face. J'y peux rien si le public n'a pas réagi comme vous le souhaitiez.

— Espèce de salaud, gronda Drew.

La main qui tenait le pistolet tremblait. Tandis qu'il jetait un regard noir à Randy, je me mis devant le tisonnier de la cheminée.

Un filet de sueur coulait sur la tempe de Randy.

— Drew, dis-je d'une voix douce, le maire s'en sort peut-être blanc comme neige pour le moment, mais ça ne durera pas. Ses adversaires vont s'emparer de cet aveu. Et pour finir, ça le perdra.

— C'est sûr, renchérit Randy. Je suis grillé.

— Je ne sais pas, hésita Drew. Je ne pensais pas que ça se passerait comme ça.

— Eh bien, je ne pensais pas vraiment non plus que ma soirée se passerait comme ça, avança Randy, s'efforçant de sourire.

Le voilà qui essayait de se gagner la sympathie de Drew. Je ne me rappelais pas l'avoir jamais vu aussi héroïque.

— Quoi ? riposta Drew. Je suis censé vous plaindre ?

Je tendis la main dans mon dos pour attraper le tisonnier, mais je me trompais en imaginant m'en tirer adroitement. Comme je le bougeais, l'objet tinta contre son support métallique et Drew se retourna, le revolver pointé sur moi.

— C'était quoi ? demanda-t-il.

— Rien, répondis-je.

— Montrez-moi ce que vous avez à la main.

J'exhibai le tisonnier et Drew serra les mâchoires.

— Lâchez ça et allez vous mettre là-bas, ordonna-t-il en désignant la bibliothèque.

Je laissai tomber le tisonnier par terre.

— D'accord. Pas de problème.

Je surpris alors le regard désespéré, catastrophé, d'Ellen. Puis je me déplaçai jusqu'au mur de livres.

Reportant son attention sur le maire, Drew reprit :

— Je devrais vous plaindre, *vous*, un mec qui se tape des adolescentes ?

— Bon, il y a deux, trois choses que vous devez comprendre, mon pote. Primo, j'ignorais totalement que votre fille était aussi jeune. Elle faisait bien plus âgée, vous devez savoir ça. Jamais je n'aurais accepté aucun plan avec elle si j'avais su qu'elle était aussi jeune que ça. Il y a certaines lignes que je ne franchis pas.

Drew le regardait fixement.

— Deuzio, je ne l'ai jamais abordée directement. C'est un de mes associés qui s'en est occupé, un certain Lance Garrick. Je suppose que vous le connaissez déjà, non ? Il n'aurait pas dû organiser ça, et j'ai envie de dire : écoutez, Lance n'a eu que ce qu'il méritait. Je vois mal comment on pourrait vous reprocher ce que vous lui avez fait – il eut un rire forcé –, moi-même, j'ai été plus d'une fois tenté de le flinguer.

Drew continuait à le dévisager en silence, se demandant où il voulait en venir. Je n'en avais pas la moindre idée non plus. Je jetai un coup d'œil à Ellen. En regardant dans sa direction, quelque chose sur la bibliothèque attira mon attention.

Posée au sommet d'une rangée de livres, à quelques centimètres de l'étagère du dessus, se trouvait une lame de la tondeuse à gazon autotractée. Je l'avais mise là quand j'étais entré l'autre soir et avais trouvé Ellen en train d'observer la maison des Langley par la fenêtre.

— À vrai dire, poursuivit Randy, on a tous des torts dans cette histoire et, regardez les choses en face, vous pas moins que les autres.

D'après son ton, il ne cherchait pas vraiment à discutailler avec Drew, il essayait plutôt de lui exprimer son point de vue, mais je trouvais ça risqué.

— Randy, intervins-je.

— Vous n'êtes pas d'accord ? insista le maire. Hein, Drew ?

Drew répliqua :

— Ce que je sais, c'est que parmi tous les hommes qui ont abusé de ma petite fille, qui ont contribué à sa mort, aucun n'aurait dû mieux savoir que vous à quoi s'en tenir.

Randy ne répondit rien.

— J'étais avec elle quand elle est morte, continua Drew. Je suis sorti juste à temps pour être présent. J'ai passé presque chaque minute de sa dernière semaine avec elle. Elle m'a raconté toutes les erreurs qu'elle avait faites, comme elle aurait aimé que je sois là dans les mauvais moments. Et j'ai trouvé son carnet, son petit carnet de notes. Elle avait tout inscrit dedans. Numéros de téléphone, noms, plaques d'immatriculation. La plupart des types ne donnaient pas leurs vrais noms, mais grâce aux autres infos, j'ai pu reconstituer les éléments. J'appelais un numéro, contactais un mec, lui disais que je voulais l'embaucher pour un boulot, n'importe quoi pour avoir un face-à-face avec lui, vous voyez ? Ensuite je l'interrogeais, lui demandais éventuellement s'il savait où je pourrais dégotter une fille pour m'amuser. Peu à peu, j'ai déniché quelques-uns des sales porcs qui se sont servis d'elle. Je lui ai promis, avant qu'elle meure, que je me rattraperais. Vous, je ne vous ai pas pisté par ce carnet. J'ai déniché votre copain Lance. Il a fait tout le sale boulot pour vous. Il vous a monté le coup. Il m'a tout raconté avant de crever.

— Attendez, mon vieux..., commença Randy.

Drew lui coupa la parole :

— Vous l'avez tuée ! Vous et tous les autres ! Vous auriez aussi bien pu prendre un flingue et lui tirer dessus. Ç'aurait peut-être mieux valu. Au moins, ç'aurait été plus rapide, espèce d'ordure !

— Bon sang !... Écoutez, j'ai fait ce que vous vouliez. J'ai expliqué aux gens ce que vous vouliez que je leur dise. Je suis venu ici pour que vous me passiez un savon. Alors on est quittes, d'accord ? Vous n'allez pas me tuer.

— Si, rétorqua Drew.

Les joues du maire, si rouges un instant plus tôt, perdirent toute couleur.

— Eh, arrêtez. Un marché c'est un marché.

— Et pas seulement vous, ajouta Drew. Vous aussi, Jim.

— Non, murmura Ellen.

— Allez, mec, jeta Derek d'une voix effrayée.

J'étais en train de réfléchir au moyen d'atteindre la lame de la tondeuse ; lorsque Drew se tourna vers moi, je m'interrompis pour lui dire :

— Je sais, vous trouvez que je n'en ai pas assez fait pour aider Sherry. Et je le regrette. Sincèrement. Je le regretterai toute ma vie.

— Plus très longtemps donc, riposta Drew.

— Vous auriez fait quoi, Drew ? Dites-moi, hein ? Imaginez que les rôles aient été inversés.

J'ai une fille, son existence part à la dérive, et vous tombez sur elle par hasard. C'est une parfaite inconnue pour vous. Mais vous voyez qu'elle est dans le pétrin, qu'elle a pris la mauvaise voie. Alors vous lui laissez votre nom et votre numéro de téléphone, vous lui dites que si elle a besoin d'aide, elle peut compter sur vous. Et elle ne veut pas de cette aide. Vous auriez fait quoi ?

Les yeux de Drew brillèrent un instant, et je me rendis compte alors qu'ils étaient humides, qu'il tentait de retenir ses larmes.

— Vous étiez sa seule chance, murmura-t-il. Vous étiez ce pour quoi je priais pendant que je me trouvais en prison. Que quelqu'un s'aperçoive des ennuis qu'elle avait, et l'aide jusqu'à ce que je sorte et puisse prendre le relais. Ça n'est pas arrivé. Et à ma sortie, il était trop tard.

Je lançai un nouveau coup d'œil à Ellen, aux yeux agrandis de frayeur. Puis à Derek, dont les yeux n'étaient pas écarquillés par la peur mais par autre chose. On aurait dit qu'il cherchait une brèche, une opportunité. Si quelqu'un dans la pièce faisait momentanément diversion, n'importe quoi, engageait juste une seconde de conversation avec lui, Drew regarderait ailleurs, et ça me donnerait peut-être le temps d'attraper la lame du motoculteur et l'attaquer en m'en servant comme d'une machette, par exemple.

Je risquais de finir avec une balle dans le corps, mais si j'arrivais à le blesser, je pourrais sauver ma femme et mon fils.

Ce fut Randy qui fit diversion.

— Vous voulez que je vous dise ? lança-t-il, et Drew regarda dans sa direction. Vous avez raison de penser que vous pouviez attendre plus de lui, mais moi, allez, tout le monde sait comment je suis, alors…

Ensuite, tout se passa très vite.

Je fis volte-face, empoignai la lourde lame d'acier. Elle avait besoin d'être affûtée. Même si ses bords étaient émoussés et arrondis, avec ses cinquante centimètres de long, elle causerait de sacrés dégâts si je parvenais à en frapper Drew.

Celui-ci, bien que distrait par le maire, avait remarqué que je tramais quelque chose, car il tourna brusquement la tête pour me regarder approcher avec la lame, et il leva son pistolet. Il y eut un grand bruit, comme un coup de canon, et quelque chose percuta mon épaule et m'envoya contre la bibliothèque.

Ellen poussa un hurlement. Derek cria : « Papa ! »

La lame m'échappa et heurta le mur.

Dans tout ce brusque vacarme, personne n'entendit les pas sur le perron, aussi ce fut un choc pour tout le monde lorsque la porte d'entrée s'ouvrit et que Conrad Chase, un petit carton dans les mains, pénétra dans la pièce.

Drew, le pistolet toujours brandi, pivota sur ses talons, les yeux exorbités.

Conrad eut à peine le temps de s'exclamer « Putain ! Qu'est-ce qui se passe ? » que Drew lui tirait en pleine tête.

Conrad fut projeté en arrière, le carton tomba et s'ouvrit en plein vol, des centaines de pages de manuscrit s'éparpillèrent sur le sol.

C'est à ce moment-là que Derek se rua à travers la pièce, voltigeant par-dessus la table basse comme s'il sautait d'un toit à un autre. Il était en l'air lorsqu'il entra en collision avec Drew, qui semblait momentanément abasourdi, non seulement par les deux coups de feu qu'il venait de tirer, mais également par les feuilles qui virevoltaient.

Le bras de Drew qui tenait le pistolet se dressa à la verticale, et un autre coup partit. Des morceaux de plâtre dégringolèrent du plafond.

Derek n'était ni assez grand ni assez fort pour immobiliser Drew. Il était costaud, et mon fils n'avait aucune chance de le maintenir tout seul. Malgré ma douleur cuisante à l'épaule, je traversai la pièce en trois bonds et tombai sur Drew, lui saisissant le poignet qui serrait l'arme et le plaquant au sol. Derek lui bloquait l'autre bras ; Drew essayait néanmoins de l'utiliser pour m'atteindre, entraînant Derek dans le mouvement.

Je retenais le poignet de Drew à deux mains, tandis que Derek tentait de lui coller un coup de poing dans le ventre, puis au visage, sans grand effet. Du coin de l'œil, j'aperçus le maire à l'extrémité du séjour, observant la scène comme s'il assistait à un combat de coqs.

Où diable était Ellen ?

Il y eut alors un grand *boum*, et Drew cessa de se débattre. Avec beaucoup d'hésitation, je lâchai son poignet, pivotai sur mes genoux, et vis Ellen, le tisonnier à la main. Ainsi que la tête de Drew couverte de sang.

Conrad gisait dans l'encadrement de la porte d'entrée, en sang, immobile, indéniablement mort.

Tout en essayant de reprendre mon souffle, je me remis debout, tendis la main vers mon fils pour lui tapoter le dos, puis regardai le sang qui transperçait ma chemise sur l'épaule gauche, là où la balle de Drew m'avait éraflé.

Randy, plein d'une confiance ravivée maintenant que le danger avait été neutralisé, se planta au-dessus de Drew Lockus et, pointant un doigt accusateur, dit :

— Peut-être que si vous aviez été un meilleur père, pour commencer, rien de ce merdier ne serait arrivé !

Cette fois, lorsque j'ai flanqué mon poing dans le nez de ce connard, je le lui ai fracassé.

44

Ellen et moi étions assis dans la voiture, garée en face d'une maison dont j'entretenais régulièrement le jardin.

Nous venions de nous arrêter au bord du trottoir, aussi le moteur n'était-il pas encore éteint, et bénéficiions-nous toujours de l'air climatisé que soufflait la petite Mazda. J'occupais le siège passager, oubliant la conduite le temps que mon épaule cicatrise. Au volant, Ellen avait une main sur la poignée de la portière, et le regard fixé droit devant elle.

— Bon, lâcha-t-elle.

— Ouais, fis-je.

Il s'était passé beaucoup de choses durant ces derniers jours, après la mort de Conrad Chase chez nous. Les écrivains célèbres devenus présidents d'université avaient le don de susciter une certaine attention lorsqu'ils perdaient la vie de façon aussi violente.

Lorsque nous n'étions pas occupés à répondre aux questions de Barry ou à éviter les équipes de télé, Ellen et moi consacrions de longs moments à discuter. De petits et de grands sujets. Où nous en étions et où nous allions.

L'heure semblait venue de procéder à quelques changements.

Mon emploi de chauffeur pour Randall Finley avait, comme on pouvait s'y attendre, pris fin assez brutalement, une fois de plus. De toute façon, je ne m'étais engagé qu'à court terme vis-à-vis de lui, donc, perdre ce travail temporaire plus tôt que prévu n'était pas bien grave. Et il me restait mon entreprise de tonte de pelouses. Pour l'instant.

Le problème, c'était que le job de Randy semblait également en péril. Il avait réussi à emballer le public lors de l'annonce officielle de sa candidature au Congrès, et se distinguait en étant le seul politicien de l'histoire connu pour avoir exposé ses ambitions tout en admettant aussi, dans le même discours, avoir couché avec une prostituée mineure. Ainsi qu'il l'avait prédit, son discours avait non seulement atterri sur CNN et toutes les autres chaînes d'information de la planète, mais il était le plus visionné sur YouTube.

Le conseil municipal de Promise Falls faisait bûcher en surrégime des avocats sur la constitution de la ville, dans le but d'établir s'il existait un moyen d'attaquer Randall Finley. Bien que le maire n'ait pas encore renoncé à postuler au Congrès – Randy était un éternel optimiste –, il semblait que, même s'il n'arrivait jamais jusqu'au Capitole, il serait au moins confronté à la législation élaborée en son sein.

Il parla de m'inculper d'agression pour l'avoir une seconde fois cogné sur le nez. Lorsque je pus échanger deux mots en privé avec lui après ce qui s'était passé à la maison, je demandai : « Alors, notre marché est rompu ? J'ai ta bénédiction pour bavarder et dévoiler tous les détails de ta rencontre avec Sherry Underwood, à savoir que non seulement tu l'as sautée, mais aussi frappée ? »

Nous étions donc revenus au point de départ. Malgré tous ses ennuis, il s'estimait heureux de ne pas avoir de témoin oculaire de sa soirée avec Sherry Underwood. En fin de compte, Linda, la jeune mère célibataire qui avait attendu sa copine Sherry dans le couloir de l'hôtel le soir de sa rencontre avec Randy, n'avait en fait jamais posé les yeux sur le maire. Il avait donc raison sur un point : l'affaire se résumait à sa version de l'histoire, *versus* le soi-disant récit de Drew Lockus, un homme ayant multiplié les meurtres et qui manquait singulièrement de crédibilité.

Même si certains détails du mauvais comportement du maire ne sortirent jamais au grand jour, j'avais le sentiment qu'il était plus ou moins un homme fini, du moins sur le plan politique. À la longue, une conduite aussi irresponsable finissait toujours par vous rattraper.

Lors de notre brève discussion à propos de mon serment de silence, je lui avais demandé s'il était balèze en débroussailleuses, au cas où sa carrière politique tournerait en eau de boudin. Précisant que, avec mon épaule bandée pour cause de blessure par balle, Derek et moi aurions bien besoin d'une troisième paire de bras.

Drew fut inculpé des meurtres des Langley, de Lance Garrick, ainsi que d'Edgar Winsome et Peter Knight, les deux autres hommes qu'il avait localisés en rassemblant les informations contenues dans le carnet de Sherry. La police ne voyait toujours pas l'intérêt de le poursuivre pour la mort de Mortie, le voyou qui était venu avec Lester, le frère d'Illeana, nous terroriser ce soir-là, Ellen et moi, dans la remise.

Curieusement, nous étions toujours redevables à Drew pour cet acte.

Une fois les feuilles du manuscrit éparpillées dans notre séjour ramassées, j'avais finalement lu les deux premiers chapitres du livre de Conrad. Ça racontait l'histoire d'un photographe de presse dont le cliché le plus célèbre, lauréat du prix Pulitzer et montrant l'exécution d'un homme par les talibans en Afghanistan, se révèle l'œuvre d'un autre photographe qui n'a pas réussi à sortir vivant du pays.

J'eus beau ne pas terminer le bouquin, il ne me fit pas l'effet d'une sorte de confession voilée. Il me semblait simplement que Conrad exploitait son expérience personnelle. J'avais l'impression qu'en fait il arnaquait Brett Stockwell une deuxième fois. La première, il avait volé le roman du garçon. La seconde, il avait tiré profit de son infortune.

Ellen, dont les contacts dans le monde de l'édition sont bien meilleurs que ceux d'un jardinier, a entendu dire que le roman était jugé illisible. Ce qui ne le rend pas forcément impubliable pour autant. L'avenir dira si Conrad aura un best-seller posthume.

— Tu te souviens de ce que je t'ai dit il y a quelque temps ? demanda Ellen, renversant la nuque sur l'appuie-tête.

— Quoi donc ?

— Quand Derek était en prison. Qu'on était punis pour certains de nos actes.

— Oui, je me rappelle. C'est toujours ce que tu penses ?

— Regarde ce qu'on a fait, nous deux, répliqua-t-elle. À quel point de bonnes intentions peuvent tourner terriblement mal. J'ai essayé d'aider Brett Stockwell, et ç'a eu l'effet inverse, détruit des vies. Toi, tu as gribouillé ton nom dans un carnet, donné ton numéro à une fille pour qu'elle t'appelle en cas de besoin…

— … et les Langley sont morts, complétai-je. Tout ça parce que Drew s'est trompé de maison en voulant exercer sa vengeance.

Chacun de nous médita un moment là-dessus. Je me demandais si Ellen pensait la même chose que moi, que nous étions en quelque sorte maudits.

Elle finit par reprendre la parole :

— Où va-t-on aller ? Après que je serai entrée là-dedans – elle désigna la maison – accomplir ma démarche.

— Je ne sais pas. Nulle part, peut-être. Ça ne sert peut-être à rien. On peut laisser un endroit derrière soi, mais nos secrets nous suivront toujours. Il se peut que le mieux soit de ne pas bouger et de surmonter tout ça.

— Je n'ai pas envie de me réveiller un matin de plus en voyant la maison des Langley.

Là, elle n'avait pas tort.

— Et Derek ? poursuivit-elle. Tu crois que ça va aller ?

— Il s'en sortira. Il est plus coriace qu'on ne le pense.

Ellen baissa les vitres, éteignit le moteur.

— Tu as vu ce qu'il a fait ce matin ?

De l'air brûlant, humide s'engouffra à l'intérieur de la voiture.

— Quoi donc ?

— Il a pris un de tes tableaux dans la remise, celui où tu as peint les Berkshires, répondit-elle, et il l'a accroché dans sa chambre.

— Tu rigoles ?

— Non.

Pour décorer sa cellule, me dis-je.

— Il nous a sauvé la vie, quand Drew a été distrait par l'arrivée de Conrad.

Ellen me saisit la main et la serra fort.

— Je vais envoyer mon curriculum vitae à un tas d'agences de relations publiques. Dans tout le pays. Et si ça ne marche pas, j'essayerai ailleurs.

— Je suis certain que, où que ce soit, il y aura de l'herbe à tondre.

— Fais autre chose, rétorqua Ellen. Tu pourrais enseigner les arts plastiques. Travailler dans une galerie. Recommencer à peindre.

— On verra.

Elle prit une profonde inspiration, expira lentement.

— Tu es prête ? lui demandai-je.

Elle me lança un coup d'œil et tenta de sourire.

— Aussi prête que possible, je crois.

— Sûre ?

— Ouais.

— Parce que ça va provoquer plein de retombées. Pour toi. Pour la succession de Conrad, son éditeur, beaucoup de monde.

— Parfois, même si cela prend dix ans, on doit faire ce qui est juste, déclara Ellen, avant de sortir de la voiture.

Ensemble, nous marchâmes vers la porte d'Agnes Stockwell pour lui dire qu'elle ne devait plus se sentir coupable, que son fils Brett ne s'était pas suicidé, qu'il était un écrivain encensé et publié, qu'il était mort en essayant de sauver la vie de ma femme.

Remerciements

Je n'ai fait qu'écrire ce livre. C'est grâce à un grand nombre de personnes que vous l'avez entre les mains.

Aux États-Unis, mille mercis à Irwyn Applebaum, Nita Taublib, Danielle Perez, et tous les autres chez Bantam Dell.

En Grande-Bretagne, je voudrais remercier tout le monde chez Orion, particulièrement Bill Massey, Juliet Ewers, Natalie Braine, Mark Rusher, Julie MacBrayne, Claire Brett, Jessica Killingley, Miles Cumpstey, et en Australie, Sandy Weir.

Je voudrais également remercier l'agence Paul Marsh, ainsi que tout le monde au *Richard & Judy Show*.

Et à mon agent, Helen Heller, je dis chapeau !

DÉCOUVREZ LE DÉBUT
DU NOUVEAU THRILLER DE

LINWOOD
BARCLAY

Crains le pire

Traduit de l'anglais (Canada)
par Marieke Merand-Surtel

belfond NOIR

Titre original :
FEAR THE WORST

Publié par Orion Books, une marque de The Orion
Publishing group Ltd, Londres

Prologue

Le matin du jour où j'ai perdu ma fille, elle m'a demandé de lui faire des œufs brouillés.

— Tu veux du bacon avec ? ai-je crié en direction de l'étage, où Sydney se préparait pour aller travailler.

— Non, a-t-elle répondu de la salle de bains.

— Des toasts ?

— Non plus.

J'ai entendu le claquement du fer à lisser. Ce bruit indiquait généralement la fin de son rituel matinal.

— Du fromage dans tes œufs ?

— Non. Ou alors un peu, pourquoi pas ?

Je suis retourné dans la cuisine, j'ai ouvert le frigo, en ai sorti des œufs, un morceau de cheddar, du jus d'orange, et j'ai mis la cafetière électrique en route.

Susanne, mon ex-femme, qui venait d'emménager chez Bob, son nouveau compagnon, à Stratford, de l'autre côté du fleuve, aurait sans doute dit que je gâtais trop notre fille, qu'à dix-sept ans elle était assez grande pour se préparer son petit déjeuner. Mais l'avoir avec moi pour l'été était un tel plaisir que ça ne me dérangeait pas de la dorloter. L'an passé, je lui avais trouvé un job à la concession Honda de Milford où je suis vendeur, de ce côté-ci du fleuve. Mis à part quelques échanges virulents, partager notre quotidien avait été dans l'ensemble une expérience plutôt agréable. Cette année, toutefois, Sydney avait choisi de ne pas retourner chez Honda. Cohabiter avec moi lui suffisait. Que je garde un œil sur elle pendant qu'elle travaillait était une autre histoire.

— Tu as remarqué, avait-elle observé l'été précédent, que tu critiques chaque garçon à qui je parle, même une minute ?

— Une femme avertie en vaut deux, avais-je répliqué.

— Dwayne, par exemple, à l'atelier ?

— Il a mauvais caractère.

— Et Andy ?

— Tu plaisantes. Beaucoup trop vieux pour toi. Il a bien vingt-cinq ans.

Alors cette année, elle avait trouvé un autre emploi, toujours à Milford, afin de pouvoir vivre avec moi de juin jusqu'au jour de la fête du Travail, début septembre. Elle s'était fait embaucher au Just Inn Time, un hôtel pour représentants de commerce ne restant qu'une nuit ou deux. Milford est une jolie ville, sans être une destination touristique. Dans une existence antérieure, l'hôtel avait été un Days Inn ou un Holiday Inn ou encore un Comfort Inn, mais la chaîne propriétaire, quelle qu'elle fût, avait repris ses billes et un indépendant l'avait remplacée.

Je n'avais guère été étonné quand Sydney m'avait appris qu'on lui avait donné un poste à la réception.

— Tu es intelligente, charmante, bien élevée…

— Je suis surtout une des rares à parler anglais, avait-elle riposté, coupant court à ma fierté paternelle.

Il fallait lui tirer les vers du nez pour la faire parler de son nouveau travail. « C'est juste un boulot », disait-elle. Au bout de trois jours, je l'ai surprise en pleine dispute au téléphone avec sa copine Patty Swain, elle voulait trouver autre chose, même si son salaire était correct puisqu'elle ne paierait pas d'impôts.

— Ce n'est pas déclaré ? lui ai-je demandé lorsqu'elle a raccroché. Tu es payée au noir ?

— Tu écoutes mes coups de fil ou quoi ?

J'ai préféré la laisser tranquille. Qu'elle règle ses problèmes elle-même.

J'ai attendu que Sydney descende l'escalier pour verser les deux œufs battus avec du cheddar râpé dans la poêle beurrée. L'idée m'est alors venue de lui faire le même genre de surprise que lorsqu'elle était petite. J'ai pris une moitié de coquille d'œuf vide et, à l'aide d'un crayon à mine tendre, j'ai dessiné un visage dessus. Un sourire tout en dents, une demi-lune pour le nez, et deux yeux menaçants. Après avoir tiré un trait de la bouche jusque derrière la coquille, j'ai écrit : SOURIS, BON SANG !

Elle est entrée dans la cuisine d'un pas traînant, comme un prisonnier en route pour l'échafaud, puis elle s'est affalée sur sa chaise, le regard baissé, les cheveux sur les yeux, les bras inertes le long du corps. Une énorme paire de lunettes de soleil, que je ne lui connaissais pas, était perchée au sommet de son crâne.

J'ai fait glisser les œufs, devenus fermes en quelques secondes, sur une assiette que j'ai déposée devant elle.

— Votre Altesse, ai-je déclaré par-dessus le son de l'émission *Today* qui s'échappait du petit téléviseur de la cuisine.

Levant lentement la tête, Sydney a d'abord regardé l'assiette, avant de s'arrêter sur le petit bonhomme qui la fixait.

— Oh, mon Dieu, a-t-elle soufflé.

Puis elle a tourné la salière coiffée de la demi-coquille pour lire ce qui se trouvait à l'arrière.

— Souris toi-même, a-t-elle riposté avec une inflexion espiègle dans la voix.

— Tu as de nouvelles lunettes de soleil ?

D'un air absent, comme si elle avait oublié qu'elle venait de les poser là, elle a touché une des branches, les a vaguement ajustées sur sa tête.

— Oui.

J'ai remarqué la griffe Versace inscrite en lettres minuscules dessus.

— Très chouette, ai-je commenté.

Syd a hoché la tête avec lassitude.

— Tu es rentrée tard ? ai-je poursuivi.

— Pas tellement.

— Minuit, ça l'est.

Elle savait que nier l'heure de son retour ne servirait à rien. Je ne fermais jamais l'œil avant de l'entendre franchir le seuil de notre maison de Hill Street et verrouiller la porte derrière elle. Je supposais qu'elle était sortie avec Patty Swain, qui, bien qu'également âgée de dix-sept ans, donnait l'impression d'avoir un peu plus d'expérience que Syd dans les domaines qui empêchent les pères de dormir la nuit. J'aurais été naïf de croire Patty Swain encore novice en matière d'alcool, de sexe ou de drogue.

Cela dit, Syd n'était pas un ange non plus. Je l'avais surprise une fois avec un joint, sans compter ce jour où, alors qu'elle avait quinze ans, elle était rentrée de la boutique Abercrombie & Fitch de Stamford avec un nouveau T-shirt, incapable d'expliquer à sa mère l'absence de ticket de caisse. Ç'avait bardé.

Voilà peut-être pourquoi ces lunettes de soleil me titillaient.

— Elles t'ont coûté cher ? ai-je demandé.

— Pas tant que ça.

— Et comment va Patty ?

En fait, je voulais surtout m'assurer que Syd était bien sortie avec elle. Même si leur amitié ne remontait qu'à un an, elles passaient tellement de temps ensemble qu'on aurait dit qu'elles se connaissaient depuis le jardin d'enfants. J'aimais bien Patty, elle avait un franc-parler rafraîchissant, mais j'aurais parfois préféré que Syd traîne un peu moins avec elle.

— Nickel, répondit-elle.

À la télévision, Matt Lauer[1] nous mettait en garde contre la radioactivité potentielle des plans de travail en granit. Chaque jour apportait un nouveau sujet d'inquiétude.

Sydney a pioché dans ses œufs.

— Mmm, a-t-elle fait avant de relever les yeux vers le poste. Tiens, c'est Bob.

J'ai suivi son regard. Il s'agissait d'un spot publicitaire de la chaîne locale. Un grand type avec un début de calvitie et un sourire éclatant se tenait devant un océan de voitures, les bras étendus, tel Moïse fendant les eaux de la mer Rouge.

« Venez dare-dare chez Bob Motors ! Vous n'avez pas de reprise ? Aucun problème ! Vous n'avez pas d'acompte ? Aucune importance ! Vous n'avez pas de permis de conduire ? Bon, ça, c'est un peu embarrassant ! Mais si vous recherchez une voiture, et si vous voulez une bonne affaire, venez vous éclater dans l'une de nos trois… »

J'ai coupé le son.

— Il est crétin sur les bords, a dit Sydney de l'homme avec lequel vivait sa mère, mon ex-

1. Journaliste présentateur de l'émission *Today* sur NBC. *(Toutes les notes sont de la traductrice.)*

femme. Mais dans ces pubs il fait carrément Supercrétin. Qu'est-ce qu'on mange ce soir ?

Le petit déjeuner ne se terminait jamais sans que nous discutions du dîner.

— Si on se faisait livrer un truc ?

Avant que je puisse répondre, elle a ajouté :

— Une pizza ?

— Je crois que je vais préparer quelque chose, ai-je objecté.

Syd n'a pas cherché à cacher sa déception.

La pub de Bob passée, j'ai remis le son du téléviseur. Al Roker[1] se mêlait à la foule habituelle du Rockefeller Center, où la plupart des gens agitaient des panneaux souhaitant un bon anniversaire à des parents postés devant l'émission.

J'ai observé ma fille manger son petit déjeuner. Être père, du moins pour moi, c'est aussi être constamment fier. Sydney devenait vraiment ravissante. Cheveux blonds aux épaules, long cou gracile, teint de porcelaine, traits affirmés. Sa mère a des racines norvégiennes, d'où ce côté scandinave.

Comme si elle sentait mon regard sur elle, Syd a demandé :

— Tu crois que je pourrais être mannequin ?

— Mannequin ?

— Inutile de prendre cet air choqué.

— Je ne suis pas choqué, ai-je riposté, sur la défensive. Simplement, c'est la première fois que tu m'en parles.

— Ça ne m'avait jamais traversé l'esprit. C'est une idée de Bob.

J'ai senti la colère enflammer mon visage. Bob encourageait Syd à devenir mannequin ? Il abordait la quarantaine, comme moi. Maintenant que

1. Présentateur météo et animateur sur NBC.

ma femme et – trop souvent à mon goût – ma fille habitaient dans sa belle baraque de cinq pièces avec piscine et garage à trois places, voilà qu'il la poussait à être mannequin ? Et pour quoi ? Des calendriers ? Des vidéos pornos ? Il proposait de prendre les photos lui-même ?

— Une idée de Bob ? ai-je répété.

— Il trouve que je suis faite pour ça. Que je devrais jouer dans un de ses spots publicitaires.

Difficile de décider ce qui serait le plus dégradant : figurer dans *Penthouse* ou fourguer les voitures d'occasion de Bob.

— Ben quoi ? a lâché Syd. Tu trouves qu'il a tort ?

— Il y va un peu fort.

— Ce n'est pas un pervers ni rien, tu sais. Un crétin, oui, mais pas un pervers. Même maman et Evan étaient plus ou moins d'accord avec lui.

— Evan ?

À présent, je fulminais. Evan, dix-neuf ans, était le fils de Bob. La plupart du temps il vivait chez sa mère, l'une des deux ex-femmes de Bob. Mais celle-ci étant partie trois mois en Europe, Evan avait emménagé chez son père. Ce qui signifiait qu'il dormait dans une chambre donnant sur le même couloir que celle de Syd.

L'idée d'un ado excité vivant sous le même toit que Sydney m'avait hérissé dès le départ. J'étais surpris que Susanne ait accepté cette situation, mais que pouvait-elle faire ? Obliger Bob à mettre son fils à la porte ?

— Ouais, Evan, a répliqué Sydney. Il donnait son avis, c'est tout.

— Il ne devrait même pas habiter là.

— Bon sang, papa, on ne va pas recommencer, si ?

— Un garçon de dix-neuf ans, à moins d'être

ton véritable frère, ne devrait pas vivre sous le même toit que toi.

Il m'a semblé la voir rougir.

— Pas de quoi en faire un plat, a-t-elle rétorqué.

— Et ta mère, ça lui plaît ? Que Bob et son fils t'encouragent à être la prochaine Cindy Crawford ?

— Cindy qui ?

— Crawford. C'était... laisse tomber. Ça ne dérange pas ta mère ?

— Elle ne pique pas de crise comme toi, en tout cas, a souligné Syd en me lançant un regard noir. Et d'ailleurs, Evan l'aide beaucoup, depuis le truc.

Le *truc*. L'accident de Susanne en parachute ascensionnel dans le détroit de Long Island. Elle était descendue trop vite, s'était massacré la hanche et salement luxé le genou. Bob, au volant de son bateau, l'avait traînée sur cent mètres avant de se rendre compte que quelque chose clochait, l'abruti. Quand elle était avec moi, Susanne ne risquait aucun accident de parachute ascensionnel : je ne possédais pas de bateau.

— Tu ne m'as pas dit combien tu as payé ces lunettes de soleil, ai-je observé.

Sydney a soupiré.

— Pas si cher que ça.

Elle contemplait plusieurs enveloppes non décachetées près du téléphone.

— Tu devrais vraiment ouvrir tes factures, papa, a-t-elle repris. Ça fait trois jours qu'elles sont là.

— Ne t'inquiète pas pour mes factures. Je peux les payer.

— Maman dit que ce n'est pas un problème d'argent, juste que tu n'es pas très organisé, alors après tu es en retard...

— Les lunettes, l'ai-je interrompue. Où tu les as eues ?

— Quoi, tout ce foin pour une paire de lunettes ?

— Je suis curieux, c'est tout. Tu les as achetées au centre commercial ?

— Oui. Avec cinquante pour cent de réduction.

— Tu as gardé le ticket de caisse ? Au cas où tu les casserais, par exemple ?

Sydney a plongé ses yeux dans les miens.

— Pourquoi tu me demandes pas simplement de te montrer le ticket ?

— Et pourquoi je le ferais ?

— Parce que tu penses que je les ai volées.

— Je n'ai pas dit ça.

— C'était il y a deux ans, papa. Je ne te crois pas.

Elle a repoussé son assiette inachevée.

— Tu débarques avec des lunettes Versace et tu imagines que je ne vais pas poser de questions ?

Sans répondre, elle s'est levée pour remonter bruyamment à l'étage.

— Merde, ai-je grommelé entre mes dents. Bravo, bien joué.

Je devais moi aussi finir de me préparer pour aller travailler. Pendant que j'étais dans ma chambre, j'ai entendu Syd dévaler l'escalier, et je suis descendu lui dire au revoir. Je l'ai rattrapée alors qu'elle sortait de la cuisine avec une bouteille d'eau, sur le point de quitter la maison.

— Ça va craindre de passer l'été avec toi si tu es comme ça tout le temps, m'a-t-elle lancé. Et ce n'est pas ma faute si je vis avec Evan. En plus, c'est pas comme s'il me violait toutes les cinq minutes.

J'ai tiqué.

— Je sais. C'est simplement que...

— Faut que j'y aille, m'a-t-elle coupé.

Elle a tourné les talons pour monter dans sa Civic et a démarré, les yeux fixés sur la route, sans voir mon signe d'adieu.

Dans la cuisine, le ticket de caisse des lunettes était posé juste à côté du personnage en coquille d'œuf qu'elle avait écrasé d'un coup de poing.

Je suis parti pour Riverside Honda. La concession était située tout près du pont qui mène à Stratford, à l'endroit où le fleuve Housatonic se déverse dans le détroit. La matinée s'est écoulée au ralenti, sans suffisamment de passage pour qu'arrive mon tour de recevoir les clients ; mais peu après midi, un couple de retraités sexagénaires est entré, afin de regarder une Accord modèle de base.

Ils hésitaient à propos du prix – eux et moi étions à sept cents dollars d'écart. Je leur ai annoncé que j'allais soumettre leur dernière offre au directeur commercial. Au lieu de quoi, j'ai filé à l'atelier et j'ai englouti un beignet au chocolat raflé sur le meuble à côté de la machine à café ; ensuite je suis revenu et leur ai dit que je n'étais pas en mesure de leur accorder un rabais supérieur à cent dollars, mais que nous aurions un peintre de *pinstriping* sur place durant les jours suivants, et que, s'ils signaient, je pourrais faire customiser l'Accord gratuitement. L'œil du type s'est allumé, et ils ont craqué. Plus tard, j'ai pris un kit de stickers à dix dollars au rayon pièces détachées et l'ai attaché au bon de commande.

Dans l'après-midi, un homme qui envisageait de changer son van Odyssey vieux de dix ans pour un neuf m'a demandé combien je reprendrais l'ancien. Question à laquelle on ne répond jamais sans en poser soi-même quelques-unes au préalable.

— Vous êtes le propriétaire d'origine ?

Il l'était.

— Vous avez bien entretenu le véhicule ?

Il a assuré avoir effectué la plupart des révisions.

— Vous avez déjà subi un accident avec ?

— Oh oui, a-t-il spontanément répondu. Il y a trois ans, j'ai embouti la bagnole d'un gars, il a fallu remplacer tout l'avant.

Je lui ai expliqué qu'un accident baissait considérablement la valeur à la reprise. Il a rétorqué que puisque toutes les pièces à l'avant étaient neuves, au contraire, la voiture devait valoir plus. Comme le prix que je lui ai proposé ne lui a pas plu, il est parti.

Deux fois, j'ai appelé mon ex-femme Susanne à son lieu de travail, l'un des centres de véhicules d'occasion que possédait Bob à Stratford, et deux fois j'ai laissé le même message, lui enjoignant de m'expliquer si le projet de Bob d'immortaliser notre fille sur un calendrier porno destiné au concessionnaire Goodyear du coin l'emballait réellement.

Après mon second appel, mon esprit s'est quelque peu éclairci. En fait, Sydney n'était pas la seule à me tracasser, il y avait aussi Susanne, Bob, la vie beaucoup plus agréable qu'elle menait avec lui, et la façon dont j'avais tout fichu en l'air.

Je vendais des voitures depuis l'âge de vingt ans, et je m'en sortais bien, mais, selon Susanne, j'étais capable de plus. « Tu devrais cesser de travailler pour quelqu'un, disait-elle. Tu devrais être ton propre patron. Avoir ta concession automobile. On pourrait changer nos vies. Envoyer Syd dans les meilleures écoles. Se construire un plus bel avenir. »

Mon père était décédé lorsque j'avais dix-neuf ans, laissant ma mère à l'abri du besoin. Quelques années plus tard, quand elle est morte à son tour d'une crise cardiaque, j'ai utilisé mon héritage pour montrer à Susanne que je pouvais être l'homme qu'elle voulait que je sois.

Et j'ai tout raté.

Je n'ai jamais eu une vision globale des choses. La vente, le contact humain, ça c'est mon truc. Alors, je continuais à négocier en douce avec les clients dans le showroom. J'ai laissé d'autres personnes prendre les décisions à ma place et ça ne s'est pas bien passé du tout. Je les ai laissées me voler.

En fin de compte, j'ai tout perdu.

Pas seulement mon entreprise, pas seulement notre grande maison donnant sur le détroit, mais ma famille aussi.

Susanne m'a reproché d'avoir relâché mon attention. Moi, je lui ai reproché de m'avoir poussé vers quelque chose pour lequel je n'avais aucun goût.

Sydney, d'une certaine manière, s'en est voulu. Elle s'imaginait que si nous l'avions aimée suffisamment, nous serions restés ensemble envers et contre tout. Elle refusait de croire que notre séparation n'avait aucun rapport avec l'amour que nous lui portions.

Chez Bob, Susanne a trouvé ce qui me manquait. Bob visait toujours l'échelon supérieur. Bob pensait que s'il était capable de vendre des voitures, il serait capable d'ouvrir une concession, et que, s'il était capable d'en ouvrir une, pourquoi pas deux, ou même trois ?

Jamais je n'ai offert de Corvette à Susanne quand je sortais avec elle, comme l'a fait Bob. Au moins ai-je connu une certaine satisfaction quand un piston a explosé. Susanne a fini par s'en débarrasser parce qu'elle détestait conduire avec un levier de vitesse.

Ce jour-là, j'ai quitté mon travail, un peu à contrecœur, vers six heures du soir. Quand on travaille à la commission, on n'aime pas abandonner un hall d'exposition encore ouvert. On sait qu'à l'instant où on partira quelqu'un va entrer, chéquier à la main, et demander à vous voir. On ne peut tout de même pas vivre sur place. Il faut bien retourner à la maison de temps en temps.

J'avais prévu de préparer des spaghettis, puis je me suis dit que je pourrais tout aussi bien commander une pizza, pour faire la paix avec Sydney. Une sorte de cadeau de réconciliation, une façon de me faire pardonner l'histoire des lunettes de soleil.

À sept heures, elle n'avait toujours pas pointé son nez, ni appelé pour me prévenir qu'elle serait en retard.

Peut-être qu'un employé de l'hôtel était tombé malade, et qu'elle faisait des heures sup à la réception. D'habitude, quand elle risquait de ne pas rentrer pour dîner, elle téléphonait. Mais je la voyais bien se dispenser d'une telle attention aujourd'hui, après ce qui s'était passé au petit déjeuner.

Néanmoins, à huit heures, n'ayant aucune nouvelle de sa part, j'ai commencé à m'inquiéter.

Planté dans la cuisine, je regardais, sans y prêter réellement attention, un reportage de CNN sur un tremblement de terre en Asie, me demandant où pouvait bien être ma fille.

Parfois, elle retrouvait Patty ou une autre amie après le travail, et elles allaient manger un morceau au centre commercial.

Je l'ai appelée sur son portable. Après plusieurs sonneries, la messagerie s'est activée.

« Rappelle-moi, ma puce. Finalement, j'ai pensé qu'on pourrait commander une pizza. Dis-moi à quoi tu la veux. »

J'ai attendu encore dix minutes avant de me décider à chercher le numéro de l'hôtel. Je m'apprêtais à le composer lorsque le téléphone a sonné. J'ai décroché sans vérifier l'identité du correspondant.

— Hé, tu es partante pour une pizza ou quoi ?

— Si tu évites les anchois.

Ce n'était pas Syd, mais Susanne.

— Oh, ai-je fait. Salut.

— Tu t'énerves pour des broutilles.

J'ai respiré un grand coup.

— Ce qui m'échappe, c'est comment ça peut t'être égal que Bob et Evan reluquent notre fille ! Qu'ils pensent qu'elle devrait être mannequin ?

— Tu te trompes complètement, Tim. Ils le disaient par simple gentillesse.

— Tu savais en déménageant là-bas avec Sydney que Bob hébergerait son fils ? Ça ne te pose aucun problème ?

— Ils s'entendent comme frère et sœur, a rétorqué Susanne.

— Arrête ! Je me souviens de mes dix-neuf ans…

Un bip m'a signalé un double appel.

— Écoute, je dois te laisser. À plus, d'accord ?

Susanne a juste eu le temps d'articuler « O.K. » avant que je prenne l'autre ligne.

— Allô ?

— Monsieur Blake ? a émis une voix féminine qui n'était pas celle de ma fille.

— Oui ?

— Timothy Blake ?

— Oui ?

— Je travaille chez Fairfield portes et fenêtres et nous serons dans votre secteur cette…

J'ai coupé. Puis, j'ai composé le numéro du Just Inn Time. Après vingt sonneries, j'ai abandonné.

J'ai attrapé ma veste et mes clés, traversé la ville jusqu'à l'hôtel. C'était la première fois que j'y mettais les pieds depuis que Syd avait commencé à y travailler, deux semaines auparavant. Avant d'entrer, j'ai cherché des yeux sa Civic sur le parking. Il m'était arrivé de l'apercevoir en passant à l'occasion, mais pas ce soir. Peut-être Syd l'avait-elle garée derrière.

Les portes vitrées se sont ouvertes et je me suis engouffré dans le hall. En m'approchant de la réception, j'espérais voir Syd, mais un jeune type d'une trentaine d'années, aux cheveux blond filasse, le visage ravagé par les vestiges de son acné juvénile, occupait sa place. D'après son badge il s'appelait Owen.

— Je peux vous aider ? a-t-il demandé.

— Oui. Je cherche Syd.

— Excusez-moi. Quel est son nom de famille ?

— Sydney. C'est ma fille.

— Vous connaissez le numéro de sa chambre ?

— Non, il ne s'agit pas de ça. Elle travaille ici. Ici même, à la réception, en fait. Je l'attendais pour dîner, et comme elle n'arrivait pas, j'ai pensé faire un saut pour vérifier si elle devait enchaîner deux services, par exemple.

— Je vois.

— Elle s'appelle Sydney Blake. Vous devez la connaître.

Owen a fait signe que non.

— Je ne crois pas.

— Vous êtes nouveau ici ?

— Non. Enfin, oui, a-t-il corrigé avec un large

sourire. Ça fait six mois. J'imagine que cela signifie nouveau.

— Sydney Blake, ai-je répété. Elle travaille ici depuis deux semaines. Dix-sept ans, blonde.

Owen a de nouveau secoué la tête.

— Peut-être qu'elle travaille à un autre poste cette semaine, ai-je avancé. Vous avez un tableau du personnel, ou un planning, quelque chose qui vous indiquerait où la trouver ?

— Vous pouvez attendre un instant ? a répliqué Owen. Je vais aller chercher le responsable de service.

Il est sorti par une porte derrière la réception, pour revenir un moment plus tard accompagné d'un homme brun et svelte d'environ quarante ans, plutôt beau gosse. Il portait un badge sur lequel était écrit Carter, et à juger par son accent, il devait être originaire du Sud, même si je n'aurais su préciser de quel État.

— Que puis-je pour vous ? a-t-il demandé à son tour.

— Je cherche ma fille. Elle travaille ici.

— Comment s'appelle-t-elle ?

— Sydney Blake. Syd.

— Sydney Blake ? Ce nom ne me dit rien du tout.

— Elle ne travaille ici que depuis deux semaines, ai-je expliqué. Uniquement pour l'été.

— Non, a fait Carter. Désolé.

J'ai senti mon cœur battre plus vite.

— Vérifiez votre liste d'employés, ai-je insisté.

— C'est inutile. Je sais qui travaille ici ou pas.

— Attendez une seconde.

J'ai sorti de mon portefeuille une photo de lycée de Sydney, datant de trois ans, que j'ai tendue par-dessus le comptoir.

— Elle n'est pas très récente. Mais son visage n'a pas beaucoup changé.

Ils ont étudié la photo à tour de rôle. Owen, impressionné, je suppose, par la beauté de ma fille, a brièvement haussé les sourcils. Carter m'a rendu le cliché.

— Je suis vraiment navré, monsieur…

— Blake. Tim Blake.

— Elle travaille peut-être au Howard Johnson, un peu plus loin, a-t-il suggéré en désignant la route du menton.

— Non. Elle m'a dit qu'elle travaillait ici.

Je réfléchissais à toute vitesse.

— Il y a bien un responsable de jour ? ai-je poursuivi.

— Oui, Veronica.

— Alors appelez-la. Appelez Veronica.

De très mauvaise grâce, Carter s'est exécuté, avant de me tendre l'appareil. J'ai de nouveau expliqué ma situation.

— Peut-être vous a-t-elle indiqué le mauvais hôtel, a insinué Veronica.

— Non, ai-je rétorqué d'un ton ferme.

Avant de raccrocher, Veronica m'a demandé mon numéro et promis de me téléphoner si elle apprenait quoi que ce soit.

Sur le chemin du retour, j'ai grillé deux feux rouges et failli entrer dans un type en Toyota Yaris. Je conduisais le portable à la main, appelant celui de Syd, puis la maison, puis Syd à nouveau.

À mon arrivée, j'ai trouvé la maison vide.

Syd n'est pas rentrée cette nuit-là.

Ni la suivante. Ni celle d'après.

9768

Composition
PCA à Rezé

Achevé d'imprimer en Slovaquie
par NOVOPRINT SLK
le 18 juin 2013.

Dépôt légal janvier 2012.
EAN 9782290032565

ÉDITIONS J'AI LU
87, quai Panhard-et-Levassor, 75013 Paris

Diffusion France et étranger : Flammarion